The Low Tier Character
"TOMOZAKI-kun";
Level.7

Lv.7

약캐
토모자키군

야쿠 유우키 지음
Yuki Yaku Presents

플라이 일러스트
Illustration Fly

김정규 옮김

Design Yuko Mucadeya + Caiko Monma
(musicagographics)

정원의 소녀

약캐 토모자키 군
7

야쿠 유우키 지음 | **플라이** 일러스트 | **김정규** 옮김

커버·권두·본문 일러스트 | **플라이**

약캐 토모자키 군

야쿠 유우키 지음
Yuki Yaku Presents

플라이 일러스트
Illustration Fly

The Low Tier Character
"TOMOZAKI-kun";
Level.7

Lv.7

캐릭터 소개

토모자키 후미야
고등학교 2학년. 약캐.

히나미 아오이
고등학교 2학년. 학교의 퍼펙트 히로인.

나나미 미나미
고등학교 2학년. 무드메이커.

나츠바야시 하나비
고등학교 2학년. 조그맣다.

이즈미 유즈
고등학교 2학년. 잘 나가는 여자애.

키쿠치 후카
고등학교 2학년. 책을 좋아한다.

미즈사와 타카히로
고등학교 2학년. 미용사 지망.

나카무라 슈지
고등학교 2학년. 반의 보스 격.

타케이
고등학교 2학년. 덩치가 좋다.

나리타 츠구미
고등학교 1학년. 여러모로 프리덤.

콘노 에리카
고등학교 2학년. 반의 여왕

1 일단 벌어진 이벤트는 절대로 없었던 일로 할 수 없다

화요일 아침.

나는 마음을 완전히 정리하지 못한 채로 제2피복실 문 앞에 서 있다.

앞으로 이 교실에서 평소대로 회의를 하게 되는데—

내 머릿속에 떠오르는 것은 어제 벌어졌던 선열한 일이었다.

하룻밤이 지난 지금도 생생하게 마음속에 남아 있는 말들.

미미미의 『좋아한다』는 마음. 또는 미즈사와가 가르쳐줬던 일.

내게 향한 감정, 그리고 날아온 질타와 마주하면서 조금이나마 앞으로 나아갔다고 생각한다. 내 가슴을 찌른 말들은 그저 약하다는 핑계로 도망 다니기만 하던 나한테 현실을 보여줬다.

"……좋았어."

숨을 내쉬고, 주먹을 꽉 쥐었다.

아마 지금부터 히나미가 물어볼 내용은.

—내가, 누구를 선택할지.

못 본 척 했던 나 자신을 잘라버리고 약한 자신에게 초점을 맞추는 것까지는 할 수 있게 됐다. 하지만 그 질문이 어려운 문제라는 데는 변함이 없다. 짙은 안개 속을 손으로 더듬어가며 걸어가는 것 같은 사고로는 쉽사리 답에 도착할 수가 없다.

숨을 들이쉬자 난방이 들어오지 않는 구교사의 차가운 공기가 목을 통과해서 불안으로 물든 허파를 가득 채웠다.

눈앞에 있는 문의 쪽창을 통해서 안쪽 상황을 살폈다. 그랬더니 따분하다는 듯이 턱을 괸 채로 이쪽을 보고 있던 시선과 눈이 마주쳤다.

시선의 주인은 의아하다는 것처럼 눈살을 찌푸렸지만, 그래도 내가 움직이지 않고 가만히 있자 천천히 일어나서 이쪽으로 다가왔다. 나는 초조해하면서 눈을 이리저리 돌렸으나 구체적인 행동까지 가지는 못했다.

마침내 제2피복실 문이 삐걱거리는 소리를 내면서, 천천히 열렸다.

눈앞에 있는 사람은 히나미 아오이. 눈살을 한층 더 찌푸린 채로 날 보고 있다.

"왜 멍하니 서 있는 거야."

"아니, 그게……."

퉁명스럽게 말한 히나미는 당혹스러워 하는 날 흘끗 보고, 이어서 교실 상황을 살피려는 것처럼 시선을 자기 뒤쪽으로 돌렸다.

"딱히 이상한 건 없을 텐데."

그렇게 말하고는 다시 이쪽을 보고, 납득할 수 없다는 표정으로 고개를 갸웃거렸다.

"뭐야? 과제를 하나도 클리어 하지 못해서 부담이라도 느끼는 거야?"

"그, 그런 건 아니고……."

애매하게 부정하자 히나미의 차가운 시선이 나를 찔러댔다.

"좀 느껴줬으면 싶은데……."

"그, 그러네……."

듣고 보니 맞은 말이네. 그냥 분위기상 부정해버렸지만, 책임은 느껴야 하겠지.

히나미는 질렸다는 것처럼 하아, 하고 한숨을 쉬었다.

"뭐야? 그게 아니면 뭔데?"

집게손가락으로 관자놀이를 톡톡 두드리면서 지극히 귀찮다는 것처럼.

"저기……, 그게."

하지만 나는 미미미한테 고백 같은 말을 들었다고 말할 수도 없었고, 그렇다고 적당한 변명거리를 생각해내지도 못했다. 풀이 죽어서 그냥 말없이 서 있을 뿐이다.

히나미가 또 한 번 크게 한숨을 쉬었다.

"이젠 네가 나한테 뭔가를 숨기는 게, 이상한 일도 아니지만……."

포기한 것처럼 말하고, 마침내 납득한 것처럼,

"뭐, 됐어. 너한테도 사생활이라는 게 있을 테니까, 말하기 싫으면 안 해도 돼."

"그, 그래."

"그것보다, 중요한 건 본론이야."

본론.

"보, 본론이라면 그거지……."

히나미가 고개를 끄덕거렸다.

"물론. '공략대상'을 누구로 할지, 에 대한 얘기."

그렇다. 지난주에 말한 인스타그램용 사진 촬영 퀘스트. 그것이 끝나는 것과 동시에 내가 누구를 『공략대상』으로 삼을지 결정하기로 했다.

즉──『3학년이 되기 전까지 여자 친구를 만든다』는 과제를 위한 대상.

그것을 정하는 기한이 바로 오늘까지다.

"……그게."

하지만 지금은 아주 조금, 지난주와 상황이 다르다.

왜냐하면 어제 미미미한테 호의가 담긴 말을 들었으니까.

"두 사람 이상…… 이라고 했었지."

히나미가 말했던 것은 공략대상을 **두 사람 이상** 선택하라는 것.

그것이 연애라는 『게임』을 공략하는 데 있어 유효한 수단이라는 말에 일단 그 이론은 이해했다고 생각했었다.

하지만, 그건 이 상황에서 취해야 할 성실한 선택지가 아니라는 생각이 들어서.

"그래. 뭐, 한 사람으로 완전히 정해졌고 다른 사람은 눈에 들어오지도 않는다면 그래도 되지만…… 그건 감정 문제 니까. 하지만 그렇게 되면 잘 안 되는 경우가 많으니 기본적 으로는 두 사람 이상을 동시에 공략하는 쪽이 좋아."

"……그렇구나."

완전히 정해졌다면 한 사람이라도 상관없다. 그 말을 듣 고 내 사고는 한쪽으로 향했다.

나는 히나미가 말하는 『공략대상』으로── 미미미를 선 택해야 하는 걸까.

"자, 어쩔 거야?"

"……나는."

거기서 머릿속에 떠오른 건 미즈사와의 말.

또는 몸속 깊숙이 배어 있던 약캐 근성을 부정하겠다는 내 나름의 의지.

나는 다른 사람과 성실하게 마주하기 위해, 먼저 자신을 부정하는 짓을 그만두겠다고 정했었나.

약캐로서의 열등감을 버리고, 설령 표면적일 뿐이라고 해 도 강캐인 '척'을 하자고.

다른 사람의 마음과 똑바로 마주하고 행동을 선택하자고.

그렇다면.

"내가 선택하지 않으면, 의미가 없겠지."

내가 조용히 중얼거리자 히나미가 눈살을 찌푸렸다.

"응? 뭐…… 당연한 얘기지."

"……그렇지."

아마 중요한 부분은 전해지지 않았을 것 같은 대화다. 히나미가 뭔가 이상하다는 것처럼 고개를 갸웃거렸지만 나는 심각하게 끄덕였다.

미미미가 했던 그 말.

그건 미미미가— 미미미 자신의 의지로 날 선택했다는, 그런 뜻이었다.

그렇다. 그건 어디까지나 미미미의 의지.

그렇다면 나 같은 게 거절하는 건 건방진 짓이다, 같은 이유로 그 선택을 그냥 받아들이면 나 자신의 의지로 선택한 일이 아니게 된다.

그러니 각오와 함께 마음을 전한 미미미에게 성실한 마음으로 대답해야만 한다.

"히나미, 하나 물어볼 게 있는데."

내가 이름을 부르자 히나미가 경계하는 것처럼 날 똑바로 바라봤다.

"……뭔데."

의아해하는 표정을 짓는 히나미를 가만히 바라보면서, 함께 인생을 공략해온 스승인 이 녀석에게 가르침을 청하기로 했다.

"상대를 좋아하게 된다……는 게, 어떤 거야?"

더할 나위 없을 정도로 진지한 표정과 목소리 톤으로. 아마도 인생이라는 게임을 플레이하는 데 있어 중요한 요소 중 하나를.

그러자 히나미는 날 똑바로 마주 본 채, 잠시 아무 말이 없었다.

그리고 몇 초 동안의 침묵이 지나—— 천천히 입을 열었다.

"진지한 얼굴로 왜 그런 창피한 소리를 하는 거야?"

"뭐……!"

난 진지한 톤으로 말했는데, 얼빠질 정도로 평소와 똑같은 독설이 돌아왔다. 그와 동시에 얼굴이 맹렬하게 뜨거워지는 게 느껴졌다.

"그, 그렇게 말하면 창피하니까 하지 마."

"상대를 좋아하게 된다……는 게, 어떤 거야?"

"따라하지 마, 하지 말라고."

가학적인 미소를 지으며 내 말투를 완전히 따라하는 히나미 앞에서 꼼짝도 못 했다.

"아, 진짜, 그냥 좀 가르쳐줘. 좋아한다는 게 대체 뭐야. 인생의 룰을 가르쳐준다고 했잖아."

"후후, 뭐 그랬었지."

히나미는 만족스레 씩 웃었다. 이 녀석은 남이 싫어하면 싫어할수록 기뻐한다니까.

한바탕 괴롭히고 만족했는지 히나미가 평소의 냉정한 표정으로 돌아왔다.

"그래. ……상대를 좋아하게 된다는 것, 말이지."

그리고는 왠지 차가운 표정으로 생각하기 시작했다.

"뭐, 분석적으로 말하자면…… 의존이나 성욕이나 독점

욕, 또는 이해관계의 일치. 정확히 말하자면 그것들이 복합된 감정……이 되는데."

"으, 응."

너무나 히나미다운 밑도 끝도 없는 대답에, 어떤 의미에서는 안심하고 말았다. 어떻게 저런 차가운 말을 담담하게 하는지.

"그, 그건 아는데 말이야. 내가 알고 싶은 건 좀 더 개인적이라고 할까……."

"개인적?"

"내가 누군가를 좋아하는 걸까…… 같은, 그런 건, 어떻게 해야 알 수 있는 걸까, 라고나 할까."

나는 질문의 범위를 좁히면서, 그러면서도 아직 한참 추상적인 질문을 했다.

석연치 않은 말들을 토하는 나에게, 히나미가 대놓고 질린 표정을 지었다.

"하아. 일주일이나 시간을 줬는데, 아직도 그런 소리를 하네."

"어, 어쩔 수 없잖아. 감정 문제니까."

"뭐…… 그렇긴 하지."

그렇게 말한 히나미가 살짝 다가왔다.

"나도 감정적인 면에 대해서는 고려하겠다고 말했으니까……."

약간 후회하는 기색도 담긴 말에 내가 미안해졌다.

"나도, 확실하게 정하고 싶다는 마음은 있지만 말이야."

솔직히 그 마음은 남들보다 훨씬 강할 정도다. 반대로 말하자면 너무 정면에서 싸우려고 했기 때문에 이렇게 망설이게 돼버렸다.

"하지만 아직 확실하게 정하지 못했다?"

"뭐, 그렇지……."

내가 고개를 끄덕이자 히나미가 당연하다는 것처럼 말했다.

"잘 들어? 그렇다면 더더욱 두 명 이상을 골라야 해."

기대했던 방향과 다른 대답에 어깨가 축 늘어졌다.

"아, 그렇게 되는 겁니까……."

"솔직히 말해서, 잘 생각해봐? 한 사람으로 정하지 못하겠다는 게 솔직한 마음인데 억지로 한 사람으로 좁힌다. 이쪽이 네가 생각하는 룰로 따져 봐도 훨씬 『불성실』한 일이 아니겠어?"

"으……."

말문이 막혔다.

분명히 맞는 말이다. 지금 나는 막연하게, 미미미의 마음을 알게 된 상태에서 두 사람을 골라도 되는 걸까, 라는 생각을 하고 있을 뿐이고, 그렇다고 미미미를 선택하겠다는 각오를 다진 것도 아니다.

"아니면 뭐? 일주일 동안 자신과 마주해봤으면서도 마음이 가는 사람이 하나도 없었다는 거야?"

"아니⋯⋯."

이 일주일 동안. 아니, 그보다 훨씬 전부터, 나는 히나미와 만나기 전까지 아무런 인연도 없었던 여자애들과 접하고, 교류를 가져왔다. 그리고 최종적으로—— 가슴 속에 숨겨뒀던 마음을 나한테 전하는, 그런 일까지 겪었다.

그런 와중에 누구 한 사람 마음 가는 사람이 없었다고 한다면 그건 거짓말이다.

내 나름의 감정과 마주한 결과—— 마음이 가는 존재가 있다는 사실은 알아차렸다.

아니, 솔직히 이 과제를 하기 전부터 마음 속 한 구석에서는 신경 쓰고 있었을지도 모른다.

"못 찾은⋯⋯ 건, 아니야."

"⋯⋯헤에."

그러자 히나미의 말투가 약간 풀어졌다.

"그럼 그걸로 됐잖아. 해야 할 일이란 건 언제나 심플한 거니까."

"⋯⋯그런가."

이 일주일 동안. 반 친구 여러 명과 사진을 찍으면서 지금까지 못 해본 경험을 해봤다.

내 마음의 움직임을 나름대로 진지하게 생각해봤다.

내 감정은 지금까지 경험해본 적이 없는 여러 방향으로 움직여대고 있다.

"뭐, 지금 당장 고백하라는 건 아니니까, 확신이 아니라도 상관없어. 앞으로 누구와 특히 좋은 사이가 되고 싶은지만 정하면 되는 거야."

"……알았어."

고개를 끄덕이고, 다시 한번 내 감정을 확인했다.

그것은 누군가가 내게 자기 마음을 말했기 때문이라는 수동적인 이유에 의한 선택이 아니라, 내 마음 속에서 찾아낸 감정.

그렇다면 내 감정과 마주하기 위해. 언젠가 그것을 확신으로 바꾸기 위해.

누구와 특히 좋은 사이가 되고 싶을까.

누구와 있을 때 마음이 두근두근할까.

즉── 누가 여자로서 신경 쓰이는 존재인가.

"내가 신경 쓰이는 건……."

내 의지에서 나온 답을, 말했다.

"──미미미랑, 키쿠치 양."

* * *

회의를 마친 나는 혼자서 복도를 걸어가며 지금까지 겪어본 적이 없을 정도로 안절부절 못하는 심정이었다.

"……말해버렸다."

그건 아마도 『직접 선택한』 것에 대한 반동.

지금까지 『인생』이라는 게임의 인간관계 속에서 항상 수

동적이었고, 히나미와 만나기 전까지는 스스로 먼저 다른 사람과 엮이려고 한 적도 없는 내가, 마음이 가는 상대의 이름을 확실하게 말했다. 그것은 나에게 있어 몸을 던지는 태클은 고사하고 최후의 발버둥 만큼이나 반동이 오는 행위였고, 아직 『좋아한다』는 단계도 아닌 주제에 마음을 어떻게 정리해야 좋을지 모를 지경이었다. 어쩌지. 이대로 반동 때문에 빈사상태에 빠져버릴 것 같다.

　그렇게 생각하면서 복도를 걸어가는데, 거기에 추가타를 날리는 것처럼 기억 하나가 떠올랐다.

　『──그런 의미로 좋아해, 이기도 하지만 말이야.』

　미미미의 표정과 목소리가 점점 머릿속에 퍼진다. 순식간에 얼굴과 몸이 뜨거워지는 게 느껴진다.

　"～～～!"

　그 말을 들은 게 바로 어제.

　안 그래도 조금 전 회의의 반동 때문에 머릿속이 난리가 났는데, 이 기억에 의한 추가타. 너무 당황해서 완전히 크래시, 아무 생각도 할 수 없어서 오히려 조용해졌다.

　그 다음날인 오늘. 말할 필요도 없지만, 그 뒤로 미미미와 만나지 않았다.

　그리고 당연히 나는 지금까지 인생에서 고백 같은 것을 받아본 경험이 단 한 번도 없기 때문에, 이런 때에 어떻게 해야 좋을지 전혀 모른다. 아, 진짜, 교실에서 무슨 표정을 지어야 좋은 거지.

주위를 둘러봤다. 복도에는 내 그런 비일상과 아무 상관도 없이 평소와 똑같은 일상이 흘러간다. 조금씩 문화제 같은 분위기가 감도는 건 비일상이라고 할 수 있지만, 아직 2주나 남았다. 분위기가 조금 떠들썩해진 정도고, 눈이나 귀에 들어오는 모습이나 소리는 평소와 크게 다를 게 없다. 내 머릿속 폭주와 비교하면 귀여운 수준이지.

묘하게 빠른 걸음으로 그런 분위기 옆을 가로질러서 2학년 2반 교실 앞에 도착했다.

눈앞에 있는 교실에는 아마도, 아니 분명 미미미가 있으리라. 나는 지금부터 교실 안으로 들어가서 어떻게 해야 좋은 걸까. 어떤 표정을 지어야 좋은 걸까. 어떻게 말해야 하는 걸까. 아니, 이 단계에서 군이 말을 걸 필요는 없겠지만, 뭐라고 할까, 같은 공간 인에 들어간다는 자체만으로도 엄청나게 떨린다.

열려 있는 문 사이로 교실 시계를 봤다. 회의를 하고 온 탓에 수업 시작 직전이었다. 복도에서 느긋하게 마음의 준비를 할 틈도 없다.

"……좋았어."

각오를 다지고, 숨을 내쉬었다.

어쨌거나 언젠가는 들어가야만 한다.

나는 에잇, 하고 큰마음을 먹고 문틀을 넘어서 교실 안으로 들어갔다.

안으로 들어가자마자 바로 눈에 들어온 것은 긴 포니테일을 흔들면서 히나미와 타마 양이랑 같이 얘기하고 있는 미미미의 모습. 정확하게 말하자면 나도 모르게 의식이 그쪽으로 향했을 뿐이라고도 할 수 있다.

"뭐야~! 그건 아오이 너도 마찬가지잖아!"

"뭐~ 난 산 적 없거든."

"틀림없이 거짓말이야!"

미미미는 힘차게 히나미의 어깨를 찰싹 때리면서 웃고 있는, 평소와 다를 게 없는 모습이다. 웃기만 해도 교실 안에서 유난히 화사해 보이는 존재. 그런 미미미가 나한테 좋아한다고 말해줬다는 사실만으로 마음이 들뜬다고나 할까, 현실감이 없다. 어라? 혹시 뭔가 착각한 걸까? ……라는 생각을 하면서 현실에서 눈을 돌리는 것은, 이제 그만뒀다.

그리고 내가 조용히 교실 구석에서 미미미를 쳐다보고 있었더니—— 갑자기.

나와 미미미의 시선이, 마주쳤다.

"……아."

"……아."

두 사람의 시간이 멈췄다. 호흡이 멈췄다.

서로 눈을 깜박거리면서 뭔가를 찾고 있다는 걸 알 수 있다.

평소 같으면 미미미가 『오~ 브레인!!!』 같은 소리를 하면서 달려올 것 같은 이 분위기. 하지만 지금 두 사람 사이에는 그저 어색한 분위기가 감돌뿐이고, 눈을 깜박이는 것 외에는 아무 일도 일어나지 않았다.

몇 초 동안의 침묵.

건드리기만 해도 깨져버릴 것만 같은 시간이 흘러간다. 나는 더 이상 참지 못하고 미미미한테서 눈을 돌리고 말았다. 평소의 나와 미미미를 아는 사람이라면 뭔가 의미심장하게 보였을 지도 모르겠다.

뭐, 뭐야 이거.

심장이 묘하게 빨리 뛴다. 사고가 흐트러진다. 이상하다. 최근에는 다른 사람 눈을 보면서 말하는 것 정도는 익숙해졌는데, 지금 이 순간만 따져보면 특훈을 시작하기 전보다 더 심한 상태다. 그저 눈이 마주쳤을 뿐인데, 솔직히 말해서 제정신이 아니다.

바닥을 보고 있는 내 눈에 들어오는 나뭇결 속에서 라 프랑스(주 : 서양 배의 한 품종) 같은 모양을 찾으면서 마음을 진정시키고 있는데, 저쪽에서 히나미가 "왜 그래~?"라고 묻는 소리가 들려왔다. 아마도 미미미가 뭔가 이상하다는 걸 걱정, 또는 캐묻는 거겠지.

뭐, 내가 긴장한 건 아침 회의에서 미미미 이름을 말했기 때문에, 라고 하면 설명이 되지만 미미미까지 저러는 건 좀 이상하니까. 흠, 퍼스트 콘택트에서 이 꼴이라니, 언제 들킬지 모를 일이네.

히나미와 미미미가 어떤 분위기에서 이야기 하고 있는지 궁금해서 시선을 돌린 상태로 귀를 기울였다. 숨을 고르면서 조용히, 눈동자만 움직여서 히나미네 쪽을 봤다.

그랬더니.

"……아."

"……아."

또다시 미미미와 눈이 마주쳤다. 미미미도 나와 눈이 마주쳤을 때 눈을 돌렸던 것 같은데, 다른 타이밍에 다시 이쪽으로 시선을 움직인 순간, 다시 마주친 것 같은 그런 느낌이었다. 나는 또다시 급하게 눈을 돌렸다. 어쩌면 지금 미미미도 나와 동시에 눈을 돌렸을지도 모른다.

그리고 다시 내 시야에 펼쳐진 것은 바닥의 나뭇결.

자. 이거 큰일이다. 조금 전까지는 어떤 표정을 지으면 좋을까 어떻게 말을 하면 좋을까 같은 것들을 생각했는데 애당초 눈을 마주치기도 힘들다는 사실이 판명됐다.

응. 미즈사와의 말에 의하면 사귀자는 말을 한 건 아니니까 지금까지와 똑같이 대하면 된다는 패턴도 있다, 고 했는데, 아무래도 그건 힘들 것 같습니다.

* * *

그렇게 해서 미미미와 어색한 눈짓만의 커뮤니케이션을 반복하면서 시간이 흘러갔다. 그리고 그날 3교시, 교실 이동 수업 전의 쉬는 시간.

평소처럼 도서실을 향해 걸어가고 있는데, 갑자기 내 스마트폰이 진동했다.

주머니에서 꺼내서 봤더니, 화면에 표시된 것은 LINE 메시지가 왔다는 알림. 보낸 사람은 히나미다.

이 타이밍에 평소엔 오지도 않는 LINE 메시지가 오니까 안 좋은 예감만 들었지만, 어쨌거나 쭈뼛쭈뼛 그 메시지를 확인했다.

그랬더니 아니나 다를까.

『미미미랑 무슨 일 있었어?』

정말 빨리도 남의 속을 떠보네. 미미미의 고백이 딸린 리얼 타임 어택이 아닌가 싶을 정도로 빠른 스피드. 아무 말도 안 하고 눈짓만 좀 주고받았는데 그걸로 눈치를 챘나.

히나미의 관찰력에 놀라면서도 잠깐 생각한 뒤에 답장을 보냈다.

『아니, 딱히.』

뭐, 내 멋대로 히나미한테 미미미에 대해서 말할 수는 없으니까 이렇게 넘어가자. 히나미 입장에서는 과제와 관련된 일은 확실하게 말하라고 생각할 수도 있겠지만 이건 내

방식으로 해야겠다.

그리고 수십 걸음. 바로 히나미한테서 답장이 왔다.

『흐응.

뭐, 과제만 잘 하면 되지만.』

김이 샌 것 같으면서도 왠지 납득하지 못한 것 같은, 그러면서도 확실하게 못을 박은 내용. 그야말로 히나미다운 내용이다.

나는 동요한 걸 들키지 않기 위해서 바로『나도 알아』라고 답장을 보내고는 스마트폰을 주머니에 집어넣었다.

그런데…… 과제. 교실을 이동하기 전에 도서실에 가는 건 항상 하는 일이지만, 오늘 나한테는 너무너무 무거운 과제가 있다.

불안과 긴장으로 가득 찬 가슴을 끌어안고 도서실 앞에 도착했다. 그리고 안을 살펴서 키쿠치 양이 아직 안 왔다는 걸 확인하고는 전전긍긍하는 심정으로 안에 들어갔고, 항상 앉던 의자에 앉았다.

그리고 숨을 크게 들이쉬면서도 오늘 아침의 회의—— 신경 쓰인다는 두 사람의 이름을 말한 뒤의 일을 떠올렸다.

* * *

"——미미미랑, 키쿠치 양."

내가 대답하자, 히나미가 만족스레 빙긋 웃었다.

"응. 정했으면 됐어."

"……응."

드디어 말해버렸다는, 불안함인지 두려움인지 부끄러움인지 모를 아리송한 감정을 품으면서도, 고개를 살짝 끄덕였다. 이미 말해버렸으니 이젠 돌이킬 수 없다.

지금 난, 히나미의 지시 때문이 아니라 내 의지로 두 사람을 선택했다.

온몸이 경직된 날 보며, 히나미가 문득 질렸다는 것처럼 한숨을 쉬었다.

"……그나저나, 일주일이나 고민한 것 치고는 너무나 타당한 답이라서 힘이 쭉 빠지네."

"시, 시끄러."

왠지 히나미가 내 마음속을 훤히 들여다보고 있는 것 같아서 좀 창피했다. 나도 실컷 고민한 것 치고는 평범하다고 생각했으니까 말이지.

묘하게 고양된 감정을 어찌해야 좋을지 몰라 고민하고 있었더니, 히나미가 가학적인 미소를 지었다. 그리고 내 쪽으로 다가와서 어깨를 툭, 하고 두드렸다.

"지금부터 그 두 사람과—— 연인이 되는 걸 전제로 거리를 좁혀줘야겠어."

"여, 연인……!"

내 한계치를 너무나 뛰어넘는 말에 마음이 완전히 끓어올랐다.

"둘 중에 어느 한 쪽과 남녀 관계가 돼서 같이 데이트도 하고, 손도 잡고, 부모님 없을 때 한쪽 집에 가고, 하면서."

"부, 부모님이 안 계실, 때……."

"그래. 한 번 상상해 봐. 예를 들자면 미미미가 네 방에 와서, 단 둘이 서로가 생각하는 일에 대해 실컷 이야기를 나누고, 침대 위에 나란히 앉아서…… 손을 꼭 잡고 있는. 그런 상태."

얼굴을 불쑥 들이밀면서 말하는 히나미.

"소, 손을?!"

내가 노골적으로 당황했더니 갑자기 히나미의 하얗고 긴 손가락이 내 가운뎃손가락을 요염하게 문질렀다. 깜짝 놀라 손을 움찔거리며 눈을 돌렸더니, 히나미가 씩 웃으면서 천천히 손을 뺐다. 뭔가 아쉽다는 생각이 들어 슬쩍 히나미 쪽을 봤더니 아주 만족한 미소를 짓고 있는 히나미가 시야에 들어왔다. 그 묘하게 고혹적인 표정이 내 뇌에 대량의 정보를 전송했다.

한눈에 봐도 처리 능력 한계를 뛰어넘은 행위에, 내 사고 회로가 완전히 오버플로 하는 건 당연했다.

"마―――"

"뭐, 뭐야……."

결국 망가져버린 내가 영문 모를 소리를 내자 히나미도

놀랐는지, 움찔하면서 몸을 뒤로 젖혔다.

"아. 미, 미안."

정신을 차리고 사과했다. 히나미는 얼굴을 찌푸리고 내 쪽을 보고 있다.

"……지금까지 한 번도 본 적이 없는 패턴으로 반응해서 어떻게 대응해야 할지 모르겠네."

"그, 그랬지."

"정의(定義) 밖에서 공격, 역시 nanashi라고 해야 하나……."

"뭐? 으, 응……."

뭔지 모를 방향에서 평가하니까 나야말로 어떻게 대응해야 좋을지 모르겠지만, 일단 애매하게 맞장구를 쳤다.

"뭐, 됐어. 그럼 그걸 전제로 한 과제인데."

"마──를 전제로?"

"그럴 리가 있다고 생각해?"

"죄송합니다."

슬쩍 농담을 던졌지만 히나미는 아주 차가운 목소리로 그 말을 딱 잘라버렸다. 다른 사람들이랑 있을 때는 농담을 해도 전부 코미컬하게 받아줬는데, 나랑 단둘이 있을 때는 아주 엄격하다.

"이번에도 그렇게 어려운 과제는 아니야. 기간을 정하고, 어느 쪽을 정말로 『좋아한다』고 생각하게 되는지, 그리고 그 답이 나왔을 때 상대와 마음이 통하는 것을 목표로 하는 과제야."

"······그거 어려운 거 아닌가?"

상대와 마음이 통한다, 고 아무렇지도 않게 말했는데 말이야. 하지만 히나미는 내 불만을 무시하면서 눈살을 찌푸리더니 들으라는 것 같은 말투로 계속해서 말했다.

"뭐, 지금까지 쌓아온 게 있으니까. 특훈을 시작한 뒤로 반년. 내 말대로 해왔으니까, 그 정도는 당연히 준비돼 있어야 하는 거 아냐?"

"아, 예. 그러네요······."

자신만만하게 말했지만 그건 항상 있는 일이고, 그리고 내가 히나미 말에 넘어가는 것도 늘 있는 일이니까 그냥 넘어가자는 심정입니다.

"그리고 그 전에 하나 확인. ······미미미랑 만담하기로 했지?"

"뭐? 응. 맞아."

미미미 이름이 나왔을 때 약간 뜨끔하기는 했지만, 일단 고개를 끄덕였다. 그랬더니 히나미가 빙긋 웃었다.

"그렇다면 잘됐네. 키쿠치 양네 연극 서포트에 미미미랑 만담. 그 두 가지 입장을 이용해서 하루에 한 번은 반드시 둘 중 한 사람과 단둘만의 시간을 만들 것. 그게 이번 문화제 때까지 계속해야 할 과제야."

"······그렇구나."

히나미의 말에 잠시 뜸을 들인 뒤 고개를 끄덕였다. 뭐, 앞으로 관계를 진척시킨다는 목적을 생각하면 타당한 과제겠지. 하지만 뭐라고 할까, 만나서 이야기만 하는 정도라면 히나미 치고는 너무 쉬운 과제 같다는 생각도 든다.

"그래. 알았어."

하지만 여기서 『그게 다야?』 같은 소리를 하면 과제가 엄청나게 어려워진다는 건 경험을 통해 아주 잘 알고 있으니까, 그냥 입 다물고 얌전히 듣기로 했다.

"……뭐야? 그 『그게 다야?』 같은 얼굴은."

"뭐?"

"그래. 그렇게까지 나온다면 과제를 조금 더 추가해볼까."

"잠깐, 난 아무 말도 안 했거든."

히나미가 내 마음의 소리를 듣고서 과제의 난이도를 조정하기 시작했다. 말도 안 돼. 왜 아무 말도 안 했는데 이렇게 되는 거냐고. 날 보면서 엄청 싱글싱글 웃고 있는데, 이거 혹시 그건가. 처음부터 이렇게 괴롭힐 생각이었던 건가. 생각해보면 너무 심플한 과제였지. 그렇다면 이렇게 빙 돌아가는 데 대체 무슨 의미가 있는 거냐고.

"그런고로 진짜 과제는── 오늘부터 문화제가 시작하는 날까지 이벤트 맵을 채우는 거야."

"이벤트 맵?"

히나미가 고개를 끄덕였다.

"지금부터 너한테 『이런 얘기를 한다』든지 『여기에 같이 간다』 같은 몇 가지 단계로 구분된 목표를 줄 거야. 그걸 미미나 키쿠치 양 중에 한 사람, 또는 두 사람과 같이 채워

가면 돼."

"그러니까, 한마디로?"

그러자 히나미는 평소의 아무렇지도 않다는 투로 말했다.

"하나를 클리어하면 다음 목표가 개방되고, 그걸 끝까지 개방하면 그 사람의 루트에 들어간다. 그런 목표야."

잠깐, 루트라니.

"그렇다면 한마디로…… 연애 시뮬레이션 게임의 이벤트 맵처럼, 이라는 얘기야?"

그러자 히나미가 빙긋 웃었다.

"귀정."

"흐음."

"리얼 연애의 이벤트 맵. 그게 이번 과제야. 귀정."

"뭐, 알기 쉽기는 하네."

나는 히나미의 귀정을 무시하면서 납득. 고개를 끄덕였다. 사람의 감정이 엮이는 부분을 시뮬레이션적으로 생각하고 싶지는 않지만, 원통하게도 이미지는 파악했다.

"어느 정도 앞뒤 순서는 상관없지만, 문화제 당일 까지 최소한 한 사람의 이벤트 맵을 끝까지 진행할 것. 그렇지 않으면…….."

"뭐……『배드 엔딩』이겠지. 연애 게임식으로 말하자면."

"귀정."

"흐음."

나는 어떻게든 귀정을 무시하면서 히나미가 내준 과제의

개요를 곱씹었다. 역시 게임에 비유하면 쉽게 이해할 수 있다니까.

"배드 엔딩을 피하는 것만 의식하면 어느 타이밍에서 어떤 이벤트 맵으로 진행해야 할지는 알아서 판단해도 돼. 단, 특별한 일이 없으면 양쪽을 동시에 진행하는 쪽이 더 좋겠고. 그리고, 귀정."

"그렇구나. 뭐, 게임에서도 그러니까."

내가 억지로라도 무시한 탓인지 아예 당연하다는 것처럼 귀정을 곁들이는 히나미를 무시하고 고개를 끄덕였다.

한마디로 플래그를 세우는 이벤트를 발생시켜나가고, 기일까지 개별 루트에 들어가기 위한 키 이벤트를 발생시키라는 얘기다. 과제가 꽤나 직접적이 됐네. 잘 생각해보면 이미 연애라고 할 수 있으니까

"물론 고민되는 부분이 있으면 상담해줄게. 말하자면, 난 주인공 친구 포지션."

"하하하. 그렇구나."

뭐랄까, 호감도나 각 캐릭터들이 좋아하는 것들 등의 공략 정보를 가르쳐주는 그런 캐릭터 말이지. 이것도 너무 쉽게 이해가 돼서 왠지 분하다.

"그리고 최종적으로 고백하고 사귀게 되면 클리어."

"잠깐만."

"그래서 일단 제1단계 목표는……."

"잠깐만. 기다려보라고."

내가 황급히 말리자 히나미는 불만이라는 것처럼 한쪽 눈썹을 치켜들었다.

"왜."

"왜는 무슨, 은근슬쩍 넘어가지 말라고. 뭐야, 고백하고 사귀라니."

당연하다는 얼굴로 말이야.

히나미는 또 크게 한숨을 쉬었다.

"그야 당연하지. 저기 말이야, 우리가 제일 처음에 세웠던 목표, 기억 안 나?"

그렇게 말하고는 나를 빤히 쳐다봤다.

"그러니까, 그게…… 기억하는데."

"그래? 그럼 뭐야? 중간 목표."

히나미가 내 쪽으로 몸을 들이밀면서 시험하는 것처럼 물었다.

가장 중요한 포지션에 있는 목표니까 당연히 잊을 리 없다.

"3학년이 되기 전에 여자 친구를 만든다."

"알고 있네."

그리고 히나미는 교실 칠판 쪽을 봤다.

"지금이 몇 월?"

히나미가 쳐다보는 칠판에는 전혀 엉뚱한 날짜가 적혀 있지만, 뭐, 히나미가 무슨 말을 하려는 건지는 알겠다.

"12월. ……시간이 없다는, 그런 얘기지."

내가 대답하자 히나미는 무표정한 얼굴로 날 똑바로 쳐다 봤다. 그리곤 엄청나게 낮은 톤의 목소리로 천천히.

"귀정……."

"무서워."

깊은 원한이 서린 듯한 말투에 나도 모르게 반응하고 말 았다. 아까 엄청나게 무시한 만큼, 귀정의 원한이 잔뜩 실 린 걸까. 귀정의 원한은 또 뭐야. 히나미는 표정을 바꾸고 냉정한 말투로 계속해서 말했다.

"지금이 12월. 그리고 이제 2주 뒤엔 문화제가 있고 2학 기가 끝나. 우리 학교는 그럭저럭 괜찮은 입시 학교. 문화 제가 끝나면 본격적으로 입시 시즌에 들어가거든?"

"……그렇겠지."

"그런 면학 분위기 속에서 여자 친구를 만들기 위한 이벤 트를 만드는 게 쉬운 일일 것 같아?"

"어렵……겠지?"

그렇게 대답했더니 히나미가 빙긋 웃었다.

"그럼 반대로, 입시 전의 마지막 축제 분위기. 문화제라 는 리얼충 이벤트의 한복판. 거기서 연애에 관한 이벤트를 쌓아가는 게, 힘들 것 같아?"

"뭐…… 학교생활 속에서는 간단한 편, 이겠지."

적어도 통상적인 상태, 게다가 입시 준비 기간 보다는 난 이도가 낮을 것이다.

"그럼 그 애매한 대답을 바탕으로. 입시 준비 기간과 문화제 시즌. 여자 친구를 만들려면 어느 쪽이 효율이 좋을까?"

대답을 유도하는 것 같은 기분이 들기도 했지만, 머릿속에 떠오른 답은 하나뿐이었기 때문에 그대로 말할 수밖에 없었다.

"그야…… 문화제 시즌이겠지."

"그치?"

히나미가 의기양양하게 미소를 지었다. 엄청나게 거만한 얼굴이다. 엄청나게 예쁜 거만한 얼굴이다.

"그럼 당연히, 이번에는 그런 목표가 돼야 하지 않을까?"

그리고 완전히 대답할 말을 잃어버린 나는,

"예. 그렇게 생각합니다."

깔끔하게 KO 당했다. 1라운드 시작 수십 초 만에 다운, 일방적인 대답이었다.

"응. 그럼, 잘 부탁해."

만족스레 말하는 히나미를 분한 마음을 가득 담아서 쳐다보는 나. 불만이 없는 건 아니지만 뭐라고 받아칠 말은 없고, 오히려 저쪽 말이 옳다는 생각이 드는 게 이 녀석의 귀찮은 점이다.

"……음."

하지만 뭐라고 할까. 내 마음속에는 뭔가 위화감 같이 묘하게 걸리는 게 있었다.

나는 그 정체를 찾으려 했고—— 마침내, 그것이 머릿속에서 말의 형태로 변했다.

"저기 말이야."

"응?"

완전히 KO 당한 선수가 일어난 게 의외였는지, 히나미가 깜짝 놀란 표정으로 날 쳐다봤다.

"고백은, 목표에서 뺐으면 싶은데."

"……무슨 소리야?"

히나미는 눈살을 찌푸리고, 완전히 불만인 기색이다.

"아니, 뭐라고 할까. ……딱히, 고백할 생각이 없다는, 그런 얘기는 아니야. 오히려 제대로 인생을 플레이해서 여자친구를 만든다는 쪽으로 열심히 해보겠다고 정한 건 나니까, 그건 확실하게 할 생각이야."

"그럼 됐잖아."

히나미는 또 시작이다, 같은 질렸다는 얼굴로 날 쳐다보고 있다. 하지만 그런 건 신경 쓰지 않고 나는 내 생각만 말했다.

"아니…… 그래도, 만약에 고백한다면 말이야. 그건 『목표』라서 하는 게 아니라―― 내가 『고백하고 싶다』고 생각하니까 한다는, 그런 흐름으로 가고 싶은데…….."

"……뭐?"

히나미는 이해할 수 없다는 것처럼 말꼬리를 끌어 올리더니 말을 이어나갔다.

"뭐야 그게? 결과적으로 고백하게 되면 어느 쪽이건 마찬가지잖아."

"뭐, 분명히 결과는 똑같긴 한데…… 그 과정이 다르다고 할까 동기가 다르다고 할까."

"결과가 같으면 똑같은 거잖아."

딱 잘라서 말했다. 그 말에는 망설임이라는 것이 전혀 존재하지 않았고, 오히려 망설임이라는 존재 자체를 부정하는 것처럼 보였다.

"아니면 뭐? 결과는 어떻게 되건 상관없고『중요한 건 과정』이라는 소리를 하고 싶은 거야?"

나무라는 것 같은 투로 말하고 잠깐 쉬더니, 진지한 말투로 그 다음을 말했다.

"──그 nanashi가?"

핵심을 찌르는 것 같은 눈빛. 근본적인 부분에 파고드는 것 같은 날카로운 기세.

어설픈 대답을 봉쇄하는 것 같은, 협박 같은 뭔가가 담겨 있는 질문이었다.

하지만, 히나미가 하고 싶은 말도 알았다.

이건 게이머로서의 자세에 관한 문제다.

나는 히나미의 질문을 듣고 다시 열심히 생각했다.

"나는……."

히나미 말대로 노력에 있어 결과가 중요하다는 건 틀림없는 사실이다.

물론 과정을 즐기는 것도 중요하고, 난 오히려 그 부분을 소중하게 여기면서 어패를 플레이해왔다고 자부한다. 하지만, 예를 들어서 『회피에도 대응할 수 있는 안정된 콤보를 만들고 싶다』『실전에서 저스트 가드 성공률을 높이고 싶다』 같은 목적, 또는 처음부터 『지고 싶지 않다』는 전제로 계속 플레이해왔다는 의미에서 보면, 나는 평범하게 즐기는 쪽이 아니라 목적 지향형 플레이어다.

무엇보다 그렇게 해서 어패 전국 최강자가 됐기 때문에, 결과를 중시하는 사고방식에 대해서는 나도 체감적으로 이해할 수 있다.

그래서 히나미의 말을 무조건 부정하고 싶지는 않았다.

"중요하다고 생각해. 결과도."

"그렇지? 그럼 됐잖아."

동시에 뭔가 미묘하게 다르다는 생각도 들었다.

그건 예전에 이 녀석과 다퉜을 때도 말했던── 내 안에 있는 양보할 수 없는 감각과 비슷하다.

그래서 나는 다시 한번, 그것을 이 녀석에게 말하기로 했다.

"결과도 과정도 중요하게 여겨온 게 nanashi의 플레이 스타일이야. 난 그걸로 전국 최강이 됐고. 그렇다면 인생도 그렇게 싸우는 게 효율이 좋을 거야."

전에도 말했던 나만의 궤변. nanashi이기에 할 수 있는 말도 안 되는 핑계에 히나미가 잠깐 얼굴을 찌푸렸지만,

"……하아. 아, 그래."

마침내 질렸다는 듯이 고개를 숙였다. 좋았어, 역시 히나

미도 이 말에 대한 돌파구는 찾아내지 못한 것 같다. 왜냐하면 이건『내 홈그라운드』니까.

"뭐…… 그렇게까지 말한다면 그래도 좋아."

"좋았어." 빙긋 웃었다. "그럼 마지막에는 내 마음에 따라서 행동하는 걸로."

내가 확인하자 히나미는 한쪽 눈썹을 들어 올리면서 손가락으로 뒷목을 살짝 긁었다.

"하지만『왠지 고백할 생각이 안 들어』같은 소리만 계속 늘어놓다가 기회를 놓치는 짓은 안하겠다면, 이라는 조건이 붙거든?"

나는 알았다고 고개를 끄덕였고, 히나미는 자신을 납득시키려는 것처럼 말했다.

"그렇다면…… 결과는 변함이 없을 테니까."

"그래, 알았어. 네 기준으로도 문제없겠지."

결과가 같다면 뭐든 좋다. 그렇다면 반대로 결과만 같으면 내 이해할 수 없는 고집도 받아들이겠다는 뜻이다.

히나미는 뭔가 납득할 수 없다는 것처럼 얼굴을 찌푸리면서도 이야기를 계속했다.

"알았어. 그럼 다음으로 이번 과제의 자세한 내용에 대해서."

내 안에 있는 중요한 포인트에 대해서는 일정한 선을 지키는 데 성공한 나는, 만족하면서 히나미의 다음 말을 기다렸다.

"네가 클리어 할 이벤트는 세 개야."

"세 개."

내가 되풀이하자 히나미가 맞아, 라면서 고개를 끄덕이고는 손가락을 하나씩 세워보였다.

자, 이번에는 어떤 과제일까.

"첫 번째. 좋아하는 타입, 사귀고 싶은 이성의 조건에 대한 이야기를 나눈다."

"으, 응. 직접적이네."

처음부터 그럭저럭 센 게 왔다. 지금까지 살아오면서 해본 적 없는 일이다. 벌써부터 긴장되네.

하지만 히나미는 봐주지 않았다.

"두 번째. 둘이서 같은 액세서리를 한다."

"……뭐, 뭐라고?!"

"세 번째. 5초 이상, 의도적으로 서로의 손이 닿게 한다."

"자, 잠깐, 잠깐만!"

노도 같은 3연속 공격에 나는 완전히 전의를 상실했다. 한 방 한 방이 너무 묵직한 것 아닙니까 히나미 씨.

"네 번째——"

"잠깐. 진짜로 잠깐만."

뻔뻔하게 하나를 더 늘리려는 히나미를 진심으로 제지했다.

"아, 세 개였지. 실수했네."

"너……."

뭐야 그렇게 놀래키는 게 어디 있냐고. 생각지도 못한 각도에서 날아온 일격에 완전히 허를 찔리고 말았다. 이렇게 다종다양한 괴롭히기 패턴에서 이 녀석의 높은 커뮤니케이션 능력이 엿보이지만, 제발 부탁이니까 그 능력을 나와 원활한 관계를 만드는 데 써줬으면 싶거든.

"목표는 대충 이래."

여유 있는 표정으로 다리를 꼬면서 말하는 히나미.

"……그나저나 뭐라고 할까, 하나하나 난이도가 너무 높은 거 아냐?"

한숨을 쉬면서 묻자 히나미는 턱에 손가락을 대고 흠, 하면서 아주 잠깐 생각했다.

"그러게. 분명히 어렵게 설정하기는 했어. 하지만 그 대신 2주 동안에 과제가 세 개밖에 안 되잖아. 그리고 전에 내줬던 인스타그램 퀘스트랑 달라서『사진을 찍는다』같은 상황적인 제한은 없고, 그냥 실행만 하면 돼. 지금 상황에서 2주나 있으면 충분히 가능하고도 남는 범위야."

"으, 음~ 그런가……."

거침없이 설명하고 있지만 납득이 가는 것도 같고 아닌 것도 같은 느낌이다. 아무래도 내가 그 세 가지 목표를 실행하는 모습을 도무지 상상할 수 없으니까. 그리고 두 번째와 세 번째는 이미 연인인 사람들이나 하는 거 아니냐고. 그런 소리 하면 엄청나게 뭐라고 할 것 같으니까 말은 안 하지만.

"무엇보다 2주라는 기간은 다른 사람과의 거리를 좁힐 수 있는 스킬만 충분히 갖추고 있으면 처음 만난 사람하고도 사귀게 될 수 있는 기간이거든. 지금 너랑 두 사람의 관계를 생각해보면 불가능할 리가 없어."

"그런 커뮤니케이션 능력이 이차원급인 몬스터랑 똑같이 취급하지 말아주셨으면 좋겠는데……."

그건 아마 미즈사와 정도의 기술과 경험이 있어야 비로소 성립되는 일이고, 나처럼 이제 겨우 초보자를 벗어난 인간한테는 불가능한 던전이라고.

내가 암담한 기분으로 창밖에 있는 하늘을 보고 있었더니 히나미가 대수롭지 않다는 말투로,

"뭐, 너라면 이번에도 할 수 있어."

"뭐?"

그 말을 듣고 고개를 돌려보니 히나미가 부드러운 미소를 짓고 있었다.

"어쩌네 저쩌네 하면서도 지금까지 대부분의 과제들을 잘 수행해 왔잖아. 안 그래?"

"그, 그랬나……?"

"응. 그랬어."

빙긋 웃었다. 왠지 갑자기 칭찬을 받고, 게다가 열심히 했다고 인정해주니까 조금 기쁘다. 그, 그런 건가. 할 수 있는 건가, 나라도.

"——열심히 한다면 말이지만?"

"으, 응."

그러나 싶더니 바로 못을 박았다. 뭐야 그 당근과 채찍은. 매번 있는 일이지만 쓸데없이 마음이 흔들리거든. 역시 이 녀석은 만만치 않다니까.

"자. 그럼 오늘부터 첫 번째 이벤트 맵——『좋아하는 타입, 사귀고 싶은 이성의 조건에 대해 이야기 한다』를 실행해줘. 뭐 물어볼 거 있어?"

"아, 아니⋯⋯."

"그래. 그럼 확실하게 채울 수 있도록 온 힘을 다 하도록."

"아, 알겠습니다⋯⋯."

그렇게 해서 오늘도 실컷 휘둘리기만 하고 아침 회의를 마쳤다.

* * *

그리고 현실로 돌아와서 도서실. 뭐, 당연히 긴장되는 상황이다.

솔직히 말이야, 오늘부터 난 주어진 과제인 『이벤트 맵』을 채워나가야 하고, 게다가 첫 번째부터 갑자기 『좋아하는 타입, 사귀고 싶은 이성의 조건에 대해 이야기 한다』라니. 아무렇지도 않게 말했지만 생각해보니까 이거 지금까지 나한테 줬던 과제 중에서도 상당히 어려운 편에 속하는 과제 아닌가? 그리고 그 다음에는 더 어려운 과제들이 넘쳐나고 있으니 골머리를 썩일 수밖에 없다.

나는 먼저 의자에 앉아서 앤디의 작품을 펼쳐놓고 키쿠치 양이 올 때까지 기다렸다. 물론 제정신이 아니었기에 작품의 내용은 하나도 머릿속에 들어오지 않았다.

그나저나 대체 어떻게 해야 하지. 당연히 나는 여성과 그런 이야기를 해본 경험이 없어서 애당초 어떻게 말을 꺼내야 되는지도 모른다. 목소리 톤은 어떻게 해야 좋을까. 진지하게 말해야 할까 살짝 장난스럽게 말해야 좋을까? 정답을 알면 최대한 비슷하게 다가갈 수는 있게 됐지만 정답을 모르면 여전히 갓난아이나 마찬가지다.

어제 키쿠치 양이랑 연극 각본에 관한 이야기를 하다가『지금 좋아하는 사람이 있는가』같은 질문을 받았으니 분위기상 그런 이야기를 물어보기 쉬운 상황이라고 할 수도 있지만, 반대로 생각해보면 그걸 물어봤다가는 괜히 혼자서 이상하게 신경 쓰면서 기회는 이때다, 라는 것처럼 편승해서 물고 늘어지는 오타쿠 재수 없어 진짜 웃긴다, 라고 여겨질 가능성도 있다.

그리고 지금 내 머릿속에서 맴돌고 있는 생각은 또 있다.

냉정하게 생각해보면 어느 타이밍에서건 키쿠치 양한테 물어보는 일 자체는 성공한다고 해도―― 미미미한테 그걸 물어보는 건 무리잖아.

왜냐하면 그쪽은 나한테 자기 마음을 말했는데 그 상태에서『어떤 타입이 좋아?』라고 물어보라니, 완전히 쓰레기 같은 놈이잖아. 나는 키쿠치 양이 오기를 기다리는 것만 해도 한계였다. 그런데 그 다음에 어떻게 해야 할지도 생각해야만 한다니. 도저히 머릿속을 정리할 수가 없었다.

"안녕하세요."

"으어억?!"

별안간 파이프오르간 소리 같은 신성한 음색이 고막을 울렸다. 너무 갑작스럽게 들려온 기분 좋은 소리에 깜짝 놀라서 소리를 지르고 말았다.

고개를 돌려보니 거기에는 키쿠치 양이. 미안하다는 얼굴로 날 보고 있다.

"죄, 죄송해요, 놀라셨어요……?

"아, 저기, 키쿠치 양?!" 내가 되레 미안해하면서 숨을 골랐다. "미, 미안, 괜찮아."

"그, 그래요."

"으, 응. 그러니까…… 안녕."

그랬더니 키쿠치 양이 후후, 하고 웃고는 책장에서 책을 한 권 뽑아들고 내 옆으로 와서 섰다.

"안녕하세요."

오늘의 두 번째 인사를 하고, 키쿠치 양이 표정을 살피려는 것처럼 나를 가만히 쳐다봤다. 눈을 깜박일 때마다 가늘고 긴 속눈썹이 흔들렸고, 그때마다 매혹의 마력이 담긴 가루가 떨어져 나를 유혹하는 것만 같았다.

"다행이다. ……평소의, 토모자키 군이네요."

"뭐?"

키쿠치 양이 살짝 고개를 숙이고,

"어제, 조금, 분위기가 이상하다 싶어서……."

"아……. 그랬구나."

어제 방과 후, 여기서 키쿠치 양과 각본에 대해 이야기하고 『지금 좋아하는 사람이 있는가』라는 질문을 받았다. 그리고 나는 거기에 대해 진지하게 생각하고── 결국, 전제로서 『나한테는 선택할 권리가 없다』고 생각한다는 사실을 알아차렸다.

그것은 히나미가 『두 사람 이상을 선택』이라는 과제를 내준 순간부터, 또는 나 자신을 이 인생이라는 게임의 약캐라고 정의한 순간부터 계속 가슴속에 품어왔던 것이다.

마음속에서 나온 진흙 같은 감정이 다른 사람의 심리 변화에 민감한 키쿠치 양에게 전해졌겠지.

아마도 그것 때문에 걱정해주고 있는 것 같다.

"어젠, 미안했어. 뭔가 이것저것 생각할 게 많았거든."

내가 솔직하게 사과하자 키쿠치 양도 바로 고개를 저었다.

"괜찮아요. 여러 일이, 있었나보네요."

"……응. 맞아."

더 이상 자세히 묻지는 않고 자연스럽게 받아들이는 자세를 보여주는 키쿠치 양. 겨우 그것뿐인데, 왠지 부드러운 뭔가가 가슴을 간질이는 것 같은 기분이 들었다. 마치 천사의 깃털을 가득 채운 깃털 이불처럼 따뜻한 느낌. 아니, 천사의 깃털을 가득 채운 깃털 이불은 왠지 무섭나? 아무튼 역시 키쿠치 양 옆에 있으면 마음이 편하다는 기분이 들었다.

"하지만 이젠 괜찮아. 고마워."

그래서 키쿠치 양이 걱정하지 않도록 일부러 부드러운 톤으로 말했다.

어쩌면 아직 내 안에 있는 『약캐 근성』을 털어내지 못했는지도 모른다. 그래도 나는 겉모습만이라도 강캐인 척 하면서 다른 사람들의 마음과 마주하기로 결심했고── 오늘 아침에는 내 의지로, 내가 신경 쓰이는 사람의 이름을, 확실하게 말했다.

생각해보면 내가 직접 자신의 의지로 다른 사람을 선택한건 처음인 것 같다.

"그렇다면, 다행이네요."

그리고 키쿠치 양이 내 옆자리 의자를 뒤로 당겼다.

"옆자리, 괜찮아요?"

"아, 응. ……물론이지."

"후후. 고맙습니다."

그리고 부드럽게, 빙긋 웃었다.

별것 아닌 한 마디 한 마디가 묘하게 날 간지럽히는 것 같은 이 순간. 그것은 키쿠치 양의 부드러운 실크 같은 분위기가 자아내는 시간이다. 온통 책장들로 가득한 이 방 안에 꿈결 같은 편안한 기분이 찰랑거린다. 시간이 멈추고, 유토피아가 펼쳐지는 것만 같은 기분 좋은 느낌이 내 피부를 어루만지 듯 감싸안았다.

하지만 계속 이 편안한 기분에 잠겨 있을 수만은 없다. 나한테는 과제가 있고, 그 과제가 엄청나게 어려운 것이니까. 힘내자.

나는 멍하니 정면에 보이는 창 너머 풍경을 바라보며 기회를 노렸다.

그러고 있다가, 웬일로 키쿠치 양이 자리에 앉았는데도 책을 펼치지 않고 날 가만히 바라보고 있다는 게 느껴졌다. 음, 무슨 일이지. 키쿠치 양은 그 연분홍색 작은 입술을 살짝 벌렸다 다물었다 하며 뭔가를 망설이고 있는 것 같았다.

"……왜 그래?"

"예?!"

내가 묻자 키쿠치 양이 깜짝 놀랐는지 책을 툭, 하고 책상 위에 내려놓고 왼손으로 자기 입을 가렸다. 그러니까, 이건 무슨 반응일까.

잘 모르겠어서 좀 더 구체적으로 물어보기로 했다.

"뭐, 뭔가 하고 싶은 말이라도 있어?"

그러자 키쿠치 양이 쑥스럽다는 듯이 시선을 대각선 아래쪽으로 돌렸다.

"그, 그런 얼굴이었어요?"

"으, 응."

"그렇구나……."

그리고 또 한 순간의 침묵. 뭔가 조금 이상한 분위기다. 뭐야, 내가 말실수라도 했나.

하지만 지금까지 내가 먼저 이런 말을 하는 경우는 거의 없었지. 표정 같은 걸 보고 알아서 생각하는, 그런 것. 왠지 무의식적으로 말해버렸지만 넘겨짚었다가 실수한 건지도 모른다. 어쩌지.

이 분위기에 어떻게 대처해야 좋을지 열심히 생각하고 있는데 키쿠치 양이 발밑에 놔뒀던 종이봉투를 들어서 책상 위에 올려놨다. 나는 깜짝 놀라면서 그 동작을 쳐다봤다.

키쿠치 양은 그 봉투에서 클립으로 묶어놓은 종이 다발을 꺼냈다.

"아. ……각본?"

"예." 키쿠치 양이 고개를 끄덕였다. "……토모자키 군이, 읽어줬으면 싶어서."

꺼낸 것은 우리 반에서 할 연극의 각본. 아, 그래서 조금 쑥스러워 했구나. 내가 말실수를 해서 그런 게 아니라니 다행이다.

책상 위에 올려놓은 수십 장 정도의 종이다발 제일 윗 장에는 심플하고 작은, 가운데 정렬한 글자로『내가 모르는 하늘을 나는 법』이라는 제목이 적혀 있다. 뭐랄까, 그냥 명조체로 인쇄해서 이렇게 묶어놨을 뿐인데 왠지 그럴듯하게 보인다.

"오, 대단한데. 딱 각본이라는 느낌이야."

"후후. 그러게요."

그 살짝 기쁜 감정을 공유하며 둘이서 조용히 웃었다.

이렇게 해서 정말로 『각본』의 형태가 됐다고 생각하니 그 것만으로도 너무나 기뻤다. 내가 인생의 공략을 시작하면서 느꼈던 것과 또 다른 방법으로 세상이 넓어지는 느낌이다.

"저기, ……읽어 주실래요?"

"물론이지. 읽을게."

살짝 눈을 피하면서 말하는 키쿠치 양을 조금이라도 리드 해주기 위해서 당당하게, 그게 당연하다는 것처럼 말했다. 여기서 나까지 허둥대면 키쿠치 양이 더 부끄러워할 것 같 으니까. 그리고 왠지 키쿠치 양이랑 같이 있을 때는 이렇게 내가 이끌어가는 게 자연스러운 일이 됐다는 기분이 든다.

"가, 감사합니다."

"아냐, 내가 먼저 말한 일이기도 하니까."

그렇게 말하면서 각본을 집었다.

"그런데 정말 빠르네? 어제 배역을 정했는데 벌써 다 됐 구나."

원래 소설로 썼던 것이기는 하지만, 소설 단계에서도 후 반 전개는 아직 정하지 못했고 전반부도 배역에 맞춰서 뉘 앙스를 바꿔야 할지도 모른다고 했었는데. 하루 만에 수정 하기에는 좀 많은 양이 아닌가도 싶다.

"그게 말이죠. 사실 후반은 아직 못 정했지만……."

"아, 그렇구나?"

키쿠치 양이 살짝 수줍어하며 계속해서 말했다.

"왠지 즐거워서. ……할 수 있는 데까지는 전부, 하루 만에 했어요."

쑥스러워하면서, 그러면서도 긍정적으로 웃었다.

그것은 마치 순진무구한 소녀 같은 표정이었고.

"이 캐릭터들이 무대 위에서 움직인다고 생각하니까, 가슴이 너무 두근거려요."

그래서 나도 따라서 웃고 말았다.

"응. 그러게."

"……조금, 긴장되기도 하지만."

"아하하. 문화제 무대 공연이니까."

나는 가슴 속에 따뜻한 공기가 퍼지는 것을 느끼면서 눈앞에 있는 각본을 봤다.

거기에는 키쿠치 양이 정열을 담아서 쓴, 내가 좋아하는 이야기가 있다.

"그럼 오늘 안에 읽을게. 수업 다 끝나고 또 회의 하자."

"아, 예!"

키쿠치 양이 허리를 바로 세워 바른 자세를 하고는 고개를 꾸벅 숙였다.

"자, 잘 부탁드립니다."

"아하하. 응."

이런 예의바른 점까지 포함해서 전부 키쿠치 양이라는 느낌이다.

이렇게 대화는 일단 끝났다.

키쿠치 양은 볼이 살짝 발그레해진 채로 책상 위에 있는 책 쪽으로 시선을 옮겼고, 그 책을 펼쳤다. 둘이 나란히 앉아서 독서하는 시간이 시작됐다. 평소에는 이렇게 둘이서 책을 읽으며 시간을 보내는 게 자연스런 흐름이었지만——.

오늘은 그럴 수가 없단 말이야.

"……저기."

키쿠치 양 쪽을 흘끗흘끗 보면서 입을 열었다.

대화가 아주 좋은 분위기로 끝나기는 했지만 아무래도 과제가 있으니까. 무지무지 어려운 게 있으니까.

"왜 그러세요?"

내 목소리에 깜짝 놀란 키쿠치 양이 고개를 갸웃거리면서 날 쳐다봤다. 다람쥐와 족제비를 더해서 둘로 나눈 뒤에 천사를 20명 정도 더한 것을 빛으로 축복한 것 같은 사랑스런 동작이 내 미간을 꿰뚫었다. 미간의 탄흔에서는 틀림없이 성소(聖素)가 내 육체를 승화시키고 있겠지만 거기에 질 수는 없다.

"저기……."

자, 지금부터 어떻게 할까. 말을 걸기는 했지만 솔직히 아무것도 생각하지 않았다. 일단 아무 계획이 없어도 뛰어들어 보는 것이 중요하다는 것은 지금까지 경험한 것을 통해서 알고 있기 때문에 일단 무작정 말을 걸어 봤다. 경험상 40퍼센트 가량의 확률로 어떻게든 될 테고, 만약 나머지 60퍼센트 정도의 확률로 실패한다고 해도 그것이 새로운 경험치가 될 테니까, 어느 쪽으로 굴러가건 이렇게 하면 된다는 게 내 이론.

지금 물어봐야 하는 것—— 사귀고 싶은 이성의 조건.

나는 지금 존재하는 단서를 바탕으로, 어떻게든 재수 없게 보이지 않으면서 그 화제를 꺼내기 위해서 열심히 머리를 굴렸다.

그때.

내 눈에 들어온 것은 조금 전에 키쿠치 양이 준 연극 각본이었다.

"아."

"……?"

그리고 생각이 났다.

그렇구나. 키쿠치 양한테는 이렇게 물어보면 되는 건가.

왜냐하면 바로 어제 **그 이야기**를 했으니까.

"연극…… 클라이맥스에서 말이야."

조용히 내려놓는 것처럼 말했다. 키쿠치 양은 나를 가만히 쳐다보면서 이야기를 들어준다.

"리브라를 누구랑 이어줄지 고민이다, 라고 했었잖아?"

키쿠치 양이 고개를 끄덕였다.

"예…… 크리스가 좋을지, 아르시아가 좋을지, 고민이에요."

그건 어제 들었던 이 소설의 주인공, 리브라의 연애에 관한 이야기.

열쇠가게 아들인 소년 리브라는 소꿉친구이자 왕족의 딸

인 소녀 아리시아와 비룡을 키우기 위에서 데려온 고아 소녀 크리스 두 사람과 점점 친해진다.

연애가 이야기의 중심은 아니라고 했지만 아무래도 관객들은 주인공이 누구와 맺어지는지에 대해 관심을 갖게 된다. 키쿠치 양은 그 최종적인 결론을 고민하는 중이라고 했고.

"그럼…… 키쿠치 양은 말이야."

즉, 그것을 이용하면──

"응?"

나는 최대한 자연스러운 목소리로 말하려고 의식하면서 입을 열었다.

"──그렇게 남녀가, 사귀게 될 때는, 뭘 기준으로 선택하면 좋을 것 같아?"

나는 내 모국어에는 없는 『사귄다』는 단어를 발음하느라 잠깐 고생했지만, 어쨌거나 묻는 데는 성공했다. 그것도 어디까지나 각본 이야기를 하는 것처럼.

그렇다. 이게 지금 내가 떠올린 작전.

이름하여 캐릭터 이야기를 하는 척 연애에 대해 자세히 물어보면 자연스럽게 그 이야기를 할 수 있지 않을까 그렇지 않을까 대작전, 이다. 키쿠치 양과 간접적으로 연애관에 대한 이야기를 하면서 거기에 맞춰 나도 각본의 서포트 역할로서 의견을 말한다. 그렇게 하면 서로의 연애관에 대해 말할 수 있을 테니까 과제를 달성할 수 있겠지, 라는 작전입니다. 다, 달성하는 게 맞겠지?

히나미가 이걸 인정해줄 지는 모르겠지만, 일단 해보자. 만약 이렇게 해도 된다면 첫날부터 세 가지 과제 중 하나를 클리어한 게 되니까.

"사귀는 상대를…… 고르는 기준, 말인가요."

키쿠치 양은 아주 진지한 표정으로 거기에 대해 생각해주고 있다. 좋았어, 이상한 분위기는 아닌 것 같은데. 어디까지나 각본 이야기니까, 응.

"응. 맞아."

나도 어디까지나 창피한 이야기가 아니라는 느낌을 주기 위해서 힘차게 고개를 끄덕였다. 이럴 때면 나도 강해질 수 있다.

키쿠치 양은 잠시 고민하는 것처럼 약간 아래쪽을 보면서 눈동자를 움직였다.

"전, 아직 모르는 게 많지만…… 그건, 아마도."

"아마도?"

맞장구를 치자 키쿠치 양은 열심히 생각하면서 말하는 투로,

"──사귄다, 는 것이, 그 본인에게 어떤 의미를 가지는지, 거기에 달려 있다고 생각해요."

"사귄다는 것의…… 의미?"

잘 모르겠다는 목소리로 말했더니 키쿠치 양이 고개를 끄덕였다.

"예를 들어서 단순하게『사귄다』는 자체에 관심이 있을 뿐인지, 아니면 상대를 독점하고 싶은 건지…… 아니면 두 사람의 관계에 어떤 이름이 필요해서인지."

"……그렇구나."

그것은 세상을 한 걸음 떨어진 곳에서 바라보는 것 같은 냉정한 말, 균형 잡힌 대답이었다. 냉정하다는 의미에서는 히나미랑 비슷하기도 하지만, 그렇게까지 극단적으로 차가운 건 아니다.

말하자면 구름 위에서 지상을 내려다보는 천사의 말이라고나 할까.

"그게, 제 생각이에요……."

"응. 뭔지 알겠어."

그렇게 해서, 창작물의 이야기에 비유하기는 했지만, 그럭저럭 괜찮은 느낌으로 연애 이야기라는 걸 하는 데 성공했다. 볼륨이 좀 작은 것 같기도 하지만, 지금까지 다른 사람한테 물어본 적이 없는『사귀는 상대를 선택하는 방법』이라는 화제를 던지고 키쿠치 양의 연애관 같은 것도 들었으니까 어느 정도 과제를 달성했다고 해도 될 것 같다.

하지만, 어째서일까.

나는 한 걸음 더 들어가 보고 싶어졌다.

단순히, 그걸 알고 싶다고 생각한 것이다.

"그럼 말이야……."

그래서 나는 흐읍, 하고 숨을 들이쉬고, 키쿠치 양을 똑바로 보면서,

"─키쿠치 양 개인적으로는, 사, 사귄다는 데, 어떤 의미가 있다고 생각해?"

그런 질문을 쾅, 하고 던졌다. 역시 발음하기 힘들다.

"그, 그러니까……."

당연히 키쿠치 양은 당황했다. 그렇겠지. 각본 이야기에서 시작해서, 당신이 사귀고 싶은 이성의 조건에 대해 가르쳐달라는 소리를 한 게 되니까. 어라? 당신이 사귀고 싶은 이성의 조건에 대해 가르쳐달라고 한 게 맞나? 그렇게 생각하니 엄청나게 창피하네.

"저 개인적으로…… 말인가요."

키쿠치 양은 잠깐 놀란 것처럼 눈이 휘둥그레졌지만, 이내 진지한 표정을 짓더니 생각에 잠겼다. 살짝 쑥스러워하는 것처럼 보이기도 하지만, 시간차를 두고 찾아온 내 부끄러움과 비교하면 상당히 약한 편이다. 어쩌면 의외로 이런 이야기를 좋아하는 걸까. 왠지 즐거워하는 표정처럼 보이기도 하네.

그리고 10초 정도 침묵한 뒤에.

키쿠치 양이 조용히 고개를 들었다.

"……예를 들자면, 앤디의 작품 중에 『가위손의 거짓말』이라는 단편이 있거든요."

"아, 그거 알아."

그건 내가 도서실에서 읽었던 앤디의 작품 중에 있었던 사랑 이야기다.

"가위손과 공주님의, 짧은 사랑 이야기였지."

키쿠치 양이 고개를 끄덕였다.

『가위손의 거짓말』. 가위로 된 손을 가져서 의도치 않게 다른 사람을 다치게 해버리는 남자가 그림책 세상에 갇혀 있는 공주님을 사랑한다.

공주님은 평면인 그림책 속 세상에서 이쪽 세계를 보지도 못하는 외톨이.

가위손은 뭘 해도 다른 사람을 다치게 해버려서 외톨이.

그런 두 사람이 『그림자』를 통해서 인연을 만들어가는 이야기다.

"가위손은 다른 사람을 다치게 하는 그림으로 『종이를 잘라서』 그림을 만들고. 그림책에 비친 그 그림자가 평면 세계까지 전해져서…… 두 사람을 얽매고 있던 가위와 그림책이 둘을 이어주는 도구가 돼요."

"그리고 두 사람이 맺어지게 됐지."

키쿠치 양이 천천히 고개를 끄덕였다.

"공주님께는 가위손이 아니면 안 돼요. 가위손도 공주님이 아니면 안 되고. ……그런 관계를 만드는 게, 사귄다는 것의 의미, 가 아닐까, 하고 생각해요."

"아…… 그렇구나."

그것은 분명히 로맨틱하고 특별한 의미가 있는 것 같았다.

"다른 누군가가 대신할 수 없는 관계, 라는 뜻이지."

"……맞아요."

즉 대체 불가능한 존재. 일종의 운명처럼 서로가 서로를 필요로 하고 보완해주는 관계.

"그 사람이 아니면 안 된다는, 다른 사람은 대신할 수 없는 특별한 두 사람의 관계가 맺어지고, 하나의 이상적인 형태가 되는. 그런 관계를 만드는 게 제가 생각하는 『사귄다』의 의미라고, 그렇게 생각해요."

"……이상적인 형태, 말이지."

"예."

그러고 보니까 어제 각본에 내해서 이야기할 때도 비슷한 말을 했었다.

키쿠치 양은 리브라를 누구와 이어줘야 좋을지 고민했고, 나는 그것을 『키쿠치 양이 개인적으로 이어주고 싶다고 생각하는 쪽을 선택하면 된다』고 대답했다.

하지만 키쿠치 양은 맺어질 상대를 고를 때는 사적인 감정을 제외하고 『그 세계에서의 이상』에 따라야 한다고 말했다.

아마도 그게 키쿠치 양의 연애관이겠지.

그나저나 갑자기 질문했는데도 생각보다 고상하다고 할

까, 키쿠치 양의 마음속에서 열심히 고민한 흔적이 있는 답이 돌아와서 솔직하게 감탄했다. 나는 한 번도 생각해본 적이 없었는데.

……그렇다면, 그래.

"나도, 잘 생각해야겠네."

툭, 말이 흘러나왔다.

미미미의 마음을 듣고. 내가 신경 쓰이는 두 사람을 고르고.

여기서부터 또 한 걸음 나가기 위해서는 틀림없이 나만의 『사귀는 의미』가 필요하겠지.

"토모자키 군한테는…… 없나요?"

"응. 생각해본 적도 없어."

"……그렇군요."

키쿠치 양은 배려하는 것 같은, 조심스런 표정으로 날 쳐다봤다

그래서 나는 최대한 웃으려고 하면서.

앞으로 내가 하고 싶은 일을 솔직하게 말하기로 했다.

"그러니까 앞으로 나만의 『사귀는 의미』를 찾아야겠다고, 그렇게 생각하고 있어."

말하면서 나 자신도 납득했다.

응. 지금 나한테 필요한 건 이거였어.

그러자 키쿠치 양은 놀란 것처럼 눈이 휘둥그레졌고, 그

리고는 안심한 것처럼 미소 지었다.

"……그렇다면, 다행이네요."

그리고 상냥한 시선을 똑바로 나한테 던졌다. 사실은 망설이고 있지만 확실한 태도를 보여주면 키쿠치 양도 안심한다. 역시 나는 이런 의미 때문에라도 강캐인 척 해야 하는지도 모르겠다.

"그럼, 만약 그 답을 찾으면 저한테도 가르쳐주세요."

그렇게 말하면서 이번에는 싱긋, 어딘가 짓궂게 웃었다. 그것은 평소의 키쿠치 양보다 어딘가 인간적이고 친근감이 담긴 표정이었다.

"으, 응. 알았어."

내가 그 시선에 쑥스러워하면서 간신히 대답했더니, 키쿠치 양은 당황한 것처럼 얼굴이 빨개져서 이렇게 덧붙였다.

"아! 그러니까, 각본! 각본에, 참고하고 싶으니까……."

그 나한테서 돌린 시선과 묘하게 고집스런 표정이, 열심히 강캐인 척 하고 있는 내 가면 속에 있는 본체를 너무나 간단히 찌르고 들어왔다.

"그러니까, 응. 아, 알았어."

"으, 응."

"차, 참고란, 말이지."

"그, 그래요. 차, 참고."

둘이서 뭔가의 가능성을 보고도 못 본 척 하는 것 같은 답답한 시간이 흘렀다.

"저기! 스, 슬슬 가야 하지 않을까?!"

"아, 그, 그러네요!"

"그, 그치! 가, 가자!"

"으, 응!"

그렇게 해서 묘하게 뜨겁고, 그러면서도 결코 불편하지 않은 시간은 끝나고, 둘이서 생물실로 갔다. 뭐랄까, 연애 얘기는 정말 힘듭니다.

* * *

그렇게 해서 이동 수업도 끝나고, 4교시 수업 중.

키쿠치 양과의 첫 과제를 클리어 한 내가 그 다음으로 고민하는 건 바로.

앞으로 미미미를 어떻게 대해야 좋을까, 라는 문제다.

물론 거기에 과제를 클리어 해야 한다는 의미도 포함돼 있지만, 그것보다 내 개인적인 감정이 더 큰 문제다. 왜냐하면 나는 이대로 미미미와 어색한 사이가 되는 게 뭐라고 할까, 당연히 싫기도 하고, 그렇다고 함부로 답을 내리기에는 내 경험치가 충분히 쌓이지 않았기 때문이다.

하지만 아침에 봤을 때의 분위기를 보면, 아무래도 말을 주고받는 건 고사하고 서로 눈을 마주치는 것조차도 힘든 상황이 돼버린 것 같다. 이런 상황에서 어떻게 반격해야 좋을지, 경험치가 모자란 나로서는 알 수가 없었다.

이동 수업 중 같은 조였던 나와 미미미는 수업 중에도, 수업이 끝난 뒤에도 묘하게 어색했고, 흘끗흘끗 눈길을 마주치거나 필요 최소한의 말을 주고받는 등등, 역시 아침의 연장선상에 있었다.

그래서 나는 오늘 하루 종일, 쉬는 시간 등에도 미미미와 말을 하지 않았다. 뭔가 어색한 분위기가 감돌게 되고 말았다— 라고 생각했더니.

4교시가 끝나고 점심시간. 그 일이 일어났다.

"학생식당 가자~"

가벼운 목소리와 함께 다가온 사람은 미즈사와. 고개를 돌려보니 그 조금 뒤쪽에는 나카무라와 타케이도 있다.

최근 들어 우리 반 카스트 구조의 정상에 있는 나카무라네 그룹과 함께 학생식당에서 밥을 먹는 것도 신기한 일이 아니게 됐다. 인스타그램 과제와 문화제를 준비하면서 내가 보여준 행동 덕분에 반 전체적으로 봤을 때도 위화감이 없어졌는지, 이 조합을 이상하게 여기며 쳐다보는 사람도 없다. 놀라운 진보라고 생각한다.

"아, 알았어."

나도 가볍게 대답하고 미즈사와 쪽으로 걸어갔다.

옆으로 갔더니 미즈사와는 뭔가를 생각하는 것처럼 한쪽 눈썹을 치켜 올리면서 내 귓가에 얼굴을 대고 작은 소리로 이렇게 물었다.

"그래서, 미미미하고는 어떻게 됐어?"

확인하는 것 같은 말투다. 이 녀석만은 전부 알고 있으니까.

"그, 그러니까…….."

내가 고민하자 미즈사와가 툭툭, 가벼운 템포로 말했다.

"잘 하고 있어?"

"아니…… 별로."

"뭐, 보니까 그런 것 같더라. 생물실에서도 뭔가 어색해 보였고."

"알면 굳이 물어보지 마."

그랬더니 미즈사와가 크크크, 하고 즐겁게 웃었다.

"좋았어. 그럼 좀 센 방법을 써볼까."

"……센 방법?"

내가 그 말에서 불길한 뭔가를 느낄락 말락 하는데, 미즈사와가 뜬금없이 이런 말을 해버렸다.

"아오이~ 오늘 점심 학생식당에서 같이 먹을래?"

"미, 미즈사와……?!"

나는 생각지도 못한 전개에 당황했지만, 그렇다고 딱히 그걸 막을 대외적인 이유도 없기 때문에 그냥 지켜볼 수밖에 없었다. 히나미와 점심. 한마디로, 당연히, 같은 그룹에 미미미도 있다.

미즈사와의 갑작스런 행동에 나카무라가 의아하다는 표정을 지었다.

"같이?"

"아, 그러면 안 되나?"

미즈사와가 어린애처럼 웃으며 말했다.

"안 되는 건 아니지만, 갑자기 뭔데."

"아~ 글쎄. 뭐, 그냥 그런 기분이라서."

"흐~음?"

나카무라가 미즈사와의 행동을 뭔가 부자연스럽다고 생각하는 것 같았지만 표정이나 말투로 보아 딱히 크게 저항할 생각은 없어 보였다. 뭐, 원래 사이가 좋은 그룹이니까.

미즈사와의 제안을 받은 히나미는 마침 그룹 멤버들이랑 같이 학생식당에 가려던 참이었는지, 바로 몇 명이 모여서 이야기를 했다. 다시 한번 말하지만 그 중에는 당연히 미미미도 있다. 미미미도 있는 것이다.

미즈사와의 제안에 깜짝 놀란 표정을 지은 히나미는, 잠깐 뭔가를 생각하는 것처럼 입을 다물었다. 그리고 확인하려는 것처럼 자기 그룹 쪽을 보더니 멤버들과 두 세 마디 말을 나눴다. 그리고는 다시 이쪽을 봤다.

"좋아~."

"오케이. 그럼 갈까~."

간단히 결정하고, 미즈사와가 히나미 쪽으로 걸어갔다.

"그런데 왜 갑자기?"

"응? 그냥."

"아하하, 뭐야 그게."

뭔가 엄청나게 자연스런 느낌으로 남녀 그룹 합동 식사모임이 결정됐다. 뭐야 이거. 그냥이라는 한 마디로 모든 게

용납된다. 이 녀석이 무슨 왕이라도 되나?

나는 초조해하면서 미즈사와 곁으로 다가가서는 작은 소리로 말했다.

"저, 저기, 어쩌려는 거야……?!"

"말했잖아? 센 방법이라고."

"너, 너 말이야……."

나는 미즈사와에게 매달렸지만 정작 당사자는 크크크, 하고 신난다는 것처럼 웃기만 할 뿐, 내 말을 그냥 넘겨버렸다. 이, 이 자식.

그렇게 우리 남자 그룹 네 명은 히나미 그룹의 여자 다섯 명과 합류해서 식당 쪽으로 걸어갔다. 이, 이제 어떻게 되는 건가요.

나는 상황을 살피기 위해서 흘끗, 하고 미미미 쪽을 봤다. 그랬더니.

"……아."

"……아."

또 눈이 딱 마주쳤고, 또 의미심장하게 고개를 돌렸다. 아, 역시 안 되겠다.

"떠들썩하고 재밌을 것 같은데?!"

그리고 타케이는 역시나 한결같았다. 타케이답게 될 대로 되라는 기분이 된 것 같다.

* * *

학생식당.

창가 안쪽, 계단 쪽 큰 자리에 짐을 놓고 자리를 잡은 다음에, 남녀 아홉 명이 줄을 섰다.

멤버는 나를 포함한 나카무라 그룹의 남자 네 명과 히나미 그룹의 여자 다섯 명. 즉 히나미와 타마 양, 카시와자키 양, 세노 양—— 그리고 미미미다.

뭔가 꿍꿍이가 있는 것 같은 미즈사와가 이 자리를 만들었는데, 정작 본인은 내 앞에서 세노 양에 카시와자키 양이랑 같이 담소만 나누고 있고 아무 설명도 없다. 뭐 하자는 거야.

슬쩍 뒤쪽을 보니 거기에 미미미가 있었다. 타케이와 타마 양을 놀리며 장난치고 있어서 나랑 눈이 마주치지는 않았지만, 평소와 똑같이 미소 짓고 있는 얼굴이 왠지 묘하게 눈부셔 보였다. 어라? 나 지금 엄청나게 의식하는 건가?

아침부터 계속 미묘한 분위기라서 아직 제대로 말도 해보지 못한 나와 미미미. 그런 두 사람이 원탁에 앉으면 대체 무슨 일이 일어날까. 그냥 수업만 들으면 되는 이동 수업 때랑은 상황이 다르다.

더 말하자면, 그런 모습을 히나미가 보면 어떻게 될까, 라는 문제도 있다. 이미 뭔가를 눈치 챈 것 같기도 한데, 만약 그 내용까지 알아차리기라도 하면 히나미가 어떻게 행동할까. 그것도 은근슬쩍 무섭다.

여러모로 고민하고 생각하면서 카운터에서 마파 정식을

받았다.

그랬더니 여기서 생각지도 못한 사태가 일어났다.

"……오~! 브레인! 그거 맛있겠는데!"

뒤쪽에서 한없이 밝고 시끄러운 목소리가 들려왔다. 그렇게 부르는 사람이 딱 한 사람밖에 없는 별명으로 부르면서 말을 건 사람은, 당연히──.

목소리가 들려온 쪽을 보니, 미미미가 평소처럼 밝은 표정으로 치킨 난반 정식을 손에 들고서 날 보며 웃어 주고 있다. 아침부터 계속 미묘한 느낌이었는데 대체 무슨 일이 일어난 거지.

"으, 응." 나는 당황하면서도 최대한 평소처럼 굴려고 노력하면서 대답했다. "맛있겠지."

"맛있겠다! 그런데 매워 보여! 나 매운 거 못 먹는데! 무리야!"

"어느 쪽이야…….."

"글쎄, 어느 쪽일까!"

그런 얘기를 하면서 아하하~ 하고 웃는 미미미. 뭐, 뭐야 이거. 분위기는 거의 평소랑 똑같고, 내용이 없는 대화도 평소 그대로. 밝고 즐거운, 바보 같은 미미미.

하지만 대체 뭐지. 자세히 관찰해 보니 어딘가 조금 남 같은 느낌이라고 할까, 연기하는 것 같은 분위기도 느껴진다. 나랑 눈을 거의 마주치지 않고, 거리감도 약간 멀다. 오히려 나랑 눈을 마주칠 수가 없어서 거리를 두고 있을 뿐이라고도 할 수 있다.

"……저기."

"으, 응."

역시 평소랑 달라서 약간 어색하다.

하지만 미미미는 그런 분위기를 날려버리려는 것처럼 어때! 하면서 치킨 난반 정식을 내 앞에 들어 올려 보였다.

"짠! 난 다이어트 중이라 이걸로 주문했습니다!"

어색한 침묵을 메워버리려는 것 같은, 약간 서두르는 톤. 나도 어떻게든 맞춰주면서 평소처럼 대화를 이어나가려고 했지만, 어제 했던 말과 그 모습이 머릿속에 떠올라서 말이 쉽게 나오질 않았다. 어쩌지, 큰일 났다.

"뭐, 뭐야! 그, 그거 마요네즈 엄청 뿌렸잖아!"

"무, 무슨 말씀이신가요! 이건 타르타르소스! 채소 알갱이가 잔뜩 들어있으니까, 실질적으로 샐러드거든!"

분위기를 수습하려는 것처럼, 정신이 반쯤 다른 곳에 가 있는 것 같은 톤으로 대화하는 두 사람. 뭐랄까, 대화 자체는 자연스럽게 성립되고 있는데도 눈은 마주치지 않고, 대화의 방향이 잘 정해지지 않는다. 그저 침묵을 없애기 위해서 말을 주고받고 있는 것 같은 감각. 이 미묘한 침묵을 메워주는 건 고맙지만 둘 다 필사적이고, 어딘가 붕 뜬 느낌이다.

하지만 거기서 알아차렸다. 이건 그거다.

아마 미미미 나름대로 어색한 관계가 되지 않도록 열심히 노력해주고 있는 것이다.

그래서 말도 안 되는 샐러드 이론을 펼치고 있는 미미미한테, 나는 최대한 장난기를 담아서 한숨을 쉬어보였다.

"저기 말이야. 그거 기름기 덩어리……."

"그만~! 말하지 마~!"

"칼로리가……."

"으아~~!"

내 말을 막으려는 것처럼 코미컬한 소리를 냈다. 나는 그런 미미미한테 질렸다는 것처럼 딴죽을 걸었다.

그리고 우리 자리 쪽으로 걸어가면서 주고받는 대화.

겉으로만 보면── 틀림없이 평소와 똑같은 나와 미미미처럼 보일 것이다.

그래서 조금 안심했다.

계속 말도 못 하게 되면 어떻게 하나 싶었지만 이렇게 평소처럼 구는 정도는 가능한 것 같다.

물론 그게 어떤 의미에서는 일시적인 대책일 뿐이고, 진짜 해결이 아니라는 건 알고 있다.

하지만 이렇게 평소와 똑같이 내용이 없는, 밝고 즐거운 대화를 할 수 있다는 걸 알게 되자 그것만으로도 마음이 아주 조금 가벼워졌다.

"마, 맞다! ……토모자키."

갑자기 멈춰 서서 긴장한 톤으로 던진 미미미의 말에 나는 최대한 자연스럽게 대답했다.

"······응?"

그랬더니.

"그러니까, 어제 그거 말인데······."

심장이 덜컥 내려앉았다.

"어, 어제 그거······라는 건, 어제 그거 말이지."

"으, 응. 어제 그거."

갑자기 말문이 막히고 침묵.

분명한 긴장이 전해지고, 그 긴장이 서로를 더욱 긴장하게 만든다. 슬쩍 뒤쪽을 봐서 듣는 사람이 없다는 걸 확인했다.

"저기, 그게······."

"으, 응."

미미미가 무슨 말을 할지 짐작도 못하고, 나는 눈도 마주치지 못한 채 몸이 굳어졌다.

"뭐, 너무 신경 쓰지 말아줬으면 싶다고 할까······."

미미미 치고는 보기 드물게 소곤소곤 작은 소리로 말했다.

"그러니까, 잊어버려! ······라는 것도 아니지만······."

미미미의 볼이 너무나 알기 쉬울 정도로 빨갛다. 그러는 내 볼도 점점 뜨거워지는 게 느껴진다.

"최대한, 평소대로, 라고나 할까."

"그, 그래. ······알았어."

"응····· 미안해. 갑자기."

"아, 아냐. 괜찮아."

다른 사람들과 자리로 가는 도중에 몰래 주고받은 비밀 이야기. 게다가 내용이 내용이니만큼, 심장이 징그러울 정도로 빠르게 뛴다.

"미미미~!"

"왜, 왜 사쿠라!"

그러는 중에 앞에서 걸어가던 카시와자키 양이 미미미를 불러서 대화가 중단됐다.

"그, 그럼 그렇게 알고!"

"그, 그래."

그 말만 남기고 미미미는 카시와자키 양 쪽으로 갔고, 나는 다른 사람들과 같이 있으면서도 나 혼자 외톨이가 된 기분이 들었다.

"평소대로…… 말이지."

혼자서 조용히 그 말을 복창했다. 어떻게든 열심히 하면 되려나. 하지만 그걸로 되는 걸까.

나는 고개를 살짝 숙이고서 입술을 깨물고, 내가 해야 할 일을 열심히 생각했다.

"평소대로라니, 뭐가?"

"으어억?!"

그 절묘한 타이밍에 시야 바깥쪽에서 말을 건 사람은 미즈사와. 자기 생각대로 깜짝 놀란 나를 보면서 큭큭큭, 하고 재미있다는 것처럼 웃고 있다.

"노, 놀래키지 마……."

"하하. 미안해."

하나도 안 미안한 것처럼 말했지만, 이런 때 이 녀석이 웃는 얼굴은 묘하게 순수해보여서 왠지 미워할 수가 없다. 치사한 남자다.

미즈사와는 돈카츠 덮밥 곱빼기를 올려놓은 쟁반을 들고서, 정수기 앞에 줄을 선 내 옆에서 청량한 기운을 내뿜고 있다. 의외로 많이 먹는다니까…….

"여러모로 힘들어 보이는데 말이야?"

"재밌다는 것처럼 말하지 말라고."

완전히 남의 일이라고 재미있어하는 미즈사와한테 날카롭게 딴죽을 걸었다. 그랬더니 미즈사와는 또 기쁘다는 것처럼 웃었다. 이 자식이.

하지만 뭐라고 할까.

미즈사와가 고백받은 일에 대해 알게 된 건 반은 사고 같은 일이지만 이 엄청나게 믿음직한 미즈사와가 모든 일을 알고 있는 상태에서 가까이 있다는 것 자체는 엄청나게 고마운 상황이라고 생각한다. 솔직히 이건 나 혼자서 끌어안을 문제가 아니니까.

미즈사와는 평소의 여유 있는 미소를 짓고는 한쪽 눈썹을 치켜세우면서 미미미 쪽을 봤다.

"그래서. 어떻게 할지 정했어?"

은근슬쩍 튀어나온, 한 발짝 더 들어온 질문. 들어왔다는 걸 바로 알아차리지 못했지만 사실은 이미 들어와 있는 그런 감각. 이 녀석은 이런 점이 또 치사하다니까.

"……아니."

나는 최대한 거짓말이 아닌 말을 찾으면서 대답했다.

"솔직히 어떻게 해야 좋을지, 짐작도 못 하겠어."

그랬더니 미즈사와는 흠~ 하면서 내 얼굴을 관찰하는 것처럼 쳐다봤다.

"일단은 평소대로 대하자, 그런 얘기?"

"……뭐, 대충 그래."

내가 자신 없는 목소리로 대답하자 미즈사와는 의기양양하게 미소를 지었다.

"솔직히 말해서 답이 없으니까 그냥 분위기에 쓸려갔다는 거지?"

"윽……."

"하하하. 나왔다, 정곡을 찔렸다는 사인."

대체 뭡니까 이 사람. 어떻게 나보다 더 정확하게 내 마음속에 있는 생각을 언어화하는 거죠.

분명히 지금은 평소대로 대하려고 한다기보다는, 미미미의 행동에 수동적으로 대응하고 있을 뿐이니까.

미즈사와가 싱긋, 부드럽게 웃었다.

"뭐, 여러모로 생각은 하고 있으니까, 자신의 감정에서 눈을 돌리려고 도망치는 것보다는 훨씬 낫겠지?"

그것은 내 불성실을 날카롭게 파헤친, 어제 했던 말을 알고 있기에 한 말이고.

"……그러게."

나는 쑥스러운 거 같으면서도 어딘가 켕기는 기분으로 그 말을 받아들였다.

미즈사와는 그대로 테이블에 앉아서 다른 사람들 쪽을 봤다. 거기에는 이미 미미미를 포함한 일곱 명이 앉아 있었다.

"뭐, 일대일보다는 말하기 쉽겠지. 다른 사람들도 있으면."

아무렇지도 않게 그런 말을 했다. 어, 그렇다면 이번에 미즈사와가 이 자리를 만든 건…….

"미, 미즈사와…… 설마."

내가 동경하는 눈으로 보자, 미즈사와는 거창하게 어깨를 으쓱거리면서 고개를 끄덕였다.

"그런 얘기야. 같은 테이블에서 어색한 모습을 보면 재미있을 것 같았거든. 사정을 알고 있으니까, 이런 건 놓칠 수 없지."

"야."

"하하하."

장난스레 웃고, 미즈사와가 한 손으로 내 등을 툭하고 쳤다.

"자, 힘 빼고."

"정말이지. ……그래도 뭐랄까, 고마워."

"하하하. 무슨 소리야."

그렇게 말하고 의기양양하게 웃는 미즈사와의 얼굴에는 얄미울 정도로 믿음직하면서 짓궂은 표정이 넘쳐나고 있었다.

정말 미워할 수가 없다니까.

* * *

전원 자리에 앉은 뒤로 10분 정도.

테이블에 앉은 사람들의 화제는 내가 생각지도 못한 쪽으로 흘러가고 있었다.

"에~ 그럼 얘네 둘이 무슨 관계라는 얘기는 헛소문이었던 거야~?"

세노 양이 말하고 히나미가 웃었다.

고등학생 남녀가 모이면 당연히 이렇게 된다고 해야 할까. 최근 몇 분 동안 오간 이야기는 소위 말하는 연애 이야기였다.

"당연하지~."

그리고 지금 화제의 중심에 있는 건 히나미와 미즈사와. 몇 달 전에 사실인 것처럼 돌았던 『히나미와 미즈사와가 사귄다』는 소문에 대해, 주로 세노 양과 카시와자키 양이 관심을 가진 것이다. 나는 이미 예전에 패밀리레스토랑에서 그 진상에 대해 들었으니까, 지금은 얌전히 듣기만 하고 있다.

참고로 나는 테이블 통로 쪽 구석 자리에 앉아 있고, 그 옆에는 미즈사와가 있다. 남녀가 마주 보고 앉는 모양이라서 정면에는 카시와자키 양, 그 옆에는 세노 양, 미미미가 있다. 히나미는 나와 반대 방향, 창가 끝에 앉아 있어서, 미즈사와가 내 옆에 있다는 점만 빼면 은근히 혼자 동떨어진 느낌이다.

"그나저나 대체 누구야~? 나랑 타카히로가 사귄다는 소문 퍼트린 사람."

히나미가 코미컬하게 눈살을 찌푸리면서 말했다.

"그러니까~ 누구한테 들었더라. 뭔가 자연스럽게?"

"잘 어울리니까~."

카시와자키 양이 고개를 갸웃거리면서 대답하자 세노 양도 거기에 동조했다.

"응, 응, 맞아. 정말 잘 어울리잖아."

그렇게 물 흐르는 것처럼 말한 사람은 미즈사와. 이 자식이 정말.

"뭐야, 자기 입으로 말하는 게 어딨어!"

미미미가 바로 딴죽을 걸었고, 테이블 전체에 웃음이 터져 나왔다. 껄껄 웃는 타케이의 목소리가 시끄럽다. 응, 역시 미미미와 미즈사와. 숨 쉬는 것처럼 좋은 템포로 대화를 피로하고 있네. 왠지 약간 가슴이 답답해지는 기분도 드는데, 이 감정은 대체 뭐지?

자, 그런 느낌으로 사랑 이야기를 하게 되면 대화에 끼어들기도 힘든데, 과제 생각도 해야 한다. 어떻게 화제를 꺼내야 좋을까. 이번 과제인『좋아하는 타입, 사귀고 싶은 이성의 조건에 대해 이야기 한다』. 즉, 여기 있는 사람 모두와 그 화제를 공유하면 나와 미미미가 거기에 대해 말하게 되고,

과제를 달성하게 된다. 하지만, 음~ 역시 미미미가 있는 자리에서 내가 그쪽 이야기를 꺼내는 것도 좀 그렇잖아……?

웃음소리가 가라앉자 미즈사와는 뭔가 꿍꿍이가 있는 것처럼 입꼬리를 끌어 올리면서 세노 양과 카시와자키 양 쪽을 보면서 말을 걸었다.

"그런데 말이야. 너희 둘이야말로 어떤데?"

"응? 뭐가?"

카시와자키 양이 재미있다는 얼굴로 미즈사와를 보면서 물었다. 세노 양도 두근두근한다는 것처럼 살며시 웃고 있다.

"사귄다든지 아니라든지, 그런 거. 없어?"

미즈사와가 묻자 카시와자키 양과 세노 양은 "에~"하고 쑥스러워하면서 웃었다.

"우리 얘긴 됐잖아~"

"맞아~!"

그렇게 넘어가려는 것처럼 서로 얼굴을 마주봤지만, 그 목소리가 밝은 걸 보면 싫지는 않은 것 같다. 나한테도 『더 물어봐줘』라고 하는 마음의 소리가 들렸으니까. 그나저나 말이야. 연애에 관한 이야기는 그게 『연애에 관한 이야기다』는 것만으로도 왠지 신이 나는 것 같다니까.

그런 두 사람을 보고 나카무라가 의미심장하게 웃었다.

"오, 그 반응. 뭔가 있나본데.'

"하나도 없어~!"

"있는 거 같지?!"

"타케이, 시끄러."

"너, 너무하네⋯⋯."

그렇게 남녀 아홉 명이 점심시간에 연애 이야기를 신나게 주고받는, 숨이 막힐 것 같은 리얼충 공간이다. 나도 일단 은 옆에서 "뭐~! 의외다!" 같은 소리를 하면서 참가한다는 느낌은 주고 있지만 그 중심에 들어가지는 못했다. 평범한 대화라면 평범하게 처리할 수 있게 됐지만, 집단 연애 토크 가 되니까 좀 힘드네. 그리고 왜, 지금은 미미미도 있고.

그런 생각을 하고 있는데.

"아, 그럼 말이야. 토모자키 군은 어때?"

갑자기 나한테 폭탄을 던진 건 히나미였고, 그 다른 생각 은 전혀 없다는 것처럼 보이는 순수한 눈동자에서 『이 기회 를 살려서 후딱 과제를 처리해라』는 압력이 팍팍 느껴졌다. 히나미의 경우에는 표정이 순수하면 할수록 연기하고 있다 는 뜻이고, 깊은 어둠이 느껴진다.

"나, 나?"

"그래~." 히나미가 순진한 표정으로 웃었다. "뭔가 없는 것 같으면서도 있을 것 같다고 할까, 있는 것 같으면서도 없 는 것 같다고 할까."

"뭐야, 어느 쪽이야."

딱 잘라서 말하자 다른 사람들이 웃었다. 오? 뭔가 깔끔 하게 끝났는데. 뭐, 최종적으로는 내 딴죽으로 웃게 만든 것 처럼 보이지만 기본적으로는 히나미가 토스해준 덕분이고,

이렇게 가볍게 넘어갈 수 있게 된 건 좋은 경향이라고 생각한다.

"하지만 뭐, 분명히 요즘 뭔가 있을 것 같다는 느낌이 든단 말이야."

닭고기 튀김 우동의 튀김을 입에 넣으면서 카시와자키 양이 말했다.

"뭐…… 그런가?"

어떻게 반응해야 좋을지 조금 곤란해하면서도, 너무 힘없게 보이지 않도록 대답했다.

하지만 『있을 것 같다』라는 말이 나왔다. 뭐랄까, 카시와자키 양과 세노 양이 조금이나마 내 존재를 인식하게 됐다고 할까, 내가 지금까지 살아오면서 받아왔던 『어차피 토모자키 따위는』 같은 눈빛이 거의 느껴지지 않는단 말이야. 그래서 아까도 간단하게 먹혔던 것 같고. 이게 필드 마법 『나카무라 그룹』에 의한 강화 효과려나. 내 기본 능력이 향상된 영향도 있다면 좋겠는데.

미즈사와가 물을 마시면서 미소를 지었다.

"뭐, 솔직히 없는 건 아니겠지."

"왜, 왜 네가 그런 소릴 하는데?"

나는 슬쩍 놀라면서 받아쳤다. 미즈사와는 나와 미미미의 건을 알고 있으니까, 여기서 그런 말을 하면 좀 무섭다고.

"왜, 거기 같이 갔었잖아. 토쿠세이 고등학교 문화제."

"아……."

그 얘기구나. 그 말을 듣고 안심하면서도 그건 그거대로 놀릴 것 같아서 또 긴장했다. 안심이다 싶었더니 오히려 위험한 거잖아. 옆에서 타케이가 "뭔데 그거?! 왜 난 안 불렀어?!"라고 말했지만 다들 무시했다. 타케이가 타케이 하고 있다.

"주변에 있던 여자애랑 평범하게 얘기했잖아. 그 뒤로 무슨 일이 있어도 이상할 게 없지."

미즈사와가 의미심장한 톤으로 말하면서 내 어깨를 두드렸다.

"너 말이야……."

"그, 그런 건가요 브레인!"

그때 갑자기 미미미가 끼어들었다. 뭐, 뭐야 갑자기. 예상치 못한 일격에 심장이 펄쩍 뛰었다. 깜짝 놀라니까 하지 말라고.

"아냐, 아무 일도 없었어!"

"정말이려나~? 참고로 난 세 건 정도 있거든."

"타카히로, 여자애들을 숫자로 세지 마."

미즈사와의 농담에 히나미가 딴죽을 걸었고 다른 사람들이 웃었다.

"흐, 흐응……."

그 속에서 미미미가 웃지도 않고 내 쪽을 보다가 눈을 돌렸다가 하면서, 떨떠름하다는 것처럼 소리를 냈다. 뭐야 그 의심하는 눈은.

"밈미, 괜찮아?"

그렇게 뭔가 분위기기 이상한 미미미한테 타마 양이 말을 걸었다.

"응?! 뭐가?!"

"뭐긴…… 밈미 너 말이야."

"뭐, 뭐가?!"

"뭐긴…… 전체적으로."

"그, 그런가?! 기분 탓 아냐?!"

"으, 응. 그런가."

"그런 거야!"

말하면 말할수록 점점 더 이상해져갔고, 후반은 완전히 기세로 밀어붙였다. 거의 타마 양이 넘어가준 모양이 됐다. 미미미는 어째선지 얼굴이 빨개졌고, 나도 그 당사자 중에 한 사람으로서 미안한 기분이 들었다.

문득 시선이 느껴져서 옆을 봤더니, 미즈사와가 한쪽 눈썹을 치켜 올리고 날 보면서 웃고 있다. 이 자식. 그렇게 해서 나는 미즈사와를 노려보는 걸로 반박 의사를 표명했다. 그랬더니 미즈사와는 빙긋 웃어 보이더니 나한테서 시선을 돌렸다.

그때.

"─그러는 미미미 넌, 무슨 일 있어?"

"나, 나?!"

히나미가 핵심을 찌르는 것 같은 말투로 한 방 날렸다. 급소를 찌르는 창 같은 일격. 뭔가를 캐는 것 같은 분위기였고, 왠지 잠깐 『나한테서 도망칠 수 있을 것 같았어?』 같은 느낌으로 날 슬쩍 봤는데, 이건 위험하다.

"뭔가 숨기는 거 같은데?"

빙긋 웃으면서 말하고, 히나미가 미미미를 가만히 쳐다봤다. 위험해. 여기서 조금이라도 이상한 태도를 보이면 바로 들킨다.

만약 히나미가 이 박력으로 나한테 따지고 들었다면 '그, 그, 그, 그러니까 그게…… 딱히 아무것도 없어! 어제 방과 후엔' 같은 소리를 해서 한순간에 모든 일이 파탄이 나겠지. 하지만 이번에는 대상이 미미미니까 아직 희망이 있다. 조금 전까지는 엉망진창이었지만 지금은 괜찮아. 미미미, 평소의 커뮤니케이션 능력으로 헤쳐 나가줘!

나는 기도하는 심정으로 가만히 지켜봤다. 노력과 관찰의 귀신 히나미 VS 천연형 커뮤니케이션 강자 미미미. 히나미는 어디를 어떻게 관찰해서 단서를 얻어낼까. 그리고 미미미는 어떻게 동요하는 걸 감출까.

그리고, 먼저 주목할 첫 수.

생각하는 것처럼 한참동안 입을 다물고 있던 미미미가 선택한 행동── 그것은.

"그, 그게에~……."

곤란하다는 표정으로 슬쩍 내 쪽을 보는 것이었다. 잠깐, 그건 아니지. 뭐 하는 거야. 너무 뻔히 보여서 곤혹스럽습니다만. 몇 가지 공방을 생각하긴 했는데, 그건 너무 악수잖아 미미미.

"토모자키 군?"

그리고 바로 히나미한테 나와의 관계를 들켰다. 거 봐. 왠지 나보다 좀 멍청해진 것 아닌가요 미미미 양. 미즈사와는 살짝 아래쪽을 보면서 엄청나게 웃고 있는데, 이 자식이. 그리고 그만 해. 그 행동도 히나미한테는 힌트가 되니까. 게다가 그런 모습을 보고 세노 양이랑 카시와자키 양이 뭔데, 뭔데~?! 하고 끓어오르고 있다고!

마침내 히나미가 그 날카로운 시선을 미미미한테서 내 쪽으로 돌렸다. 안 돼. 그렇게 보면 난 대응할 수 없어.

"뭐, 뭔데?"

잡아떼려고 말하자 히나미가 날 똑바로 쳐다보면서,

"……그랬구나."

납득한 것처럼 말했다. 뭐야. 아무 말도 안 했는데 뭐가 들킨 건데. 뭐 그럴 만도 하지. 오늘 아침 시점에서 이미 눈치챈 것 같으니까, 이 반응을 보면 일목요연하겠지. 옆에 있는 미즈사와는 웃음을 너무 참은 탓인지 어깨를 부들부들 떨고 있는데, 나중에 한 대 때려주고 싶다.

"뭔가 타카히로도 관계가 있는 것 같은데?"

그러는 와중에 그것마저 들켰다. 이젠 틀렸다. 이 수십 초 사이에 모든 것이 벗겨지고 알몸이 돼버렸다.

그랬더니 미즈사와가 크크크, 하고 웃으면서 히나미 쪽을 봤다.

"대충 그래. 하지만 아쉽게도 너희한테는 비밀이야."

그리고는 저리 가라는 손짓을 했다.

그랬더니 히나미, 카시와자키 양, 세노 양 세 명이 비난하는 목소리를 냈다.

"뭐~!"

"뭐야 그게~"

"말도 안 돼~!"

완전히 3대 1의 구도가 돼버렸지만 그래도 미즈사와는 절대로 흔들리지 않았다. 어때, 대단하지.

그런 분위기 속에서, 타마 양은 아무 말도 하지 않고 나만 빤히 쳐다보고 있다. 까딱 잘못하면 히나미보다 더 여러 가지를 눈치챌 것 같은데.

"자, 자. 언젠가 때가 되면 가르쳐줄 테니까 기다리라고."

"흐응……."

히나미가 도끼눈으로 공격했지만 미즈사와는 신경 쓰지 않는다는 것처럼 돈카츠를 입에 넣었다.

그렇구나. 나도 납득했다.

이미 미미미가 저렇게까지 당황해서 '뭔가가 있다'는 자체는 들켰으니까 차라리 그 부분만 간단하게 인정해서 주도권을 되찾고 『안 가르쳐 준다』고 선언해버리는 쪽이 좋은 흐름이 되네. 이렇게 하면 유도심문 당해서 실수로 뭔가를 털어 놓는 전개도 막을 수 있고.

"뭐야~ 가르쳐줘~!"

카시와자키 양이 끈질기게 매달렸지만 미즈사와는 빙긋 웃기만 하고 대답하지 않았다. 세다. 믿음직해.

여기서 따져대는 대상이 미미미에서 미즈사와 쪽으로 옮겨간 것도 중요하겠지. 미미미한테 캐물었다면 언젠가 뭔가가 들통 났을 테니까. 어쩌면 이미 뭔가가 들통 난건지도 모른다.

"음~ 뭐 됐어."

더 추궁해봤자 무리라고 판단했는지 히나미가 공격을 늦췄다. 어쩌면 애당초 여기서 전부 밝혀낼 생각이 없었는지도 모르고. 뭐, 그렇게 해봤자 히나미한테도 아무런 메리트가 없을 테고, 회의 때 얼마든지 날 심문할 수도 있으니까. 하지만, 심문하지 마.

그리고 히나미는 은근슬쩍 화제를 바꾸려는 것처럼 말했다.

"아, 참고로 난 이것저것 있거든."

"이것저것이라니, 연애 쪽으로?"

"응."

"오~?!"

그렇게 해서 카시와자키 양과 세노 양의 관심이 히나미가 한 말의 내용 쪽으로 넘어갔다. 무시무시하게 빠르네.

이건 여러모로 눈치채고 도와준 건지도 모르겠네. 과제와
목표를 생각해봐도, 다른 사람들한테 들키는 건 좋지 않을
테니까.

　그렇게 해서 히나미를 중심으로 누가 누구한테 반했네 아
니네 하는 이야기가 펼쳐지는 흐름 속에서—— 나와 미미
미는 역시나 쉽사리 눈을 마주치지 못하고 있었다.

2 필요한 아이템을 알면 목적지는 저절로 정해진다

방과 후. 문화제 준비 시간.

나는 다른 사람들이 없는 도서실에서 키쿠치 양과 마주 보고 앉아 있다.

키쿠치 양은 긴장한 얼굴이고, 내 앞에 있는 책상 위에는 각본이 있다. 나는 그것을 두 손으로 들고는 끝부분을 책상에 대고 톡톡 쳤다. 오늘 방과 후까지 읽어보겠다고 했고, 당연히 나는 전부 다 읽었다.

그렇다. 문화제 공연을 위한 각본 담당과 그 보좌로서 우리 반 연극의 각본 회의를 하고 있다.

"저기……."

내가 말을 꺼내자 키쿠치 양의 목이 꿀꺽, 하고 움직이는 게 보였다. 책상 위에 있는 작고 하얀 손을 꼭 쥐었다.

무슨 말부터 해야 좋을지 망설였지만 나는 한참 동안 할 말을 정리한 뒤에 천천히 입을 열었다.

"……재미있었어."

그러자 키쿠치 양의 얼굴이 안심한 것처럼 확 밝아졌다.

"저, 정말인가요!"

나는 솔직하게 고개를 끄덕였다.

"응. 오늘 쉬는 시간이나 수업 중에 시간 날 때 읽었는데……."

"수, 수업 중에……."

내 말을 들은 키쿠치 양은 잠시 뭔가 마음에 걸린다는 반응을 보였지만, 이내 될 대로 되라는 듯이 고개를 끄덕이더니 다시 경청 자세로 들어갔다.

"정말로. 엄청나게 재미있어. 이 다음이 기대돼."

나는 솔직하게 감상을 전해나갔다.

사람이 연기하는 것을 의식하고 쓴 각본은 소설의 형태였을 때와 비교해서 지문이 줄었고, 대사도 간결한 상황설명만으로 구성됐다. 그래서 당연히 묘사된 요소들이 줄어 보이는 방식이 달라진 부분도 많았다.

하지만.

"소설로 읽었을 때의 감각에, 아주 가깝다고 생각해."

"그, 그래요……! 다행이다…….''

그건 정말 신기한 일인데, 키쿠치 양이 쓴 대사의 온도감 때문인지 아니면 원래 스토리 자체에 개성이 있기 때문인지.

정확한 이유는 모르겠지만 아무튼 소설로 읽었을 때의『감각』이 대사를 중심으로 한 형태로 잘 변환됐다는 느낌이었다.

"정말 대단하네. 대사를 많이 줄였는데. 어떻게 한 거야?"

"아…… 그건." 그렇게 말하고, 키쿠치 양은 쑥스럽다는 것처럼 웃었다. "여름방학 때 보러 갔던, 앤디 작품의 영화를 참고로 했어요."

그 말에 나도 납득했다.

그러고 보니 그 작품도 세세한 대사나 전개는 달라졌지만 소설로 읽었을 때의『감각』을 그대로 재현한 것 같은 영화였지. 그리고 영화가 끝난 뒤에 카페에서 키쿠치 양과 그 이야기를 했었고.

"그렇구나. 정말 그러네. 듣고 보니 그때랑 비슷한 것 같아, 감각이."

"으, 응⋯⋯!"

키쿠치 양은 얼굴이 빨개져서 고개를 끄덕였다. 입가가 살짝 풀어져서 기쁜 감정이 흘러나오고 있다.

그래, 그렇구나. 원래 소설을 쓰게 된 계기가 앤디 작품이었고, 소설에 대해서도『앤디 작품과 비슷한 풍경이 떠올랐다』는 감상을 전했을 때는 울기까지 했다. 키쿠치 양에게『앤디 작품에 가깝다』는 것은 하나의 도달점이겠지.

"그, 그럼 반대로──"

그렇게 말하면서 얼굴이 굳어지더니, 키쿠치 양이 진지한 시선으로 날 봤다. 이건 키쿠치 양의『작가』로서의 뜨거운 표정이다.

"지금까지 읽고 뭔가, 마음에 걸린 부분은, 없었나요?"

"그러니까⋯⋯."

질문을 받고 생각에 잠겼다.

무엇보다 내가 잘난 척 뭔가 의견을 내는 것도 건방진 짓이고, 그게 아니라고 해도 솔직히 그 소설의 스토리를 연극으로 재현한다는 의미에서 보면 더할 나위 없는 완성도라고 생각된다. 보는 사람에 따라서는 뭔가 개선할 부분도 보이 겠지만 초보자인 내가 아는 범위에서는 찾기 힘들다.

하지만, 만약 내가 말할 수 있는 게 있다면.

"캐릭터……려나."

"캐릭터?"

고개를 끄덕였다.

"뭐랄까, 그러니까, 대사가 줄어서 그런지도 모르겠지 만……."

"예."

"캐릭터가 좀 평범해진 것 같다고 할까…… 정말로 거기 서 살고 있다는 느낌이 희박해졌다? 같은, 생각도……."

나는 최대한 완곡하게 표현하려고 노력하면서 내 느낌을 솔직하게 전했다.

"알기 쉬워졌다고 말할 수도 있겠지만 거기에 조금 위화 감이 있다고나 할까……."

그렇다. 키쿠치 양이 쓴 소설 버전『내가 모르는 하늘을 나는 법』.

처음 읽었을 때 특히 인상적이었던 것은 그 생생한, 어딘 가 현실적인, 모순된 감정을 가진 캐릭터였다.

하지만 이 각본 버전에서는 캐릭터가 기호 같은 방향으로 변했다고 할까, 생기 같은 게 거의 느껴지지 않았다.

"그렇구나……." 키쿠치 양은 어딘가 납득한 것처럼 고개 를 끄덕였다. "응, 그럴지도."

"그럴지도, 라니?"

내가 묻자, 키쿠치 양은 책상 위에 있는 각본을 슬쩍 자기 쪽으로 끌어당겼다.

"그러니까. 사실은 아주 조금, 콘셉트를 바꿔봤어요."

"……콘셉트?"

따라서 말하며 곱씹어봤지만 그게 무슨 뜻인지는 이해할 수가 없다.

"배역에 맞춰서 캐릭터를 바꾼다고, 그렇게 말했잖아요."

"응. 그랬지."

고개를 끄덕였다. 소설에서 각본이라는 형태로 바꾸면서, 극으로서 연기하는 것을 의식하고, 그 캐릭터의 배역을 누가 맡을지에 따라서 대사의 뉘앙스를 바꾼다. 그런 이야기를 했었다.

"그래서 미즈사와 군이랑 하나비. 두 사람이 연기하기 쉽게 원래 캐릭터를 아주 조금, 바꿔봤어요."

거기까지 말한 키쿠치 양은 고개를 살짝 숙이더니 목소리 톤도 낮췄다.

"알기 쉬워진 만큼…… 캐릭터가 거칠어지고 약해졌을 지도 몰라요."

"……그렇구나. 그런 일이 있었네."

듣고 보니 납득이 가기도 한다.

처음에 읽었던 소설 버전에서는 캐릭터의 세세한 감정 변화나 사고방식의 특징, 그리고 복잡하고 모순적인 감정까지 전부 인간미가 느껴져 정말 매력적이라는 생각이 들었다.

하지만 이 각본 버전에서는 뭐라고 하면 좋을까, 어떤 의미에서 『연극적』이다.

"분명히 대사로 말했을 때 알기 쉽다는, 그런 느낌은 들어."

"예. 복잡한 감정보다 직설적인 생각을 앞으로 내세우고 싶어요."

"응……. 알 것 같아."

하나의 감정을 알기 쉽게 보여주는 큰 움직임과 표정. 상반되는 현실적인 감정의 모순을 표현하는 것보다 일관성을 중시하는 것 같은, 극을 위한 이야기로 바꿨다.

그건 아마도 『무대 위에서 연기한다』는 것에 의한 관객과의 거리감과 프로 연기자가 아닌 고등학생이 연기하는 연극이라는 의미에서 보면 정답일지도 모른다. 감정 연기가 쉽게 무너지지 않고, 최소한의 감정 연기는 성립될 수 있을 테니까.

"음~ 고민 되네……."

"이대로 결말까지, 진행해도 될까요……?"

이 각본을 완성할 때까지 기다린다는 전제로, 어느 쪽을 선택해야 할까.

내가 처음에 느꼈던 인간미 넘치는 생생함일까.

아니면 극을 성립시키는 쪽을 중시한 현실성일까.

그것은 어느 한 쪽을 선택해야만 하는 정답이 없는 문제다. 그래서 고민하게 된다. 왜냐하면 내 안에는 연극이나 창작에 대한『경험』이 없고, 그것을 고를 만한『이유』가 없으니까.

그런 생각을 하던 중, 문득── 한 가지 생각이 떠올랐다.

"어라? ……키쿠치 양, 좀 전에『두 사람』이라고 했나?"

"아…… 예."

키쿠치 양이 고개를 끄덕였다.

"응? 그거 무슨 뜻이야?"

왜냐하면 이 연극의 주연급 캐릭터는 세 명이다.

미즈사와가 연기하는 열쇠가게 아들인 주인공 리브라.

타마 양이 연기하는 비룡을 키우는 고아 크리스.

그리고 히나미가 연기하는 리브라의 소꿉친구이자 왕족의 딸 아르시아.

하지만 조금 전에 키쿠치 양은──『미즈사와 군과 하나비』두 사람이 연기하기 쉽게, 라고 말했다.

"……히나미는?"

직설적으로 묻자 키쿠치 양이 날 가만히 쳐다봤다. 그 표정은 곤혹스러워하는 것처럼 보이는 것 같으면서도 그저 조용하기만 한 것처럼 느껴졌다.

마침내 키쿠치 양이 피식 웃었다.

"히나미 양은…… 아르시아 그대로라는 이미지라서, 걱정 안 해도 될 것 같아서요."

솔직하게 말한다는 톤으로 던진 그 말에 나도 따라서 웃고 말았다.

"하하하. 맞아, 그러네."

그리고 납득했다. 분명히 배역을 정할 때도 히나미의 아르시아만은 다수결로 정할 필요도 없을 정도의 만장일치로 정해졌으니까. 그 녀석이라면 괜찮다고 한 것도 뭐, 히나미니까. 아마도 어떤 연기를 해도 존재 자체에 설득력이 있다.

"다소 복잡한 감정도 그대로 괜찮을 것 같네."

"맞아요." 그렇게 말하고, 키쿠치 양은 짓궂게 웃었다. "그래서 아르시아는 많이 바꾸지 않았고……."

그 말을 듣고, 나는 각본을 읽었을 때의 감각을 떠올렸다.

"그런데 아마, 아르시아는 활기가 넘친다는, 그런 느낌이었는데."

"아, 그건 기쁘네요."

그리고 키쿠치 양은 기쁘다는 것처럼 웃고, 책상 위에서 살며시 손을 맞잡았다.

하지만, 그렇구나.

이 극 전체를 이대로 갈지, 아니면 생생한 쪽으로 바꿀지. 어느 쪽으로 향할지를 선택해야 한다.

"시간, 얼마 없으니까."

"그렇죠."

오늘이 화요일이고 공연은 다다음주 토, 일요일. 다음 주 초부터 연습하면 거의 2주 동안 연습할 수 있다. 최소한 그 정도 기간은 필요하다고 생각하면, 이번 주 안에 어느 정도 각본을 완성해둬야겠지.

이 콘셉트는 결말을 생각하기 위해서도 중요한, 각본의 골자다. 최대한 빨리 정하는 게 좋다.

"여기서 결단……인가."

"어떻게 해야 좋을까요……?"

두 가지 선택지 중에서 하나를 고른다.

그것은 역시나 책임이 따르는 행위고, 그렇다고 도망칠 수도 없는 중요할 역할이다.

그렇다면 정하는 수밖에 없겠지.

"난…… 전체를 아르시아 쪽에 맞추는 게 좋을 것 같아."

"아르시아 쪽으로?"

고개를 끄덕였다.

"원래의 캐릭터가 활기차게 살아 있는, 현실 쪽으로."

내가 최대한 당당한 톤으로 말하자 키쿠치 양이 살짝 놀란 얼굴로 날 쳐다봤다.

"연기하기 힘들게 될지도 모르고, 키쿠치 양도 대사만 가지고 그걸 표현하는 건 힘들 지도 몰라. ……하지만."

역시, 나는 그게 보고 싶다고 생각했다.

"──그쪽이, 틀림없이 재미있을 것 같아."

열기를 담아서 딱 잘라 말하고, 조용히 반응을 기다렸다.

키쿠치 양은 잠시 눈이 휘둥그레진 채로 멍하니 있었지만 마침내 강하게 고개를 끄덕였다.

"응, 알았어요. ……해볼게요."

기분 탓일까. 그 눈 안에 확실한 열기가 담긴 불이 타오르고 있는 것처럼 보였다.

* * *

어느 정도 정해졌으니까 각본에 관해서는 다시 키쿠치 양한테 맡기기로 하고 나는 혼자서 교실로 돌아가기로 했다. 일단은 문화제 실행위원이니까. 키쿠치 양은 잠시 도서실에서 각본을 정리한다고 했다.

교실로 돌아가는 길에 복도를 둘러보니 각 반은 문화제 준비로 한창이었다. 진척상황은 제각각이었는데, 벌써 벽 전체를 거의 다 장식한 반도 있고 아직 벽이 그대로 드러난 채로 있어 뭘 하려는 건지 알 수 없는 반도 있다. 아마도 중심 멤버나 실행의원의 의욕에 비례해서 차이가 나는 거겠지.

2학년 2반에 도착했다. 교실 안에서는 십여 명의 학생이 몇 개의 그룹으로 나뉘어서 제각기 작업에 열중하고 있었다.

"이러면 될까?"

"아, 조~금만 위로! 조금 더! 더, 더! ……아, 너무 갔다!"

앞쪽에서는 담당 학생들이 우리 반 행사인 『만화 카페』의 교실 안팎 장식을 어떻게 할지 의논을 하고, 실제로 꾸며보는 등의 시행착오를 겪는 것 같았다. 만화 카페인데 반짝거리는 쇼핑몰풍의 장식을 하면 뭔가 안 어울릴 것 같기도 하지만 뭐 축제니까 그러려니 하자.

"아! 그거 귀엽다! 나도 그릴래!"

"저기, 두 개 까지는 필요 없잖아?"

교실 중앙에서는 히나미를 포함한 몇 명이 책상을 잔뜩 치워서 공간을 만들고 복도에 간판처럼 걸어놓을 모조지에 다양한 그림을 그리고 있다. 며칠 전부터 가끔씩 보였던 광경인데, 그 그림이 서서히 완성돼가고 있다.

교실 뒤쪽에 있는 사물함 쪽을 보니 한쪽에 『반 티셔츠 디자인 모집함』이라는 게 설치돼 있는 게 보였다. 거기에 적힌 설명을 읽어보니 반 애들이 디자인을 응모한 걸 모아서 나중에 다 같이 결정한다는 것 같고, 다음 주 초쯤에 주문한다고 적혀 있었다. 그러고 보니 1학년 때도 그런 거 했었지. 기본적으로 살지 안 살지는 개인의 자유였으니까, 당연히 나는 작년 반 티셔츠를 안 가지고 있다.

하루하루 문화제의 느낌이 짙어져가는 교실. 내가 빠지지 않고 그 안에 있는 정도가 아니라 오히려 약간 중심 쪽 포지션에서 관여하고 있다는 사실은 솔직히 놀랍지만, 실행위원에 입후보한 것도 만화 카페 아이디어를 낸 것도 오리지널 극본으로 연극을 하고 싶다는 말을 꺼낸 것도, 전부 내가 능동적으로 움직인 일들이었지.

뒤쪽에서 반 전체를 보고 있는데 갑자기 옆에서 누가 말을 걸었다.

"어때, 감독님."

그렇게 말하면서 다가온 사람은 나카무라다. 리얼충답게 살짝 입 꼬리를 끌어 올리고는 있지만 뭐랄까, 그 눈빛이나 자세, 목소리 톤에서는 역시나 위압감이 느껴진다. 어느 정도 평범하게 말할 수 있게 된 나조차도 위압감을 느끼고 있으니 이건 일종의 재능이겠지.

"어떠냐니, 뭐가?"

"뭐긴, 각본."

그거 말고 뭐가 있겠냐는 톤으로 말하는 나카무라. 그걸 어떻게 알아, 라고 생각했지만 무서워서 말은 못 했다. 이런 파워계 리얼충은 태도만 가지고도 『내가 정의다』라는 분위기를 만드는 재주가 있다니까. 만약 실제로 『내가 정의다』라고 말하기라도 하면 너무 이상해서 『아니, 그건 아니지』가 되겠지만, 이런 태도만 보이면 아, 예, 죄송합니다 당신이 정의입니다, 가 된다.

하지만 나카무라가 이렇게 부담 없이 나한테 말을 거는 것도 은근히 신기한 일이네.

"그러니까, 각본은——"

일단 키쿠치 양과 의논해서 정한 것들을 나카무라한테 말해줬다. 중간까지는 썼다는 것. 다음 주 초까지 완성품을 내놓고 싶다는 것. 그렇게 하면 꼬박 2주 동안 연습할 수 있으니까 어떻게든 될 것 같다고.

"흐응…… 그렇구나."

하지만 나카무라는 엄청나게 관심 없어 보였다. 뭔데. 게다가 스마트폰을 보면서 내 설명을 듣고 있었다. 적절한 타이밍에 맞장구도 치고 슬쩍슬쩍 이쪽을 보기도 했으니 아예 듣지도 않은 건 아니겠지만, 어쨌거나 네가 먼저 물어본 거잖아. 그 태도는 뭐냐고.

"뭐, 순조롭다는 얘기네."

엄청나게 대충 정리하더니, 나카무라는 내 옆에 있는 벽에 몸을 기댔다. 그리고는 또 스마트폰을 만져대기 시작했다. 뭐야 이 자식. 각본이 어떻게 됐는지 궁금한 게 아니라 그냥 잡담이나 하려고 말을 걸었다는 느낌이잖아.

"……미즈사와랑 타케이는?"

궁금해서 물어봤더니 나카무라는 눈썹을 움찔, 했다.

"글쎄."

"……글쎄?"

항상 같이 있고, 게다가 전부 문화제 실행위원이라는 공통점이 있는데, 어디 있는지 모른다는 건가. 더 신기하네.

"뭐 사러 갔다던데."

"……그래."

정보량이 적은 말. 슬쩍 나카무라의 표정을 봤더니 재미없다는 얼굴로 스마트폰 화면만 빤히 보고 있다. 그대로 별 생각 없이 화면 쪽을 봤더니, 인스타그램 화면을 밑으로 쭉 내려서 몇 번이나 새로 고침을 하고 있다. 이건 그거다, 심심한 사람이 하는 짓.

그렇게 생각했을 때, 내 입이 멋대로 움직여버렸다.

"심심해?"

"뭐?"

"죄송합니다."

내가 평소 습관대로 생각한 걸 그대로 말해버렸더니 나카무라가 뱀 같은 눈빛으로 날 죽여버렸다. 어이쿠 죽었네, 반성하자. 여름방학 합숙 때 나카무라의 거시기를 디스한 뒤로 어째선지 나카무라한테는 생각한 걸 그대로 말해버리는 데 대한 부담이 많이 없어졌다니까. 히나미 말에 의하면 그런 부분까지 포함해서 재미있다고 했지만.

"저기…… 나카무라는 안 간 거야?"

"뭐, 그 녀석이 있었으니까."

"그, 그 녀석?"

"유즈 말이야. 알잖아."

"아, 응, 미안."

아니, 지금 그건 아무리 생각해도 모르는 거잖아…… 라고 생각하지만 이미 눈빛에 죽어버렸으니까 얌전히 고개를 끄덕였다.

하지만 결국 의미를 모르겠는데 말이야.

"이즈미가 있어서 안 갔다고……? 무슨 뜻이야?"

솔직하게 묻자, 나카무라가 한숨을 쉬면서 정말 귀찮다는 것처럼 조금 전에 있었던 일을 설명해줬다.

들어보니— 나카무라와 미즈사와, 타케이 셋과 이즈미랑

세노 양, 카시와자키 양까지 총 여섯 명이 같이 작업하고 있었는데, 스카치테이프와 스테이플러 심이 떨어져서 사러 가기로 결정. 하지만 그 타이밍에 사러 나가면 이즈미가 그 뒤에 있는 실행위원장 일을 못 하게 돼서, 나카무라와 이즈미만 남았다는 것 같다.

"그래서 뭐, 유즈는 그대로 일하러 갔고 그 녀석들은 다섯 번은 갔다 오고 남을 시간이 지났는데 아직도 안 왔어."

"하하하. 그렇구나."

그렇게 필연적으로 혼자 남았다. 운도 없네.

내 마음속 통계자료에 의하면 리얼충 레벨이 높을수록 딴 데로 새는 시간도 늘어나는 법이라고 하니까, 뭐 넷이서 뭘 사러 갔으면 엄청나게 오래 걸리겠지. 응. 뭔가 불쌍한 포지션이네. 라고 생각하다가 나도 모르게 입이 움직였다.

"나카무라, 불쌍하다."

"뭐?"

"죄송합니다."

연민의 감정을 솔직히 표현했다가 또 죽어버렸고, 바로 얌전히 사과했다. 사죄 리얼 타임 액션이라면 나한테 맡기라고.

하지만, 조금 놀랐다.

"이즈미를 신경 써서, 그랬다는 거지?"

실행위원장 일을 해야 하는 건 어디까지나 이즈미뿐이니까, 나카무라가 고집을 피운다면 이즈미를 빼고 다섯 명이서 사러 가도 됐을 텐데. 그보다 내가 생각하는 나카무라라면 틀림없이 그쪽을 골랐다.

"뭐? 신경 쓰기는, 원래 그러는 거잖아, 이런 때는."

뭔가 미묘하게 지시어가 많은 대답. 이건 약간 쑥스러워서 그런 걸까. 입으로 말하면 쑥스러우니까, 직접적으로 말하는 걸 피하는 표현이다. 하지만 나카무라는 여전히 낯빛 하나 바꾸지 않고 스마트폰만 보고 있어서, 그걸 찔러볼 수는 없었다. 참고로 지금도 트위터 화면을 새로 고침 하고 있다. 역시 심심하네.

그나저나 역시 놀랐다.

이즈미의 남자 친구로서 잘 대해주려고 하는구나.

"뭐랄까, 나카무라한테도 『다른 사람한테 상냥하게 대한다』는 발상이 있었구나. 죄송합니다."

나는 생각한 것을 솔직하게 표명하면서, 이번에는 시선으로 살해당하지 않도록 미리 사죄하는 문구를 넣어서 말했다. 공격하고 착지할 때 미리 방어 커맨드를 넣어서 틈을 줄이는, 어패에서 말하는 착지 캔슬이다. 최신작에는 없지만.

영문 모를 사죄까지 달린 말을 들은 나카무라는 "뭐? 무슨 소리야?" 눈살을 찌푸리면서 가볍게 투덜댔고, 내 어깨를 건성으로 퍽, 하고 쳤다.

"뭐, 됐고. 아이스크림이라도 먹으러 가자."

그리고는 자연스럽게 그런 말을 했다.

"어. 그, 그래."

그리고 이미 걸어가기 시작한 나카무라를, 반쯤 끌려가는 것처럼 따라갔다. 뭐지 이 감각. 뭔가 당연하다는 것처럼 먹으러 가자고 하고 당연하다는 듯이 『가자』는 느낌으로 슥, 하고 따라가니까, 그럼 따라서 거기 가는 건 당연한 일이네, 알겠다, 라는 착각에 빠진다. 여전한 파워계다.

그렇게 해서 나와 나카무라는 나란히 복도를 걸어서 학생식당으로 갔다.

그나저나 뭔가 신선하네. 최근에는 나카무라네 그룹에 들어가 있지만 잘 생각해보니까 나카무라랑 단 둘이 있었던 적은 거의 없는 것 같다. 있다고 해봤자 내가 어패로 나카무라를 박살냈을 때 정도려나.

"뭔가 신선하네. 잘 생각해보니 나카무라랑 단 둘이 있는 건 내가 어패로 완전히 박살냈을 때 이후로 처음인 것 같아. 죄송합니다."

"사과하면 다 되는 줄 아냐."

나카무라는 그렇게 말하면서 내 뒷목을 잡았고, 그 파워계의 악력으로 꽉 쥐었다. 아야야야야 죄송합니다.

* * *

그리고 학생식당.

나와 나카무라는 텅 빈 학생식당에서 쓸데없이 넓은 테이블에 마주앉아서 잡담을 하고 있다. 참고로 이 쓸데없이 넓은 자리를 고른 건 나카무라인데, 이런 곳에서 은근히 왕자(王者)의 기질이 엿보인다.

"너 만화책 뭐 가지고 있냐?"

"그러니까, 헌터 헌터는 전부 있으니까 가지고 올 수 있겠지."

"오, 그거 좋지. 그리드 아일랜드편."

"어~ 난 키메라 앤트편이 좋은데."

주고받는 건 시시한 이야기. 원래는 정말로 견원지간 같은 느낌이었기 때문에 이렇게 일대일로 평범하게 이야기할 수 있다는 시점에서 과도할 정도로 큰 진보라고 생각한다.

참고로 학생식당에서 100엔짜리 식권으로 살 수 있는 아이스크림 중에서 난 비스킷 샌드, 나카무라는 아이스박스를 골랐다. 왠지 리얼충들은 이상하게 얼음 아이스크림을 먹는 이미지가 있는데, 대체 어째서일까. 어른 리얼충이 병에 든 술을 마시는 것과 비슷한 분위기가 느껴진다.

"그런데 말이야."

갑자기 말을 꺼낸 나카무라. 그 강한 턱으로 그레이프 프루트 맛 얼음을 산산조각 분쇄하면서 내 쪽을 봤다.

"응?"

내가 완전히 넋을 놓고 대답했더니 나카무라가 이런 소리를 했다.

"——너, 미미미랑 무슨 일 있지."

콜록콜록! 아이스크림이 기도로 들어갔고, 아이스크림을

감싸고 있던 비스킷 파편이 내 눈앞에 있는 테이블 위에 뿌려졌다.

"으아, 더러워!"

나카무라가 얼굴을 찌푸리면서 말했다.

"아니, 갑자기 그게……!"

나는 변명하는 톤으로 말했지만, 나카무라는 "아~ 됐다, 됐어"라고 하면서 카운터에 있는 행주를 가리켰다. 지금 분위기라면 날 걱정해서 가져다주지 않을까 하고 기대했지만, 전혀 아니었다. 오히려 그런 기색조차 보이지 않고 후딱 갔다 오라는 느낌으로 요구하기나 하고. 역시 나카무라라는 느낌이다.

나는 얌전히 행주를 가지러 갔고, 그 틈에 생각했다.

어, 어째서 들켰지…… 아, 낮에 히나미네랑 얘기한 것 때문에 다 들킨 건가. 응, 여기에 대해서는 사고 종료. 하지만 아마도 그런 화제에 둔감할 나카무라한테도 들켰다면, 그 자리에 있었던 사람들은 전부 눈치챘다고 생각해야겠지. 타케이만 빼고. 이거 뭔가 큰일 아냐?

그렇다면 어떻게 넘겨야 좋을까…… 라고 생각했지만, 그것도 헛수고라는 생각이 들었다. 왜냐하면 그 연애 얘기 분위기 속에서 『뭔가 있다』고 눈치챘고, 게다가 그게 누구랑 누구 사이라는 것까지 다 밝혀졌다. 그렇다면 일어날 수 있는 가능성은 상당히 좁혀졌고, 눈치챈 사람들을 전부 속이고 넘어가는 건 실질적으로 불가능하겠지.

그러니까, 이거 왠지 막다른 골목 같은데.

나는 아슬아슬하게 부자연스럽지 않을 만큼 느린 속도로 행주를 집어 들고 자리로 돌아왔다. 그렇다면 어떻게든 서서히 다른 이야기로 넘어가는 수밖에 없겠지.

그런 생각을 하면서 테이블 위를 닦기 시작했다.

"아, 그러고 보니까 말이야——"

"그래서. 어떻게 된 건데. 미미미랑."

내 어설픈 화제 돌리기 작전은 정면에서 덤벼온 파워 어택에 완전히 압살당하고 말았다. 그야 당연하지. 이런 플레이 스타일의 상대한테 잔재주는 안 통하니까.

그렇다면 이런 때에는 어떻게 해야 좋을까. 그러고 보니 점심에 학생식당에서 미즈사와가 똑같은 짓을 했었지. 그걸 그대로 따라해 보자.

"그러니까. 뭐, 비밀이야."

그렇다. 무슨 일이 있다는 것 자체는 인정해버리고, 그러면서 자세한 내용은 말하지 않겠다는 자세로 전환하는 것이다. 그렇게 되면 실수할 걱정은 없다고 할까, 실수할 이유 자체를 사전에 차단해버려서, 들키면 안 되는 본체까지 같이 나오는 일을 사전에 방지한다는 느낌.

"아, 그래."

그랬더니 의외 중에 의외로, 나카무라는 간단히 물러났다.

"보나마나 누가 고백했거나 받았거나 하는 정도겠지. 그런데 네가 끝까지 말을 안 한다는 건……"

거기까지 말하고, 나카무라는 자기가 하려는 말에 놀란 것처럼 잠시 말이 없었다.

"뭐, 뭔데."

내가 재촉하자, 나카무라는 믿을 수 없다는 듯이 손으로 입을 가렸다.

"미미미가 너한테, 했다는 건데……."

그리고 그 손을 내리고, 정말 놀랐다는 것처럼 입술을 부들부들 떨었다. 손에 들고 있던 아이스 박스의 얼음 조각 하나가 툭 떨어졌고, 그 얼음이 테이블 위에서 크리스탈처럼 깨져버렸다.

"야, 그 정도냐. 그렇게까지 말도 안 된다는 패턴이라는 거야?"

"흐음…… 그 미미미가 말이지."

그렇게 말하면서 관찰하는 것처럼 날 빤히 쳐다봤다.

"그나저나 너, 아예 확정이라는 것처럼 말하고 있네……."

살짝 반항해봤지만 나카무라는 내 말을 무시하고 아이스 박스 용기를 통째로 기울여서 남은 얼음을 전부 입 안에 털어 넣고, 마치 물고기를 포식한 악어가 두개골을 씹어버리는 것처럼 강인한 턱으로 얼음들을 전부 분쇄해버렸다.

그리고 꿀꺽 삼킨 뒤에 다시 날 쳐다봤다.

"그래서 어쩔 건데. 사귈 거야?"

"아, 아주 직설적이네……."

이래야 나카무라라는 느낌의 말투에 완전히 주눅이 들

었다.

"당연하지. 그나저나 그렇게 복잡하게 생각할 일도 아니잖아."

"……그런가."

"심플한 게 최고야, 심플한 게."

말은 쉽지만, 나한테는 그게 너무나 어려운 일인 것 같다. 마음이 가는 두 사람을 고르는 데만도 꼬박 일주일이나 걸렸고, 애당초 이 특훈을 시작했을 때부터 『내가 선택해도 되는 건지도 모른다』라고 생각하게 되는 데까지 반년도 넘게 걸렸으니까. 정말 한참 돌아왔다.

"심플, 말이지."

하지만 생각해보면 나카무라는 간단하게 이즈미랑 사귀기로 결정했고, 뭔가 물 흐르는 것처럼 자연스럽게 고백했고, 그대로 사귀게 됐고, 그리고 지금까지 잘 이어지고 있다. 그 파워 넘치는 즉단즉결은 자꾸만 머리를 써서 생각하게 되는 나랑 정반대라고 해도 되겠지.

그렇다면, 그래 맞아.

내가 고민하는 포인트에 대한 힌트를 얻을 수 있을지도 몰라.

"저기 말이야…… 나카무라."

"왜."

뭔가 진지하게 얘기하려는 태도를 재빨리 눈치채고 약간 귀찮다는 것처럼 대하는 나카무라. 응, 내가 파워계, 파워계라고 하기는 했지만, 그렇다고 눈치가 없는 건 아닌가보네.

　나는 나카무라의 눈을 똑바로 보면서, 무섭다, 고 생각하면서도 이렇게 물었다.

　"——나카무라가 이즈미랑 사귀기로 생각하게 된 계기는, 뭐야?"

　바보같이 솔직하게 엄청 창피한 질문을 했다. 하지만 뭐, 아까부터 계속 생각한 걸 솔직하게 말했다가 실례되는 짓들을 했으니까, 그거랑 비교하면 그나마 다행이겠지. 그냥 내가 창피할 뿐이고. 굳이 따지자면 대답이 돌아올 때까지 기다리는 시간이 무지무지 어색하니까 빨리 대답해줬으면 좋겠다.

　내가 가만히 대답하길 기다리고 있었더니 나카무라는 눈살을 찌푸리고 지극히 불쾌하다는 표정을 짓더니,

　"……재수 없어."

　"야!!"

　창피한 소리를 해버려서 마음이 완전히 무방비해진 틈을 찌르고 들어온 네 글자. 급소를 찔러서 엄청난 효과, 마비와 화상과 독이 동시에 발생했다.

　"아니, 솔직히 의미도 없고 말이야. 뭔데 갑자기."

　"갑자기는 아니지. 뭐랄까, 그런 얘기 하는 중이었잖아."

　애원하듯이 말하는 날 무시고, 나카무라는 하아, 하고 한숨을 쉬었다.

　"너 말이야, 가끔씩 이렇게 뜬금없이 선을 넘는 게 좀 그

렇다."

"그, 그런가……?"

하지만 그건 나도 좀 자각하고 있었다. 솔직히 아마 그게 내 본모습이라고 할까. 히나미의 말을 빌자면 내『주특기』다.

"그래서 뭐? 내가 유즈랑 사귀겠다고 생각한 계기?"

"그, 그래!"

질문에 대답해주려는 건가. 정말 의외였다. 뭔가 이리저리 피하면서 다른 얘기를 할 줄 알았는데. 다행이다.

"……그러니까, 뭐. 솔직히 계기라고 해도 여러 가지잖아."

나카무라는 집게손가락으로 뒷목을 긁었다.

"뭔가『이거다!』라는 게 있지 않아?"

"그렇겠지."

뭔가 당연한 말을 듣고 있는 것 같은 기분도 들지만, 이렇게 같은 또래 당사자의 생생한 목소리를 들으면 뭐랄까, 연애라는 이름의 판타지가 현실에 존재한다는, 그런 이상한 실감이 든다.

"그래도 나카무라 넌 다른 여자애들한테도 대시 받는 일 있잖아?"

"뭐, 없는 건 아니지."

간단히 긍정했다. 쳇, 이 강캐 자식.

"그리고 내가 마음에 드는 사람이 있으면…… 아! 왜, 그 차였다는 얘기 있었던 시마노 선배—— 아야, 아야야!"

깔끔하게 지뢰를 밟았더니 나카무라가 테이블 위에 있던

내 팔을 붙잡아서 살짝 비틀었다.

"그래서?"

"아, 응, 그러니까."

없었던 일이 돼버린 것 같은 느낌이 상당히 마음에 안 들지만, 나도 아픈 건 싫으니까 시마노 선배 얘기는 없었던 일로 했다.

"아~ 그런 느낌으로, 그러니까, 이즈미 말고 다른 여자애도 있잖아. 그 중에서『꼭 이즈미라야만 해!』같은 뭔가 특별한 이유가 있었나 싶어서."

내가 키쿠치 양과 했던 얘기를 떠올리면서 물었더니 나카무라는 의외로 진지한 표정으로 턱을 괴고서 말했다.

"특별한 이유라. 그게 꼭 있어야 하는 거냐?"

그리고 눈썹을 치켜 올리면서 강한 시선으로 날 쳐다봤다. 꽤 창피한 질문을 했다고 생각했는데, 날 무시하는 분위기는 아니다. 뭐랄까, 미즈사와도 그랬지만 리얼충들은 단 둘이 있으면 좀 상냥해지는 것 같다.

"아니, 꼭 있어야 하는 건 아니지만…… 왜, 꼭 이즈미 얘기가 아니라. 누구랑 사귀게 될 때『이 사람이어야만 한다』는 이유가 없으면, 다른 사람이라도 괜찮다는 얘기가 되잖아."

"아…… 뭐, 따지고 보면 그렇게 되긴 하겠네. 너, 진짜 짜증난다."

"역시 그렇습니까."

그나저나 연애에 대해 이렇게까지 이론을 따져대는 사람도 드물 것 같다. 뭐, 히나미는 나보다 훨씬 심한 로봇 같은 사고인데, 아마 그것도 게이머의 습성이겠지.

"특별한 이유라는 게, 예를 들자면?"

나카무라는 스마트폰을 만지작거리면서 따분하다는 투로 말했다. 별로 내키지는 않지만 그렇다고 달리 할 얘기도 없으니까, 라는 분위기다. 불쌍하게도 나카무라만 따돌림 당했으니까. 일단 잡담으로서 어울려줄 것 같다.

"그러니까, 뭐랄까. 예를 들자면…… 한 사람한테 엄청나게 부족한 부분이 있고, 다른 사람은 그걸 엄청나게 잘하거나, 아니면 그 반대이기도 한, 뭐 그런 상태라고 할까?"

반쯤은 키쿠치 양이 말했던 『이상』의 얘기를 그대로 해버리기는 했지만 나는 『특별한 이유』에 대한 한 가지 예를 들었다.

"아~ 그렇구나. 그리고?"

"어, 그, 그리고?"

나름대로 『이거다!』라는 느낌의 대표적인 예라고 할까 구조 같은 것을 예로 들었다고 생각했는데, 제대로 전해지지 않은 것 같다. 이건 구체적인 예를 몇 가지 드는 게 좋으려나. 대표적인 예를 한 가지 들었으니 나머지는 그 구조를 응용하기만 하면 되니까, 같은 얘기를 여러 번 되풀이하게 될 것 같기도 한데, 뭐 어때.

"그리고 뭐, 그 사람 마음에 있는 트라우마 같은 걸 해결해줄 뭔가를 가지고 있는 사이라든지…… 엄청나게 마이너한 취미가 말도 안 될 정도로 완벽하게 일치하는 사이라든지…… 뭐 그런 거려나."

"그래, 그런 느낌이라고."

난 엄청나게 걱정했는데, 나카무라는 흥미롭다는 듯이 내가 들었던 구체적인 사례들을 곱씹었다. 흠. 역시 대화를 하면서 중간중간 생각했는데, 나랑 나카무라는 사고회로가 근본적인 부분에서 완전히 다른 것 같단 말이야.

하지만 이걸로 전제는 공유하는 데 성공했다. 남은 건 알고 싶은 포인트에 대해서 묻기만 하면 된다.

"그럼 그걸 전제로…… 나카무라 너한테 이즈미가 『특별한 이유』는 뭐였어?"

본론으로 들어갔다. 만약 여기서 새로운 것은 발견한다면 내가 지금 고민하고 있는 『사귀는 것의 의미』에 대한 힌트를 얻게 될지도 모른다.

기대하면서 대답을 기다렸더니, 나카무라가 아무렇지도 않게 말했다.

"아니, 딱히 그런 건 없는데."

"뭐."

너무나도 당연하잖아, 같은 톤으로 내 허를 찔렀다.

"그냥, 평범하게 사귀게 된 것 뿐인데."

"저, 정말?"

"정말이야. 보통 그런 거잖아."

뭐, 보통 그럴 것 같다는 생각이 들기는 했지만 정말로 그랬구나.

하지만, 그렇다면.

"그, 그럼 딱히 이즈미가 아니라 다른 사람이라도 된다는 얘기 아냐……?"

내 물음에 나카무라가 눈살을 찌푸렸다.

"뭐? 왜?"

근본적인 부분을 물었다. 아마도 이 부분은 내가 심한 비리얼충이라서 너무 깊이 생각한다고 할까 너무 결벽해서 그런 것뿐인지도 모르지만, 그렇기 때문에 리얼충의 시점에서만 보이는 부분에 힌트가 있을 것 같다.

"그게 말이야. 『이즈미여야만 하는 이유』가 없다면 『꼭 이즈미여야만 한다』도 아니게 되잖아? 그렇다면 이즈미가 아니라 다른 사람이라도 된다는 얘기잖아."

뭔가 똑같은 얘기를 세 번이나 한 것 같은 기분도 들지만, 달리 설명할 방법이 없었다.

"뭐야 그게?"

역시 전달되지 않았습니다.

내가 좀 더 잘 설명할 방법이 없을지 생각하고 있는데, 조금 지나서 나카무라가 입을 열었다.

"아~ 뭐, 무슨 말인지는 대충 알겠는데…….""

나카무라는 씁쓸하게 웃었다. 혼자 잘 생각하면서 어떻게든 이해한 것 같다. 뭐, 나카무라는 단순할 뿐이지 타케이처럼 바보는 아니니까. 타케이처럼.

"그, 그거 다행이네."

그리고 나카무라는 흐~음 하고 말하면서 코를 긁었다.

"뭐, 그렇게 말한다면 말이야. 이유는, 추억 같은 게 아닐까?"

"추억?"

그 말이 뭘 가리키는지를 모르겠기에, 깜짝 놀라서 그렇게 물었다.

"그러니까, 네가 말한 꼭 그 사람이라야만 하는 이유라는 거."

"그게, 추억?"

"보통 그렇잖아."

"뭐?"

그, 그러니까 그게 무슨 소린데. 역시 대화의 차원이 근본적으로 어긋나 있는 기분이 든다. 이유=추억?

"아니, 그걸 왜 모르는 건데. 걔가 아니면 안 되는 이유라고 했잖아? 그럼 그냥 거기서 같이 먹었던 밥이 맛있었다든지, 그때 이런 말을 해줬던 게 좋았다든지, 그런 거면 되잖아."

"아, 아아~?"

납득이 되는 것 같으면서도 아닌 것 같은 절묘한 감정에 사로잡혔다.

무슨 말인지는 알겠지만…… 그렇다면 그건 거기 있는 사람이 다른 사람이라도 된다는 것 같은데.

나카무라도 내가 왜 이해를 못 하는지 이해를 못 하겠다는 눈치고, 은근히 짜증이 난 것처럼 보인다. 응, 역시 리얼충과 비 리얼충, 근본적으로 다른 사람들이 이야기를 하면 이렇게 되네.

그래서 나는 위화감을 최대한 구체적인 말로 변환해서 전달할 수 있도록 노력해봤다.

"그런데 말이야. 그거 예를 들자면…… 만약에 그때 같이 밥을 먹었던 사람이 다른 사람이었다면 그 사람이 특별해진다는, 그런 얘기 아냐?"

한마디로 내 위화감은 그런 것이었다.

분명히 나카무라가 한 말이 사귀는 『이유』가 된다고 생각한다.

하지만 『특별한 이유』는 아니라는 생각도 들었다.

"맞아. 그게 뭐?"

그리고 생각지도 못한 긍정. 점점 더 어긋나고 있잖아. 나카무라도 느릿하고 진척이 없는 대화가 이어지면서 말이 조금 거칠어졌다.

"어. 그렇다면 말이야, 그 사람이여야만 한다는 이유가 아니게 되잖아? 같이 밥을 먹은 사람이 누가 되건 상관없다고 할까……."

그렇게 되면 책임을 수반하는 다른 이에 대한 선택이라고 하기에는 그 이유가 너무 가볍다는 기분이 들었다.

하지만 나카무라는 눈살을 찌푸리면서 그 말을 부정했다.

"뭐? 그 얘기에 무슨 의미가 있다는 거야."

그리고 나카무라는 당당한 톤으로 이렇게 말했다.

"그렇다면이고 뭐고, 내가 **실제로** 같이 밥을 먹은 건 유즈니까, 나한테는 유즈가 특별하다는 뜻이잖아."

그리고 한 박자 쉬었다가.

나카무라는 자기 실수를 알아차렸다.

"……."

"……응."

어떻게 반응해야 할지 정말 곤란했는데, 이 사람, 지금 엄청난 기세로 자기 여자 친구가 특별하다고 선언해버렸습니다. 계속 반쯤 남의 일처럼 얘기하더니 단번에 나카무라의 뜨거운 마음이 튀어나오고 말았습니다.

"뭐…… 그런 거야."

"그, 그렇구나……."

그리고 어색한 분위기가 감돌았다.

나카무라는 못 본 척 하는 것처럼 고개를 돌려서 창밖을 보고 있다. 현실에 바탕을 둔 사고라는 건 알겠지만 화제를 물리적으로 못 본 척 하는 건 뭔가 아닌 것 같거든.

마침내 나카무라가 조용히 일어났다.

"갈까."

이야기를 억지로 끝내려는 것처럼 말하고, 나카무라는 나한테 등을 돌리고 성큼성큼 걸어갔다.

"그, 그래."

엄청나게 무표정이기는 했지만, 틀림없이 당황했을 거야.

하지만 뭐, 덕분에 조금 알게 된 것도 같다. 이 사람은 그거다. 추상적인 법칙이나 구조에는 관심이 없고, 엄청나게 현실에 바탕을 둔 구체적인 사고회로를 지녔다. 즉, 나랑 정반대의 사고.

반대로 말하자면 연애 면에서 나한테 부족한 것은 그런 부분인지도 모른다.

그래서 나는 그 뒷모습을 따라가면서 조용히 이런 소리를 중얼거렸다.

"나카무라는 이즈미가 특별하다는 거구나 아야야야야, 아파!!"

그리고 힘차게 뒤돌아본 나카무라가 또 내 뒷목을 붙잡았다. 뭔가 사이좋은 친구처럼 보일 지도 모르겠지만, 이거 그냥 폭력이거든.

* * *

그렇게 해서 그 뒤에 미즈사와랑 타케이네랑 합류하고, 우리는 나카무라 그룹 네 명이 모여서 집에 갔다.

집에 도착해서 침대 위에 대충 쓰러졌고, 오늘 하루 동안

있있던 일을 생각해봤다.

　뭐랄까, 엄청 농밀한 하루였네.

　내가 마음이 가는 사람을 내 입으로 말하고, 히나미는 엄청나게 어려운 과제를 줬다.

　아침부터 미미미랑은 제대로 눈도 마주치지 못했고, 점심시간에는 다른 애들한테 거의 들켰다.

　키쿠치 양의 각본을 읽었고, 그 결말과 리브라의『사귀는 것의 의미』에 대해 생각하게 됐다

　나카무라에게 있어 이즈미가『특별한 이유』에 대해 배웠고,『사귀는 것의 의미』에 대한 힌트도 얻었다.

　응. 미미미와 그 일이 있었던 다음날이기는 해도, 너무 많은 일이 일어나서 머리가 터져버릴 것 같다. 해야 할 것과 생각해야 할 것—— 아니, 하고 싶은 것과 생각하고 싶은 것. 어느 쪽이건 너무 많다.

　그러니 내 나름대로 앞으로 내가 뭘 생각하고 뭘 해야 하는지에 대해서 정리해야겠지. 오른손을 털썩 내려놨더니 침대에서 풀썩 소리가 났다.

　아마 가장 정리하고 싶은 생각은 역시『사귀는 것의 의미』에 대해서.

　미미미와 키쿠치 양을 고른 것도, 연극의 결말에 대한 것도. 결국 중요한 것은 그 부분이다. 이걸 확실하게 해두지

않으면 어떤 문제건 제대로 진행할 수가 없다. 뭐, 나카무라식 표현으로는 귀찮은 짓을 사서 하는 녀석 같지만, 최종적으로는 이렇게 하는 쪽이 좋은 결과를 불러올 것 같으니까.

"⋯⋯사귀는 것의 의미, 란 말이지."

키쿠치 양과, 그리고 나카무라와 이야기한 내용이 머릿속에 다시 떠올랐다.

나에게 있어 『사귀는 것의 의미』란 대체 뭘까.

그리고 만약 그것을 찾아냈을 때. 내가 같이 있고 싶다고 생각하는 사람은.

미미미와 키쿠치 양, 두 사람 중 하나려나.

아니면──.

그런 생각을 하는 사이에 밤이 깊어져갔다.

3 석판에 새겨진 문양은 세계의 비밀과 이어져 있다

다음날 아침 회의.

"본인한테 들었어. 미미미한테 고백받았다면서."

"예. 말 안 해서 죄송합니다."

전부 들켰다.

나는 무릎에 손을 얹고 허리를 곧게 펴고, 잔소리 들을 준비를 완벽히 하고서 거기에 대답했다.

"뭐, 미미미를 위해서 숨겼겠지만……."

"으, 응."

히나미는 짜증 난다는 것처럼 머리를 쥐어뜯었다.

"어떤 과제를 낼지랑도 관계된 일이니까, 이런 건 제대로 상담해줬으면 싶었는데…… 어차피 언젠가는 들킬 일이니까."

"그, 그러게. 미안."

실제로 이렇게 들켰고, 그걸 말하지 않은 탓에 『좋아하는 타입, 사귀고 싶은 이성의 조건에 대한 이야기를 나눈다』는 과제도 나오게 됐다. 만약 미미미한테 그대로 실행했다면 최악의 사태가 발생했겠지.

"그나저나 미미미가 고백……이라니."

"의, 외의지……."

"그러게." 그리고 당연하다는 것처럼. "의외야. 생각보다 빨랐어."

그 말에 당혹스러워졌다.

"뭐, 뭐야, 그 고백 자체는 의외가 아니다, 같은 말투는."

그랬더니 히나미의 눈이 휘둥그레졌다.

"같은 말투가 아니라, 말 그대로야. ……미미미는 너랑 엮이는 일이 많았고, 무엇보다 상성이 좋으니까 예상 못 할 일은 아니라고."

"사, 상성?"

히나미가 고개를 끄덕였다.

"너 같은 성질의 사람을 좋아하기 쉬운 타입이라고."

"그, 그게 무슨……."

무슨 말인지 의미를 모르겠다. 그렇게 밝고 뭐든지 잘하는 미미미가 나 같은 약캐랑 상성이 좋다고?

"뭐…… 거기에 대해서는 알아서 생각해봐. 조금만 생각하면 알 수 있는 범위니까 자기 머리로 생각하는 게 여자 마음을 움켜쥐기 위한 사고와도 직결될 테고."

"으, 응, 알았어……."

히나미가 그렇게 말한다면 아마도 이미 답을 찾을 만한 단서가 모여 있다는 뜻일 텐데…… 난 전혀 짐작도 못 하겠다.

"그나저나 말이야. 좋아한다는 말을 들었다면, 이번에 내준 과제, 미미미에 관해서는 전혀 의미가 없잖아."

"그, 그런가……?"

히나미가 고개를 끄덕였다.

"그러고 보니까 과제의 의도를 제대로 설명하지 않았었지. 뭐, 대충 추측할 것 같기는 하지만. 뭔지 알아?"

그 질문을 듣고 다시 한번 과제에 대해 생각해봤다.

연애 시뮬레이션 게임의 이벤트 맵. 세 가지 과제.

응. 아마 알 것 같다.

"……거리를 좁힌다, 는 거지."

지금 한 이야기의 흐름을 봐도 아마 그렇겠지.

"대략적으로는 정답. 좀 더 구체적으로 말하자면 상대에게 자신을 의식하게 만들어서 고백 성공률을 높인다, 는 거겠지."

"흐음, 그렇구나."

뭐 직감적으로 이해했다. 지금까지보다는 확실하게 연애 방면 쪽으로 던진 과제였으니까.

하지만 어째선지 히나미는 한숨을 쉬고 나서 계속 말했다.

"그럼 다음 질문. ……연애 시뮬레이션 게임에서 어떤 캐릭터의 호감도가 이미 최대치에 도달했고, 이제 키 이벤트만 일으키면 되는 루트에 들어간 상태라고 하자?"

"……그래."

뭔가 따지는 말투가 된 히나미의 말에 쭈뼛쭈뼛 맞장구를 쳤다.

"그 상황에서 다른 이벤트 맵을 채우는 데 무슨 의미가 있을 것 같아?"

이, 이건 그거다. 조용하게 화내는 패턴이다.

"그러니까…… 뭐, 그게, 최대치에 도달했다면, 파고들기 라든지 수집 요소 말고는 딱히 의미가……."

"그치?"

그리고 히나미가 빤~히 날 노려봤다.

"엄청나게 효율이 나쁜 과제를 내줬다는 뜻이, 되겠지?"

"죄, 죄송합니다……!"

그저 고개를 숙이고 사과할 뿐. 이건 솔직하게 미안하다. 미미미가 안 좋은 일을 겪지 않게 하려고 숨기기는 했지만 기껏 생각해준 과제를 날려버리는 짓은 좋지 않으니까.

히나미가 한숨을 쉬었다.

"뭐, 알면 됐고."

그리고 어깨에서 힘을 빼더니 입꼬리를 살짝 추켜세웠다. 나는 그 표정을 보고 완전히 안심해 마음이 가벼워졌다. 왠지 이런 것도 일부러 하는 짓 같은데 말이야…….

"자, 그럼 그걸 생각해서 새로운 과제를 낼게…… 라고 말하고 싶지만."

"아, 아니구나."

스파르타식인 히나미의 성격을 봤을 때, 여기서 더 어려운 과제를 낼게, 자업자득이야, 지옥에나 떨어져버려, 같은 소리를 할 줄 알았는데.

"그래. 이대로 이번 과제를 계속 해도 돼. 단, 메인으로 이벤트 맵을 채우는 건 키쿠치 양으로 하고."

"뭐, 아까 얘기를 들어보면 그럴 것 같았어."

나는 얌전히 고개를 끄덕였다. 이번 과제는 호감도를 올리거나 의식하게 만들기 위한 것이라고 했으니까, 뭐라고 말해야 좋을지는 모르겠지만, 지금 미미미한테 하는 건 뭔가 아니라는 얘기가 되니까.

"단, 미미미 쪽을 채워도 돼."

"뭐?"

내가 깜짝 놀라서 물었더니 히나미가 씩하고 웃었다.

"왜냐하면 이건 상대에게 자신을 의식하게 만드는 과제잖아?"

"그렇기 때문에…… 해봤자 의미가 없다는 얘기 아니었나?"

상대에게 자신을 의식하게 만들기 위해서라면 더더욱 아니지 않나? 뭐랄까, 미미미는 이미 나한테 자기 마음을 말한 상태니까 의식하게 만드는 게 문제가 아닌데.

"뭘 모르네. 상대에게 자신을 의식하게 만드는 과제. 그 얘기는 한마디로……."

그리고 히나미는 내 이마 중심을 콕, 집게손가락으로 찔렀다.

"──그렇게 하면, 자신도 상대를 의식하게 될 것 같지 않아?"

그 말과 이마의 감촉이 어우러지면서 정신이 퍼뜩 들었다.

"……그렇구나."

"납득했어?"

"예, 아주 잘."

들고 보니 그렇구나, 라고나 할까, 히나미의 과제는 기본적으로 나까지 공격하는 것들이 많았으니까, 오히려 내가 더 강하게 의식하게 될 가능성도 있다. 하지만 그걸 알면서 하는 것도 좀 그런 것 같은데.

"그래서 기본적으로는 키쿠치 양 쪽을 채워가고, 만약 가능할 것 같은 타이밍이 있거나 스스로 해보고 싶다고 생각하면 미미미 쪽도 도전한다. 그런 느낌으로 진행하면 돼."

"뭐…… 반쯤 자유라는 얘기네."

내가 고개를 끄덕이자 히나미가 맞아, 라면서 놀리는 것처럼 웃었다.

"『하고 싶은 것』에 따라서 도전하는 게 취향인 것 같으니까, 그치?"

"마, 맞아……."

그리고 히나미는 한쪽 눈썹을 추켜세우며 웃었다. 뭐랄까, 손바닥 위에서 놀아나는 느낌이다. 내가 하고 싶은 대로 도전할 수 있는데, 그것마저도 전부 히나미의 손바닥 위에서 하는 짓이라는 기분이 든다.

"……알겠습니다."

"응. 그럼 계속해서 열심히 해봐."

그렇게 해서 미묘하게 석연치 않은 심정으로, 이벤트 맵 과제 이틀째가 시작됐다.

*　*　*

　교실에 도착하고 가방에서 이것저것 꺼내서 하루를 준비하는데, 웬일로 누가 날 불렀다.

　"……토모자키 군."

　고개를 돌려보니 거기에는—— 키쿠치 양이 있었다. 고개를 살짝 숙이고 조심스레 날 보고 있다.

　"응?"

　그런데 웬일이지. 이렇게 둘이서 얘기하는 자체는 신기한 일이 아니지만, 아침에 교실에서 말을 거는 일은 거의 없었는데.

　"저기…… 좋은 아침이네요."

　"아, 응. 안녕."

　평소에 안 하던 아침 인사를 다 했다.

　"저기, 무슨 일이야?"

　그렇게 묻자, 키쿠치 양은 왼손에 들고 있던 종이봉투에서 종이 다발을 꺼냈다.

　"어."

　그렇다면 이건.

　"……벌써 다 썼어?"

　"으, 응……."

　어제 얘기한 각본의 수정안. 연극적이고 알기 쉬운 방향이 아니라 생생함을 중시. 아르시아의 생생한 캐릭터는 그대로 두고, 리브라와 크리스도 좀 더 생기있는 쪽으로 가자는 이야기를 했었는데—— 벌써 다 수정한 건가.

"대단한데. 고칠 대사가 꽤 많지 않았어?"

"아, 그게, 맞아요. 세세한 수정도 많았지만 아마 대사는 거의 전부……."

"저, 전부?!"

나도 모르게 큰 소리를 냈다.

"그, 그러면 안 되나요?"

"아니, 그게 아니라, 안 되는 건 아닌데. 하지만 어떻게 그걸 다 했어? 겨우 하루 만에."

20분짜리 짧은 연극이지만 분량은 꽤 될 텐데. 적어도 내가 예전에 썼던 작문의 수십 배는 될 텐데. 그런데 하룻밤만에?

키쿠치 양이 쑥스러워하며 웃었다.

"그게…… 어느샌가 재미있어져서. 집중하다 보니까, 금세 시간이 지나갔어요."

이것 또한 조용하면서도 열기가 담긴 말투. 키쿠치 양한테서는 거의 들어보지 못했던 목소리다.

키쿠치 양은 손에 들고 있는 원고 표지를 보면서.

"머릿속에서 움직이는 캐릭터를 지금 말로 표현해서 잡아 둬야만 한다고 생각하니까, 도저히 멈출 수가 없어서……."

"헤에…… 그렇구나."

그 표정은 창문 사이로 들어오는 아침 햇살처럼 밝고 눈부셨고, 그 얼굴을 보고 있었더니 나까지 자연스레 마음이 따뜻해졌다.

하지만 어째선지 키쿠치 양은 불안한 얼굴로 내 얼굴을 바라봤다.

"이, 이상한……가요?"

살짝 촉촉한 눈. 그건 마치 인간들에게서 따돌림 당할까 봐 두려워하는 요정 같은 표정이었다.

그런 키쿠치 양을 이상하다고 할 수는 없다.

"전혀. 오히려 대단해. 아니, 이건 재능이야."

"재…… 재능."

그 말을 듣고 멍하니, 키쿠치 양은 자기 손을 봤다. 그리고 허둥지둥, 조심스레 웃었다.

"그, 그런 거, 없, 어요!"

왠지 미안해하는 것 같은, 그러면서도 기뻐하는 것 같은 표정으로 손을 파닥파닥 흔드는 키쿠치 양. 그 모습이 왠지 귀여워져서 조금 더 내 생각을 전하고 싶어졌다.

"아냐, 난 정말 그렇게 생각해. 어려운 건 모르겠지만 단순히 독자로서 재미있다고 생각했으니까."

"그, 그런가요……?"

"응. 틀림없이."

"으, 응……."

살짝 밀어주니까 서서히 긍정적인 의견도 받아들이기 시작하는 키쿠치 양. 좋았어, 이대로 계속 밀어볼까. 평소에는 엄청나게 소심하니까 이런 때 정도는 자신감을 주는 게 좋겠지.

"이렇게 재미있게 쓴 것도 정말 대단하고, 이정도 양의 대사를 하루 만에 고친 것도 정말 대단하다고 생각하거든. 쉽게 할 수 있는 일이 아니잖아."

"고, 고맙습니다……."

키쿠치 양이 모락모락 연기가 피어오르는 소리가 들릴 정도로 부끄러워하고 있으니 이 정도로 해두자. 얼굴도 빨개진 것 같은데다, 나까지 쑥스러워지니까 말이야. 거짓말을 한 건 아니지만 왠지 나쁜 짓을 한 것 같은 기분이 든다.

"조, 좋았어. 그럼 나도 이거, 오늘 안에 읽어볼게."

그랬더니 키쿠치 양 얼굴이 확 밝아졌다.

"응!"

정말 밝고 힘찬 목소리.

키쿠치 양한테서 나온 그 한마디는, 이 세상의 행복이라는 행복을 모두 알려주는 현악기 소리처럼 내 귀에 전해졌다.

"……응?"

갑자기 시선이 느껴져서 주위를 둘려봤더니 주위에 있던 몇 명이 놀란 얼굴로 이쪽을 보고 있었다. 아, 그렇구나. 키쿠치 양의 대답 자체는 그렇게 큰 소리가 아니였지만, 원래 밝은 목소리를 내는 일이 거의 없었으니까. 안 그래도 이렇게까지 밝게 말하는 키쿠치 양은 보기 드문데, 그걸 처음 보면 꽤 놀랄 수밖에 없겠지. 무슨 일이야, 같은 분위기가 내 주위 반경 몇 미터 안에 감돌고 있다.

내가 키쿠치 양의 각본을 제안했으니, 우리 둘이 사이가 좋다는 건 다들 어느 정도 인식하고 있겠지만…… 지금 그건 여러모로 충격이겠지, 틀림없이.

그런 생각을 하면서 대각선 뒤쪽을 본 그 때.

"……아."

"……아."

이게 벌써 몇 번 째려나. 미미미와 이상하게 눈이 마주쳤다. 나는 또다시 반사적으로 눈을 피하고 말았다. 뭐랄까, 창피한 모습을 보여줬다는 느낌도 들었다.

그렇게 해서 또다시 어색한 분위기만을 남기고, 나와 미미미는 오늘도 엇갈리고 말았다──고 생각했더니.

"브, 브레인──!!"

미미미가 왠지 평소보다 딱딱한 목소리로 날 불렀다.

그리곤 손을 흔들며 나와 키쿠치 양 눈앞까지 다가왔다. 그, 그래. 뭐, 미미미가 어제부터 서서히 평소처럼 행동하려고 하는 것 같기는 했지만, 설마 이 타이밍에서 가까이 다가올 줄이야.

내가 신경 쓰인다고 선언한 두 사람이 이렇게 동시에 내 눈앞에 있다. 뭐야 이 공간. 어느 쪽을 봐야 할지 모르겠다. 심장만이 세차게 뛰었다.

미미미는 키쿠치 양과 나를 번갈아 보고는 손을 척, 하고 들었다. 키쿠치 양은 갑작스런 상황에 당황하고 있다.

"브레인! 우리도 슬슬 회의하지 않으면 늦을 것 같습니다만!"

"회의라니……"라고 말하다가 생각이 났다. "아, 그렇구나…… 만담."

그래, 그렇게 하기로 했었지. 히나미의 과제에 키쿠치 양과의 각본 회의, 미미미와의 어색한 분위기까지 이런저런 일들이 너무 많아서 전혀 신경도 못 쓰고 있었다. 그나저나 잘 생각해보면 이거 엄청나게 위험한 상황이잖아. 이제 2주 밖에 남 남았으니.

"맞아, 브레인! 깜박했던 거야~? 이놈, 이놈~!"

미미미가 집게손가락으로 내 어깨를 마구 찔러댔다. 어, 뭐야. 그만해. 평소처럼 하는 행동의 연장선이라고 해도 미미미를 이상하리 만큼 의식하는 상황에서 이 공격은 위력이 너무 강하다고. 온 신경이 어깨에 집중된단 말이야. 다른 건 생각도 못 하게 된다고.

"까, 깜박한 게 아니라, 그냥 좀 바빠서……."

"아~ 뭐 이거저거 많이 하고 있으니까! 이놈, 이놈~!"

"그, 그러니까……."

어쩌지. 이 정신 상태에서는 어쩔 도리 없이 『미미미가 날 건드리고 있다』는 사실에 의식을 집중할 수밖에 없다. 왜냐하면 애는 날 좋아한다고 말한 여자애고, 어제, 가 아니라 조금 전까지도 서로 눈도 제대로 마주치지 못했는데, 어째선지 지금은 내 어깨를 마구 찔러대고 있다. 내 정보 처리 능력이 한계에 도달해 있지만, 앞으로 몇 초만 있으면 모든 혈액이 어깨에 집중되고 파열해버릴 거라는 것만은 알 수 있다. 그나저나 뭔데 이 태도 변화는. 이게 리얼충의 적응 능력이라는 건가.

"저기, 그럼, 언제 할까?"

나는 최대한 어깨의 감촉을 의식하지 않으려고 하면서 자연스레 이야기를 이어가려고 노력했다. 하지만 엄청나게 의식하고 있다. 어깨. 손가락.

"으~ 그럼 말이야~."

그렇게 말하면서 더 가까이 다가오는 미미미. 어깨만 찔러대는 정도가 아니라 가까운 거리까지 부활했다. 정말 갑자기. 내 바로 눈앞에 있는 건 크고 동그란 눈과 오똑 선 콧날. 목에서 턱으로 흐르는 라인은 인형처럼 예뻐서, 이렇게 가까이서 봐도 정말 단정하고 귀엽다는 것 말고 다른 감상은 느껴지지 않았다. 정확히 말하자면 그래서 엄청나게 두근두근거린다는 감상도 느껴진다.

"아~ 그런데 브레인, 감독도 해야 하지?"

"그러니까, 연극 각본 보좌 말이야?"

"응. 그거, 그거."

왠지 미미미 머릿속에서는 『감독』이라는 직함이 당연하다는 듯이 침투해 있는 것 같은데 괜찮으려나. 어디까지나 서포트인데 말이야.

"뭐~ 솔직히 할 일이 좀 많네…… 각본도 아직 완성이 안됐고."

"음~ 그럼 좀 힘들겠네~. 정 안 되면 대신할 사람이라도 찾을 테니까 안심해!"

그렇게 말하고, 씩 웃으면서 엄지손가락을 척하고 세워 보였다.

"……그래."

그런 말을 들으면 어떻게든 하고 싶어지는 게 인지상정이라고 생각하지만, 앞으로는 연극 연습에도 나가야 하고, 문화제 실행위원 일도 서서히 많아질 테니까. 어라, 잘 생각해보니까 내 스케줄, 상당히 힘든 거 아냐?

나는 그렇게 생각하면서 절충안을 찾았다.

"어쨌거나, 일단 한다는 전제로 회의는 해두자. 어깨……가 아니라, 만약에 안 되면, 그때 가서 같이 생각한 사람을 대역으로 하면 될 테니까."

"응. 그러네. 알았어!"

그렇게 어깨에 정신이 팔리기는 했지만, 대화 자체는 자연스럽게 진행됐다. 뭐랄까, 처음 말을 시작할 때는 엄청나게 긴장됐지만, 일단 흐름을 타고 나니까 거기서부터는 말이 잘 나왔던 것도 같다.

"그럼 일단, 오늘 방과 후에는 각본 회의가 있으니까……."

"……그렇구나."

"내일이라도 같이 회의 해볼까?"

"응! 알았어!"

그리고는 그렇게 빠른 템포로 쑥쑥 진행되는 대화를, 내 옆에 있는 키쿠치 양이 "저, 저기……"라고 말하고 허둥대면서 지켜보고 있었다.

아, 너무 오랫동안 혼자 놔뒀네. 나는 완전히 익숙해졌지만 미미미의 대화 템포는 리얼충들 중에서도 상당히 빠른 편이다. 갑자기 그 소용돌이에 말려들면 당황하는 것도 당연한 일이지.

그렇게 생각하는데—— 거기서 갑자기, 미미미가 키쿠치 양을 보면서 웃었다.

"키쿠치 양도 그래도 되겠어? 연극도 해야 한다는 것 같은데."

"어! 아, 으, 응!"

갑작스런 말에 놀란 키쿠치 양이 말을 더듬으면서 대답했다.

"아하하. 그렇게 놀라지 마."

"아, 죄, 죄송해요, 고맙습니다……."

키쿠치 양은 나와 미미미를 번갈아 보며 난처하다는 것처럼 눈을 깜박거렸다. 그 작은 동물 같은 느낌은 세상의 상식을 훨씬 능가해서, 내 손에 해바라기 씨가 있었다면 전부 줘버리고 싶을 정도였다.

"에잇."

그때.

갑자기, 미미미가 키쿠치 양의 새로 내린 눈처럼 하얀 볼을 집게손가락으로 찔렀다.

"……으예?"

찔려서 이상한 모양이 된 키쿠치 양의 입에서 이상한 소리가 튀어나왔다. 그리고 자신도 그걸 알아차리고 얼굴이 빨개졌다. 뭐 하는 거야 미미미.

"뭐, 뭐, 뭐……."

아마도 키쿠치 양한테는 너무나 이레귤러한 갑작스런 보디 터치. 뭐, 놀라는 것도 당연하지. 왜냐하면 평소에는 그러는 사람이 없으니까. 미미미가 이상할 뿐이니까.

하지만 그러거나 말거나, 저녁노을이 비친 것처럼 붉어진 눈밭을 미미미의 하얀 손가락이 쭈~욱 하고 더듬었다.

"후후후후후후후."

"아으으으으?!"

"야, 인마."

미미미가 엄청나게 기분 나쁜 소리로 웃어서 결국 내가 말렸다. 키쿠치 양이 엄청나게 놀란데다 더 이상 계속하면 무서워할 것 같아 보이고, 난 이미 조금 무서운 상태다.

"……헉! 내가 무슨 짓을. 키쿠치 양이 너무 귀여워서 잠깐 정신줄을……."

"평소에도 은근히 놓고 다니는 것 같던데……."

그렇게 말하면서 한숨을 쉬었다.

아마도 그거겠지. 미미미는 타마 양처럼 작은 동물 같은 여자아이들을 귀여워하는 걸 좋아하는 것 같으니 키쿠치 양도 완전히 취향이겠지. 그러니까 빨리 도망쳐 키쿠치 양.

정작 키쿠치 양은 미미미가 쓰다듬은 볼을 손으로 만지면서, 입을 반쯤 벌린 채로 아무 말도 못 하고 있다. 눈도 엄청나게 깜박이고.

"괘, 괜찮아?"

"아, 그게. 괜찮은 것 같기는 한데, 뭐가 뭔지……."

"응, 그건 나도 마찬가지니까 안심해."

"그, 그런가요? 뭔가 의미가 있나 싶어서……."

"아하하, 없을 거야."

"어, 없는 거죠?"

그런 느낌으로. 미미미와 얘기할 때보다 조금 느린, 차분한 톤으로 키쿠치 양을 달래줬다. 어째서 약캐인 내가 남들을 달래주는 역할을 맡아야 하는 거냐고. 타입이 다른 여자 두 명의 중간에 다리를 놓는 역할이라니, 나한테는 너무 짐이 무겁다고.

그렇게 이야기하는 나와 키쿠치 양의 모습을 미미미가 눈이 휘둥그레져서 보고 있다. 뭔가 신기한 거라도 본 표정이다.

"……왜 그래?"

내가 묻자, 미미미는 깜짝 놀란 것처럼 눈을 크게 뜨더니,

"……어, 아, 아냐, 아무것도!"

"뭐, 뭐라고?"

"그, 그럼! 난 그만 가볼게! 그럼!"

"어? 아, 응, 그럼……."

그리고 내 대답이 끝나기도 전에, 미미미는 슝~ 하고 교실 뒤쪽으로 뛰어갔다. 뭐, 뭐야 대체…….

그런 미미미의 뒷모습을 지켜보는 키쿠치 양은 깜짝 놀라 뭐가 뭔지 모르겠다는 분위기다.

"폭풍이 지나간 것 같네요……."

문질렀던 볼을 쓰다듬으며 키쿠치 양이 멍하니 말했다.

"뭐, 미미미는 항상 저러니까……."

"그, 그런 건가요?"

그렇게 해서 천사족과 미미미족의 종족 간 교류는 미미미족이 갑자기 도망치는 형태로 막을 내렸고 양쪽의 통역을 담당했던 나는 완전히 지쳐버렸다.

* * *

그날 점심. 교실.

나는 혼자서 맹렬하게 감동하고 있다.

"엄청 좋아졌잖아……."

내가 지금 읽고 있는 건 아침에 키쿠치 양이 준 원고.

캐릭터의 방향성을 조정한 최신판 각본이다.

"오, 이렇게 나왔구나……."

최근 들어서는 거의 없었던, 혼자서 빵으로 점심을 먹으

146   약캐 토모자키 군 7

면서 각본을 읽고 있다. 이렇게 내가 하고 싶은 일에 집중하려고 생각했을 때 아무렇지도 않게 이런 형태를 선택하는 건, 원래 외톨이였던 사람의 강점이겠지. 혼자서 중얼거려도 딱 주위에 들리지 않을 정도의 목소리 같은 것도 몸에 배 있으니까. 어때, 대단하지.

"……그나저나, 캐릭터만 달라진 게 아니잖아, 이거."

읽으면서 깜짝 놀랐다.

어제 이야기했을 때는 리브라와 크리스의 내면을 소설 버전보다 조금 간략화하여 좀 더 생생한 캐릭터로 되돌린다는 게 주요 변경점이었는데.

하지만 그것 말고 다른 부분도 크게 달라져 있었다. 특히 중반부터 전개는 거의 다른 내용이 돼 있다.

"크리스라면 이렇게 하는구나……."

하지만 그렇다고 위화감이 드는 건 아니었다.

그보다 오히려 캐릭터의 내면을 조정하면서 그 행동이 달라지고, 행동이 달라지면서 거기서부터 시작되는 전개가 전부, 도미노를 쓰러트리는 것처럼 줄줄이 달라졌다고 표현하는 쪽이 정확하겠지. 이건 연기하는 사람에게 맞춘 캐릭터 변경이 인물상에 새로운 혼을 불어 넣은 것 같다.

어쨌거나 그 이야기에 한 가지 더 아름다운 점이 추가됐다.

열쇠가게 아들 리브라와 그 소꿉친구 소녀 아르시아. 두 사람이 성 안을 탐색한 결과 비룡을 키우기 위해 정원에 격리된 소녀 크리스를 발견하고, 리브라는 그『더러움』을 정화하기 위해서 처형당하게 된다.

그것을 막기 위해서 리브라와 아르시아가 일시적으로 남매가 되고, 크리스의 시중 담당과 교육 담당으로 임명된다── 여기까지는 지금까지의 원고랑 다를 게 없다.

하지만 그 다음이 달라졌다.

크리스는 왕성에서 오로지 비룡을 키우기 위해서 데려온 고아 소녀였다. 농민 출신인지 기사 가문 출신인지, 아니면 노예 출신인지. 그것조차 아는 사람이 없다. 철이 들었을 때부터 정원에서 비룡과 함께 자랐으며 바깥세상은 본 적도, 나간 적도 없는 가여운 소녀다.

하지만── 정원에는 모든 것이 있었다.

푹신한 침대. 청결하고 따뜻한 목욕물. 왕성 정원사가 고른 아름답고 비싼 꽃. 세상에서 한 종류씩 모아온 유니크한 형태의 나무들. 신화나 동화라면 책도 마음대로 읽을 수 있고, 당연히 식사도 매일 왕성에서 귀족들이 먹는 것과 같은 것으로 지급해줬다.

하지만 정원에는── 그것을 제외하고는 아무것도 없었다.

가족. 친구. 학교. 바다. 숲. 지평선. 비룡 이외의 동물.

기쁜 일이나 슬픈 일도, 틀림없이 진짜 의미에서는 존재하지 않았다.

쓸쓸함만은 항상 가슴 속에 있었지만, 쓸쓸하지 않다는 걸 몰랐기 때문에 그것이 쓸쓸함이라는 것조차도 몰랐다.

그런 폐쇄적인, 안전하고 일그러진 세상이 달라진 것은—— 리브라와 아르시아가 찾아왔기 때문이다.

최초의 각본에서 크게 변경된 점은 리브라와 아르시아가 정원에 도착했을 때 크리스가 보여준 반응이다.

처음에 받았던 각본에서는 지금까지의 고독에서 해방된다고 생각했기 때문인지 크리스가 두 사람을 환영했었다.

『나 말고…… 다른 사람? 저기, 거기 두 사람! 난 크리스! 당신들, 이름은?』

아마도 책에서 배웠을『첫 대면에서의 자기소개』라는 문화를 서툴게나마 구사하면서. 자기 이름을 말하고, 그리고 두 사람의 이름을 물었다.

그것이 크리스의 바깥에 대한 호기심이었고 솔직한 모습이었다.

하지만 최신 원고에서는.

크리스는 정원에 찾아온 두 사람에게 제일 먼저 이렇게 말한다.

『누, 누구죠? 어긴 무슨 일로……?』

경계하고, 겁먹은 모습을 보인다.

물론 초고에 나왔던 것 같은 고독에서 해방될지도 모른다는 기대감이 전혀 없는 건 아니겠지.

하지만 크리스는 그것보다 『변화』와 『미지』를 두려워했다.

그것은 고독하게 지내온 소녀의 마음속에 있는 현실적인 약한 점을 표현한 것이고.

키쿠치 양에 의한 『공포』와 『호기심』의 대비. 현실적인, 모순된 감정의 발로였다.

또한 리브라의 인물상도 크게 달라졌다.

물론 호기심 왕성하고, 다른 사람에게 다가가는 것을 잘한다는 기본적인 이미지는 달라지지 않았다. 크게 달라진 것은 그 이미지를 표현하는 방법이다.

각본 초고의 리브라는 소위 말하는 히어로 같은 남자아이고, 다른 사람에게 잘 다가간다는 것도 솔직하게 말하자면 그냥 붙임성이 좋고 단순하게 커뮤니케이션 능력이 높다는 정도였다.

호기심이 왕성해서 아무 데나 일단 끼어들고, 그 붙임성으로 자기편을 만들어서 매사를 해결해나간다. 소위 말하는 전형적인 주인공의 이미지인지도 모른다.

하지만 최신판의 리브라는 다르다.

멋대로 왕성을 구경하고 다니는 호기심과 다른 사람에게

잘 다가간다는 자체는 달라지지 않았지만── 그 다가가는
방법이 조금 달라졌다.

　재주 좋게 사람과 친해지는 게 아니라 오히려 서툴러서
실패할 때도 많다. 그래도 굴하지 않고 당당하게 나가는 사
이에 자연스레 친구가 늘어난다. 그런 결점까지 포함해서
사랑하게 되는 올곧은 이미지의 캐릭터로 변해 있었다.

　두 사람의 변경 방향성에서 찾아볼 수 있는 공통점이라
면, 두 사람 모두 『약하다』 『서툴다』를 강조하는 것처럼 변
경된 점이겠지. 변화를 두려워하는 크리스와 서툰 리브라.

　아마 그게 키쿠치 양 나름대로의, 사람의 리얼리티다.

　하지만 아르시아만은 조금 달랐다.

　『강함』을 보다 날카로운 형태로 다시 그렸다.

　처음에 아르시아는 리브라와 함께 정원에 도착한 순간,
리브라의 존재가 왕성에서는 『더러움』으로 여겨진다는 것,
그리고 『더러움』을 싫어하는 비룡의 생태를 순식간에 연결
하고 리브라가 처형되리라 예감했다. 그래서 『아무것도 없
었던 것으로 하고 도망친다』는 선택지를 고르려고 했지만,
바로 경비병이 와서 붙잡히고 만다. 그런 전개였다.

　하지만 최신판에서는 조금 달라졌다.

　리브라의 『더러움』과 비룡의 생태를 순식간에 연결하고
처형을 예감하는 것까지는 똑같다. 하지만.

거기서 아르시아가 바로 선택한 행동이——『비룡의 날개를 꺾으려고 하는 것』으로 바뀌어 있었다.

비룡이 더러움 때문에 날 수 없게 되면 왕성은 그 더러움의 **원인**을 처형해서 그 더러움을 제거한다. 그래서 리브라가 죽는다.

그렇다면—— 애당초 더러움이 있건 아니건 날 수 없는 상태로 만들어버리면 처형당할 이유도 없어진다.

그런 옳으면서도 잘못된 논리였다.

물론 비룡에게 상처를 입히는 것은 큰 죄다. 하지만 그것을 왕의 딸인 아르시아가 **사고로** 그랬다면? 아마도 죽을 정도의 죄는 아닐 것이다.

순식간에 그런 계산을 하고, 리브라를 구하기 위해서 비룡의 날개를 꺾으려고 했다.

그때, 아르시아의 계획을 전부 간파한 건지 아니면 그냥 단순히 그 표정을 보고 안 좋은 예감이 들었기 때문인 건지, 리브라가 달려 나갔다. 그리곤 아르시아의 팔을 붙잡아서 저지했다.

『뭘 하려는 거야?』

『이거 놔. 리브라 넌 모르겠지만, 내가 움직이지 않으면 네가 죽어. 그러니까, 제발. 날 그냥 둬.』

하지만 리브라는 물러나지 않았다.

『싫어.』

『이러지 말고 놔. 여기서 내가 저 용의 날개를 꺾어야만 해.』

『역시 그러려고 했구나. 절대로 안 돼. 여기서 아르시아한
테 그런 짓을 시키면 아르시아 네가 죽잖아!』

『괜찮아. 난 죽지 않아. 왜냐하면 지금부터 일어나는 일은
어디까지나 사고니까. 그리고 왕족인 나는 어지간한 일이
아니면 처형당하지 않아.』

『그래도 싫어.』

『어째서.』

『그야, 만약에 죽지 않는다고 해도. 그래도 **아르시아**는 죽
게 되잖아!』

그런 문답을 하는 사이에 경비병이 도착하고, 침입자인
두 사람은 끌려가게 된다.

그 뒤로 한동안 이어지는 전개는 대략적으로 봤을 때는
처음에 썼던 것과 같다.

아르시아의 반쯤 협박 같은 어른스런 교섭 덕분에 리브라
는 처형을 면하고, 아르시아와『남매』가 되었다. 게다가 크
리스의 시중으로 임명되기까지. 그렇게 세 사람의 기묘한
관계가 시작된다—.

나는 멘치카츠 빵을 베어물면서 그 이야기에 몰두했다.

사람의 약한 부분을 그려서, 동화 같은 이야기 속에 약간

의 독을 탄다. 그것은 앤디의 작품 일부에서도 찾아볼 수 있
는 모습이고, 팬들 사이에서는 『블랙 앤디』라고 불리는 측
면과 비슷했다.

어쩌면 키쿠치 양은 일반적인 앤디 작품의 부드러운 분위
기보다, 곳곳에 날이 서 있는 『블랙 앤디』에 가까운 인물 묘사
쪽이 더 어울리는지도 모르겠다. 처음에 썼던 각본보다 좋아
진 정도가 아니다. 소설로 읽었을 때보다 인물 묘사는 날카로
웠고, 읽는 사람을 계속 끌어당기는 것 같은 느낌이다.

마침내 이야기의 메인은 정원을 통한 세 사람의 관계로
넘어간다.

리브라는 크리스에게 먹을 것을 가져다주고, 읽고 싶은
책을 가져다주는 시중 담당으로서.

아르시아는 학교에도 못 가는 크리스에게 공부를 가르쳐
주는 교육 담당으로서 크리스에게 관여한다.

물론 두 사람 모두 단순한 역할이 아니었다. 리브라는 가
끔씩 서로가 읽은 책에 대한 감상을 이야기하는 사이가 됐
고, 아르시아는 때때로 꽃 장식을 만드는 방법이라든지, 공
부 이외의 다른 것들도 가르쳐줬다. 친구 같기도 하고 가족
같기도 한. 또는 말 그대로 시중 담당과 교육 담당 같은.

그런 한마디로 표현하기 힘든 관계가 되어간 것이다.

크리스는 책 읽는 걸 좋아했다.

사실 정원에는 왕성 서고에서 가져다주는 책 말고는 달리 시간을 보낼 뭔가가 없었다고 하는 쪽이 정확하려나. 그것 이외의 즐거움이라면 아르시아한테 배운 꽃 장식 만드는 방법을 떠올리며 정원에 있는 꽃들로 꽃 왕관을 만드는 것 정도였다.

　하지만 하루에 몇 권씩 책을 읽어버리는 크리스였기에 서고에 있는 신화나 동화는 몇 달 만에 거의 다 읽어버렸다.

　그래서 그 다음으로 크리스가 **읽게** 된 것은── 리브라가 말해주는 바깥세상의 이야기였다.

　『사실은 용 중에서 제일 빠른 건 거룡이야. 덩치도 크고, 얼굴도 왠지 얼빠진 것처럼 생겨서 느릴 거라고 생각하는 사람도 많지만, 한 걸음 한 걸음의 폭이 크거든. 쿠웅, 쿠웅, 하면서 엄청나게 빨리 걸어가.』

　『헤에! 그래서, 그래서?』

　『최근에는 그 동력을 사용해서 마법력을 만들어내는 시설도 있대. 역학적인 힘으로 마력을 만들어내는 건 엄청난 발명이라고 마도사님이 말씀하셨어.』

　『대단해! 그렇구나! 저기, 리브라는 마법을 쓸 수 있어?』

　『설마! 난 열쇠가게 아들이니까…… 쓸 수 있는 건 고작해야 언록 정도려나.』

　『아하하! 리브라, 그거 혹시…… 역학적으로, 라는 거지?』

　『그래, 맞아! 어떻게 알았어!』

『내가 바보인 줄 알아! 그 정도는 안다고!』

『하지만…… 이것 하나만 있으면 여러 곳에 갈 수 있고, 여러 가지를 볼 수 있어. 그래서 나는 이것만 있으면 충분하다고 생각해.』

『흐응…….』

『아, 혹시 안 믿는 거야?』

『아니야! 그렇구나, 리브라의 자물쇠 열기는, 정말…….』

『정말?』

『정말 훌륭한 **마법**이구나!』

리브라가 들려주는 것은 신화나 동화에는 그려지지 않은, 현실을 살아가는 사람의 이야기.

살아가고, 때로는 싸우고, 또는 서로 사랑하고. 가끔씩 죽기도 하고.

같은 현실 속에서 살지만, 그것은 크리스에게 가장 가까우면서도 멀리 있는 『이야기』였다.

『크리스! 아르시아가 드디어 마공예 대회에서 우승했어!』

『뭐! 리브라, 그거 정말이야?!』

『왜 그런 걸로 거짓말을 하겠어! 걔는 대단해, 정말로…….』

『대단해! 정말 대단하다! 저기 리브라, 다음 수업 때 몰래 축하해주자!』

『오, 그거 좋겠네! 그러자!』

『꼭이다?! 나, 지금까지 만든 것 중에서 제일 예쁜 꽃 장식을 만들게!』

『좋았어, 부탁할게! 그럼 나는…… 아무것도 못 하니까, 일단 축하할래!』

『아하하! ……하지만 아르시아는, 의외로 그게 제일 기쁠지도 모르겠다.』

『응? 그러려나? 카벙클 마석이라든지 달라고 할 것 같은데.』

『후후. 말로만 그랬을 지도 모르거든?』

『그거…… 무슨 뜻이야?』

『……정말 모르는 거야?』

『응.』

『……하아.』

리브라가 말하는 아르시아의 모습은 아주 성실하고, 놀랄 정도로 열심히 노력하는 사람이다.

하지만 크리스가 직접 수업을 들을 때 느낀 인상은 조금 달랐는데──.

『자, 크리스. 숙제는 다 했어?』

『응. 했는데, 너무 많아! 아르시아 너무해?!』

『안 너무해. 이것도 널 위한 거야.』

『흐~응. 그렇구나.』

『뭐야? ……불만이야?』

『그치만~ 날 위한 거라면, 이런 공부 말고 좀 더 바깥 세상에 대해서 가르쳐줘도 되잖아.』

『음…… 그럼 크리스.』

『왜?』

『밖에는 호랑나비라는 나비가 있는데, 나비가 뭔지는 알아?』

『윽! 아마 벌레였지! 이런 거잖아?』

『아냐, 이건 공벌레. 건드리지 말고 무시하고.』

『예~.』

『알았어? 같은 벌레라도 종류가 다르면 전혀 다르거든.』

『에~ 그치만 여기는 이런 것밖에 없잖아.』

『그러게. 그러니까 공부해야 하는 거야.』

『그런 거야?』

『바깥 이야기를 들으려면 그 기준이 되는 지식이 필요하잖아?』

『그럴 지도 모르지만…….』

『그러니까 우선 공부. 알았지.』

『음~ 왠지 꾸물꾸물 넘어간 것 같은 기분도 드는데……아, 공벌레처럼.』

『그럼 40번째 양피지 펼치고.』

『무, 무시했어……? 아, 공벌레처럼!』

『40번째 양피지~』

『예…….』

  합리적이고 이지적이고 빈틈이 없는 아르시아. 하지만 크리스는 그런 아르시아의 근본적인 부분은 상냥하다는 걸 알고 있다.

  그렇게 해서 크리스의 '시중 담당'인 리브라와 '교육 담당'인 아르시아는 왕성에서 맡긴 역할을 수행하면서 사람과 사람으로서의 관계도 깊이 맺어갔다.

  그런데——.

  나는 읽으면서 킥킥 웃었다. 왜냐하면 『아, ～처럼!』이라는 부분, 크리스를 연기하는 게 타마 양이라서 추가한 대사겠지. 키쿠치 양도 의외로 이런 서비스 정신이 있구나.

  그리고 또 하나, 나한테는 너무나 우스운 일.

  솔직히 이건 우연이다.

  히나미가 연기하기로 한, 크리스의 소꿉친구 아르시아.

  그 캐릭터가 마치 히나미의 숨겨진 모습과 똑같았다.

  드세고 잘난 척하고 자신감이 넘치고, 무슨 일이건 효율적. 그리고 분명한 결과를 낸다.

  뭔가를 가르칠 때 이치를 따지는 부분은 정말 똑같다. 살짝 장난기도 있고 가끔씩 피곤하다거나 인간적인 모습을 보이는 부분은 안 닮았지만, 그건 오히려 히나미 쪽이 픽션 같은 강점을 가지고 있기 때문에 어쩔 수 없는 일이다. 어떻게 실제 인물이 더 비현실적이냐고.

하지만, 어쩌면 키쿠치 양이 히나미의 본성 같은 부분을 상상하면서 썼을지도 모르겠네. 그 녀석의 겉모습은 가련한 퍼펙트 히로인이지만, 키쿠치 양이라면 그 속에 뭔가가 숨겨져 있다는 정도는 상상할 수 있겠지. 뭐, 이렇게까지 닮은 건 우연이겠지만.

──그런 이야기가 다음 전환점을 맞이한 것은, 비룡 때문이다.

사람보다 빨리 자라고 사람보다 오래 사는 비룡은, 열 살 정도면 다 큰다. 물론 개체마다 차이는 있지만, 보통 열세 살 정도가 되면 대부분의 용이 하늘을 날 수 있다고 하고, 반대로 말하자면 그때까지 날지 못한 용은 어떤 원인 때문에 날지 못하는 용이 돼버렸다고 여기게 된다.

그렇다. 예를 들자면, 『더러움』 때문에.

크리스가 키우고 있는 용은── 올해로 열세 살이다.

『으. 너는 왜 날지 않는 거야.』

비룡의 날개를 쓰다듬으며 크리스가 말했다.

『날개도 예쁜 색이고, 몸도 커졌고, 날 수 있을 텐데 말이야~.』

자신이 잘못한 건 아닌지 두려워하는, 불안한 목소리다.

비룡에게는 세 가지, 날기 위한 조건으로 여겨지는 것이 있다.

하나. 반중력 작용이 있는 무지개색 비늘이 예쁘게 날 것.
둘. 그 날개를 반중력 작용에 지지 않을 정도로 지탱할 수 있는 완력을 지닐 것.
셋. 『더러움』을 지니지 않을 것.

그리고 두 번째까지 조건을 확실하게 만족한 비룡이 날지 못하는 것은 역시 『더러움』 때문이 아닐까, 라는 것이 왕성의 공통적인 견해가 되어갔다.
즉── 역시 더러움을 제거하는 수밖에 없으니, 리브라를 처형해야 한다는 이야기가 나온 것이다.
거기서 리브라의 처우를 둘러싸고 몇 가지 드라마가 전개되면서 사태는 하나의 고비를 맞이한다.
하지만 그건 어디까지나 약간의 소동이고, 가장 인상적인 것은 그 사태가 수습된 뒤.
크리스와 리브라의 이런 대화 장면이었다.

『크리스. 「더러움」의 정체가 뭔지, 알게 된 것 같아.』
『뭐! 리브라, 무슨 말이야? 그렇다면 큰 발견이잖아!』

『그렇겠지…….』

『……왜 그렇게 어두운 표정이야?』

『……크리스. 비룡은 정말 머리가 좋아. 그건 알고 있지?』

『응. 보통 용도 사람보다 머리가 좋은데, 그 중에서도 특히 고귀하잖아?』

『그래. 어디까지나 사람은 용과 공존하고 있을 뿐이고, 결코 인간이 일방적으로 부리는 게 아니야. 오히려 용이 우리를 부리고 있다는 얘기도 있어.』

『그게 날지 않는 이유랑, 무슨 관계가 있는 거야?』

리브라는 물가에서 자고 있는 비룡 쪽을 봤다.

『비룡은—— 사람의 마음을 읽을 수 있어.』

『……마음을?』

『그리고 비룡은 착해. 자신을 키워준 사람에 대한 은혜를 잊지 않고 최대한 그 사람의 '소원'을 이뤄주려고 해.』

『……응.』

『이제, 뭔지 알겠어?』

『글쎄…….』

『크리스.』

『응.』

『크리스는—— 하늘을 날고 싶지 않다고, 그렇게 생각하지?』

그리고 밝혀지는 것은 크리스의 마음이 약하다는 것이었다.

정원에는 모든 것이 있다.

하지만── 그것 말고는 아무것도 없다.

그래서 심심하고, 알고 싶고, 외로워서. 밖에 나가고 싶다고 빌었다.

하지만.

리브라와 만나고, 아르시아와 만나면서.

많은 이야기를 하고. 많은 감정을 주고받고.

──**그 이외의** 것을 손에 넣고 말았다.

이 닫힌 정원을 나가서 하늘로 날아오르고 싶다는 생각보다.

본 적 없는 세상으로 나가는 것에 대한 두려움이, 더 커져버린 것이다.

그것은 틀림없이, 새로운 한 걸음을 내디디는 것을 두려워하는, 모든 사람에게 숨어 있는 감정.

그럭저럭 만족하고 있는 자신의 지금을 바꾸고, 어쩌면 지금보다 멋질지도 모르고─ 하지만 어쩌면 지금보다 힘들고 괴롭고, 그리고 일단 알게 되면 원래 있던 곳으로 돌아가지 못할지도 모르는. 그런 곳으로 날아가는 것에 대한 공포.

그렇다.

비룡의 날개를 묶고 있던 것은 바로. 크리스의 마음이었다─.

나는 원고를 읽으면서 솔직하게 감탄했다.

동화 같은 판타지 세계를 이용해서 세상을 모르는 소녀의 약한 마음을 그렸다.

키쿠치 양의 각본은 그야말로 『블랙 앤디』를 방불케 하는 전개고, 환상적인 분위기 속에서 사람을 가만히 보는 관찰안이 더해진 이 이야기는, 키쿠치 양만이 쓸 수 있는 테마라고 느껴질 정도였다.

"……응."

그리고 그렇기에.

나는 키쿠치 양의 영혼이 담긴 이 각본을, 연극으로서 성공시키고 싶다.

그렇게 진심으로 생각하게 됐다.

* * *

그날 방과 후.

나는 키쿠치 양과 같이 학생식당에 왔다.

"그럼, 감상인데……."

내가 망설이는 것처럼 말하자 키쿠치 양도 긴장한 것처럼 어깨를 잔뜩 움츠렸다.

"……정말 재미있었어. 솔직히 소설로 읽었을 때보다 더 대단한 것 같아."

"저, 정말인가요!"

고개를 끄덕였다.

"응. 그나저나 정말 놀랐어. 아르시아가 비룡의 날개를 꺾으려고 한 부분에선 너무 심해서 웃었다니까."

그랬더니 키쿠치양이 쿡쿡 웃었다.

"그쵸. 저도 그걸 생각했을 때 웃었다니까요. 그렇게까지 해야 하나? 싶어서."

"하하하, 그러게."

나와 키쿠치 양은 웃으면서 얼굴을 마주봤다.

"그, 그리고 제일 마음에 남은 건, 비룡이 날지 못하는 이유를 알게 된 부분이려나. 크리스가 두려워하는 점이라든지, 왠지 너무나 인간적이다 싶고…… 세상에는 정말로 그런 감정이 있지~ 하고 말이야."

그랬더니 키쿠치 양이 약간 의미심장한 미소를 지었다.

"역시, 그렇게 생각하세요?"

"……역시라니?"

내가 묻자, 키쿠치 양은 음~ 하고 고민하는 것 같은 소리를 흘리고,

"아니…… 비밀이에요."

집게손가락을 입술에 댔다.

"뭐, 뭐야 그게?"

"후후."

그런 미스테리어스한 키쿠치 양이 묘하게 매력적이라 나는 더 이상 추궁할 수가 없었다.

"이, 맞다! 비룡이 날지 못하는 이유를 알게 된 다음 전개! 난 그거도 좋았어."

그렇게 말하자 키쿠치 양이 탁, 하고 손뼉을 쳤다.

"아! 그 장면, 저도 좋아해요."

그리고 기뻐하는 목소리로 말했다.

리브라의 말을 들은 크리스가 『날고 싶지 않다』고 생각했다는 것이 밝혀진 뒤에, 리브라는 이렇게 제안했다.

『같이 타고, 둘이서 바깥세상을 보자.』

그렇다. 크리스는 그저 무섭고 외로웠을 뿐이다. 바깥을 보고 싶다는 생각은 있었다.

단지 혼자서 그러는 게 무서웠을 뿐. 처음 보는 곳에, 혼자서 날아가는 게 무서워서.

그래서 날고 싶지 않다고 바라고 말았다.

하지만.

"크리스는 혼자서 세상을 보는 게 무서웠을 뿐이었지."

내가 똑바로 그 말을 던지자, 키쿠치 양은 깜짝 놀라 숨을 들이쉰 뒤에 부드럽게 미소를 지으며 고개를 끄덕였다.

"예. 반짝반짝 빛나는 바깥 세상에 관심은 있지만…… 틀림없이, 날아가는 쪽이 무서웠어요."

"하지만. 리브라와 함께라면── 날 수 있었어."

내가 말하자 키쿠치 양은 기쁜 투로.

"날고 싶기는 했지만 무서워서 가지 못했던 세상. 자기 눈으로 보고 싶지만 혼자서는 무서웠던 풍경. 그런 크리스를── 쾌적한, 그러면서도 혼자뿐인 정원에서 데리고 나와준 건 리브라예요."

날 똑바로 쳐다보면서 마음이 담긴 목소리로 말했다.

"그 장면, 눈에 보이는 것 같아서 감동했어."

크리스는 리브라와 함께 비룡을 타고 하늘 위에서 바깥세상을 봤다.

평소보다 가깝고 뜨거운 태양과 지금까지 본 적이 없는 화려한 풍경.

전혀 몰랐던 세상의 색에 크리스는 어지러울 정도로 감동을 받았다.

"그래서 그때, 자기를 데리고 나와준 리브라한테, 크리스는 틀림없이 감사했을 거예요."

"그렇구나……."

그리고 키쿠치 양은 천천히 고개를 끄덕이고,

"거기서 본 풍경은 틀림없이, 지금까지 크리스가 봐왔던── 회색 풍경을. 날려버려 줬을 거예요."

마치 자기 눈으로 본 것처럼 감정을 담아서 말했다.

"……어."

그때.

그 말을 듣고 순간적으로 뭔가가 마음에 걸린 것 같았고—— 마침내 점과 점이 선으로 이어진 것 같은 기분이 들었다.

왜냐하면 말이야. 지금 키쿠치 양이 사용한 말.

그건 언젠가의 중요한 이야기를 했을 때도 썼던 말이다.

회색 풍경.

그리고, 알아차렸다.

아니, 어쩌면 각본을 읽으면서 어렴풋이 눈치를 챘을지도 모른다.

혼자만의 세계에 틀어박혀 있던 소녀.

갑자기 거기에 들어온 소년.

소년이 소녀에게 바깥 세상에 대해 말하고, 그러면서 바깥 세상에 관심을 가지고.

하지만 무서워서, 큰 한 걸음을 내디디지 못하고 있었다.

일부러 그런 건지 자연스레 그렇게 됐는지는 모른다.

하지만 이 이야기는, 크리스라는 소녀는 마치.

——지금까지의, 키쿠치 양의 궤적을 따라가는 것 같았다.

키쿠치 양의 경험. 생각했던 것. 생각하고 있는 것.

그런 요소들이 직접적인 모델이 돼서 그린 것 같은, 그런 캐릭터 같다는 생각이 들었다.

그렇게 생각하면서 이야기를 다시 돌이켜보니 하나하나가 이어져갔다.

정원에서 홀로 계속 책만 읽고 있던 크리스.

도서실에서 홀로 앤디 작품을 읽고 있던 키쿠치 양.

물론 키쿠치 양의 인생에는 그것 말고 다른 일들도 잔뜩 있었을 테니 내가 알아차리지 못한 부분에 그런 요소들도 들어가 있었을 것이다.

그래도 역시 크리스라는 캐릭터 속에 아주 진하게 키쿠치 양이 존재하는 것 같았다.

그렇다면.

갑자기 크리스가 혼자서 책을 읽고 있던 정원에 들어와서.

크리스한테 바깥세상 이야기를 잔뜩 들려주고.

크리스를 바깥세상으로 데리고 나간 리브라라는 캐릭터는——.

"아……."

나는 깜짝 놀라서 숨이 턱 막혔다.

"왜 그러세요?"

키쿠치 양이 걱정하는 얼굴로 내 얼굴을 쳐다봤다.

"아, 아니……."

나는 무슨 말을 해야 좋을지 망설였다. 아마도 이 직감은 틀리지 않았다고 생각한다. 하지만 그걸 입으로 말하는 것도 뭔가 아니라는 생각이 들었다.

　"——리브라, 말인데."

　그래서 나는 확인하는 것처럼.

　"응?"

　키쿠치 양이 깜짝 놀라서 고개를 갸웃거렸다.

　"리브라가 제일 잘 하는 건…… 뭐야?"

　그러자 키쿠치 양은 잠깐 생각하고,

　"자물쇠 열기라든지 이것저것 많지만, 제일 잘 하는 건 역시……."

　그리고 확실하게, 이렇게 말했다.

　"——솔직한 마음을 그대로 전하는 것, 이려나요."

　나는 그 답을 듣고, 거의 확신했다.

　"……그렇구나."

　만약 이 직감이 맞다면.

　이 각본은 틀림없이, 공상을 전개해서 쓴 단순한 픽션이 아니다.

　틀림없이, 자기 몸을 깎는 것처럼 캐릭터를 만들어내고, 과거의 경험 하나하나를 여과해서 결정체로 만든 것 같은, 소중한 이야기.

그래, 한마디로.
──『내가 모르는 하늘을 나는 법』.

이 이야기는 틀림없이 키쿠치 양 자신의 이야기다.

4 용사보다 히로인이 강하면 복잡한 기분이 든다

다음 날. 아침 회의도 그 다음도 평소대로 끝난, 방과 후.

나는 엄청난 긴장의 도가니 한복판에 자리 잡고 있다.

"……그, 그럼, 어떻게 할까."

"그…… 그러게~ 토모자키! 어떤 걸로 할까!"

내가 앉아 있는 곳은 2학년 2반 교실 옆에 있는 계단. 정문 쪽 현관과 반대쪽으로 이어지는 이 계단은 지나가는 사람이 적어서 왠지 쓸쓸한 분위기가 감돌고 있다.

그리고 내 바로 옆에 앉아 있는 사람은── 다름 아닌 미미미다.

"마, 만담이라고 했었지."

"으, 응!"

난방도 안 들어오는 서늘한 계단 구석. 문화제를 준비하는 학생들이 가끔씩 지나가지만 딱히 우리를 신경 쓰지도 않는 이 공간에서, 나와 미미미는 『회의』를 하고 있었다.

"뭐, 뭔가 생각한 거 있어?"

"아, 그러니까 말이야…… 일단은 있는데."

"응?"

"역시 다시 생각해보니까, 좀 아닌가~ 싶어서…….."

"그, 그렇구나."

서로 얼굴을 보지도 않고 엄청나게 뒤죽박죽 말을 주고받는 나와 미미미. 이상하네, 어제 점심때는 어느 정도 평범하게 이야기했는데, 왜 지금은 그렇게 안 되는 거지.

일단 잘 얘기할 수 있게 돼도, 하룻밤이 지나면 리셋 돼버리는 걸까.

"브, 브레인은 뭔가 없어?"

"아, 아니 나는…… 그냥 하자고 했을 뿐이니까."

"그, 그렇구나, 그랬었지."

중간중간 묘하게 침묵이 들어가는 어색한 대화. 그 어색함을 의식했더니 더더욱 어색해지면서 무한으로 어색해지는 스파이럴이 발생해버렸다. 침묵을 메우는 일에만 정신이 팔려서, 평소에 하던 톤으로 말할 수 없게 돼버린다.

솔직히 학교라고는 해도 지나가는 사람도 거의 없는 계단에서 남녀가 단 둘이 앉아 있잖아. 이건 상대가 누가 됐건 꽤 긴장할 상황인데, 그 상대가 안 그래도 의식하고 있는 미미미니까, 당연히 말문이 막히지.

교실은 이런저런 인테리어 작업을 준비하느라 자리가 없어서 회의하기가 힘들고, 그렇다고 굳이 둘이서 학생식당까지 가서 얘기하는 것도 뭐랄까, 엄청나게 기분이 뒤숭숭해질 것 같아서 이렇게 교실에서 가깝고 앉을 수 있는 곳을 골랐는데── 그게 또 묘하게 비일상적인 느낌을 자아내고 있다.

하지만 축제까지 남은 기간은 겨우 2주. 다른 사람들 앞에서 만담이라는 것을 피로하기 위해서는, 솔직히 말해서 데드라인이라고 봐야겠지.

"그러니까, 일단 물어보겠는데, 그 생각했다는 게……?"

"아~ 그게~. ……들을 거야?"

왠지 미미미도 말하기 힘든 것 같다.

"으, 응. 일단 부탁해."

뭐, 완전히 제로에서 생각하는 것보다는 훨씬 좋으니까. 그나저나 애당초 난 만담에 대해 아는 게 하나도 없으니 뭔가 단서가 없으면 생각할 방법이 없다.

그랬더니 미미미는 목 언저리를 손으로 문지르면서 떨떠름하게 입을 열었다.

"그, 그게 뭔가 항상 그런 말을 했으니까, 부부 만담 스타일, 같은 걸 생각했는데 말이야……."

그 말을 듣고 또 의식해버리고 말았다.

"부, 부부……."

잠깐만. 분명히 미미미가 항상 농담으로 그런 얘기를 하기는 했는데, 이런 상황이 되니까 뭔가 의미가 달라지잖아.

미미미는 얼굴이 빨개져서 얼버무리려는 것처럼 웃었다.

"그, 그치만 뭐, 역시 아닌가~ 싶네. 아하하……."

"으, 응…… 그래."

그리고 또 묘하게 어색한 침묵.

무슨 얘기를 해야 좋을까. 어떤 걸 말해도 되고 어떤 걸 말하면 안 되는 걸까.

서로 탐색하는 것 같은 미묘한 분위기가 두 사람 사이에 감돌았다.

그런데.

"······저기."

미미미가 내 쪽이 아니라 똑바로 앞쪽을 보면서 조용히 말했다.

분위기를 바꾸려는 것 같은 한 걸음 내디디려는 목소리다.

"뭐, 뭔데?"

그 어딘가 답답한 분위기 속에서 긴장하면서 대답했다.

"그 왜······ 내가, 말했잖아?"

그 말에 심장이 크게 뛰었다.

말했다, 는 건 그 얘기겠지.

"그러니까, 말했다는 게······."

조금씩 거리를 재는 것처럼 대답하자, 미미미는 잠깐 놀랐다가 퐁, 하고 비눗방울이 터지는 것처럼 말을 내뱉었다,

"──좋아, 한다고."

눈을 돌리면서 작은 소리로.

"으, 응."

새삼 들은 그 말에 내 감정은 불이 붙은 것처럼 고양되고 말았다.

미미미는 열기가 담긴 목소리에 조금씩 감정을 실어갔다.

"토모자키는 말이야, 어떻게 생각했어?"

"······어떻게 생각했냐니?"

"그런 말······ 듣고."

미미미는 치마 밑으로 나와 있는 무릎 언저리를 손가락으로 쓰다듬으면서.

"그러니까……."

그 질문에 어떻게 대답해야 좋을지는 모르겠지만, 어쨌거나 내 마음을 솔직하게 말해야겠다고 생각했다. 왜냐하면 이럴 때, 나한테는 이것밖에 없으니까.

"기뻤어. ……엄청나게."

"응."

미미미는 여전히 앞을 본 채로 내 말을 듣고 있다.

"하지만 솔직히…… 이제 어떻게 해야 좋을지는, 아직 나도, 잘 모르겠다고 할까……."

"……응~ 그렇구나."

미미미가 고개를 툭, 하고 숙였다. 머리카락 사이로 얼핏 보인 그 옆얼굴은 그저 예쁠 뿐이고, 무슨 생각을 하는지 도저히 읽을 수가 없었다.

"그런데, 브레인은 말이야……."

미미미는 무슨 말을 하려고 했지만 그것을 중간에 잘랐다. 뭐, 뭐야.

그런가 싶더니 갑자기 몸을 내 쪽을 홱 돌리고, 힘차게.

"정말 괜찮은 거야?! 왠지 나 귀찮아하는 거 아냐?!"

장난치는 투로 말하면서 날 똑바로 쳐다봤다. 그 볼은 살짝 발그레했다. 피부에 느껴지는 감각으로 보아 아마 내 얼굴도 엄청나게 빨개졌을 것 같다. 왜냐하면 엄청나게 뜨겁거든.

귀찮아한다는 건 무슨 의미지? 아니, 그보다 이렇게 똑바로 보고 물어보면 더 대답하기 힘들 것 같은데?!

"귀찮아……? 왜?"

그래서 나는 잘 모르겠다는 뜻을 전했다.

그랬더니 미미미는 안심한 것처럼 또다시 고개를 숙였다.

"그, 그래? ……그럼 다행이고."

"으, 응."

그리고 다시 침묵.

고백 이야기가 나와서인지 조금 전처럼 어색하면서도 어딘가 낯간지러운 분위기가 두 사람을 감쌌다.

갑자기 지나간 사람이 우리 쪽을 슬쩍 보고는, 딱히 신경쓰지도 않고 그냥 지나갔다. 설마 이런 이야기를 했다고는 생각도 못 했겠지만 시선이 우리 쪽으로 향할 때마다 긴장해서 움찔, 하고 허리를 곧게 폈다.

그나저나, 어떻게 생각하냐고, 했지.

그러게 말이야.

언제까지 애매한 채로 있을 수는 없으니까.

"물어볼 게 있는데 말이야."

"……응?"

최대한 침착하게 말하려고 생각하면서 던진 말에 미미미가 조금 늦게 반응했다.

나는 마음을 굳히고 미미미의 옆얼굴을 보면서.

"미미미는—— 남녀가 사, 사귄다는 게, 어떤 거라고 생각해?"

역시 약간 말을 더듬기는 했지만 그래도 확실하게 말했다.

그것은 과제에 있는 『좋아하는 타입, 사귀고 싶은 대상에 대해 이야기한다』에도 해당되는 질문이었는지도 모른다. 하지만 나는 그저 단순하게, 미미미한테 묻고 싶었다.

그것은 내가 답을 찾기 위해서이기도 했고, 내가 미미미의 답에 어울리는 사람인지를 생각하기 위해서이기도 했다.

"그, 그렇구나! 나, 나, 나! 남녀가 말이지!"

"그, 그래. 그 의미라고 할까……."

미미미는 거의 평소의 나처럼 말을 더듬으면서도 그 답을 생각하기 시작했다.

"으, 음~. 뭘까, 의미라……."

그리고 곤란하다는 것처럼 콧등을 긁고는 슬쩍, 잠깐 내 쪽을 봤다.

"진지한 얘기, 해도 돼?"

"……응?"

순식간에 분위기가 달라졌다. 미미미의 긴 속눈썹 안쪽에 있는 꺼져버릴 것 같은 눈동자는 여기가 아닌 먼 곳을 보고 있다. 깔끔한 턱선이 그저 예쁠 뿐이다.

"왜, 그러니까 내가 말했잖아, 토모자키한테."

"……응."

어떤 것인지 확실하게 밝히지 않는 말. 하지만 화제가 그쪽으로 갈 때마다 마음이 너무나 간단하게 흔들리고 만다. 난 더 이상 미미미의 표정을 읽을 여유도 없이 그저 듣기 좋은 목소리에 귀를 기울이게 됐다.

"솔직히 그게, 그때는, 그냥 분위기 타고 말해버렸다, 같은 것도 있긴 했거든."

"뭐."

그 말이 내 심장에 쿵, 하고 울렸다. 분위기 타고 말했으니까 역시 취소해야겠다고 하려나, 같은 생각이 머릿속에 떠올랐다. 내가 생각해도 너무 약한 사고방식 같지만 내 의지로 쉽게 그만둘 수 있는 게 아니다.

"그치만, 역시 계속 생각해봐도 그게…… 달라지지 않는다고 할까. 같은 느낌이거든. 뭐, 뭔지 알겠어?!"

"그래, 뭐, 응. 알겠어."

미미미의 그 말을 듣고 어째선지 엄청나게 안심하고 말았다. 그런 내가 왠지 한심하다. 내 감정을 모르기 때문에 대답할 수 없다고 그렇게 말했으면서 무의식적으로 상대의 감정에 기대해버리고 있다.

미미미는 내가 그렇게 동요하는 줄도 모르고 더듬더듬, 자기 마음을 나한테 전했다.

"왜, 나 말이야…… 뭐라고 할까, 끝까지 잘 하는 게 없잖아."

"그거…… 전에도 얘기했었지."

"응. 1등이 되지 않으면 아무것도 아니라고."

"……응."

그 히나미 일 때.

미미미는 계속 그 얘기를 했다.

자기는 특별한 존재가 아니라고. 주인공은 될 수 없다고.

그래서 1등이 되고 싶다고.

미미미는 마음속 풍경을 그대로 나한테 전하려는 것처럼,
평소와 달리 느릿한 템포로 조심조심 말을 이어갔다.

"그런 생각을 하면 안 된다고 생각하기도 하지만, 그래도,
내 근본적인 부분에 스미어 있는 건 쉽게 바꿀 수가 없어서."

뭔가를 생각하는 것처럼 시선을 하늘 쪽으로 옮기면서.

"그런 나를 바꿀 계기를 준 건── 토모자키거든."

"……선거 때 말이야?"

내가 묻자 미미미가 고개를 끄덕였다.

"그리고, 타마 양이랑 에리카 때도. ……뭐, 이래저래."

"응……?"

선거는 알겠지만 타마 양이랑 콘노 때는 미미미한테 아무
것도 안 해준 것 같은데. 게다가 타마 양이랑 같이 미미미
가 걱정하지 않게 숨기기까지 했었다. 뭐, 나중에 그냥 평
범하게 말해줬지만.

내가 잘 모르겠다는 표정을 짓자 미미미가 피식, 하고 웃
었다.

"뭐, 내가 멋대로 감동 받았을 뿐이야."

"가, 감동?"

미미미는 뭔가를 떠올리려는 것처럼 부드러운 미소를 지었다.

"난 아무것도 못 했는데, 그렇게 세상을 바꾸는 것처럼 해결하고 말이야."

"……아."

타마 양의 모습을 떠올리면서 고개를 끄덕였다.

분명히 그건 더할 나위 없다고 할 정도로 잘 됐던 것 같다. 하지만 그건 타마 양이 강했기 때문에 그랬을 뿐이고…… 그리고.

"미미미가 타마 양을 도와준 덕분에 어떻게든 됐다고 생각하는데 말이야."

그러자 미미미는 기쁜 표정으로 코를 긁었다.

"그런가~ 고마워." 그리고 겸손하게 고개를 저었다. "하지만 그게 다잖아. 내가 할 수 있는 건."

"아니, 그건……."

"시간 끌기라든지 뒤에서 도와준다든지, 그렇게 자잘하고 시시한 일밖에 못 하고…… 브레인이나 타마 양처럼 전부 뒤집어버리는 건, 난 못 해!"

그리고 말과는 반대로 밝게, 방긋 웃었다.

"그래서 대단한 것 같아."

"그, 그렇구나."

"응." 미미미가 고개를 끄덕였다. "그래서…… 나도 너희 둘처럼 되고 싶다고 생각했거든."

거기서 다시 생각했다. 미미미는 벌써 몇 번이나 말했었지. 나랑 타마 양이 닮았다고.

"둘은, 내가 되고 싶은 모습이고…… 하지만 나는 될 수 없는 모습이기도 하고."

"……응."

될 수 없다는 건 이해할 수 없지만 무슨 말인지는 알겠다.

미미미는 내가 잘 하는 걸 못하고, 반대로 내가 못 하는 걸 잘 한다. 그건 아마도 서로가 되기 힘든 모습이겠지.

미미미는 하나하나 꼼꼼하게, 마음과 말을 이어가는 것처럼.

"그래서 처음에는 분위기 타고 한 말이었지만, 그 뒤에 잘 생각해봤을 때도…… 똑같은 기분이라는 걸 알았어."

"……똑같아?"

그러자 미미미는 응, 하고 고개를 끄덕였고, 이번엔 날 똑바로 쳐다봤다.

"——난, 타마 양도 토모자키도, 정말 좋아한다는 걸."

당황하지 않고, 마치 쑥스러워하는 것처럼 살짝 웃으며 말한 미미미.

"……고마워."

"으, 응."

내가 고맙다고 대답하자 미미미는 정신을 차렸는지 갑자

기 당황한 표정을 짓더니 살짝 위쪽으로 시선을 옮겼다.

그리고는 이번에는 다시 나를 코미컬한 표정으로 쳐다보며 나무라는 것 같은 투로 이렇게 말했다.

"그리고 브레인은 말이야, 조금만 눈을 떼면 딴 데로 가버릴 것 같거든!"

"뭐?"

내가 잘 모르겠다는 표정으로 묻자, 미미미가 뚱하게 말했다.

"그치만! 엄청난 속도로 변하고 있잖아! 분위기도, 행동도, 전부!"

"아……."

뭐 그건 납득할 수 있다. 패션도 말투도 교우관계도 달라졌고, 미즈사와랑 같이 여학교 문화제에 가게 된 것까지 생각해보면 반년 전까지의 나와는 전혀 다른 사람이 됐다고 할 수도 있다. 내가 생각해도 놀랄 지경이니까, 인생 게임을 시작할 무렵의 날 알고 있는 미미미한테는 말도 안 될 정도의 변화겠지.

"그래서 그런 것 때문에 불안해지는 건 싫다고 생각했을 뿐입니다! ……이상!"

"으, 응…… 그렇구나."

나는 아직까지 어떻게 반응해야할지 모르겠어서 미묘하게 맞장구를 쳤다. 그리고 그 말을 들은 미미미가 또 당황한 것처럼,

"어라?! 나 또 귀찮은 여자가 된 거 아냐?!"

"아, 아니, 귀찮은 건 아닌데……."

"데?! 아닌데 뭐?!"

미미미가 엄청나게 재촉하는 것처럼 물고 늘어졌다. 얼굴은 새빨갛다. 아마 나도 빨갛겠지만, 나보다 미미미가 더 빨간 색일 거라고 생각할 정도로 새빨간 색.

"아니, 귀찮은 게 아니라, 뭔가 여러모로 생각하고 있다는 게 느껴져서, 나로서는 정말 고마운데……."

그렇게 말했더니 미미미 얼굴이 더 빨개졌다.

"저, 정말?! 뭔가 나 이것저것 너무 털어놓다가 자폭한 건 아냐?! 괜찮아?!"

"으, 응. 괜찮아……."

"자신감이 없거든요! 좀 더 확실하게 딱 잘라서!"

"에……."

영문 모를 주문을 받고 곤혹스러워졌다.

"그럼 말이야. ——응. 괜찮아. 정말로."

"좋았어! 믿을게요."

완전히 영문 모를 대화지만 이 리드미컬한 대화야말로 미미미라는 느낌이다.

그리고 미미미는 힘차게 일어나서 휙, 하고 내 쪽으로 고개를 돌렸다.

"그렇게 됐으니까! 창피하니까 여기서 한 얘기는 반쯤만 잊어버리도록 하세요~!"

"뭐⋯⋯? 아, 알았어."

내가 당황하면서 고개를 끄덕이자, 미미미는 초조해하면서 이렇게 덧붙였다.

"하, 하지만! 전부 잊어버리면 섭섭하니까 그러면 안 돼요!"

"뭐야 그게⋯⋯."

"여자 마음은 복잡한 거야!"

"그래, 알았어⋯⋯."

뭔가 바보 같으면서도 즐거운 기분이 들면서 이제 와서나마 긴장이 풀렸다.

"그럼 브레인! 이불 잘 덮고 자!"

"하하하, 뭐야 그건. 미미미 너도."

"맡겨만 두십쇼!"

그렇게 말하고 미미미는 슝~ 하고 어딘가로 사라져버렸다.

그리고 나는 조금 전까지 떠들썩했던 이 공간에 혼자 남고 말았다.

뭐랄까, 엄청나게 진심을 던지면서 치고받은 느낌이네. 조마조마하던 감정이 아직도 가슴속에 남아 있다.

만담 건은 거의 얘기도 못 하고, 이것저것 생각해야 할 것만 산더미같이 많았지만.

난방이 들어오지 않는 차가운 계단 구석.

나는 아주 조금, 납득할 수 있었다.

히나미가 말했던 『상성이 좋다』는 말에 대해.

지금까지는 어째서 미미미처럼 밝고 인기도 좋고 예쁘

고── 멋진 여자애가 날 좋아하게 됐는지 의문이었다. 하지만.

조금 전에 한 얘기를 듣고 아주 조금이지만 알았다.

저렇게 뭐든지 잘 하는데, 그러면서도 자기가 특별하다고 생각하지 않는 미미미.

대조적으로 서툴고, 생각대로 말하는 것 하나는 잘 하지만 어째선지 내가 『이거다!』라고 생각한 것을 근거도 없이 믿을 수 있는 나와 타마 양.

그것은 없는 것을 원하는 심정에 가까운 건지도 모른다.

하지만 그런 모습이 미미미한테는 눈부시게 보였겠지.

그리고 만약.

미미미가 날 선택한 데 뭔가 이유가 있다면.

아마도 그게 미미미의 『특별한 이유』라는 뜻이겠지.

"……복잡하네."

그래.

그렇다면──.

내 『특별한 이유』는 대체 어디 있는 걸까?

* * *

다음 날 아침 회의.

내가 미미미와 『좋아하는 타입, 사귀고 싶은 이성의 조건

에 대해 이야기한다』에 가까운 이야기를 했다고 말했더니,
히나미는 의외라는 듯이 눈이 휘둥그레졌다.

"헤에. 난 후카 쪽 이벤트 맵만 채울 줄 알았는데."

"뭐, 어쩌다 보니······."

히나미는 흐응, 하고 감정이 그다지 느껴지지 않는 소리
를 냈다.

"어쩌다 보니, 말이지."

그리고 의아해하는 눈으로 날 봤다. 나도 그 눈을 똑바로
마주봤다.

"과제를 의식해서 했다기보다는 그냥 물어보고 싶어서 물
어봤을 뿐이니까."

내가 뭔가에 저항하는 것처럼 말했더니 히나미는 고개를
끄덕였다.

"그래. 뭐, 그걸로 동기부여가 됐다면 문제는 없지만."

그리고 떠보는 것처럼 한쪽 눈썹을 쭉 추켜세우고는, 이
렇게 말했다.

"그래서, 어땠어?"

"어떠냐니?"

"뻔하잖아." 히나미가 손가락으로 내 가슴께를 가리켰다.
"어느 쪽을 선택할지, 정할 수 있겠어?"

그 시선은 부드러운 것 같으면서도 강하고, 찌른다기보다
는 짓누르는 것 같은 압력에 가깝다.

"······아니."

내가 애매하게 부정했더니 히나미의 압력이 더욱 세졌다.

"계속 고민만 하려는 거야?"

"그런 건 아니지만……."

나는 지금 당장이라도 그 압력에 짓눌려버릴 것만 같았다.

"네 감정에 따라서 정한다고 하지 않았어?"

"그게, 그렇긴 한데……." 나도 모르게 말꼬리가 기어들어 가고 말았다. "그것도 말이야, 잘 모르겠더라고."

그랬더니 히나미가 천천히, 납득했다는 것처럼 고개를 끄덕였다.

"흐응. 뭐 그렇겠지."

"뭐야 그게……. 이런 부분에 대해서는 해결책 같은 것도 없는 거야?"

내가 인생의 대선배께 가르침을 청했더니, 히나미는 조금 힘들다는 것처럼 입을 꾹 다물었다.

"해결책?"

"어떻게 하면 내 감정을 확실하게 알 수 있는지. 자신과 마주하기 위한 효율적인 방법이라든지, 그런 거 없어?"

내가 구체적으로 묻자 히나미가 고민하는 것처럼 입술을 삐죽 내밀었다.

그렇다. 『내 감정』을 확인하기 위한 『효율적인 방법』. 이 녀석은 감정적인 측면까지도 이론적으로 생각하는 사고방식의 프로페셔널이니까, 여기에 대해서는 히나미한테 물어보는 게 빠를 거라고 생각했다.

그랬더니 히나미는 사고를 진행하는 것처럼 말을 이어갔다.

"내 감정을 나도 모르겠다, 란 말이지."

"……그래."

그리고 턱 밑에 살짝, 손가락을 댔다.

"그래……. 하지만, 그건……."

히나미는 후, 하고 숨을 내쉬었다. 그리고 아까보다 조금 진지해진 표정으로 고개를 숙이고, 잠시 조용히 있었다.

"……그건?"

나는 그 다음을 재촉하는 것처럼 맞장구를 쳤다. 마침내 히나미는 고개를 들고 나를 빤히 쳐다봤다.

그런데, 어째서일까. 그 눈동자에는 왠지 체념한 것 같은 기색이 담겨 있었다.

"그건── 나도 모르겠어."

감정이 없다기보다는 뭔가 커다란 공동(空洞)이 느껴지는 목소리. 안쪽이 보이지 않는 공허한 박력 앞에서 나는 할 말을 잃었다.

"그, 그렇구나."

이 녀석 말에 박력이 있는 건 항상 있는 일이지만, 지금 느낀 박력은 평소와 조금 다른 것 같았다. 평소에 느껴지던 것은 커다란 바위 같은 위압감이 있는 박력이었지만, 이번에는 커다란 구멍에서 느껴지는 흡인력이라고 할까. 발이 미끄러져서 거기에 떨어지면 다시는 올라오지 못할 것만 같은, 그런 박력이었다.

하지만 다음 순간, 히나미는 평소의 앞만 보면서 매진하는 눈빛으로 돌아와 있었다.

"맞아. 그러니까 너도 확실히 『목표』로 향하는 이정표를 향해서, 잘 해봐."

"그, 그래. 뭐, 그렇게 되는 건가…….."

그런 느낌으로, 위화감이 남기는 했지만 히나미한테 잘 구슬려 넘어가고── 오늘도 또 하루가 시작됐다.

* * *

키쿠치 양이 생각지도 못한 제안을 한 것은 그날 방과 후였다.

"히나미에 대해서…… 알고 싶다고?"

나와 키쿠치 양은 지금 도서실에서 마주보고 앉아 있다.

"예. ……히나미 양이 어떤 사람이고 어떤 생각을 하는지. 알고 싶어서."

키쿠치 양은 천천히 고개를 끄덕이면서 진지한 눈빛으로 말했다. 창작을 대할 때의 뜨거운 시선이다.

"그게…… 각본에, 말이지."

그렇다. 키쿠치 양의 말에 의하면.

연습 시간을 생각하면, 슬슬 사람들에게 보여줄 수 있는 형태로 완성시키고 싶다. 하지만 아직 결말을 맺기 위한 뭔가가 부족한 것 같은 기분이 들고—— 그러기 위해서 아르시아를 연기할 히나미에 대해 자세히 알고 싶다고.

　"아르시아의 인간성을 좀 더 깊이 그려보고 싶다는 생각에."

　"하긴 뭐…… 지금 스토리에서 아르시아는 리브라와 크리스랑 비교하면 한 걸음 뒤로 빠져 있는 인상이니까."

　"응. 그래요."

　리브라의 소꿉친구이자 크리스의 교육 담당인 아르시아. 아르시아는 분명히 주역 중 한 명이다. 예를 들자면 정원에 몰래 들어간 게 들켰을 때의 행동. 또는 비룡이 날지 못하는 원인이 역시 리브라라는 『더러움』 때문이라는 이야기가 나왔을 때의 드라마에도 크게 관여하며, 그 이야기를 추진하는 역할을 맡고 있다.

　하지만 그것이 어딘가 너무 『역할』 같은 느낌이다.

　"올곧지만 서툰 리브라의 성장이나 바깥세상을 무서워하는 크리스의 마음이라든지…… 그런 것들이 아르시아한테서는 보이지 않아서. 하지만 그게 꼭, 결말에는 필요하고."

　키쿠치 양이 가는 손가락으로 입술을 건드리며 말했다. 비스듬히 아래쪽을 보는 시선은 뭔가를 찾는 것처럼 날카롭다.

　"그렇구나. 아르시아는 지금, 너무 세니까."

　"맞아요."

왕성에서 태어나고 영재교육을 받고 자란 아르시아.

환경은 물론이고 재능까지 타고나서, 주어진 것들은 전부 흡수했다.

그 유능함은 이따금 부모님을 능가할 정도라 리브라가 처형되지 않도록 하기 위해서 아버지인 국왕을 말로 설득한 것은 군이 예로 들 필요도 없는 일일 만큼 대단한 능력을 지녔다.

"리브라는 서툴고, 크리스는 겁이 많고…… 하지만 아르시아는 강하기만 하고 『약한 부분』이 없어요."

"응. 이해해."

키쿠치 양의 설명을 듣고 고개를 끄덕였다.

"저도 처음에는 강한 점을 강조해서, 그런 캐릭터로 썼지만……."

"그런 캐릭터?"

"예. 오히려 그 부분을 강조하는 느낌으로 썼거든요."

"아…… 그렇구나."

거기서 생각이 났다.

"수정했을 때도 아르시아 혼자만 오히려 더 강해졌었지."

그랬다. 초고 각본을 처음으로 수정했을 때. 리브라와 크리스는 인간적인 약점을 주면서 다르게 묘사했지만── 아르시아만은 반대로 『강한 면』이 극단적으로 강조됐다.

그건 『강함』을 하나의 테마로 삼겠다는 의도가 있었기 때문이겠지.

"하지만 쓰다 보니 점점 의문이 들어서……."

"의문?"

내가 묻자, 키쿠치 양은 어딘가 먼 곳을 보는 것 같은 시선과 목소리로 공기를 울렸다.

"──아르시아는, 어째서 그렇게 강할 수 있는 걸까? 라는."

맑은 목소리가 사악한 것을 물리치는 종소리처럼 실내를 가득 채웠다.

그것은 근본 속에 숨어 있는 뭔가를 끌어내는 것 같은 힘을 지닌 말이었고.

그 물음에 대한 답은, 틀림없이 아직은 아는 사람이 없는 블랙박스겠지.

"그래서 히나미에 대해?"

신중한 톤으로 묻자 키쿠치 양이 복잡한 표정으로 고개를 끄덕였다.

"예. 강한 사람이 어떤 생각을 하는지 알고 싶어서. ……제가 아는 사람 중에서, 제일 강한 사람이 히나미 양이니까."

"아, 그렇구나……."

그 말엔 웃음이 나올 정도로 동감했다. 나도 지금까지 살면서 만난 사람 중에 제일 아르시아에 가까운 강함을 지닌 사람은 히나미라고 생각하니까.

"그래서 참고삼아, 히나미 양에 대해 이것저것 알고 싶다고, 그렇게 생각했어요."

"응. 알았어. ……그런데 말이야."

키쿠치 양이 왜 그걸 알고 싶어하는 지도 알았고, 그 필요성도 납득했다.

그런데 한 가지 문제가 있다.

"솔직히 말해서, 나도 히나미에 대해서 모르는 게 너무 많거든……."

그렇다.

분명히 나는 그 녀석의 NO NAME으로서의 모습도 알고 있고, 이상할 정도로 계산적이고 상승 지향적인데다 금욕적인 모습도 알고 있다. 그건 틀림없이 퍼펙트 히로인으로서의 그 녀석하고는 또 다른 측면이다.

하지만 나는 그것조차도 겉으로 드러내는 얼굴과 또 다른 『표면상의 히나미』라고 생각한다.

그 이상의 내면. 즉 그 녀석이 강한 『이유』에 대해서는──전혀 모른다.

"아마도, 히나미랑은 사이가 좋은 편이고 다른 사람이 모르는 것도 알고 있을지도 모르지만……."

"지만?"

"히나미가 왜 그렇게 열심히 노력하는지, 그 동기가 어떤 건지…… 그런 건 하나도 몰라."

"……토모자키 군도, 그렇군요."

키쿠치 양은 뭔가 심연을 들여다보는 것 같은 표정이다.

그 녀석의 마음 속 깊고 깊은 곳은 심연이고, 틀림없이 아직까지 그 누구도 그곳에 빛을 비춘 적이 없다.

"음~ 그래서 내가 가르쳐줄 수 있는 건…… 정말 조금밖에 안 될 것 같아."

"알겠어요……."

그렇게 잠깐 포기한 것 같은 표정을 지었던 키쿠치 양이지만, 어째서인지 그 눈동자는 똑바로 앞을 보고 있었다. 아니, 오히려 열기가 담겨서 반짝반짝 빛나기 시작했다.

그것은 키쿠치 양이 창작과 마주할 때 발하는 눈부신 빛이다.

"토모자키 군."

"……응?"

나는 그 시선에 위축되면서도, 열기가 조금씩 전염되는 것 같은 감각을 느꼈다. 생각해보면 나는 이 조용한 열기와 작품의 힘 때문에 움직이게 됐고 여기까지 왔다.

"그렇다면——"

그리고 키쿠치 양 치고는 보기 드물게, 왠지 신이 난 것 같은 도전적인 미소를 지으며.

내 몸에 던지는 것처럼, 이런 말을 했다.

"본인한테, 직접 물어볼까요?"

* * *

그리고 교실 앞 복도.

나는 지금 키쿠치 양과 함께 히나미 앞에 있다.

"왜 불렀어~ 나 때리려고?"

히나미는 장난스레 말하고는, 거창하게 경계하는 자세를 보였다.

"아, 아냐, 인터뷰."

"응? 미스 세키토모 고등학교 후보 인터뷰?"

"아니라고. 그나저나 히나미 너 그런 데도 나갔냐?"

히나미는 말 하나하나에 코미컬하게 대응하면서, 그러면서도 이야기의 흐름에서는 벗어나지 않게 말했다.

"아하하. 솔직히 안 나가면 그때 우승하는 사람한테 미안하잖아?"

"어, 엄청난 소리를 하네……."

한마디로 우승한다고 해도 『어차피 히나미가 안 나왔잖아?』 같은 소리를 들을 테니까, 라는 소리다. 정말 무시무시한 소리를 하네. 완곡하게, 그리고 은근슬쩍 말한 탓인지 빈정대는 소리로 들리지 않는 점이 또 무섭다.

"농담이잖아! 그래서 뭔데?"

파바박, 흐름을 빠르게 만들려는 것처럼 말했다.

"그, 그러니까."

그 말을 듣고 잠깐 사고가 멈췄고, 말이 흐트러졌다.

역시 평소의 숨겨진 얼굴과 다른 히나미와 대치하면 그건 그거대로 주도권을 빼앗겨서 더 피곤하다니까. 이 녀석은 싸우는 방식이 대체 몇 가지나 되는 거야, 같은 느낌.

"우리 반 연극 각본에 참고하기 위해 인터뷰 좀 해보고 싶다는데…… 괜찮겠어?"

내가 말하자 키쿠치 양도 히나미 쪽을 봤다. 히나미는 여유 있는 표정으로 그 시선을 정면으로 받아들였다.

"저기, 괜찮을까요……?"

키쿠치 양이 조심스레 말하자 히나미가 후훗하고 웃었다.

"그런 거구나. 좋아~! 조금 있다 학생회 쪽 일이 있긴 한데, 30분 정도는 괜찮을 것 같거든!"

은근슬쩍 제한 시간까지 제시하면서도 키쿠치 양의 제안을 밝은 목소리로 받아들였다.

"고, 고맙습니다!"

그렇게 해서 키쿠치 양의 히나미 인터뷰가 시작됐다.

──됐는데.

"그럼 제일 먼저……."

"응."

단적으로 말해서, 그 인터뷰는 내가 기대했던 방향으로 굴러가지 않았다.

왜냐하면.

"히나미 양이 그렇게 여러 가지를 열심히 하는 이유는, 뭔가요?"

"음~ 역시 다른 사람들이 기대하니까, 라는 게 큰 이유려나, 요즘에는. 처음에는 그냥 기왕 한다면 지고 싶지 않아~라고 생각했고, 그래서 열심히 했지만. 그게 사람들한테 알려지고 당연한 일이 된 뒤로는, 그럼 그 기대에 응해야지~라고 생각해서 열심히 하고 있습니다!"

라든지.

"히나미 양에게 노력이란 뭔가요?"
"음~ 그러니까. 뭐, 이젠 습관 같은 느낌이려나. 왜, 노력할 때는 역시 환경이나 습관을 만드는 게 중요하다고 하잖아? 그래서 시간을 정해서 열심히 하는 습관을 만들거나, 열심히 하지 않으면 주위에서 혼나는 것 같은 환경을 만들었더니 어느샌가 그게 당연해졌다, 같은. 그래서 잘~ 생각해보면 노력을 좋아하는 건 아닌 것 같네. 이런 얘기는 하면 안 되나? 그나저나 할 수만 있다면 농땡이 피우고 싶어!라고나 할까. 아하하."

라나 뭐라나.

"최종적인 목표는 어떤 건가요?"
"목표 말이지~. 그것도 여러 가지가 있는데. 왜, 예를 들자면 당장 눈앞에 있는 시험에서 좋은 점수를 받고 싶어! 같은 목표도 있고, 그리고 뭔가 그냥 막연하게 행복해지고 싶어! 같은 것도 있잖아? 그래서 목표가 뭐냐고 물어보면 대답하기는 힘들지만, 이렇게 열심히 하는 건 역시 선택지를 늘리기 위해서려나. 왜, 지금은 하고 싶은 일을 못 찾았지만, 언젠가 그걸 찾아냈을 때 이런 상황에서는 무리야~! 같은 일이 벌어지면 괴롭잖아? 그래서 그걸 위해서라도 지금 내가 할 수 있는 최선을 다 해두는 게 제일 현명한 일이 아닐까~ 하고 생각해. 어라? 뭔가 의식 있는 사람 같은가……?"

대략 이런 소리들만 했다.

뭐, 한마디로—— 이런 얘기다.

내숭, 내숭, 내숭의 연속.

듣기 좋은 말들을 계속 늘어놓고, 그러면서 거기에 진심처럼 들리는 독을 살짝 섞어서 **진정한 의미로** 듣기 좋은 의견을 만들어간다.

하지만 솔직히 말해서 이 녀석의 본성을 알고 있는 내 입장에서 보면 거기에 진심은 털끝만큼도 안 들어 있다는 걸 알 수 있었다. 아니, 정확히 말하자면 결과적으로 진심이 된 의견도 부분적으로 있기는 하지만, 그것은 세상 일반적으로 듣기 좋은 의견의 일부가 우연히 히나미의 진심에 가까운 구조를 지니고 있을 뿐이고, 거기에 히나미의 의사는 개재하지 않았다.

물론 그 말은『엄청난 양의 노력을 하는 학교의 퍼펙트 히로인』의 대답으로서 할 법한 말이고, 그 행동 지침이나 과정, 실제로 내놓은 결과 사이에 모순은 없다. 듣는 사람에 따라서는 이런 생각을 하고 있으니까 그만큼 노력할 수 있구나, 하고 단순하게 납득할 수도 있는 대답이다. 솔직히 보통은 그렇게 납득하겠지.

"······그럼, 인터뷰는 이상입니다. 고맙습니다!"
"저야말로 감사합니다~!"

그래서 나는 아주 조금 후회했다.

여기서 키쿠치 양이『강함의 화신』인 아르시아의 내면을 만드는 데 참고하기 위해서 히나미가 지어낸 대답── 즉『거짓말』을 실컷 들은 일은, 아마도 그 작품의 강도를 키우는 게 아니라 오히려 마이너스로 작용할 것이다.

왜냐하면 그것은 어디까지나 지어낸 이야기니까. 많은 사람들이 납득할 수 있도록 둥글둥글하게 다듬고 적당한 인공적인 돌기를 붙여서 듣기 좋게 만든 허구다. 즉 그 괴물 같은 노력과 동기를 설명할 만큼의『대단한』무언가는 전혀 없다고 해도 될 정도.

분명히 히나미의 대답에는 일종의 설득력이 존재했다. 하지만.

그건 틀림없이, 그 이야기에 써야 할 요소는── 아닌 것 같다.

하지만 나는 그 진실을 키쿠치 양에게 밀고할 수도 없어서, 그저 답답한 마음으로 옆에서 인터뷰를 듣고 있어야만 했다.

* * *

그리고 장소를 바꿔서 평소에 이야기 하던 독서실.

"우와~ 설마 직접 물어보러 가게 될 줄이야."

나는 농담하듯이 말했다. 어떻게든 나만이 알고 있는 진실에서 피하려는 것처럼, 내용과 상관 없는 말로 침묵을 메웠다. 솔직히 설명할 방법이 없으니까.

그리고 키쿠치 양은 책상 위에 각본을 올려놓고 진지한 표정으로 그것을 보고 있다.

"……그러게요."

아까 인터뷰 하면서 들은 이야기를 메모하고 있는지, 펜으로 뭔가를 적으면서 맞장구를 쳤다.

"그래서, 어땠어? 뭔가 참고가 됐어?"

나는 그 묘한 죄악감 속에서, 최대한 평소 말투처럼 꾸미면서 물었다.

그랬더니 키쿠치 양은 잠시 메모를 적은 뒤에—— 마침내 그것을 전부 이중선으로 지워버리고 날 똑바로 쳐다봤다.

"히나미 양은 아마, 거짓말을 했을 거예요."

그 날카로운 시선과 말.

확신에 가득 찬 표정은 굽힐 여지가 없을 정도로 강하고 무거웠다.

"……뭐?"

그리고 나는, 동요했다.

어둠 저편에 아주 조금, 꼬리 끝만 보여주고 있는 진실에 너무나도 간단히 도착해버린 키쿠치 양은 뭔가를 확인하려는 것처럼 각본의 글자를 가만히 노려보고 있다.

"……거짓말, 이라니?"

나는 반쯤 압도당하면서 물었다.

어떻게 그걸 알아차렸을까. 어떤 부분이 거짓말이라고 생각하는 걸까. 그 근거는 뭘까.

그것이 너무나 신경 쓰였다. 왜냐하면 그 녀석의 대답은 거의 완벽했으니까. 거기에서 발견할 수 있는 논리적인 빈틈은 존재하지 않았을 텐데.

키쿠치 양은 각본 구석에 글자 몇 개를 새로 적고, 거기에 동그라미를 치고는 다른 원과 이어나갔다. 그리고 살짝 고개를 끄덕이고는 내 쪽으로 고개를 돌렸다.

"제일 가운데에 있어야 할 부분이 —— 하나도 보이질 않았어요."

"가운데?"

키쿠치 양이 고개를 끄덕였다.

"제일 근본적인, 동기가요."

"동기⋯⋯."

그것은 키쿠치 양이 예전에도 했던 말.

히나미가 그렇게까지 하는『동기』가 궁금하다고.

"말을 아무리 이어 봐도 가운데 부분이 보이지 않았어요. ⋯⋯그렇다면 틀림없이, 뭔가를 숨기고 있거나 거짓말을 했다는 뜻이겠죠. 하지만 전부 아무렇지도 않게 말하는 것 같았으니까⋯⋯ 그렇다면, 거짓말이 섞여 있다는 얘기가 되는 게 아닐까 싶어요."

절반 이상 감각적인 이야기였다.

자세한 이야기를 들으면 그 부분이 보여야 하는데, 보이지 않았다.

그래서 틀림없이 거짓말이거나 숨기는 것이 있다. 얼핏 보면 엉망인 논리.

자신의 감각을 믿는 힘찬 가설인데, 분명히 핵심을 찌르는 것이었다.

"그런데⋯⋯ 아르시아에 대해서, 조금 더 알게 됐는지도 모르겠어요."

"뭐? 그래?"

"예. 역시 아르시아는 그냥 환경에 휩쓸려서, 사명감 때문에 노력하는 게 아니라⋯⋯."

그리고는 펜을 내려놓고, 고개를 들어서 나를 봤다.

"거기엔 틀림없이 —— 평범하지 않은 뭔가가 있어요."

확신에 가득 찬 키쿠치 양의 말.

나는 내 안에서 그 '아르시아'라는 말이 다른 것으로 치환되는 것을 느끼면서도, 그 혜안에 감탄하고 있었다.

"그건…… 그럴지도. 나도 그렇게 생각해."

그리고 나는 한 가지를 직감했다. 이렇게 이야기만 해도 세세한 것까지 통찰하는 키쿠치 양의 요정으로서의 능력——아니, 그보다는 틀림없이 창작자로서의 재능.

어쩌면 그 재능이 타마 양의 사건을 거치며 내 가슴속에서 솟아난 의문을—— **내가 알고 싶었던 것**을 알게 되는 데 도움이 되지는 않을까, 하고.

"……키쿠치 양."

그래서 나는 그 이름을 불렀다.

키쿠치 양이 나를 마주보자 나도 마음을 정하고, 어딘가 사명감 같은 기분으로 키쿠치 양의 눈을 보면서 말했다.

"같이, 좀 더 알아볼까? ——히나미에 대해서."

5 마왕에게는 마왕 나름대로의 사정이 있기도 한다

히나미에 대한 취재가 끝나고 수십 분 뒤. 학생식당.

4인용 테이블에 나와 키쿠치 양이 나란히 앉았고, 그 맞은편에는 미미미와 우리반 남학생 타치바나가 앉아 있다.

좀 특수한 멤버이긴 하지만, 물론 거기에는 이유가 있다.

"그나저나…… 타치바나는 히나미랑 같은 중학교였지?"

공책을 펼치면서 말했다.

그렇다. 나는 키쿠치 양과 함께 히나미의 과거를 아는 사람을 찾았고, 먼저 미미미와 인터뷰를 해봤다. 그랬더니 같은 중학교 농구부에 소속돼 있었다고 하는 이 타치바나를 소개해줬다.

"맞아~." 타치바나가 가벼운 톤으로 말했다. "그런데, 뭐야? 취재?"

그리고 나와 키쿠치 양을 번갈아가며 봤다.

나는 슬쩍 키쿠치 양 쪽을 봤다. 역시 긴장한 건지, 정면을 바라보지 못하고 있다. 특히 타치바나 쪽을 보질 못해서 고전하는 것 같다. 뭐, 리얼충 아우라가 넘쳐나는 타입의 남자애니까.

그래서 내가 대신 고개를 끄덕였다. 뭐, 점심때 나카무라네 그룹과 같이 지내는 일이 많아진 관계상, 타차바나와 이래저래 마주치는 일도 많아졌으니까. 평범하게 잡담하는 정도라면 별 생각 없이도 할 수 있다.

"맞아. 연극에서 히나미가 연기할 캐릭터에 참고하려고, 히나미의 과거 같은 걸 좀 알고 싶다~ 고 해서 말이야."

"흐응."

타치바나는 애매하게 고개를 끄덕였다. 하긴 뭐, 좀 미묘한 이유이기는 하니까. 캐릭터를 연기하는 극에 참고하려고 본인의 과거 에피소드를 알고 싶어 한다. 아주 자연스러운 건 아니지만 납득하지 못할 일도 아닌, 그런 이야기다. 뭔가가 미묘하게 마음에 걸리면서도 대충 받아들여줄 거라고 생각한다.

"하긴, 나도 궁금하네요~! 어쨌거나 대회에서밖에 못 봤으니까!"

"미미미는 농구 대회에서 상대했었지."

내가 미미미의 말을 보충하는 것처럼 말했다.

"그래~ 맞아~! 역시 브레인이야! 잘 기억하고 있네!"

"응, 고마워."

미미미가 평소와 똑같은 분위기로 한 말을 슬쩍 받아 넘겼다. 뭐랄까, 단 둘이 있을 때만 아니면 이상한 분위기가 되지도 않고 평범하게 말할 수 있는 것 같다. 나도 미미미도.

참고로 이렇게 과거를 듣겠다고 하면서 히나미 본인에게도 동석해달라고 부탁했지만, 학생회 일을 해야 한다면서 어딘가로 가버렸다. 딱히 숨기고 싶지도 않으니까 알아서 하라면서. 역시나 퍼펙트 히로인.

"음~ 뭐 제일 인상적인 건……."

타치바나는 입을 삐죽 내밀면서 조금 생각하더니, 바로 이런 충격적인 말을 했다.

"남자 농구부에—— 엄청 인기 있던 선배랑 사귄 거려나."

그 말에 완전히 한방 먹었다.

"뭐?! 그랬어?!"

그리고는 이 자리에 있는 누구보다 큰 소리를 지르고 말았다.

"브레인 시끄러워!"

"아, 죄송합니다."

미미미가 타마 양한테 배운 따끔한 말투로 주의를 줬고 나는 풀이 죽었다. 그나저나 뭐야. 설마 첫 번째부터 이런 충격적인 에피소드가 나올 줄이야. 아니 뭐, 솔직히 지금까지 남자 친구가 한 명도 없었어요, 라고 하는 쪽이 더 문제가 아닐까 싶기는 했지만. 역시나 히나미, 정말 대단한 여자야.

"엄청 인기 많은, 농구부 부부장에 잘 생긴 선배였거든."

"헤, 헤에…… 선배."

왠지 『중학생이 선배랑 사귄다』는 건 그 학년에서도 톱 카스트에 해당되는 사람에게만 허락된 권리라는 이미지인데 말이야. 헉, 한마디로 히나미가.

타치바나의 얘기는 거기서 끝나지 않았다.

"게다가 그 선배, 바로 차버렸어."

"차, 찼다고……?"

들으면 들을수록 이해하기 힘든 머나먼 세상의 이야기를 듣는 것 같은 기분이 든다. 뭐야, 그 녀석은 중학교 때부터 그렇게 강한 여자였던 거야?

"히나미는 옛날부터 계속 그런 느낌이었구나……."

내가 곤혹스러워하면서 말하자, 의외로 타치바나가 고개를 갸웃거렸다.

"글쎄…… 아닌 것 같은데?"

"뭐." 반사적으로 그 말을 물고 늘어졌다. "……그게 무슨 말이야."

타치바나가 음~ 하고 과거를 떠올리고서.

"아니, 나도 그렇게 사이가 좋았던 건 아니지만…… 1학년 때 같은 반이었거든."

"응."

나는 타치바나의 말을 열심히 들었다. 왜냐하면 거기에 내가 모르는 그 녀석— 즉 NO NAME으로서 히나미와 퍼펙트 히로인으로서의 히나미 중에 어느 쪽도 아닌, 미완성인 그 녀석의 모습이 있을 것 같은 기분이 들었기 때문이다.

"하지만 1학년 때는…… 그렇게 눈에 띄지 않았던 것 같거든."

"……헤에."

나도 모르게 소리가 나왔다. 키쿠치 양과 미미미도 열심히 타치바나 쪽으로 시선을 보내고 있다.

그것은 상당히 신선한 이야기였다. 뭐, 초등학생에서 중학생이 돼서 바로 1학년. 그 백지 상태에서 갑자기 눈에 띄는 건 원래 지닌 포텐셜은 물론이고, 어느 정도 운도 필요하니까, 뭔가 단추를 잘못 끼우면 실패할 수도 있다.

하지만 서서히 운이 모이고, 원래 지닌 포텐셜에 걸맞은 포지션에 정착한다. 뭐, 그게 반 내부 세력도라는 거라고 생각하니까.

상상은 간다.

"1학년 때는…… 말이지."

그 녀석의 경우에는 처음에는 부족했던 포텐셜— 즉 리얼충이 되기 위한 요소를 자기 손으로 하나하나 획득했겠지.

왜냐하면 그 녀석은 우연과 기회에 의지하는 인간이 아니라 단순한 것을 쌓아올려서 위로 올라가는 노력형 인간이니까.

"하지만 아마 1학년 중간인가 2학년 때부터였나. 점점 예쁜 여자애가 있다는 얘기가 유명해졌고, 어느샌가 그 부부장이랑 사귀게 됐고. 하지만 바로 찼다는 것 같은 얘기가 돌면서 점점 더 유명해졌고…… 3학년 때는 추종자 같은 애들도 생겼었지. 후배들한테 엄청 인기 좋았고."

"추, 추종자……."

내가 씁쓸하게 웃으면서 말했더니 타치바나가 시원스레 웃었다.

"그런 거 있잖아. 후배들이 인기있는 선배를 엄청 존경하면서 소지품이나 샴푸 같은 걸 따라 하는, 그런 거."

"아~! 있지!"

어렴풋이 중학교 시절을 떠올리면서 이야기를 듣고 있는데 미미미가 힘차게 고개를 끄덕였다.

"진짜~ 나도 그런 적 있었는데! 왠 1학년 애가 『나나미 선배~!』라면서 손을 흔들어서, 나도 힘차게 흔들어줬더니 꺄~! 라고 하면서 좋아했었거든. 뭐, 그런 일을 겪었을 때 느꼈던 점은 난 그냥 나나미 미나미인데 말이야~ 정도였지만."

"아⋯⋯."

그 말을 들으니 기억 속에서 그런 모습이 떠올랐다. 유난히 법석 떠는 여자애들이 눈에 띄는 예쁜 동성 선배를 아이돌처럼 여기는, 그런 모습이. 시선을 슬쩍 돌려보니 키쿠치 양도 살짝 응응, 하고 고개를 끄덕이는 게, 일단 이해한 것 같다. 그렇다면 이 학교에도 있다는 뜻이겠지.

타치바나는 맞아~ 하고 맞장구를 쳤다.

"그 중에서도 엄청나게 대단한 버전이 아오이라는 느낌이 됐거든. 뭐랄까, 후반에는 인기가 너무 좋아서 자유 이용 소재처럼 됐지만."

"자, 자유 이용 소재는 또 뭐야."

내가 물었더니 타치바나는 뭔가를 떠올리고 질렸다는 것처럼 웃고는.

"뭐랄까, 일단 『역시 아오이야』라는 말이 유행했었지."

"역시 아오이야⋯⋯?"

나는 애매한 말을 되풀이해봤다.

"역시 아오이야, 라는 건 말이야. 뭐랄까, 일단 아오이가 칭찬받거나 대단한 일을 하면 그 말부터 하고 보는, 그런 게 유행했었거든. 고민 중인 애가 있을 때 아오이가 와서 해결해주면, 우리가 정해진 구호처럼『역시 아오이야』『역시 아오이네』라고 말하는, 그런 거."

"그, 그렇구나……."

왠지 상상이 된다. 리얼충 그룹은 갑자기 어떤 말이 유행하고 유난히 여러 장면에서 그 말을 써대는 느낌이 있으니까.

리얼충 그룹이 어떤 말을 쓰기 시작하고, 그러면 그 말을 쓰는 사람=리얼충 그룹에 소속할 수 있다는, 그런 분위기가 된다. 그렇게 되면 쓰고 싶어 하는 사람이 늘어나니까 그게 더 확산되는, 그런. 중학교 때 주위에 있었던 일도 왠지 기억이 나고, 나카무라네 그룹에서도 가끔씩 볼 수 있는 광경이다.

한마디로 뭐, 그게 유행어가 될 정도였다는 건『히나미 아오이는 대단하다』는 전제가 침투해 있었다는 뜻이 된다.

"우와~ 역시 아오이는 대단하구나……."

미미미가 압도당한 것처럼 말했고 나도 고개를 끄덕였다.

"……그러게. 조금 들었을 뿐인데 이렇게 툭툭 튀어나오다니."

같은 중학교에 다니지 않았으면 알 수 없는 히나미의 얼굴.

나는 그것을 들었다는 사실에 반쯤 만족하면서 키쿠치 양쪽을 봤다.

그랬더니 키쿠치 양은 그 하얗고 긴 손가락을 입술에 대고 뭔가를 깊이 생각하는 것처럼 고개를 살짝 숙이고 있었다.

그 모습을 보고 있다보니 자연스레 키쿠치 양과 눈을 마주치고 말았다. 그러자 키쿠치 양은 깜짝 놀라더니 이내 뭔가 의미심장하게 고개를 끄덕였다. 어, 뭐야 그 동작은.

그리고 키쿠치 양은 그대로 타치바나 쪽으로 시선을 옮겼다.

"저기…… 물어볼 게 있는데."

"응?"

타치바나는 부드러운 표정으로 대답했다.

그리고 키쿠치 양은 확실하게, 강한 눈동자로 이렇게 말했다.

"——히나미 양이 1학년 초에는 어떤 모습이었는지, 뭔가 기억나는 게 있나요?"

그 말을 듣고 깜짝 놀랐다.

지금까지 몰랐던 그 녀석의 엄청난 사실을 몇 가지나 들어서 어딘가 만족스런 기분이었는데, 중요한 건 그게 아니었다. 지금 들어야 할 것은 『히나미는 어떻게 해서 중학교에서도 대단한 사람이 됐는가』가 아니라——『대단해지기 전의 히나미는 어떤 사람인가』였다.

역시 키쿠치 양은 항상 한 단계 더 깊은 곳을 보면서 말과 대치하고 있는 것 같다.

"1학년 초라……"

타치바나는 복잡한 표정으로 말을 흘렸다. 뭐, 눈에 띄지 않았던 시절 이야기가 되면, 히나미가 아이돌이 된 뒤보다 기억이 흐릿한 건 어쩔 수 없는 일이지.

미완성의 히나미.

프리퍼펙트 히로인은 대체 무슨 생각을 하고 있었을까.

슬쩍 눈을 돌려보니 미미미도 뭔가 흥미롭다는 분위기로 타치바나를 빤히 보고 있었다.

"아, 그래도 딱 하나 엄청나게 기억나는 얘기가 있다."

"오."

나는 몸을 앞으로 쭉 내밀면서 그 말에 반응했다. 키쿠치 양도 조용하고 진지한 표정으로 타치바나 쪽을 바라봤다.

"그러니까 말이야, 옛날에 그런 거 있었잖아. 이상한 캐릭터 같은 게 그려진 컬러풀하고 작은 종이에 『좋아하는 음식은?』이라든지 『내 인상은?』 『좋아하는 사람 있어?』 같은 질문이 적혀 있고, 그걸 친한 사람한테 주고서 서로 대답을 적게 하는, 그런 거."

"……뭐야 그게?"

"아~! 있었지!"

"있었죠……."

난 뭔지 잘 모르겠지만 미미미와 키쿠치 양은 잘 알고 있는 것 같다.

"이, 있었지. 응, 그럼 괜찮네. 있었네, 있었지."

아마 외톨이는 모르는 세상 이야기인 것 같으니까, 그런 게 있었던 걸로 해두고 계속 말해달라고 하자. 나 말고 다른 두 사람은 딱 느낌이 온 것 같으니까 말이야. 타치바나가 "그, 그래"라고 말하면서 슬픈 눈으로 날 쳐다본 것 같은 기분도 들지만, 난 알아차리지 못했으니까 괜찮아.

"그리고 뭐…… 어째선지 아오이가 갑자기 그걸 줘서 말이야. 아직 그렇게 사이가 좋은 것도 아닌데 갑자기. 어, 뭐야, 애 나 좋아하나, 하는 생각이 들어서. 같은 농구부이기도 했으니까, 이거 진심인가~ 싶었더니 말이야."

"싶었더니?"

미미미가 두근두근하는 눈으로 타치바나를 봤다. 나도 그 다음이 궁금해졌다.

마침내 타치바나는 살짝 눈살을 찌푸리고, 약간 난처한 표정으로 입을 열었다.

"알고 보니—— 나 말고 우리 반 애들 거의 대부분한테 줬더라고. 남자한테도, 여자한테도."

턱을 괴고, 나와 키쿠치 양을 번갈아가며 봤다.

"영문을 모르겠지?"

"예…… 그러네요."

그리고 키쿠치 양이 뭔가를 생각하는 것처럼 눈살을 찌푸리면서 고개를 끄덕였다.

"흐~응. 뭐야 그거!"

미미미도 그게 무슨 의미인지 잘 이해하지 못한 눈치다.

"그치. 뜬금없는 일이라 깜짝 놀랐으니까 잘 기억하고 있어. 반대로 말하자면 그것 말고는 딱히 좋은 것도 나쁜 것도 없는 보통 여자애라는, 그런 느낌이라서 거의 기억이 안 나네. 지금 생각해보면 그렇게 예쁘게 생겼는데 왜 관심이 안 갔을까~ 싶어."

"그랬군요……."

"그렇구나.

그렇게 모두가 의문을 품고 고개를 갸웃거리는 와중에.

나는 혼자서 납득했다.

분명히 얼핏 보면 이해할 수 없는 행위지만 나라면──그 녀석의 NO NAME으로서의 사고방식이나 싸우는 방법을 알고 있는 나라면, 그 의도를 예상할 수 있다.

히나미의 행동.

타치바나의 말에 의하면, 그 종이에는 『좋아하는 음식은?』이나『내 인상은?』『좋아하는 사람 있어?』같은 질문이 적혀 있었다고 한다. 뭐, 정확한 문장은 아니더라도 대충 그런 질문이 적혀 있다는 건 틀림없다고 생각했을 때, 그 녀석이 그걸 나눠준 이유.

그건 아마도── 데이터 수집.

억측이기는 하지만 아마도 그 중에서 히나미가 중요시했던 질문은 두 번째, 『내 인상은?』이다.

그 녀석이 내 특훈 첫 목표로 『다른 사람으로부터 변화를 지적받을 것』이라는 과제를 내줬던 걸 보면 알 수 있는데, 히나미는 변화의 『객관성』을 크게 중요시한다.

그렇다면 아직 완벽하지 않았던 시절의 히나미. 그때부터 자신의 변화를 추구했다면, 그 녀석은 제일 먼저 주위에서 자신을 어떻게 보고 있는가? 라는 부분을 객관적인 데이터로 수집하고, 그것을 자신의 감상과 대조해서 자기 개혁에 이용하겠지.

그러기 위해서 필요한 것은 단적으로 앙케트. 시장조사다.

한마디로 이 억측이 맞다면 아직 완벽하지는 않았어도 중학교 1학년 때부터 '지금의 히나미'의 싹이 보였다는 뜻이 된다. 무시무시한 이야기다.

"아, 맞다! 그리고 또 하나. 엄청나게 기억나는 게 있거든."

"오, 뭔데?"

줄줄이 사탕처럼 기억이 튀어나오는 건지, 타치바나는 목소리 톤을 높이면서 손가락으로 우리를 가리켰다.

"그게, 아직까지도 기분이 나쁘다고 할까, 뭐 아마도 다른 녀석들은 기억하지 못할 수도 있는 일인데."

나는 그 『기분 나쁘다』는 단어 때문에 마음을 단단히 먹고 그 다음 말을 기다렸다.

"이동 수업 때였나 급식 시간 때였나, 아무튼 그런 때였던 것 같은데. 뭐, 그것도 자세히 기억나는 건 아니지만…… 아무튼 우리 반 남자애들이랑 여자애들이 얘기하던 때였는데 말이야."

"응."

"어째선지는 모르겠지만, 자기 이름의 유래 같은 걸 얘기하고 있었거든. 그걸 우리 반 애들이 한 사람씩 말하자고, 헤~ 그렇구나~ 같은. 뭐, 잡담이지만."

"헤에~! 참고로 제『미나미』는『따뜻한 사람이 됐으면 좋겠다』는 뜻이라는 것 같습니다! 이거, 중요합니다!"

"그렇구나. 그런데 타치바나, 그래서?"

"응. 그래서 말이야, 그래서 아오이 차례가 됐는데……."

"뭐야?!"

나는 미미미의 장난스런 발언을 무시하면서 타치바나한테 그 다음이 어떻게 됐는지 몰었다. 역시 여럿이 있을 때는 미미미랑 이렇게 얘기할 수 있구나. 키쿠치 양은 옆에서 귀엽게 쿡쿡 웃고 있는데, 왠지 기쁘네. 훈훈한 기분이 든다.

"아마 해바라기 꽃처럼 태양을 향해 똑바로 자랐으면 싶다는, 뭐 그런 얘기였어. 왠지 해바라기는 태양 쪽을 보면서 핀다는 그런 토막 상식까지 같이 얘기했으니까, 아마 틀림없을 거야."

"아~ 뭐, 그럴 만 한 얘기네."

이름을 지을 때 흔히 있는 패턴인 것 같다.

"그렇지. 그런데 말이야? 그 다음에 아오이가 아무렇지도 않게, 조용하게, 이런 말을 했어."

"……뭘?"

나는 그 말에 관심이 가고 말았다. 키쿠치 양도 뭔가 중요한 낌새를 느꼈는지, 몸을 앞으로 쭉 내밀고서 귀를 기울였다.

그리고 타치바나는, 도저히 모르겠다는 투로 말했다.

"──뭐, 나하고는 상관없지만. ……이라고."

부자연스런 말이 메아리쳤다.

『상관없다』.

그것이 가리키는 의미는 추상적으로 느껴졌다. 『자기 이름의 유래』를 말한 뒤에 할 말 치고는 위화감이 드는데……진짜 의도가 대체 뭐지? 파악하기가 힘들다.

"뭐야 그게? 뭐…… 기분 나쁘다는 말이 무슨 뜻인지는 알겠지만."

"그치?"

내가 말하자 타치바나가 눈썹을 쭉 치켜 올렸다. 옆에서는 키쿠치 양이 천천히 고개를 갸웃거렸다.

"……무슨 뜻일까요?"

타치바나는 어깨를 으쓱거렸다.

"글쎄. 하지만 뭐, 그냥 잠깐 지나간 말이었고, 딱히 아무도 신경 쓰지 않고 다른 얘기로 넘어갔으니까. 나중에 굳이 따지고 들 만한 얘기도 아니고 말이야. 하지만 왠지, 애매한 위화감이 남아서 기억나네."

"음……."

단서가 될 것 같기도 하고 아닌 것 같기도 한 이야기다. 생각해보려고 해도 다른 정보와 조합하거나 내 나름대로 해석할 필요가 있겠지. 적어도 이것 하나로 전부 해명할 수 있는 단서는 아닌 것 같다.

이야기를 마친 타치바나는 손으로 목 언저리를 만졌다.

"뭐, 이 정도려나. 아오이 얘기는."

"……고맙습니다. 많이 참고가 됐어요."

키쿠치 양은 긴장한 것처럼 딱딱한 목소리로 말하더니 착실하게 꾸벅, 하고 고개를 숙였다. 그러자 타치바나는 기쁜 것처럼, 뭔가가 생각났다는 톤으로 말했다.

"아, 이렇게 됐으니 하는 말인데."

그리고 키쿠치 양 쪽을 보며, 살짝 쑥스러워하면서 웃었다. 응? 뭐지?

"저기, 키쿠치 양— 혹시 LINE 해?"

그 말에 내 귀가 쫑긋, 하고 움직였다.

"라, LINE 말인가요……?"

어라? 이건 분명히 그거지, 그걸 물어보는 분위기지. 어, 뭐야 이거 잠깐만. 이렇게 마주앉아서 봤더니 키쿠치 양이 의외로 예쁘다는 걸 알았다는 그런 건가? 그러지 말아주시

겠어요? 엄청 곤란하니까, 라고 생각은 했지만 말릴 이유가
생각이 나지 않았다. 할 수 있는 일이라고는 키쿠치 양을 흘
끗흘끗 보는 정도.

키쿠치 양도 난처한 것처럼 내 쪽을 슬쩍슬쩍 보고 있는
데, 그래도 제3자인 내가 이걸 막을 이유가 없단 말이야……
어쩌지, 라고 생각하는 사이에 타치바나가 이런 말을 했다.

"그러니까 왜, 아오이 일로 뭔가 생각이 나면 얘기할까 하
고 말이야."

큰일 났다. 말릴 이유는 없는데 연락처를 알려줘야 할 이
유가 생기고 말았다. 이건 너무 불리하다.

"아…… 아, 알겠습니다."

그리고 키쿠치 양은 납득한 것처럼 고개를 끄덕였다. 뭐
야, 되는 거야? 그래도 되는 거야? 키쿠치 양.

키쿠치 양이 승낙했으니 내가 할 수 있는 일은 없어서, 그
저 눈앞에서 LINE 연락처를 주고받는 두 사람을 멍하니 구
경하는 수밖에 없다. 큭, 하지만 왠지 말려야만 하는 기분
이 든다! 하지만 나 혼자서는 안 돼! 에잇, 미미미! 미미미
는 뭘 하고 있나!

그랬더니 기대에 응해준 건지, 미미미가 "아, 저기저기!"
라고 말하면서 끼어들었다. 잘 했다 미미미! 계속 해라 미
미미!

내 모든 희망을 걸고서 지켜보고 있었더니, 미미미가 스
마트폰을 꺼내며 이런 소리를 했다.

"키쿠치 양, 나도 해도 될까요!"

그리고 커플 성립을 바라는 것처럼 고개를 숙이면서 스마트폰을 쥔 오른손을 내밀었다. 어라? 생각한 거랑 뭔가 다른데. 게다가 왜 타치바나보다 쑥스러워하면서 말하는데. 아무리 키쿠치 양이 타마 양 급으로 작은 동물계라고 해도 그건 반응이 좀 이상하잖아.

"아, 예…… 그럼."

그리고 키쿠치 양은 타치바나와 미미미 순서로 LINE 연락처를 교환했다. 막지 못했다…….

"어라? 그러고 보니까 우리 반 그룹 채팅방에 가입돼 있지 않던가?"

근본적인 부분이 생각나서 말했더니 타치바나는 "뭐, 교환하는 자체가 중요한 거니까" 같은 영문 모를 소리를 했다. 무슨 이론인지는 모르겠지만 리얼충이 그렇다고 하면 그런 거겠지.

"좋았어, 오케이~. 그럼 잘 부탁할게."

"키쿠치 양!! 잘 부탁해요!!"

"아, 저기…… 예, 저도…….'

멍한 표정으로 두 사람에게 대답하는 키쿠치 양. 뭐지! 이 감정은 뭐지!

나는 그런 답답한 기분에 애간장을 태우면서도, 인터뷰를 수락해준 타치바나한테 고맙다는 말을 했다.

"저기, 도와줘서 고마워…….'

"뭘, 이런 걸 가지고."

그렇게 해서 나는 몇 가지 아주 흥미로운 사실을 알게 됐지만, 마지막에 가서 뭔가 답답한 기분을 맛보게 되었다. 적은 여기에 있었던 것인가.

* * *

그리고 다음 날. 토요일.

나와 키쿠치 양은 쉬는 날인데도 오오미야 역에 있는『콩나무』앞에서 만났고, 그리고 목적지로 갔다. 이렇게 쉬는 날 키쿠치 양과 만난 것도 벌써 몇 번째인데, 그래도 긴장되는 건 어쩔 수 없다.

"안녕."

"안녕하세요."

평소처럼 누가 먼저랄 것도 없이 변함없는 인사를 나누고, 나는 최대한 리드하기 위해서 키쿠치 양에게 곧장 말을 걸었다.

"좋았어, 그럼 갈까."

오늘 모인 건 다른 이유가 아니라.

계속 취재하기 위해서다.

오오미야. 옛날에 로프트가 입점해 있던 빌딩에 있는 패밀리레스토랑 사이제리아.

"안녕하세요…… 토모자키입니다. 잘 부탁드립니다."

나는 눈앞에 앉아 있는 처음 보는 여고생에게 인사했다.

그 여고생은 머리카락을 두 갈래로 묶고, 어깨까지 크게 벌어진 새카만 옷을 입고 있다. 목에는 목걸이가 아니라, 그러니까 저런 걸 초커라고 하던가. 검고 짧은 털이 붙은 십자가 모양 장식 같은 것을 달고 있다.

그리고 그 옆에는── 타치바나. 뭔가 좀 납득할 수 없지만, 뭐 됐다 치고. 요즘 자주 보네.

이쪽에는 내 옆에 키쿠치 양이 앉아 있어서 2대 2로 마주 앉아 있는 모양이다.

"마에바시예요~. 잘 부탁드립니다~."

마에바시라는 여고생은 무표정한 얼굴로 꾸벅하고 고개를 숙였다. 예의바르기는 하지만 감정이 부족한, 뭔가 묘한 분위기다.

"키쿠치입니다. 잘 부탁드려요."

그리고 키쿠치 양도 자기소개를 하고는 고개를 꾸벅 숙였다.

이렇게 처음 만난 여고생과 자기소개를 하는 상황. 왜 우리가 이런 상태가 됐냐하면──.

나는 실행위원회 일과 키쿠치 양과의 각본 회의를 하면서 많이 익숙해진, 진행 톤으로 말했다.

"그럼 바로 시작하고 싶은데…… 히나미랑 같은 초등학교에 다녔다고 했죠?"

그렇다. 눈앞에 있는 여고생은 초등학교 때 히나미와 같은 반이었다는 사람이다.

한마디로 어제 취재의 연장선으로, 타치바나가 히나미와 같은 초등학교를 다닌 마에바시 양을 소개해줬다는 뜻이다. 타치바나가 LINE으로 키쿠치 양한테『내일 시간 괜찮아?』라고 제안했다는 것 같고, 그래서 내가 서포트 역할로, 어디까지나 감시가 아닌 서포트 역할로서 같이 온 것이다.

참고로 이번에도 히나미한테 같이 가자고 부탁했지만 바쁘니까 알아서 하라고 해서 알아서 하고 있다. 역시나 퍼펙트 히로인.

"그나저나 다들 동갑이니까 그냥 말 놔도 되지 않나?"

타치바나가 끼어 들어서 말했다. 뭐, 생각해보니 히나미랑 같은 반이었다고 하니까 우리랑 같은 나이인 게 당연하다. 하지만 왠지 학교 밖에서 처음 만난 사람한테 갑자기 말을 놓는 건 좀 난이도가 높단 말이야. 같은 학년인데. 게다가 뭐랄까, 이번에는 취재라는 형태로 만났으니까 더더욱 힘들고.

컬러 렌즈라고 하던가, 마에바시 양은 신기한 색으로 빛나는 눈을 가늘게 뜨면서 입을 열었다.

"아~ 그러네?" 그리고 나와 키쿠치 양을 흘끗 봤다. "그럼 편하게 할까."

마에바시 양이 뭔가 평탄한 톤으로, 표정을 거의 바꾸지 않고 말했다. 인형 같은 느낌의 신기한 분위기다. 내가 봐도 알 수 있을 정도로 눈 주변 화장이 짙은 검은색인데 저런 걸 뭐라고 하던 것 같은데 잘 모르겠네. 아무튼 볼에 바른 빨간색도 조금 진한 편이다. 입술도 새빨갛게 칠해서, 전체적으로 대비가 강한 느낌.

"알았어. 편하게."

나도 그 제안에 동의했다. 아직 자연스럽지는 못하지만, 의식하면 그렇게 어려운 일도 아니니까.

"아, 저기……."

거기서 노골적으로 곤혹스런 기색을 보이는 키쿠치 양. 뭐, 당연한 얘기지.

"아, 키쿠치 양은 괜찮아. 우리한테도 존댓말 하니까. 하하하."

그렇게 은근슬쩍 도와준 건 내가 아닌 타치바나. 잠깐만, 나도 그 말 하려고 했는데. 새치기 당한 것 같다고나 할까, 석연치 않은 기분이다. 다음엔 진심으로 할 거야. 각오하라고.

"아, 알겠습니다. 고맙습니다."

그렇게 키쿠치 양이 타치바나에게 감사하는 모습을 손가락이나 빨면서 지켜보게 된 나. 왠지 용서해서는 안 될 것 같은 기분이 든다니까. 타치바나가 나쁜 짓을 한 것도 아닌데.

"저, 저기! 그럼 인터뷰를 하고 싶은데……."

화제를 바꾸려는 것처럼 말하고, 테이블 위에 공책을 펼쳤다.

"초등학교 때 히나미는, 어떤 느낌이었어?"

그렇게 묻자 마에바시 양은 또 평탄한 톤의 목소리로.

"그러니까~ 성실하고 밝고 착한 애라는 느낌이었지~"

"흠, 성실하고 밝다……."

이 얘기만 들으면 지금의 퍼펙트 히로인 히나미와 큰 차이가 없는 것 같다. 하지만 단 하나, 『성실하다』는 말이 조금 마음에 걸리네.

그랬더니 같은 부분이 마음에 걸렸는지 키쿠치 양이 끼어들었다.

"성실……하다는 건?"

"그러니까~." 마에바시 양은 빨간 손톱이 달린 집게손가락을 턱에 대고, 이번에도 늘어지는 말투로,

"뭐랄까, 어른들 말을 아주 잘 듣는 애라는 느낌이었다고 할까~."

"……그렇군요."

"떼를 쓰지 않는다고 할까, 그런 느낌~."

그것도 역시 큰 위화감은 없었지만, 딱 들어맞는 말은 아니었다. 분명히 지금의 히나미도 괜히 어른들한테 거스르지 않는 타입이기는 하지만…… 그렇다고 『어른들 말을 잘 듣는 아이』냐고 묻는다면 고개를 갸웃거릴 수밖에 없다.

예를 들어서 선거 연설에서 당당하게 선생님들한테 시비를 걸었던 것처럼, 어른들한테 정면으로 부딪치는 담력 같

은 것을 지니고 있다. 그야말로 국왕과 정면에서 말싸움을 벌인 아르시아처럼.

적어도 특징을 물었을 때 제일 먼저 『떼쓰지 않는다』는 말이 나올 성격은 아니지.

"그렇군요……."

키쿠치 양은 마에바시 양을 가만히 바라보면서, 생각하는 것처럼 말을 흘렸다.

"그리고 말이야~ 가족들을 엄청 아끼고, 여동생들을 정말 좋아했다는, 그런 인상도 있으려나~"

"아, 생각해 보니까 그랬지."

"……헤에."

마에바시 양의 말에 타치바나가 고개를 끄덕였고, 나는 은근히 놀랐다. 히나미가 가족을 아낀다는 점에 놀라기 전에, 여동생이 있다는 것조차 지금 처음 알았는데. 여기에 대해서는 타치바나도 동의했으니까, 고등학생이 되면서 캐릭터가 달라진 걸까?

"그리고 뭐가 있었더라! 난 꽤 시끄러운 애라서, 초등학교 때는 히나미랑 거의 엮인 적이 없거든~."

시끄러운 쪽이라서 엮이지 않았다.

그건 왠지 잔혹한 느낌.

지금의 히나미는 들을 일이 없는, 스쿨 카스트 아래쪽인 상대에게 하는 말. 정점에서 태어나 정점에서 자란 건 아니구나, 역시나.

"음~ 그러니까, 했던 말이라든지 인상이라든지, 뭐든지 생각 나는 게 있으면⋯⋯."

"응~ 그러면~."

그런 느낌으로, 히나미가 자주 놀았던 친구들의 타입이나 어떤 학원을 다녔는지, 가족을 아낀다고 했는데 그 가족들은 어떤 느낌이었는지, 등에 대해서 들었다.

대충 정리하자면 히나미는 얌전했다고 할 정도는 아니었지만 그렇다고 딱히 활발한 타입도 아닌, 약간 중용적인 위치에 속해 있었던 것 같다.

그리고 기본적으로 피아노 학원에 다녔다는 것 같다. 그녀석, 피아노를 꽤 쳤었지. 피아노는 마에바시 양과 같은 학원에 다녔다고 했다.

마에바시 양의 말에 의하면 가족끼리 사이가 상당히 좋았던 게 인상적이었다는 것 같고, 누구든지 받아들일 수 있는 밝은 성격을 지닌 히나미네 부모님은 참관 수업 같은 데서 약간 눈에 띄는 존재였다고 한다. 수십 명이나 되는 부모님들 중에서도 특히 기억에 남을 정도라면 꽤나 눈에 띄었다는 뜻이겠지.

마에바시 양은 히나미와 딱히 사이가 좋았던 건 아니지만 친구 여럿이랑 같이 히나미네 집에 놀러갔던 적이 몇 번 있었고, 그때는 항상 집에서 직접 만든 쿠키나 주스를 대접해 주셨다고 했다. 뭐랄까, 유복하고 따뜻한 가정의 표본 같은 느낌이네. 거기서 그 마왕이 태어나다니, 사람 일은 정말 모른다니까. 마에바시 양 이야기만 들어보면 뭐랄까, 그 녀석의 마왕 같은 모습은 가정환경 말고 다른 데서 태어난 것 같은데.

"……대충 이 정도려나~."

이야기를 마친 마에바시 양은 왠지 실컷 떠들어서 만족했다는 표정을 지었다. 뭐가 됐건 좋으니까 잔뜩 떠들 수만 있으면 좋다는 그런 사람, 가끔씩 있지.

"고맙습니다. 여러모로 참고가 됐어요."

키쿠치 양이 제일 먼저 고맙다는 말을 했고, 나와 타치바나도 따라서 고맙다고 했다.

"자, 그럼, 이만하면 됐겠지?"

내가 주도권을 쥐겠다고 생각하면서 말했더니, 세 사람모두 대답하고 자리에서 일어났다. 조, 좋았어. 잘 진행한 것 같네. 타치바나, 너한테는 안 질거야.

그렇게 해서 우리 네 명은 취재를 마치고 해산하게 됐다──고 생각했는데.

오오미야 역 개찰구 앞.

"무슨 선, 타고 가?"

마에바시 양이 우리 셋에게 물었다. 나도 최근에 다른 애들이랑 논다는 것을 몇 번 경험한 덕분에, 이게 무슨 말인지 정도는 알거든. 같은 노선을 타는 사람 있으면 같이 가자는 그거잖아.

그런 생각을 했는데, 타치바나가 생각지도 못한 말을 했다.

"아, 저기, 우리는 잠깐 셋이서 회의해야 하거든."

나는 "어" 하고 당황한 목소리를 흘리고 말았다. 어라, 나 지금 실수 했나.

하지만 마에바시 양은 크게 신경 쓰지 않고 고개를 끄덕였다.

"에~ 그렇구나~."

"응, 그래. 그렇게 됐으니까. 여기서."

"응~ 안녕~."

잘은 모르겠지만 타치바나한테 뭔가 생각이 있겠지. 뭐 마에바시 양을 붙잡을 이유도 없으니, 얌전히 넘어가기로 했다.

"아, 저기. 안녕."

"으, 응……? 그럼, 안녕히."

키쿠치 양도 곤혹스러워하면서도 날 따라하는 것처럼 마에바시 양한테 인사했다. 마에바시 양은 이쪽을 보면서 손을 흔들고는 그대로 개찰구 너머로 사라졌다.

──그리고.

"저기?"

내가 타치바나 쪽을 봤더니, 타치바나는 "아하하~" 하고 웃었다. 뭐야 그 웃는 얼굴. 키쿠치 양이랑 같이 놀려고 그랬다는 소리 하면 때릴 거다. 아빠는 그런 짓, 용서 못 한다.

"왜 그러셨어요……?"

키쿠치 양이 타치바나를 똑바로 쳐다봤다. 어떠냐, 이 눈빛 앞에서는 거짓말을 못 하겠지. 나는 항상 마음속을 비춰 주는 이 눈빛 덕분에 진실을 찾아내고 있다. 타치바나는 눈이 부시다는 것처럼 눈을 가늘게 떴다.

"아니, 그게. 그냥 좀 생각이 난 게 있다고 할까, 신경 쓰인 게 있는데 말이야."

"신경이 쓰였다고요……?"

키쿠치 양이 조용히 말했고 타치바나가 고개를 끄덕였다.

"분명히 나도 알고 있었거든. 아오이가 동생이랑 사이가 좋았다는 거."

"아, 그런 이야기도 했었지."

그렇다면 역시 중학교 때까지는 그걸로 유명했었구나. 지금은 잘 알려지지 않은 건 뭐, 고등학생씩이나 돼서 그 캐릭터는 좀 그렇다고 여겨진다거나 미묘하다고 계산했으려나. 그 녀석이라면 그럴 만도 하니까.

"아니, 그런데 말이야. 좀 이상한 점이 있어서."

"……이상한 점, 말인가요?"

타치바나가 고개를 끄덕였다.

"마에바시가 말이야…… 여동생들, 이라고 했었잖아?"

나도 그 이야기를 떠올리면서.

"……그랬지. 그랬어."

"그랬었죠."

두 사람의 말을 듣고 타치바나가 의아하다는 얼굴로 고개를 끄덕였다.

"그렇다면 말이야, 역시 좀 이상하거든……."

"뭐?"

그리고 타치바나는 이해할 수 없다는 것처럼 눈살을 찌푸리면서 이렇게 말했다.

"왜냐하면 아오이한테 여동생은── 한 사람뿐일 텐데 말이야."

그것은 또, 여러 모로 해석할 수 있는 말.

"그거, 틀림없는 거야?"

내가 묻자, 타치바나가 애매하게 고개를 갸웃거렸다.

"뭐…… 아마도. 딱히『한 명 뿐이지?』라고 확인한 건 아니지만, 아마 틀림없을 거야. 남동생도 없었을 테고."

"그렇구나. 그런데…… 그게, 어쨌다고?"

나는 혼란스러워 하면서 말했다. 분명히 이상한 일이기는 하지만, 어떻게 받아들여야 할지는 모르겠다.

초등학교 때는 여동생들이었다. 하지만 중학교 때는 한 사람이 돼 있었다.

그것이 의미하는 것은.

"여러모로 생각할 수 있지만…… 가능성은 몇 가지밖에 없겠죠."

"……그렇겠지." 타치바나가 고개를 끄덕였다.

몇 가지 가능성.

나도 생각해봤다.

하나는 애당초 타치바나가 잘못 알았고, 중학교 때도 두 명 이상이었다는 패턴.

또 하나는 어떠한 집안 사정 때문에 헤어지고 말았다는 패턴.

그리고 마지막은—— 그 여동생 자체가, 없어져버렸다는 패턴이다.

"뭐…… 어쨌거나 건드리지 않는 게 좋을 것 같네. 최소한 히나미가 먼저 말하기 전에는."

내가 말했더니 두 사람이 고개를 끄덕였다.

"그래."

"이건…… 못 들은 걸로 해두죠."

키쿠치 양이 다부진 표정으로 말했다.

그리고 아주 조금 생각하고는 이렇게 말했다.

"이 이상 조사…… 같은 일을 하는 것도, 좋지 않을 것 같네요."

키쿠치 양이 후회하는 것 같은, 아니, 참회하는 것 같은 말투로 말했다. 허가를 받았다고는 해도 예상치 못한 일에 발을 들인 건 경솔한 짓이었는지도 모른다.

나와 타치바나도 거기에 동의하자 키쿠치 양은 분위기를 풀려는 것처럼 살짝 한숨을 쉬었다.

"그럼…… 또."

그렇게, 보기 드물게 키쿠치 양의 발언에 의해 해산하게 된 우리 세 명은, 틀림없이 제각기 복잡한 심경으로 전철에 탔을 것이다.

나는 이 일을 어떻게 받아들여야 할지, 아직까지도 잘 모르겠다.

* * *

그날 밤.

내 핸드폰이 LINE 메시지가 왔다는 패턴으로 진동을 울렸고, 누가 보낸 메시지인가 하고 봤더니 웬일로 키쿠치 양 이름이 화면에 떠 있었다.

"……뭐지."

나는 대화 창을 열고서 내용을 확인했다. 어떤 대단한 사람은 팝업 화면만으로 내용을 다 읽어서 메시지를 읽었다는 티를 내지 않는다고도 하지만, 나는 오히려 그런 밀고 당기는 것 같은 짓을 하면 되레 불리하기 때문에 정면승부, 어느새 읽어 버렸다는 티를 내는 작전 하나만 가지고 싸우고 있다.

화면에는 이런 메시지가 표시돼 있었다.

『오늘 정말 고마웠습니다.

왠지 멋대로 너무 많이 조사해버린 것 같은 느낌도 있지만……

　그것 이외의 이야기도 많은 참고가 됐습니다.

　덕분에 아르시아가 어떤 여자아이인지, 아주 조금이나마 알게 된 것 같습니다.

　그럼, 월요일에 뵙겠습니다. 안녕히 주무세요.』

　나는 전반의 내용에 안심하면서도, 제일 마지막의 일곱 글자 때문에 KO 당한 기분이었다.

　"아, 안녕히 주무세요. 라니……."

　그건 뭐랄까, 자는 순간을 공유하는 것 같은 묘하게 낯 간지러운 말. 유일한 난점이라면 지금 시간이 밤 9시 반이라는, 고등학생이 잠자리에 들기에는 너무 이른 시간이라는 점이지만, 그걸 제외하더라도 이건 엄청난 파괴력이다. 키쿠치 양은 일찍 자는구나.

　그래서 나는 그 KO 당한 기분을 어떻게든 다시 일으키면서 답장을 입력했다.

『다행이네.

　원고 기대할게.

　그럼, 잘 자!』

나도『잘 자』라는 단어를 입력했다는 사실에 괴로워하면서 그냥 이대로 엄청 일찍 자버릴까, 같이 자버릴까라는 생각도 했지만, 아직 씻지도 않았고 이도 안 닦았기 때문에 꾹 참았다. 역시 난 대단해.

그렇게 해서, 나는 히나미의 건에 대해서 여러모로 생각해야 할 일이 있는데도, 키쿠치 양 덕분에 그날 밤만은 왠지 포근한 기분에 감싸여서 잠이 들었다.

* * *

그리고 다음 주 월요일 아침. 제2피복실에서 아침 회의.

나는 평소보다 조마조마한 얼굴로 거기에 있었다.

과제를 전혀 수행하지 못해서 켕기는 것도 있었지만, 그보다 마음에 걸리는 건 토요일에 있었던 취재 건. 물론 아직 억측의 범주고, 정확한 사실은 하나도 밝혀지지 않았다. 하지만, 그래도 히나미한테서는 들어본 적이 없는 여러 가지 일들을 알고 말았다.

그것을 히나미가 없는 곳에서 알게 됐다는 것 때문에 묘하게 떨떠름한 기분이었다.

"자, 그럼. 토요일하고 일요일 말인데."

그 말에 나는 움찔, 어깨를 들썩였다. 히나미는 바로 그 모습을 눈치챘다.

하지만 히나미가 도달한 추측은 진실과 조금 다른 것이

었다.

"……보아하니, 과제는 진행하지 못했나보네?"

"그러니까, 응……."

내가 마음 한 구석에서 안심하며 애매하게 고개를 끄덕이자, 히나미는 평소처럼 한숨을 쉬었다.

"뭐, 키쿠치 양이랑 같이 취재하러 갔으니까, 거리감이라는 의미에서는 접근했겠지만, 거기에 만족하지 말고 과제도 확실하게 의식하도록."

"으, 응……."

취재라는 말에 또 움찔움찔하면서도 히나미의 말을 받아들였다.

"하나하나가 어렵기는 하지만, 최근에는 과제의 진척 상황이 너무 좋지 않으니까."

"그, 그러게 말이야."

내 심경과 반대로, 히나미는 내가 했던 『취재』의 내용에 대해서는 전혀 언급하지 않았다. 추궁이라도 하면 끝까지 감추지도 못할 테고, 나도 거기에 대해 어떻게 언급해야 좋을지 전혀 모르니까, 히나미가 물어보지 않아준 것 자체는 정말 고마웠다. 하지만.

히나미는 과거의 자신에 대해 정말로 관심이 없나보네.

"……저기 말이야."

내가 큰 결심이라도 한 것처럼 말했더니, 역시나 히나미도 그걸 눈치채고 눈살을 찌푸렸다.

"또 무슨 귀찮은 말이라도 할 생각이야?"

그렇게 말하고는 짜증난다는 것처럼 한숨을 쉬었다.

그것은 역시 평소와 똑같은 히나미였고.

나는 아직 그 품속 깊숙이 파고들 각오가 부족한 것 같다.

"……아니, 역시 아무것도 아냐."

그보다는 애당초 물어볼 수 있는 일이 아니다.

왜냐하면── 그건 너무 눈치 없는 짓이잖아.

──네 여동생 얘기 좀 해줄 수 있겠어, 라는 건.

* * *

그리고 조례 전의 교실.

"토모자키 군."

그 완전히 귀에 익은 목소리를 듣고 고개를 돌려보니, 거기에 있는 것은 키쿠치 양. 평소처럼 각본이 들어 있는 종이봉투를 들고 내 앞에 서 있다. 한 가지 다른 점이라면 그 봉투가 평소보다 두툼하다는 정도겠지.

"안녕."

"안녕하세요."

인사를 나누며, 키쿠치 양이 손에 들고 있던 봉투의 내용물을 꺼냈다.

거기에는 대략 열 부 정도의 원고가 있었다.

"……그 숫자."

"예."

키쿠치 양이 고개를 끄덕였다.

"오늘부터 연습, 시작하기로 했으니까요."

그 말을 듣고 미소가 흘러나왔다. 제때 맞췄다.

"대단한데. 다 썼구나?"

취재 덕분인지, 아니면 토요일과 일요일이라는 시간 덕분인지. 어쨌거나 키쿠치 양은 연습용으로 다른 사람들에게 줄 각본까지 완성했다. 덕분에 오늘부터 연습을 시작할 수 있다.

하지만 키쿠치 양의 표정이 살짝 어두웠다.

"저기…… 사실 전부 완성된 건 아니에요."

"그래?"

키쿠치 양이 미안하다는 것처럼 고개를 끄덕였다.

"예. 실은 초반부터 중반까지는 수정이 끝났지만…… 비룡과 함께 날아오르는 장면부터는 아직."

"응."

결말 때문에 고민 중이라던 그 장면이다.

나는 재촉하지 않고 가만히 이야기를 들었다.

"하지만…… 그 장면은 이 이야기를 일단락 짓는 부분이니까. 거기까지 정해지면 일단 연습은 할 수 있을 것 같아서. 그래서, 일단 프린트 해왔어요."

"아, 그렇구나."

듣고 보니 맞는 말이다. 그 장면은 말하자면 하나의 클라이맥스. 비룡을 키우는 소녀의 이야기로서 비룡이 날아오르는 장면은 최종 신이라고 해도 이상하지 않을 정도의 장면이다. 일단락 짓는데는 제일 적합하겠지.

"하긴. ……만약 시간이 부족하면 거기서 끝낼 수도 있으니까."

"그러게요. 그래도 꼭 완성시킬 거예요!"

키쿠치 양이 강한 의지를 담아서 말했다.

"응. 기대할게."

"예. ……꼭 좋은 작품으로 만들게요."

나는 키쿠치 양한테서 『꼭』이라는 강한 말이 나왔다는 사실에 왠지 기뻐하면서, 키쿠치 양이 내민 원고를 받았다.

"……좋은 작품으로 만들자."

그리고 나는 내 결의를 확인하려는 것처럼 키쿠치 양의 말을 되풀이했다.

공연까지 약 2주.

드디어 오늘부터 연습을 시작한다.

* * *

방과 후.

문화제 준비를 시작하기 전에 인사하기 위해서 실행위원들이 교실 앞에 나와서 섰는데, 나도 그 안에 섞여 있다. 실행 위원장인 이즈미가 중심이 돼서 오늘 해야 할 일에 대해 의논하고 있다.

"그럼…… 연극에 대해서입니다. 토모자키!"

이즈미가 말하자 사람들이 나한테 주목했다. 으, 괴, 괴롭다.

나는 앞쪽을 향해 몸을 여는 이미지를 떠올리며, 최대한 뼈대가 있는 목소리로.

"그, 그러니까! 연극 각본이 완성된 것 같으니까, 출연하는 사람은, 음~ 오늘부터 연습을 시작하죠!"

완전히 긴장했지만 목소리는 그럭저럭 크게 낸 덕분인지, 내 말이 끝나자 여기저기서 "응~" 하는 소리가 들려왔다. 좋았어. 일단 들리기는 한 것 같으니까. 다행이다.

"어~ 그럼 먼저 연습을 시작하겠습니다! ……그리고, 음~."

각본은 아침에 이즈미랑 같이 출연자들에게 나눠줬는데, 그러고 보니 연습은 어디서 해야 하지. 그런 생각을 하고 있는데 이즈미가 그 다음 부분을 말해줬다.

"아! 빈 교실을 빌려놨으니까, 출연하는 분들은 따라오세요~. 다른 사람들은 지난주에 하던 일들을 계속 해주시고요!"

"라고 합니다."

내가 완전히 『위와 같음』이라는 뜻을 전하자 이즈미가 씁쓸하게 웃으면서 날 쳐다봤다. 뭐야 그 눈은. 솔직히 몰랐으니까 어쩔 수 없잖아.

 그렇게 해서 히나미, 미즈사와, 타마 양까지 주연급 세 명과 콘노 에리카 등의 서브 캐릭터를 연기하는 사람, 단역을 맡는 사람까지 포함해서 약 열 명이 이즈미를 따라서 다른 교실로 이동했다. 물론 나도 키쿠치 양도 각본에 관여한 사람이다 보니 같이 갔다.

 그나저나 지금부터 둘이서 만든 이 각본으로 연극을 한다고 생각하니 가슴이 두근거리네. 뭐 정확히 말하자면 난 서포트일 뿐이지만.

 "나, 나도 하고 싶었는데⋯⋯."

 타케이가 우리들의 뒷모습을 서글픈 눈으로 바라봤다. 힘내라 타케이. 넌 대사를 잘 못 외울 것 같은 데다 긴장하면 대사를 한참 건너뛸 것 같으니 어쩔 수 없다. 그러니 받아들여라 타케이.

* * *

 어느 빈 교실.

 지금부터 시작하는 것은 첫 연습. 하지만 연습 첫날에 할 수 있는 건 뻔하다.

 "저기⋯⋯ 어떻게 할까."

 여기까지 안내해준 이즈미가 불안해하는 표정으로 내 얼굴을 봤다.

"아…… 그러게."

이런 때는 어떻게 시작해야 좋을까. 우리 학교에는 연극부도 없고, 이런 때 딱 필요한 연극 경험자가 튀어나와 줄 리도 없으니 좀 어렵다.

일단 주말에 YouTube에서 『연극 연습』 등등을 이래저래 검색해 보며 연습 흐름은 대충 알게 됐는데, 생각해보니 어떻게 시작해야 좋을지 잘 모르겠다. 도와줘요 사부님, 같은 느낌으로 슬쩍 쳐다봤지만 히나미는 대본을 읽으면서 타마양과 이런저런 얘기를 나누고 있다. 흐음.

뭐…… 그냥 분위기로 어떻게든 해봐야겠네. 40퍼센트의 성공에 걸어보자.

"저, 저기. 그럼 여러분, 지금부터 연습을 시작하겠습니다만……."

각오하고 소리 내서 말했더니 시선이 나한테 집중됐다. 하지 마, 보지 말아줘, 날 그냥 내버려둬, 라고 할 수도 없고. 오히려 날 봐주지 않으면 문제다.

나는 후우, 하고 숨을 내쉬고는 힘내서 다른 사람들을 둘러보며 다시 입을 열었다.

"다들 대본은 읽어보셨나요?"

"예~."

솔직한 톤으로 대답한 사람은 히나미였다. 우와아 살았다. 이렇게 한 사람이 다른 사람들의 동의를 바라는 장면에서 아무 대답이 없으면 말을 한 사람이 엄청 불안해지거든.

이렇게 앞장서서 대답해주기만 해도 마음이 엄청나게 편해진다.

이렇게 바로 대답해주는 사람은, 지금까지 옆에서 보기만 했을 때는 『스스로에게 자신이 있는 사람만 하는 행동이구나』 정도라고만 생각했었는데, 앞에서 말하는 쪽 입장에서는 정말 고맙구나. 역시 히나미야, 소리가 저절로 나온다.

"아, 안 읽은 사람 있나요? 그럼 일단…… 그러니까, 읽을 시간을 드릴까 싶은데."

나는 긴장을 조금씩 억눌러가면서 말했다. 그랬더니 "안 읽었는데~" "아직 읽는 중이야~"라고, 콘노 에리카를 포함한 절반 정도의 멤버가 말했다. 뭐, 오늘 아침에 줬으니까 어쩔 수 없지.

"그럼 시간을 드릴 테니까 한번 죽~ 읽어보세요. 그리고, 그러니까, 다음은…….

"다 읽은 사람은 자기 배역에 관한 질문이 있으면 후카한테 물어본다든지?"

내가 뭐라고 말할지 고민했더니 옆에서 히나미가 제안했다.

"응, 그거."

"알았어! 고마워~"

뭔가 가르쳐줘서 고맙다는 분위기다. 이것이 퍼펙트 히로인 상태인 히나미의 인간으로서의 힘인가. 난 그저 예스라고 말했을 뿐이다.

"아! 키쿠치 양~."

그렇게 말하면서, 히나미가 키쿠치 양한테 다가갔다.

"저기 말이야. 이 장면에서 아르시아의 감정은……."

그리고 질문을 시작했다. 뭐든지 솔선해서 해나가는 스타일. 히나미가 질문하러 간 것을 계기로 다른 사람들도 키쿠치 양에게 다가갔다. 그리고는 옆에서 다른 사람의 질문에 대한 대답을 듣기도 하고, 자신이 질문할 부분을 찾기도 하며 좋은 분위기를 자아냈다. 바로 이게 말이 아니라 행동으로 보여주는 리더십. 뭐, 뭐든지 처음이 제일 힘드니까.

"응, 고마워. 그렇다면…… 이런 느낌?"

키쿠치 양한테 만족할 만한 대답을 들었는지 히나미가 흐읍, 하고 숨을 들이쉬고,

『내가 움직이지 않으면, 리브라가 죽는단 말이야.』

살짝 몸짓과 표정까지 넣어가면서.

처음 정원에 들어가서 바로 비룡의 날개를 꺾어버리려고 하는 장면을 연기했다.

제대로 연기한 건 아니지만 알아듣기 쉬운 목소리. 그러면서도 그 장면에 나오는 아르시아의 절박한 느낌이 깃들어 있다.

『그러니까—— 나한테 맡겨줘.』

그리고 슬쩍 대본을 내리더니 키쿠치 양한테 빙긋 웃어보였다.

"이런 느낌인데, 어때?"

"와, 완벽해요…….."

키쿠치 양이 감탄한 것처럼 말했다. 이상적인 정도가 아니라 그걸 훨씬 뛰어넘어 베스트에 가까운 답을 제시한 것 같은 연기였다. 지금 이 자리에서 즉흥적으로 가볍게 해본 정도지만, 그래도 충분히 완벽한 수준이다. 뭐, 평소에도 항상 연기하면서 살고 있으니까 기초 체력이 다르겠지.

"좋았어! 그리고 미안한데 말이야, 앞으로 20분 있으면 학생회 일하러 가야 하는데 거기로 가도 될까? 연극은 좀 전에 했던 느낌으로 어떻게든 해볼 테니까!"

그런 소리를 하는 히나미. 그리고 나는 그 말에 승낙했다. 그런 얘기구나.

"뭐…… 지금 한 거 보면 괜찮을 것 같으니까."

"그치! 키쿠치 양은?"

"아, 예. 문제없어요."

"고마워! 미안해!"

히나미는 얼굴 앞에 손을 들어 보이며 장난스럽게 말했다. 한마디로 이렇게 더블 부킹이 돼버리는 연극 연습 참가 시간을 줄이기 위한 대의명분을 만들기 위해, 처음부터 진심으로 해 보이면서 설득력을 만들었다는 뜻이겠지. 왠지 이런 짧은 순간에도 몇 수 앞까지 생각하면서 행동하는 것 같아 무섭다.

그렇게 잠시 이야기를 나누고, 콘노 에리카네 쪽부터 대본을 다 읽었다고 해서 연습을 시작하기로 했다.

"자, 그럼. 슬슬 시작해보겠습니다~."

"예~."

또 내가 열심히 진행하자, 조금 있다가 바로 빠져야 하는 히나미가 대답해줘서 정말 큰 도움이 됐다. 응. 역시 히나미야.

*　*　*

"수고했어~."

"수, 수고하셨습니다."

그리고 열 명이 뒤섞여서 진행한 연습이 끝났다. 연습 자체는 대본을 손에 들고 같이 읽어보는 정도의 단계였기 때문에 별 탈 없이 끝났지만, 진행하는 건 역시 힘들었다.

나는 벽 쪽에 앉아 있는 키쿠치 양 옆에 가서 앉았다.

"무사히 끝났네."

그랬더니 키쿠치 양은 고개를 들고 입 꼬리를 살짝 끌어올렸다.

"……그러게요."

피곤한 표정이었지만 어딘가 만족스러워 보였다.

자기가 생각한 대사를 눈앞에서 다른 사람이 연기했다.

뭔가 느껴지는 게 있겠지.

다른 사람들은 각자 적당히 교실 한 쪽에 모여서, 사이좋은 그룹끼리 담소를 나누고 있다.「이거 꽤 재미있다」같은 이야기가 들려오기도 해 나까지 기뻐졌다.

"……왠지 그냥 평범하게 읽어본 것뿐인데, 대사가 나올 때마다 긴장이 돼서……. 제정신이 아니었어요."

그리고 스스로 그 피로를 날려버리려는 것처럼 웃었다.

"하지만…… 정말, 재미있었어요."

"그랬구나."

그 만족감 가득한 얼굴을 보고 안심했다. 자신의 작품과 같은 반 친구들의 연기를 통해서 극이 됐으니까. 아마도 지금까지 겪어보지 못했던 스트레스도 많았을 것 같다.

하지만 이렇게 최종적으로 재미있다는 감상이 나왔으니까, 키쿠치 양한테도 가치가 있는 일이라고 생각된다.

"……저기."

키쿠치 양이 조심스레 이쪽을 봤다.

"응?"

"고맙습니다. 여러모로 도와줘서."

살짝 부끄러워하면서, 그러면서도 마음이 담긴 톤으로.

"아냐, 무슨. ……나도 내가 하고 싶어서 했으니까."

그렇게 말했지만, 키쿠치 양은 여전히 날 빤히 쳐다봤다.

"그래도…… 계속 이럴 수는 없겠구나, 싶어서."

"……무슨 얘기야?"

그렇게 물었더니 키쿠치 양은 갑자기 진지한 표정으로.

"그, 나나미 양하고."

"……만담?"

"예." 그리고 고개를 끄덕였다. "토모자키 군은…… 그쪽도 해야 하잖아요."

"뭐, 그렇긴 하지……."

만담 생각을 하면서 어떻게 해야 좋을지 고민했다. 나도 모르게 이쪽에 집중해버렸는데, 만담도 슬슬 어떻게든 해야만 할 것 같은데 말이야.

"저기……." 키쿠치 양이 날 쳐다봤다. "토모자키 군, 내일은 그쪽에 가주세요."

그 눈동자에는 거부하는 건 용납하지 않겠다는 강한 기운이 담겨 있었다.

"어……. 그럼, 이쪽 연습은?"

"그건, 그러니까…… 제가."

"……키쿠치 양이?"

내가 묻자, 키쿠치양은 각오한 것처럼.

"제가 진행할 테니까, 괜찮아요."

"으, 응~?"

그 힘찬 말을 존중하고 싶기는 하지만, 오늘 연습이라든지 지금까지 흐름을 보면 꽤 힘들 것 같은데. 솔직히 키쿠치 양, 평소에는 자기 의견을 전하는 것만으로도 한계인 것 같잖아…….

그래도 키쿠치 양은 강한 눈빛으로 날 쳐봤다.

"……아니에요."

"아니라고?"

나는 그 말의 의미를 이해하지 못했다.

"얼마 전부터, 생각했어요. ……토모자키 군도 달라졌고, 하나비도 달라졌고. 저만 혼자 뒤처진 게 아닌가 싶어서."

키쿠치 양의 그 말과 시선에는 불안과 두려움 같은 감정이 흔들리고 있었다.

각본을 가슴에 품고, 그러면서도 시선은 강하게 앞을 보고 있다.

"그래서 저도…… 슬슬 달라져야겠다고. 전부터 생각했어요."

"……그랬구나."

그것은 명확하게 앞으로 나아가고자 하는 의지가 담긴 말이자 지금까지 자신의 세계에 머물러 있던 키쿠치 양이 처음으로 표한 의지이기도 했다.

"이건 틀림없이…… 제가 달라지기 위한 좋은 계기가 될 거예요. 그렇게, 생각하지 않나요?"

분명 키쿠치 양은 조금씩 바깥세상으로 날아가려 하는 중이다. 명백히 지금까진 없던 기회다.

그리고 키쿠치 양이 그렇게 말한다면 나는 그걸 말려선 안 된다.

"알았어."

왜냐하면 그건 키쿠치 양 자신이 선택한, 바깥세상으로 가는 첫걸음.

방해할 이유는 하나도 없다.

"그렇게 하는 게, 이상이라고 생각해요."

"……그렇구나."

그런데 어째서일까.

나는 그 『이상』이라는 말에서 뭔가 위화감이 들었다.

하지만 나는 그 위화감을 지워버리고 고개를 끄덕였다. 왜냐하면 키쿠치 양이 자기 의지로 나아가려고 하니까. 그걸 존중하는 것보다 중요한 건 없다.

"고맙습니다. ……열심히 할게요."

그렇게 말하면서 웃는 키쿠치 양의 목소리에는 불안한 기색도 섞여 있었지만, 그래도 그 눈동자는 똑바로 앞을 보고 있었다.

* * *

다음 날 방과 후.

"자 브레──인! 시간 없다고──!!"

"그러게. 어떻게 할까."

"오우, 냉정하십니다?!"

나는 미미미와 회의하기 위해 둘이서 학생식당에 와 있다. 참고로 지난번과 다른 곳으로 옮긴 이유는 간단. 계단

쪽에 가면 사람이 너무 없어서 오히려 너무 의식하게 된다는 걸 알았기 때문이다.

실제로 장소를 바꾼 덕분인지, 일단은 단 둘이 있는데 나도 미미미도 비교적 지금까지와 똑같은 텐션으로 이야기하고 있다. 역시 주위에 사람이 있고 없고에 따라서 기분이 크게 달라지네.

"뭐, 그런데…… 정말로 시간이 없어. 지금부터 새로운 뭔가를 생각할 여유도 없겠지, 아마도."

"그러게 말이야. 그렇다면!"

"전에 말했던 그 부, 부부 만담, 이라는 걸…… 하는 수밖에 없겠지."

평소대로 말하기는 했지만, 막상 그 단어를 입에 담으려니 조금 의식하게 되네. 후우, 이거 앞으로 어떻게 될는지.

"흐음, 그렇구나. 브레인은 그걸 바란단 말이지!"

"뭐야, 내가 바란다니……."

"부부 만담을! 원한다는 뜻이지?!"

"저, 저기 말이야……."

그러면 또 의식하게 되잖아…… 아니, 그거 일부러 하는 소리지. 오히려 미미미 쪽이 조금 여유 있다니. 덕분에 이쪽이 휘둘리는 입장이 됐다.

"좋았어, 그럼 일단 해보자."

그러더니 미미미는 짝짝짝, 하고 박수를 치면서 몸을 웅크리고는 벌떡 일어섰다.

"여러분 안녕하세요~!"

"자, 잠깐, 잠깐만!"

바로 만담을 시작하는 미미미한테 엄청난 기세로 딴죽을 걸었다.

"그걸 갑자기 어떻게 하냐고!"

"뭐?! 어째서?!"

"무슨 말을 할지 정하지 않으면 당연히 무리잖아."

"나랑 브레인 사인데?!"

"그런 사이라도 말이야."

"매일 밤 코타츠에서 서로 몸을 따뜻하게 덥힌 사이인데?!"

"아니…… 그건 그냥 코타츠 덕분이잖아.

미미미가 평소보다 더 엄청난 소리를 해댔다. 게다가 말하는 내용이 내용이다 보니 창피하단 말이야.

"브레인은 잊어버렸구나, 우리의 온도 『강』이었던 나날을…….

"아~ 됐으니까 진지하게 생각하자고."

내가 확실하게 무시하는 것처럼 딴죽을 걸었더니 ── 어째선지 미미미가 반짝반짝 빛나는 눈으로 날 쳐다보고 있었다.

"봐, 역시 괜찮게 됐잖아!"

"뭐?"

그리고 내 쪽으로 몸을 불쑥 내밀었다. 뭐야, 가, 가깝잖아.

"지금 한 거 말이야!"

"지금?"

고개를 갸웃거렸다. 미미미 얘 무슨 소릴 하는 거야.

"평범하게 얘기했는데 만담처럼 됐잖아! 푼수랑 딴죽!"

"응~? 아~."

들고 보니 그런 것도 같네. 그나저나 미미미가 계속 푼수를 떨어 대서 별 생각 없이 딴죽을 걸었더니 그렇게 된 거잖아. 다른 사람들한테 보여줄 내용이 아니라고.

"한마디로 이게 천연 부부 만담이라는 것입니다!"

"그, 그런가……?"

미미미가 그렇다고 하면…… 아니, 그런 건가?"

하지만 뭐, 분명히 인생 공략을 위한 특훈으로 계속 『딴죽』을 의식해왔고, 그런 부분의 훈련을 지금 활용하고 있다고 생각하면 되려나. 가능하다면 만담이 아니라 인생에서 활용하고 싶은데 말이야.

"어때, 좋잖아! 이렇게 하면 될 것 같아!"

"그렇게 어설픈 게 아닌 것 같은데 말이야?"

말은 그렇게 했지만 좋은 템포로 대화가 성립됐던 기분이다. 스스로 생각해도 놀랄 일이지만 그다지 무리했다는 느낌도 없다. 미미미의 말에 이끌려서 말이 툭툭 튀어나오는 느낌이다.

뭐, 생각해보면 인생 공략을 위한 특훈을 시작한 뒤로 제일 많이 이야기한 사람이 미미미인지도 모르겠네. 같은 역이다 보니 같이 집에 가기도 하니까, 내가 말하기 편한 템포가 자연스레 미미미한테 맞춰졌는지도 모른다.

"좋았어, 그렇게 하면 될 거야! 이 대본도!"

"……대본?"

그 말을 듣고 깜짝 놀랐다.

"오~? 역시 방심하고 계셨나보군요! 자, 벌써 다 써났습니다!"

"뭐, 진짜?"

슬슬 준비하지 않으면 위험하다고 생각했었는데, 이건 좋은 소식이다. 그나저나 내가 먼저 만담을 하자고 해놓고 지금까지 아무것도 안 한 쪽이 문제지만.

"……그래서, 그 대본은 어디 있어?"

미미미는 가방을 교실에 두고 왔고, 손에도 아무것도 없다. 아무리 봐도 대본은 없는데.

"후후후, 어설퍼요!"

그렇게 말하면서 미미미가 꺼낸 것은 스마트폰이었다. 그걸 보고 나도 눈치챘다.

"아~ 그렇구나. 텍스트 파일로."

"정답! 자~ 그럼 보냅니다~?"

그렇게 해서 미미미가 LINE으로 파일을 보내줬다.『동물원.txt』라는 파일이 들어왔고, 내 스마트폰에 저장했다.

"오, 왔다."

"왜, 왠지 긴장되네요!"

"하하하, 그래?"

그런 이야기를 하면서 대본을 읽었고──

마지막 문장을 읽고, 솔직하게 감탄했다.

"뭐야, 왠지 그럴듯한데."

미미미가 썼다는 만담 대본은 생각보다 잘 짜여 있었다.

"저, 정말?!"

"응. 뭔가 본격적인데."

그랬더니 미미미는 단번에 신이 나서 흐흥, 하고 가슴을 활짝 폈다. 시끄러울 정도로 콧김을 내뿜으면서.

"그치!"

"까불지 말고."

"에헷!"

그렇게 일단 딴죽을 걸면서 다시 한번 대본을 읽어봤다.

그 내용은 선언한대로『부부 만담』이었다. 아내 역인 미미미가 쉬는 날 놀러가자고 부탁하지만 남편 역인 내가 말도 안 되는 이유로 거절하고, 그렇게 시작된 부부싸움이 점점 탈선해서 엉뚱한 방향으로 흘러가는, 그런 내용이었다.

동물원에 가고 싶다는 미미미한테『만약 사자가 우리에서 탈출하기라도 하면 위험하잖아』라고 받아친다. 거기에 미미미가『그럼 마취총을 들고 가면 되잖아』라고 말하면『그랬다간 입구에서 압수당할 게 뻔하다고』라면서 생트집을 잡는다.

그러면 미미미가『그러면 사자한테 이길 만큼 단련하면 되잖아. 3년쯤 제대로 하면 이길 수 있지 않겠어!』같은 되도 않는 소리를 하고,『3년 뒤에 동물원 가려고 벌써부터 준비하는 놈이 세상에 어디 있어』라고 멀쩡한 소리를 한다.

그리고는『애당초 말이야. 만약에 내가 사자한테 이긴다고 해도, 사지육신이 멀쩡하겠냐고. 틀림없이 팔 한두 개는 없어질 거야. 그렇게 너덜너덜해진 남자를 네가 사랑해 줄거냐?』라고 계속 탈선하다가,『그런데 무슨 얘기 하던 거야?』라면서 이야기 전체에 딴죽을 거는. 그런 느낌이다.

형태가 잘 잡힌 것 같다. 미미미가 개그를 좋아한다는 건 알고 있었지만, 이렇게까지 제대로 된 형태로 완성시킬 줄이야. 사랑한다는 말을 하는 부분은 조금 창피하기도 하지만 이렇게 확실한 형태를 갖추고 있으면 크게 신경 쓰이지 않을 것도 같다.

"이거, 직접 생각한 거야?"

내가 물었더니 미미미는 음~ 하고 잠깐 생각했다.

"푼수 부분은 내가 했지만, 뭐, 블랙마요 스타일이라는 겁니다!"

"블랙마요 스타일……?"

"블랙 마요네즈 몰라?! 그 만담이 이런 느낌인데!"

"아…….."

그 말을 듣고 생각났다. 생각해보니 왠지 본 것도 같네. 이런 사소한 일로 계속 의논하는, 말다툼 같은 만담이였지,

아마도. TV를 거의 안 봐서 좀 애매하지만.

"왜, 블랙마요는 남자 콤비잖아? 그래서 그 형식을 남녀 부부 만담의 말다툼이라는 패턴으로 만들면 좀 새롭게 보이지 않을까~ 싶어서!"

"……그렇구나."

한마디로 말도 안 되게 사소한 부분에 트집을 잡으면서 탈선해 나가는 형식은 그대로 두고, 겉모습만 부부 만담으로 바꾸면 어느 정도의 오리지널리티를 확보할 수 있다. 흠. 게임을 잘 하기 위해서 처음에 하는 것과 상당히 비슷한 사고방식이네.

그렇다면.

"이거, 괜찮을 것 같은데?"

게임적으로 생각했을 때의 좋다는 건, 앞이 보인다는 뜻이 되니까.

"정말?! 읽으면서 재미있었어?!"

그 질문에 고민했다. 왜냐하면 말이야…….

"제대로 됐다~ 싶기는 한데, 웃기냐고 하면……."

"뭐어?!"

미미미가 경악해서 날 봤다.

"아니…… 왜, 이런 만담을 대사로만 본 적도 없고, 애당초 글자를 읽으면서 웃는 건 흔한 일이 아니잖아."

"그, 그런가……."

그리고 미미미는 다시 한번 자기가 쓴 만담을 읽어봤다.

"왜, 왠지 그 말을 들으니까 전혀 안 웃긴 것 같네……."

"이, 이봐요."

그리고 나도 읽어보니 —— 신기하게도 아까랑 비교해서 하나도 재미가 없는 것처럼 보였다. 왠지 엄청나게 싸~한 분위기가 눈앞에 떠오른다.

"어, 어라? 정말이네."

"저, 정말이네, 라니?!"

"완전 재미없어 보여……."

"뭐!? 그, 그럴 리가……."

그리고 둘이서 다시 한번 처음부터 읽어봤다. 그랬더니 신기하게도 이번에는 조금 재미있어 보였다.

하지만 미미미는 책상 위에 엎어져버렸다.

"트, 틀렸어. 재미없어……."

"어라? 난 이번엔 재미있게 읽었는데……."

"그, 그래?!"

그렇게, 한 글자도 달라진 게 없는데도 일진일퇴를 반복. 뭐야 이거.

"하, 한 번 더!"

미미미가 초조한 말투로 텍스트 데이터를 처음부터 다시 읽었다.

음~ 이대로 가면 끝이 없겠는데.

"저기."

그래서 내가 한 가지 제안을 했다.

"응?"

"일단, 해볼까?"

"뭐?"

망설여지면 바로 실행. 이건 내가 인생이라는 특훈 속에서 찾아낸 황금 패턴 중 하나다.

"대본을 보면서 소리 내서 연습해보자. 가능하다면 녹음도 하고."

"……오~ 그렇구나!"

미미미가 확~ 하고 밝은 표정을 지었다.

내가 인생이라는 게임 속에서 하나의 루틴으로 삼고 있는, 녹음과 확인에 의한 객관화.

이런 것도 틀림없이, 사람을 직접적으로 재미있게 만드는 만담에서 큰 도움이 될 것 같다.

"좋았어~! 그럼 바로!"

그렇게 해서 나와 미미미는 대본을 읽으면서, 일단 녹음해봤다──.

그 결과.

"뭐, 나쁘지 않은 것 같은데? ……아마도."

스마트폰으로 녹음한 음성을 들으면서 자신 없이 말했다.

일단 녹음해보자고 한 것까지는 좋은데, 나로서는 판단할 수 없다는 결론이 나오고 말았다. 나는 애당초 개그 프로그램을 스스로 챙겨본 적이 없으니까.

"미미미는…… 잠깐, 왜 그래?"

내가 고개를 돌려보니 미미미는 그 음성을 다시 한번 재생하면서, 진지한 표정으로 뭔가를 생각하고 있었다.

"……브레인, 이거 말이야."

"응?"

미미미는 잠시 생각하더니 천천히 이쪽으로 시선을 돌렸다.

"대사를 너무 외우지 않는 게 좋을지도 모르겠어."

의미를 파악하기 힘든 말이었다.

"어, 어째서? 익숙하지 않으니까, 더 잘 해야 하는 것 아냐……."

"그렇긴 한데…… 그러니까, 뭐라고 해야 좋으려나."

"응?"

미미미는 말을 잘 고르는 것처럼.

"왠지, 평소에 나랑 브레인이 대화하는 쪽이 더 재미있지 않아?"

"뭐?"

"이 녹음, 좋은 템포로 말하는 부분도 있잖아?"

"그렇지."

"그런데 왠지, 뭐 처음이라서 그런 것도 있겠지만, 엄청나게 대사를 읽는 느낌이 든다고나 할까……."

"아…… 그렇구나."

이제야 무슨 말인지 알겠다. 분명히 대화라고 하기 보다는 적힌 대사를 순서대로 읽는 듯한 목소리가 돼버린 것 같다.

"그러니까 말이야~ 재미있는 만담은 그 자리에서 진짜로 이야기하는 것처럼 보이잖아."

"뭐, 무슨 말인지는 알겠어."

이 만담 형식의 원조도 그렇겠지.

"그러니까 우리는 그냥 흐름만 기억하고, 그러면서도 그냥 읽는 것처럼 보이지 않게, 대사를 완전히 다 정해놓지 않는 게 좋지 않을까~ 싶어서."

"와, 완전히 정하지 않는다고?"

그렇게 묻자 미미미는 스마트폰 화면을 넘기면서,

"그러니까 예를 들어서 여기 브레인 대사,『그게 제일 중요하다고』라고 돼 있는데,『아니, 그게 중요한 거잖아!』라든지『제일 중요한 건 그거야……』라고 해도 된다는 거지!"

"아…… 그렇구나."

나도 텍스트를 보면서 대사를 어떻게 표현할지 상상했다. 암기한 대사를 그냥 읽는 게 되지 않도록, 말하고 싶은 내용은 바꾸지 않고 그 자리의 분위기에 따라서 말을 만든다.

응, 확실히 말하는 느낌이 나올 것 같네. 하지만.

"꽤…… 무서운데 말이야."

한마디로 항상 30퍼센트 정도는 애드리브가 들어가야 한다는 얘기다. 초보자한테는 상당히 어려운 일인 것 같은데.

"그렇겠지. ……하지만."

그리고 미미미는 빙긋 웃더니 왠지 기뻐하면서, 나를 안심시키려는 목소리로 이렇게 말했다.

"──나랑 브레인은 항상 이렇게 바보 같은 얘기를 하니까, 괜찮지 않을까?"

그것은 나와 미미미의 관계를 짧은 말로 표현한 것 같았고.

분명히 내가 제일 많이 대화하는 상대는 미미미다. 아마도 내 대화 템포의 바탕은 미미미한테서 받아왔다. 그건 원래 일종의 개그 같은 템포다.

한마디로 평소 대화 자체가 어떤 의미에서는 연습이나 마찬가지라는 뜻이겠지.

"뭐, 듣고 보니…… 그런, 가?"

"그렇다니까~! 좋은 딴죽 기대할게! 브레인!"

이렇게 밝게 웃는 미미미와 함께라면 어떻게든 될 것 같다는 생각이 들었다.

"아니…… 잘 생각해보니까, 만담에서 내 역할은 푼수잖아?"

"아하하! 그러네!"

"정말이지……."

그렇게 해서 점점 자연스러워진 미미미와의 연습은, 아직 조금 낯간지러우면서도 평소와 똑같은 즐거운 시간이었다.

거기서, 왠지 느낌이 왔다. 나카무라가 말했던 『사귀는 의미』. 『그냥』이라든지 『분위기』라든지, 그런 말을 했었는데,

이렇게 보니 왠지 알 것도 같은 기분이 들었다.

즐거우니까, 그 연장선상에서 사귄다는 이미지를 떠올리기 쉬울 것 같다.

하지만 그게——『친구』랑 뭐가 다른 거지?

* * *

그리고 어두워질 때까지 연습을 반복하고, 집에 가는 길.

키타요노역에서 집으로 향하는 미미미와 걸어가며 나는 여러 가지를 생각했다.

나는 이 길 저편에서 미미미의 마음을 들었고, 그리고 아직까지 거기에 대답하지 못했다.

내 나름대로의『사귀는 의미』를 아직 모르기 때문이다.

"……음~."

나도 모르게 생각에 잠겨 이상한 소리를 냈더니 미미미가 빤히 쳐다봤다.

그 도토리처럼 동그란 눈은 날 똑바로 보고 있었고, 나는 그 또렷하고 힘찬 눈빛에 압도당했다. 하지만 어째선지 그 눈빛에 부드러운 빛도 담겨 있는 것처럼 보였다.

"……브레인, 요즘 말이야, 항상 엄청나게 뭔가 생각하고 있다?"

"어. ……얼굴에 드러났어?"

"응."

미미미가 고개를 끄덕였다.

하긴, 최근에 생각할 일이 좀 많았지. 지금 막 생각하고 있던 『사귀는 의미』에 대한 일이나 히나미의 과거 건. 그리고 무엇보다 각본 건. 하나하나가 꽤 큰일인데 그걸 동시에 진행하니 나한테는 짐이 무거울 만도 하지. 거기에다 과제까지 있으니까.

"생각한다고 할까…… 음~."

말이 끝나자마자 또 같은 소리를 흘렸더니, 미미미가 내 어깨를 찰싹 때렸다.

"대체 뭐냐~?! 고민이 있으면 이 할애비가 들어주마~?!"

"아니 저기, 할아버지는 또 뭐야……."

질렸다는 투로 말하니 미미미가 내 옆구리를 손가락을 빙글빙글 돌려가며 찔러댔다. 하지 마. 거기 어깨보다 방어력이 낮으니까.

"혼자서 생각하면 병 걸리거든요~?"

"그, 그런가……?"

"그런 거예요! 나 같은 소녀가 하는 말이니까 틀림없어요!"

"뭐야, 좀 전엔 할아버지라더니……."

나는 쓸쓸하게 웃으면서도 그 부담 없는 배려가 조금 기쁘게 여겨졌다.

"그러니까…… 고마워."

솔직하게 고맙다는 말을 했더니 미미미 얼굴이 엄청나게 빨개졌다.

"뭐, 뭐, 뭐, 뭐, 뭐가!"

"그냥, 걱정해줘서……."

"그, 그, 그, 그, 그래!"

최근에는 나보다 미미미 쪽이 말을 잘 더듬게 됐다고 생각하면서, 상담해준다고 했으니 조금 솔직하게 말해볼까, 라는 생각도 들었다. 해결까지는 못 가더라도, 다른 사람과 공유하면서 마음이 편해진다든지, 그런 것도 있을 것 같으니까. 최근에는 나도 그런 걸 어느 정도 이해할 수 있게 됐다.

"그게 사실, 최근 여러모로 생각할 일들이 많아서 말이야."

"어떤 건데?"

미미미는 눈썹을 잔뜩 추켜세우면서 빙긋 웃었다. 코미컬하고 밝은, 격려해주는 것 같은 표정이다.

"그러니까, 연극 각본이라든지, 히나미 일이라든지……."

나는 생각하고 있던 『사귀는 의미』 이야기는 숨기면서 최근에 내 앞에 산더미처럼 쌓여 있던 문제 일부를 미미미에게 말했다.

"아오이 말이야……?"

두 가지 중에서, 미미미는 뒤쪽에 대해 물어봤다. 뭐, 구체적인 사람 이름이 나왔으니 그럴 만도 하지.

"뭐 그것도 각본이랑 관계된 일이기는 한데…… 왜, 그때 타치바나한테 얘기도 듣고 했잖아."

"응."

"하지만 역시 모르는 게 너무 많아서."

그렇게 해서 나는 미미미에게 그 일에 대해 얘기해주기로 했다. 물론 말하지 않는 게 좋을 것 같은 부분은 숨기면서. 그러고 보니 타치바나한테 얘기를 들을 때는 미미미도 같이 있었는데, 미미미가 생각하는 히나미에 대한 얘기는 거의 못 들었네.

"히나미는 말이야, 왜 그렇게 열심히 노력하는 걸까, 싶어서."

그것은 키쿠치 양의 각본에 참고하기 위한 의문이라기보다는 거의 내 흥미가 되어가고 있었다.

"아~ 그거 말이지."

미미미는 납득한 것처럼 고개를 끄덕였다. 그리고 잠시 생각하는 것처럼 입을 삐죽 내밀고 있더니.

"나도 그 뒤로 이래저래 생각해봤는데……."

"이래저래?"

미미미가 고개를 끄덕였다.

"응. 왜, 아오이랑 이래저래 있었잖아, 나도. 그 뒤로."

"아……."

그렇구나. 선거. 그리고 육상부 일도.

그때도 미미미랑 비슷한 얘기를 했었지.

히나미 만큼 노력할 수 없다는 걸 알게 된 미미미는, 어째서 히나미는 저렇게 열심히 하는 거냐고 말했었는데…… 그

때는 아무도 답을 가지고 있지 않았다.

미미미는 망설이는 것 같은, 그러면서 확신도 조금 섞인 목소리로 말했다.

"지난번에 타치바나가 한 얘기도 있고 해서, 다시 여러모로 생각했는데…… 딱 하나, 알게 된 것 같거든."

"……알았다고?"

적지 않게 관심이 갔다.

히나미와 사이가 좋고, 그리고 항상 1위 자리를 다툰 끝에 결국 이길 수 없다고 깨달아버린 미미미.

그런 미미미니까 알 수 있는 일이 뭔지 기대가 됐다.

"응. 그냥 내 생각이지만."

그렇게 말하면서도 미미미는 확신에 찬 말투로.

"──나랑 똑같은 게 아닌가~ 싶어."

"……똑같아."

내가 묻자 미미미가 고개를 끄덕였다.

"난 말이야…… 내가 특별하지 않으니까 1등이 아니면 안 된다고, 그렇게 말했었지?"

"……그랬지."

그때. 히나미한테 이기지 못하고 계속 『2등』에 만족해왔던 미미미는 자기 마음속에 뚫린 공동에 대해서 그렇게 고백했었다.

자신이 특별하다고 생각하지 않는다.

그래서 노력하면 손에 넣을 수 있는 『특별』인 1등이 되는 수밖에 없다.

"내 생각에 말이야……."

미미미는 고개를 살짝 숙이고, 뭔가를 생각하는 것 같은 말투로.

"아오이도── 특별해지기 위해서, 1등이 되려고 하는 게 아닌가 싶어."

그렇게 말했다.

"……그렇구나."

생각해보면 심플한 논리다.

미미미가 그렇게 절박하게 1등이 되려고 했던 이유가 거기에 있으니까.

마찬가지로 강하게 1등 자리를 노리는 히나미의 동기도 똑같은 게 아닐까, 라는.

그렇게 생각해보면 그때 두 사람의 관계를 설명할 수 있다.

같은 동기로 싸우고, 그 크기에 차이가 있기 때문에 결과에도 계속 차이가 났다.

실려 있는 연료가 같고, 실려 있는 양만 다르다면── 그 차이를 뒤엎는 건 불가능하다고 해도 되겠지. 그건 틀림없이 잔혹한 이야기다.

"……그럴 수도 있겠네."

그래서 나는 그 사실을 숨기면서 맞장구를 쳤다. 그러자 미미미는 뭔가 답답한 것처럼 떨떠름하게 고개를 끄덕였다.

"……미미미."

내가 그 분위기를 눈치채고 말을 걸자, 미미미는 난처하다는 것처럼 웃었다.

"음~ ……왠지 말이야, 조금 걱정이 돼서."

"걱정?"

그랬더니 미미미는 고개를 끄덕이고, 해가 완전히 저물어버린 12월의 하늘을 보면서 이런 말을 했다.

"아오이도 나처럼── 텅 빈 걸까, 싶어서."

인적이 드문 키타요노의 길에 떨어진 목소리가, 조용히 공기를 흔들었다.

그것은 라이벌이자 소중한 친구를 걱정하는 말이었고.

"히나미가…… 텅 비었다."

그것은 내가 지금까지 생각도 못 해봤던 것.

하지만, 듣고 보니 그렇게 생각할 수도 있었다.

"하긴, 히나미 안에 어떤 동기가 있는지는 모르니까."

내가 키쿠치 양의 말을 빌려서 맞장구를 치자, 미미미는 턱을 문지르면서 빙긋 웃었다.

"그래요, 맞아요! 그래서 명탐정 미미미 님은 엄중히 밀

폐된 상자 속에 사실은 아무것도 없다고 추리한 겁니다!"

무거워지려는 분위기를 풀어주려는 것처럼 장난스레 말한 미미미에게 고개를 끄덕여줬다. 코미컬한 말투였지만, 거기에 뭔가 무시할 수 없는 질문이 담겨 있는 것처럼 느껴졌다.

"히나미의…… 텅 빈 상자 속."

그런가 싶더니, 미미미는 또 영문 모를 탐정 말투로.

"그런데 말입니다 왓슨 군! 나는 거기에 숨겨진 뭔가가 있기를 바라고 있습니다!"

"그, 그래? 아무것도 없다고 추리했으면서?"

명탐정이 돼버린 미미미가 쯧쯧쯧 하면서 손가락을 좌우로 흔들고는 척, 하고 하늘을 가리켰다.

"그게 아닙니다 왓슨 군! 이것은 추리가 아니라 바람! 왜냐하면 그렇게 열심히 노력하는데 사실은 상자 안에 아무것도 없다니! 그런 건 너무 슬프고, 만약 그렇다면…… 아마, 도."

기세 좋게 시작한 말은 추운 공기에 녹아드는 것처럼 서서히 작아져갔다.

"아마도?"

미미미는 몸을 빙글 돌려서 진지한 표정으로 날 바라보며,

"……나 같은 애한테는, 상담도 안 할 거잖아?"

쓸쓸하게 웃었다.

"그건……."

나는 반론할 수가 없었다.

왜냐하면 정말로 히나미가 약한 부분을 끌어안고 있다면.

미미미가 말한 대로, 히나미가 그것에 대해 미미미에게 상담할 리가 없겠지.

그보다…… 그 녀석은 미미미뿐만이 아니라 다른 누구한테도 털어놓지 않을 것 같다.

자기 입으로, 자기 말고 다른 사람에게, 마음의 공동을 고백한다.

그런 히나미의 모습은 도저히 상상할 수가 없다.

"아. 그러게, 라는 얼굴이다."

"그, 그건……."

"맞지~? 명탐정은 다 들여다보고 있습니다!"

장난치면서도 핵심을 찌르는 미미미에게 뭐라고 할 말이 없었다.

"핫핫핫~. 브레인은 참 알기 쉽군."

"미, 미안."

내가 사과했더니 미미미가 껄껄 웃어서 내 사죄를 넘겨버렸다.

"뭐~ 괜찮아! 그래야지 괴도 아오이 아니겠어! 언젠가는 내가 그 정체를 밝혀내겠다!"

밝게 말하는 그 얼굴 안쪽에 꺼져버릴 것만 같은 색이 보인 건 내 기분 탓이려나.

"……그래."

어떻게 맞장구를 쳐야 좋을지도 모르겠다. 머릿속에서는 미미미가 한 말이 빙글빙글 맴돌았다.

히나미의 마음 속 공동—— 즉『자기가 특별하다고 생각하지 않는다』는 시점.

그래서 특별을 손에 넣기 위해서 노력한다는 시점.

분명히, 납득할 수 있는 이야기였다.

솔직히 그 녀석은, 내 식으로 표현하자면—— 타고난 플레이어 시점.

주관보다 객관을 중시하는 플레이 스타일이다.

그것은 자기가『이거다!』라고 생각한 것을 아무 근거도 없이 믿을 수 있는 나나 타마 양하고 정반대인 사고방식—— 한마디로 타인 기준. 미미미 같은 사고방식이다.

그렇다면 히나미도 자신을 아무 근거도 없이 특별하다고 생각하지 않는다는 얘기도 앞뒤가 맞는다. 하지만 그 자신만만한 히나미가? 그건 모순된 것 같기도 하고 아닌 것 같기도 하고, 답을 내리기까지는 시간이 꽤 걸릴 것 같다.

"응, 고마워. 뭔가 여러모로 참고가 될 것 같아."

"그래? 이 정도는 일도 아니야! 쾌도 아오이 놈. 이 상자의 내용물은 내가 반드시 지키겠다—— 어라, 잠깐? 뭔가 이상한데?"

혼란스러운 것처럼 눈살을 찌푸리고 미미미가 머릿속을 정리하기 시작했다.

"하하하…… 히나미가 괴도라면, 히나미가 상자 속에 있는 물건을 훔치는 쪽이 되잖아."

"아, 그렇지! 그럼 안 되잖아!"

그 적당한 대화에 나는 또다시 자연스럽게 즐거워지고 있었다.

"히나미가 상자 주인이라면…… 박물관 관장이라든지?"

"그렇구나. 하지만 아오이는 몸매도 좋아서 괴도가 어울리니까, 그냥 괴도로!"

"그거 이상한 비유 아니야?"

"뭐야~ 사소한 건 따지지 말자고! 귀여운 건 정의잖아!"

"완전히 딴소리로 샜거든?"

그렇게 생각지도 못한 시점을 발견한 방과 후. 어린애처럼 표정이 획획 바뀌는 미미미는 역시 나를 안심하게 만들어주는 빛을 가지고 있었다.

6 요정도 샘 밖에서 혼자 있으면 쓸쓸하다

그리고 금요일.

사흘 만에 연습에 참가했더니 위화감이 느껴졌다.

어디에 위화감이 있느냐고 물으면 대답하기 힘들다. 연습 자체의 분위기, 모두의 표정. 그런 것들이 조금씩 어긋나 있는 것 같은.

가장 이상한 건 키쿠치 양의 분위기였다.

그렇다고 뭔가가 잘 안 풀린다든지 의사소통이 안 된다든지, 그런 건 아니다.

오히려 키쿠치 양은 열심히 하고 있었다.

지금까지 본 적이 없을 정도로 다른 사람들과 교류하고, 서툴게나마 말을 주고받고, 표정을 짓고.

틀림없이 내가 마음 편히 미미미와 만담 연습을 할 수 있게. 그리고 키쿠치 양이 생각하는 『이상』을 향해서 변할 수 있도록. 노력하고 있는 것 같다.

하지만 그 모습에는 역시, 어딘가 위화감이 느껴진다.

"……미즈사와."

"응?"

나는 미즈사와에게 사흘 동안 어떤 연습을 했는지 물어봤다.

그랬더니.

"아~ 그게 말이야, 키쿠치 양이 엄청나게 적극적으로 다른 사람들한테 말을 걸려고 했거든."

"다른 사람한테?"

미즈사와가 고개를 끄덕였다.

"지난번에 네가 했던 일을 어떻게든 따라하려고 하고 말이야."

"……응."

"그런데 왜, 이런 말 하긴 그렇지만, 그런 데 익숙한 성격이 아니잖아? 키쿠치 양."

"뭐…… 그렇지."

그렇기에 달라지고 싶다는, 그런 얘기인데.

"그래서 뭐라고 할까, 겉도는 것 같다고 할까, 잘 수습이 안 된다고 할까. 게다가 아오이도 못 오고 있으니까."

"그렇구나……."

"그렇다고 말이야, 거기서 내가 끼어들면 키쿠치 양이 상처받을 수도 있잖아? 본인은 열심히 하고 있는데 그걸 무시하는 것 같아서. 그래서 뭐, 조용히 뒤쪽에서 도와주는 정도만 하고 있어. 뭐 나도 주역이니까 연습도 해야 하고."

"……그렇지. 고마워."

"하하하. 왜 네가 고마워하는데. 보호자냐."

미즈사와가 웃었다.

하지만, 파악했다. 키쿠치 양이 연습의 진행과 정리를 위해 밝은 표정으로 노력하고 있었구나.

나는 그 광경을 상상하고 키쿠치 양의 노력을 응원하고

싶다고 생각하면서도── 역시나 정체불명의 위화감에 사로잡혔다.

그것은 지금까지 내가 알고 있던 키쿠치 양의 이미지와 다른 점 때문일까, 아니면.

"저, 저기."

그때 갑자기 키쿠치 양이 다가왔다.

"응? 왜?"

미즈사와가 바로 시원시원하고 친근한 목소리와 표정으로 키쿠치 양에게 대답했다. 나도 그렇게 말하려고 했는데, 좀 자제해주면 안 될까. 뭐, 미즈사와니까 용서하지만. 타치바나는 용서 못 해.

키쿠치 양은 대답해준 미즈사와한테 고개를 꾸벅해서 인사하고, 눈으로는 날 보면서 잠시 머뭇거렸다. 뭔가 하고 싶은 말이 있는 걸까.

그랬더니 갑자기 미즈사와가, "그럼 그렇게 알고"라는 말만 하고는 교실 앞쪽에 있는 남자 그룹 쪽에 합류했다. 뭔가를 눈치챈 건지도 모른다.

키쿠치 양은 나를 보면서, 이렇게 말했다.

"사흘 동안…… 열심히 했어요."

"……그랬구나."

그 눈동자에는 어딘가 절박해 보이는, 필사적인 기세가 담겨 있었다.

"……이걸로 저도 조금은, 달라질 수 있을까요."

고민했다.

하지만 이건 키쿠치 양 나름대로 『이상』을 추구하기 위한 행동.

다른 생각은 전혀 없고, 시선은 똑바로 앞을 보고 있고, 스스로에게 거짓말을 하는 것 같지도 않았다.

그렇다면.

나는 고개를 끄덕이고, 긍정하기로 했다.

"응. 그렇게 행동하는 것만 해도…… 이미 달라진 게 아닐까."

"그럴, 까요. ……다행이다."

기쁜 것처럼 말하는 키쿠치 양을 보고 조금 안심했다.

키쿠치 양의 시선에서는 망설임도 피로도 보였지만.

그래도 아직, 앞으로 나아가겠다는 의지가 담겨 있는 것처럼 보였다.

* * *

다음주 월요일 아침. 문화제 닷새 전.

"토모자키 군."

아침 조례 전에 키쿠치 양이 말을 거는 것도 최근에는 많이 줄어들었다.

"안녕."

"안녕하세요."

일단 인사를 나눴다.

그리고 나는 키쿠치 양이 손에 들고 있는 것을 보고 오늘의 용건을 알아차렸다.

그래서 바로 거기에 대해 물었다.

"혹시…… 다 된 거야?"

그랬더니 키쿠치 양이 기뻐하며 고개를 끄덕였다.

"예. 오래 기다리게 했지만…… 각본, 다 됐어요."

"우와!"

나도 모르게 큰 소리를 냈다. 그렇게 고민하던 이야기의 결말이 드디어 완성됐다. 지금까지 길었던 것도 같고 짧았던 것도 같은. 하지만 나는 무엇보다 그저 그 다음이 읽고 싶었다.

왜냐하면 단순하게 키쿠치 양이 쓰는 이야기가 좋으니까.

"읽어봐도 돼?"

그랬더니 키쿠치 양은 부드럽게 미소를 짓고 그 종이봉투를 나한테 내밀었다.

"응. ……당연하죠!"

그렇게 해서 나는 쉬는 시간이나 점심시간에 완성본을 읽었고——

그리고, 어딘가 신기한 기분을 느꼈다.

왜냐하면, 이야기가 생각했던 것과 다른 방향으로 움직인 각본이었기 때문이다.

비룡이 리브라와 크리스를 태우고 날아오른 뒤에.

하늘에서 본 세상의 아름다움, 눈부심, 크기를 알게 된 크리스는 바깥 세상에 나가는 걸 크게 꿈꾸게 됐다.

그것을 알아차린 리브라는 크리스에게 왕성 밖으로 나가자고 했다. 비룡이 날 수 있게 된 지금, 더러움을 신경 쓸 필요는 없다. 일단 날아오른 비룡이 날지 못하게 됐다는 이야기는 들어본 적이 없다. 그래서 자신의 자물쇠 열기 기술을 이용해서 왕성 밖으로 빠져나가고, 크리스와 함께 밖을 돌아다니고 싶다고 생각한 것이다.

생각지도 못한 제안을, 크리스는 바로 받아들였다. 비룡을 타고 봤던 아름다운 경치. 자신도 그 속에 들어갈 수 있다고 생각했더니 그것만으로도 가슴이 두근거렸다.

──하지만 바깥으로 나온 크리스의 눈앞에 펼쳐진 것은 상상했던 것과 전혀 다른 광경이었다.

『저기 리브라. 저기 저 아이는 어째서 저렇게 추워 보이는 옷을 입은 거야?』

『그건…… 큰 소리로 말할 일이 아니거든. ……잠깐 귀 좀.』

『응?』

『……돈이 없어서 그래.』

『아…….』

『이 세상은 아직 평등하지 못해. 행복하게 사는 사람도 있고…… 불행한 사람도 있어.』

『그래…… 그렇구나.』

『현실은 이야기처럼 아름답기만 한 게 아니라…… 여러 가지 일이 있어.』

『응…… 알았어.』

동화 속 세상에 갇혀 정원밖에 모르는 소녀.

그런 크리스를 기다리고 있던 것은 거기서 끝이 아니었다.

리브라와 함께 시내를 돌아다녔다. 왕성 근처를 벗어나 거주구를 지나 상점가로 들어섰더니 거기에는 사람, 사람, 사람들의 폭풍.

『아, 아야.』

『뭐 하는 거야! 앞 좀 보고 걸어다녀!』

『으, 응…… 미안해요.』

『응이 아니라 예라고 해야지!』

『예, 예…….』

걷는 것도 힘든 크리스에게 쏟아지는 질타.

그것은 전혀 다른 의미로—— 정원에만 있던 크리스가 모르던 풍경이었다.

『크, 크리스. 괜찮아?』

『으, 응, 이 아니라. 예.』

『하하하, 크리스, 나한테는 '응'이라고 해도 돼.』

『아, 그렇구나. 응…… 그래. ……그렇구나.』

『……크리스?』

그리고 크리스는 그날 단 하루 동안 많은 경험을 했다.

상점가에서 물건 사는 방법을 몰라서 채소가게 주인한테 혼나기도 하고.

우연히 마주친 리브라의 친구가 말을 걸어왔을 때 아무 말도 못 하고 위축되고.

그리고 하다하다, 걷는 데 익숙하지 못한 탓에 돌아오는 길에 발을 삐어서 리브라의 등에 업혀 왕성까지 돌아가기도 했다.

물론 몰래 빠져나가서 몰래 돌아올 예정이었던 두 사람이었지만, 그런 상태에서는 몰래 정원으로 돌아갈 수가 없었다. 결국 경비병한테 들켜 왕성 사람들한테 호되게 야단을 맞았다.

크리스는 대신에게 사죄하는 리브라를 보면서 생각했다.

자기를 위해서 정원의 자물쇠를 열고 밖으로 데려가줬다.

야단도 맞고, 넘어지기도 한 자신을 도와줬다.

그런데. 그런 리브라에게 폐를 끼치고 말았다.

약한 자신이 너무나 싫어지면서── 마침내, 크리스는 알고 말았다.

자신이 있던 정원.

굳게 닫힌, 나가고 싶다고 생각했던 그곳.

하지만 그곳은 아무것도 안 해도 깨끗한 옷과 맛있는 음식이 나오고, 정말 좋아하는 친구들도 정기적으로 놀러와 준다.

정원이, 자신에게 편한 환경이었을지도 모른다고.

『저기, 리브라. 나…… 엄청난 응석을 부렸나봐.』

『응석, 이라니?』

『살기 위해서 뭔가 노력도 하지 않고…… 넓지만 좁은 이 정원에, 계속 틀어박혀서.』

『……난 아닌 것 같은데.』

『아냐. 나, 생각했어.』

『생각했다고?』

『바깥세상은, 멀리서 보면 파이어 웍스 마법처럼 예쁘지만…… 거기에 들어가려면, 정말 열심히 노력해야만 해.』

『……크리스.』

『저기, 리브라. 나, 열심히 할게.』

그리고 크리스는 그날부터 조금씩 달라지기 시작했다.

지금까지의 어설픈 점을 자신의 의지로 타파해야만 한다고 정말 열심히 노력했다.

조금씩 바깥세상의 지혜를 배우고, 수단을 배우고, 기회를 기다렸다.

사고방식을 바꾸고, 못 하던 것을 노력해서 익히고, 자신을 바꿔갔다.

때로는 리브라와 아르시아에게 상담하기도 하면서, 크리스는 바깥세상에서 살아갈 방법을 조금씩 확립시켜갔다.

그리고 어느 날, 크리스가 정원에서 사라졌다. 폐를 끼치지 않겠다고 생각한 건지, 리브라와 아르시아한테도 말하지 않고 갑자기. 그것은 왕성에서도 생각지 못한 움직임이었지만, 이미 비룡을 다 키운 크리스는 나라 입장에서도 그냥 짐 덩어리였다. 다음에 비룡을 키울 기회가 오면 똑같은 일을 맡길 수도 있겠지만, 그럴 예정도 없었다. 그래서 요란하게 크리스를 찾으려고 하지도 않고, 탈주를 사실상 묵인했다.

탈주한 크리스는 시내로 향했다. 지금까지 배운 지식과 기술을 구사해서, 여러 번 실패를 되풀이하면서도, 자기 힘으로 이 세상에서 살아갈 방법을 찾아나갔다.

그리고 몇 주가 지났을 때. 마침내 상점가에서 어떤 인연과 만났다. 지난번 크리스를 야단쳤던 채소가게 주인이 크리스를 수습 점원으로 받아들여줬다.

그리고 리브라와 아르시아에게도 그 사실을 알렸고, 두 사람은 크리스의 독립을 축하해줬다.

그렇게 해서 노력이 결실을 맺은 크리스는 거기서 일하며 돈을 벌었고, 자기 힘으로 바깥세상에서 살아갈 수 있는 방법을 찾아냈다—— 그 부분에서 이야기가 끝났다.

나는 각본을 다 읽고 나서 고개를 갸웃거렸다.

"음……."

그래, 그렇게 나왔단 말이지, 라고 생각했다. 예상을 벗어
난 전개, 블랙 앤디에 가까운 현실적인 요소도 느껴졌다.

하지만 나는 이 각본을 읽은 뒤에 또다시 강렬한 위화감
에 사로잡혔다.

그것은 키쿠치 양이 무리해서 다른 사람들과 잘 지내려고
하는 모습을 봤던 때와 비슷한 감각.

마치 지금까지 크리스가 쌓아왔던 것들이 전부 헛수고가
돼버리는 것 같은, 그런 쓸쓸하고 슬픈 위화감이었다.

* * *

이동 수업 전의 쉬는 시간. 도서실.

나는 키쿠치 양에게 직접 물었다.

"키쿠치 양."

"아…… 토모자키 군."

교실에서 내가 이름을 불렀더니, 키쿠치 양이 긴장한 얼
굴로 내 쪽을 봤다. 지금부터 각본 얘기를 할 거라고 눈치
챘겠지.

"다 읽었어, 원고."

"고, 고맙습니다."

고개를 꾸벅 숙이고는, 슬쩍 경계하는 것처럼 경청 태세에 들어갔다.

"저기…… 먼저 물어보고 싶은데."

"예, 예."

그리고 나는 단도직입적으로.

"크리스는 어째서…… 그렇게 된 거야?"

말하면서, 내 목소리가 슬퍼하는 톤이 됐다는 걸 알아차리고는 웃는 표정을 지어서 수습했다.

"그러니까. 좀, 궁금해서 말이야."

그랬더니 키쿠치 양은 신중한 눈빛으로 날 봤다.

"……어째서 그렇게 된 거야, 라뇨?"

그 눈동자가 흔들렸다. 그것은 동요일까 슬픔일까, 아니면 불안일까. 어느 쪽이건 불안정한 색이라는 건 분명하다.

"크리스가 정원을 떠나고…… 두 사람한테서도 떠나고, 혼자서 시내에서 살기로 했잖아?"

"예……."

"여러모로 생각했을 것 같기는 한데…… 왠지 그걸 읽었을 때, 난 슬픈 기분이 들었거든."

키쿠치 양은 가만히 내 말에 귀를 기울였다.

"지금까지 크리스가 정원에서 살아왔던 생활을, 전부 부정한 것 같은 기분이 들어서…… 그래서, 어째서 그렇게 된 건지 듣고 싶어졌거든."

내가 말하자, 키쿠치 양은 잠깐 말을 정리하는 것처럼 조용히 있다가,

"그러니까……."

마침내, 확실하게 마음을 먹은 표정으로 말하지 시작했다.

"제가 좋아하는 앤디 작품 중에……『맹금류의 섬과 포포루』라는 작품이 있어요."

"포포루…… 응. 제목은 알아."

나랑 키쿠치 양이 도서실에서 처음 얘기했을 때. 앤디 작품 때문에 이어졌다는 오해를 했던 그때. 「이거『포포루』같지 않던가요?」라는 질문을 받았던 기억이 난다.

서점에도 잘 가져다놓지 않는다고 해서 난 읽어보지 못했지만, 키쿠치 양한테 정말 소중한 이야기라는 건 알고 있다.

"아주, 긍정적인 이야기예요."

그리고 키쿠치 양은 그 이야기의 줄거리를 간단히 설명하기 시작했다.

"포포루는 모두와 다른 생물인데, 하지만, 자신이 어떤 생물인지는 모르고——"

포포루는 눈이 보이지 않는 생물이자 버려진 아이였다. 그래서 자신이 어떤 생물인지 모른다. 누군가가 부모님을 죽여서 외톨이가 돼버렸다고.

그리고 그때부터 『친구』를 찾아서, 혼자서 여행했다고 한다.

"——처음에는 동물들이 이상하게 생겼다고 무서워했지

만, 말을 이용해서 점점 동물들과 친해지고. 친구를 만들어가요."

그렇게 종의 벽을 넘어서 친구를 늘리고, 바다를 보기 위해서 여행을 떠난다고 한다.

"헤에…… 앤디 작품답네."

키쿠치 양에게 들은 그 이야기는 판타지 속에 쓸쓸함과 따뜻함을 함께 지닌, 그야말로 앤디 작품 중 가장 앤디다운 작품이라는 느낌이었다.

"저는 그걸 읽었을 때…… 아니, 읽은 뒤로 계속. 포포루는, 이건 이 세상의 이상이라고 생각했어요."

"세상의…… 이상."

그것은 키쿠치 양이 자신을 바꾸겠다는 결심을 이야기했던 때도 썼던 말.

"자신이 어떤 생물인지도 모르고…… 그러면서도 여러 생물들과 친해져간다. 그것은 종족을 뛰어넘은, 단순히 노력과 말의 힘이에요."

"……그러네."

맞장구를 치면서도, 조금씩 키쿠치 양이 하고 싶은 말을 이해했다.

"그게 왠지, 두 사람이랑 닮은 것 같다…… 싶어서."

"두 사람이라니……."

어느 정도 눈치를 채고 그렇게 말했더니, 키쿠치 양이 고개를 끄덕였다.

"예. 하나비랑, 토모자키 군이에요."

다른 사람과 친해지지 못하는 이상한 생물. 하지만 말의 힘을 이용하고, 노력을 해서 종의 차이를 뛰어넘어 친구를 만들어간다.

그건 분명히 키쿠치 양이 거듭해서 『이상』이라고 말했던 타마 양의 존재 방식, 또는 내가 걸어온 길. 그것들과 비슷한 구석이 있는지도 모른다고, 그렇게 생각했다.

키쿠치 양은 그리고, 라면서 계속 말했다.

"『포포루』를 읽는 독자들에게도 포포루가 어떤 생물인지는 끝까지 밝히지 않아요."

"어, 그래?"

이상하게 생긴데다 두려움 받는 존재인데 그 정체는 밝혀지지 않았다. 게다가 그게 주인공이라니, 조금 이상한 설정이다.

"예. 그래서 저는 포포루가 『세상의 이상』이라고 생각해요. 어떤 종족인지 밝혀지지 않았다── 하지만 그건 반대로 생각해보면 어떤 생물이건 상관없이, 다른 이들과 친해질 수 있다는 뜻이라고 생각되지 않나요?"

"아…… 그렇구나."

그 시점에서 나도 모르게 납득했다.

주인공의 종족을 밝히지 않고, 그저 『이상하게 생겼다』는 것뿐이지 하나의 종족으로 한정하지 않는다. 그렇게 포포루는 어떤 것으로든 바꿀 수 있는 조커 같은 존재로서 독자에게 메시지를 남기기는 것이겠지.

어떤 종족이라도 말을 하고 노력하면 친구를 만들 수 있다고.

"그래서 저는 포포루 이야기를 좋아하고, 그것이 이야기의, 이 세상의『이상적』인 모습이라고 생각해요…… 그래서 저도 꼭 포포루가 되겠다고 생각했었어요. 하지만, 전 포기하고 말았었죠. 저한테는 무리라고."

"……응."

그리고 키쿠치 양은 나한테 미소를 지었다.

"하지만, 토모자키 군이랑 하나비 양을 보고 생각했어요. 두 사람 모두 정말 눈부시게 빛나는, 이상적인 모습인데…… 어쩌면 나도 그렇게 될 수 있지 않을까, 하고."

"그래서 나도『이상』이 되자고, 그렇게?"

키쿠치 양이 고개를 끄덕였다.

"이건 제가『포포루』가 되기 위한 기회일지도 모른다고, 그렇게 생각해요."

그리고 각오와 불안이 담긴 시선을 나한테 보냈다.

소중한 이야기 속에서 자신의 이상을 보고 있다. 자신은 이상이 되지 못 할 거라고 생각했었지만, 노력으로 그것을 뛰어넘은『같은 종족』사람을 가까이에서 봤다.

키쿠치 양은 나와 타마 양이 변해가는 모습을 보고 포포루 같다고 생각했던 것이다.

그래서 자신도 달라지고 싶다고 생각했고—— 그 기회에

도전하고 싶다고.

"그래서, 크리스도 마찬가지예요. 포포루처럼 열심히 노력해서 자신을 바꾸고, 세상에 적응하고. 왜냐하면, 그렇게 바뀌는 게 틀림없이 세상의 이상이니까."

"……그렇구나."

그리고 나는 생각했다.

역시 크리스는 키쿠치 양의 존재 형태와 강하게 이어져 있다.

"저는…… 이 이야기 끝에서, 리브라가 누구와 맺어져야 할지 고민했어요. 하지만 이 이야기는 틀림없이, 크리스의 『삶의 방식』에 관한 이야기였어요."

"응…… 알았어."

그런 것들은 역시 키쿠치 양의 사고와 축적된 경험들이 엿보이는 말들이었다. 그 일부만 겨우 알고 있는 내가 뭐라고 할 수 있는 일이 아니다. 키쿠치 양의 말은 항상 조용하면서도 설득력이 있어서 내가 파고들 틈이 없다.

그렇다면 나는 키쿠치 양이 『이상』을 향해 노력하는 것을 응원하는 수밖에 없다고 생각했다.

"……그런데 말이야."

나는 한 걸음, 아니 반걸음만 다가가는 것처럼 말했다.

"각본의 새로운 부분…… 그건 일단, 보류해도 될까?"

"보류……요?"

키쿠치 양이 걸어가는 길을 방해할 생각은 없다. 오히려 이렇게 각본을 도와주는 것처럼, 키쿠치 양이 생각하는 『이상』을 향해 노력하는 과정에 도와줄 수 있는 일이 있다면 도와주고 싶다고 생각한다.

하지만 이 이야기의 결말에는 역시 위화감이 든다.

"조금 생각해보고, 이것밖에 없다고 생각되면 이대로 가도 되니까. 시간이 없는 건 알지만…… 뭐랄까, 너무 쓸쓸한 것 같아서."

키쿠치 양은 내 말을 듣곤 잠시 진지하게 생각하더니,

"……알았어요."

진지하게 고개를 끄덕였다.

그때 키쿠치 양이 무슨 생각을 했는지는 모르겠지만, 아마도 이렇게 하지 않으면 내가 후회할 거라고 생각했다.

* * *

그날 방과 후.

키쿠치 양은 지난주와 마찬가지로 연극 출연자들에게 적극적으로 관여하고, 최대한 밝게 행동하려고 노력했다.

오늘은 웬일로 히나미까지 참가한 덕분에 대역을 쓰지 않고 극의 흐름에 따라 전체적으로 쭉 연기해보는 걸 중심으로 했다. 연습이 끝나면 일단 키쿠치 양의 의견을 듣고, 각자 생각한 부분을 얘기했다.

꽤 중요한 데다가 멘탈에 부담이 가는 역할이라고 생각했는데, 키쿠치 양도 많이 익숙해졌는지 조금씩 다른 사람들과 커뮤니케이션을 할 수 있게 됐다.

어떤 목표를 세우고 어떤 노력을 하고 있는지는 모르겠지만, 그래도 내가 처음 특훈을 시작하면서 세웠던 목표인 『다른 사람으로부터 변화를 지적받을 것』은 이미 달성했다고 생각할 정도로 달라졌다.

"키쿠치~ 여기랑 여기 대사 말인데——"

그때, 콘노 에리카가 대사에 대한 의견을 말했다.

"그, 그거 괜찮네요! 그럼 그렇게 하죠."

키쿠치 양은 목소리의 톤을 살짝 높여서, 친근하게 콘노와 이야기하고 있다. 일단 이 두 사람이 대화하고 있다는 것만 해도 엄청나게 위화감이 드는데, 거기다가 키쿠치 양이 평소와 다른 텐션이다 보니 이게 무슨 평행세계인가 싶을 정도의 광경이었다.

참고로 콘노가 제안한 대사 변경은 문어체로 표현된 부분을 좀 더 발음하기 쉬운 말로 표현해도 되는지에 대한 것이었다. 한마디로 편하게 하고 싶으니까 바꾸자는, 그런 속 보이는 제안이었는데 실제로 바꿔보니 훨씬 듣기 편해져서 깜짝 놀랐다. 이게 갸루가 지닌 대중성인가.

그렇게 연습은 주로 히나미와 키쿠치 양을 중심으로 돌아갔다.

"오케이~ 그럼 키쿠치 양한테 확인할 테니까, 여기서 먼저 연습 하고 있어!"

히나미가 기분 나쁘지 않게, 그러면서도 척척 지시를 내렸다.

어떤 의미에서는 학교의 히로인이라는 존재로 『이상』인 히나미가 있기 때문인지, 키쿠치 양도 적잖이 그 방식을 흉내 내고 있는 것처럼 보였다.

"예! 그, 그럼, 부탁드릴게요!"

하지만 역시 어딘가 겉도는 것처럼 보였다.

애당초 이렇게 달라지려고 하는 것 자체가 정답일까, 그런 의문이 들었다.

"――뭔가 일이 묘하게 돌아가네."

"으어억?!"

갑자기 내 옆에서 가벼운 목소리가 들려왔다. 고개를 돌려보니 미즈사와가 내 바로 옆 벽에 기대서, 시원스런 표정으로 교실을 둘러보고 있었다.

"하하하. 너무 놀라지 마."

"기척 좀 내면서 다니라고."

이 녀석은 행동이 너무 자연스러워서, 어느새 당연하다는 것처럼 가까이 다가와 있다니까. 여자애들한테도 그렇게 다가가는 건가.

미즈사와는 내 불만을 슬쩍 웃어넘기고는, 입가에만 웃는 표정을 유지한 채 진지한 눈빛으로 키쿠치 양 쪽을 봤다.

"그래서. 어땠어?"

"……키쿠치 양?"

그랬더니 미즈사와가 감탄한 것처럼 헤에, 소리를 내면서 날 쳐다봤다.

"후미야, 다른 사람 표정이나 시선으로 커뮤니케이션 하는 게 많이 늘었네."

"뭐?"

내가 깜짝 놀라서 얼빠진 소리를 냈더니 미즈사와는 표정 하나 변하지 않고 말했다.

"왜, 지금. 내가 누구라고 말하지도 않았는데 시선을 보고 알았잖아. 그런 거, 얼마 전까지는 못 했잖아."

"아……."

듣고 보니 최근에 그런 일이 많아진 것도 같다. 키쿠치 양이라든지 미미미도 그런 걸 한 것 같고. 혹시 이것도 성장한 걸까.

"뭐, 그보다 키쿠치 양 말인데."

미즈사와가 은근슬쩍 하던 얘기로 돌아왔다.

"응, 그래."

"어째서 저렇게 된 거야?"

그리고 다시 키쿠치 양 쪽을 봤다.

나도 따라서 그쪽을 봤다. 이 키쿠치 양이 변한 진상은 나만이 알고 있다. 하지만 어디까지 설명해야 좋을지를 몰라서, 일단은 조금 애매하게 설명하기로 했다.

"뭐, 키쿠치 양 나름대로 이래저래 생각이 있는 것 같더라고."

"흐~응. 이래저래?"

미즈사와는 억양이 없는 말투로, 은근슬쩍 그 다음을 물었다. 나도 모르게 말해버릴 것 같으니까 하지 마. 조금 생각한 결과, 나는 키쿠치 양의 구체적인 내면까지는 들어가지 않는 추상적인 부분이라면 얘기해도 될 것 같다는 결론에 도달했다. 타치바나가 아니라 미즈사와니까.

"……세상의 이상적인 모습이 돼야 한다고, 생각했대."

"세상의 이상적인 모습?"

미즈사와가 자세한 내용을 말하라는 것처럼 물었다.

"다른 사람들하고 어울리지 못하는 자신을 바꿔서 친구를 만든다고. 그렇게 해서 자신을 세상의 이상에 맞춰야 한다고……."

구체적인 에피소드는 숨기면서 그렇게 설명하자, 미즈사와는 관심 없다는 것처럼 입술을 삐죽 내밀었다.

"흐~응 세상의 이상 말이지……." 미즈사와는 손을 깍지 껴서 뒤통수에 대고는. "뭐, 본인이 그렇게 말했으면 된 거 아니겠어. 그래도."

그리고 그 손을 풀고, 허벅지 언저리를 탁 하고 쳤다. 왠지 재미없다는 듯이 키쿠치 양 쪽을 보는 게, 아무래도 석연치 않은 반응이다.

"……어떻게 생각해? 미즈사와는?"

뭔가 생각이 있는 것 같은 분위기라서 그렇게 물어봤다.

그랬더니 미즈사와는 아무렇지도 않다는 투로 말했다.

"뭐, 괜찮은 거 같은데. 자기가 달라지겠다고 결심하고 실제로 행동하는 건 쉽게 할 수 있는 일이 아니니까. 대단하잖아."

"그건…… 그렇지."

같은 경험이 있어서 이해한다. 내가 이미 어딘가에 안주해버렸을 때, 일단 그걸 버리고 새로운 곳으로 향하는 건 정말 어렵다.

그런데 왜지. 미즈사와의 말투는 역시 어딘가 퉁명스러웠다.

"게다가 이유가 『이상적인 모습이 되기 위해서』잖아? 그게 또 대단하다니까."

미즈사와는 감정이 희박한 목소리로 말했는데, 난 그 의미를 잘 이해할 수가 없었다.

"왜 그런 이유면…… 대단한 건데?"

솔직하게 물었더니 미즈사와는 그걸 몰라? 라는 것처럼 눈이 휘둥그레졌다.

그리고는 뭔가 당연하다는 말투로 이렇게 말했다.

"그러니까, 그 행동은―― 후미야 너랑 반대잖아."

보이지 않는 뭔가를 비추는 것 같은 말이었지만 그 말을 듣고도 미즈사와가 무슨 말을 하는 건지 알 수가 없었다.

왜냐하면 키쿠치 양은 **나나 타마 양의 변화**에 『포포루』를 보고 느꼈던 『이상』을 겹쳐 보면서, **그것과 똑같이** 변하려 하고 있다.

하고 있는 게 나와 똑같다면 이해하겠는데—— 반대, 라는 말이 무슨 뜻인지 모르겠다.

"……변하려고 하는 방향을 보면 오히려 나랑 똑같은 것 같은데."

그렇게 말했더니 미즈사와가 눈살을 찌푸렸다.

"뭐? 무슨 소리야."

"아니, 무슨 소리긴…… 그렇잖아. 다른 사람들이랑 친해지기 위해서 노력하고, 자신을 바꾸고…… 나나 타마 양이랑 똑같잖아."

내가 그렇게까지 구체적으로 말했더니 미즈사와는 아~ 그래, 그래! 라고 납득한 것처럼 고개를 끄덕였다.

"그런 얘기구나! 그렇구나, 후미야한테는 그렇게 보였구나."

"무, 무슨 소리야?"

"그래, 그런 거구나."

"뭐, 뭐가 그렇다는 건데."

아무리 봐도 뜸을 들이는 중인 미즈사와한테 완전히 놀아난다는 걸 알면서도, 빨리 대답하라고 재촉하고 말았다. 분하다. 하지만 재촉은 해야지.

미즈사와는 뭐라고 설명해야 할까 고민하는 건지 잠시 위쪽을 봤고, 그리고는 이렇게 말했다.

"후미야 너 말이야. 합숙 때…… 내가 아오이랑 얘기했던 거 기억해?"

갑자기 진지한 표정이 나를 찔렀다. 이런 완급이 내 마음을 헉, 하게 만든다.

"당연히 기억하지."

거기서 두 사람이 했던 말.

가면과 속내.

연기와 진심.

즉── 플레이어 시점과 캐릭터 시점.

두 사람은 가면의 세계에서 살고, 미즈사와는 그것을 벗고 싶다고 생각했다. 하지만 히나미는 자신이 가면을 쓰고 있다는 것까지 숨기고, 어디까지나『히나미 아오이』라는 인물을 조작하는『플레이어』라는 입장을 지켰다.

나는 그 이야기를 듣고서 히나미의 방식에 대해 결정적으로 위화감을 갖게 됐고, 그때부터『정말로 하고 싶은 것』과『스킬』의 하이브리드라는, 내 인생의 플레이 스타일을 찾아냈다

그런데 그게 키쿠치 양이랑 무슨 관계가 있다는 거지.

"그러니까 말이야, 키쿠치 양이 이렇게 말했잖아?"

그리고 미즈사와는 집게손가락을 세워 보였다.

"──**세상의 이상**, 이라고."

"아……."

"자기 이상이 아니잖아? 그거."

그리고 나도 반쯤 그 의미를 알아차렸다.

그리고 내 이해를 도우려는 것처럼, 미즈사와가 슬쩍 그 답을 말했다.

"그렇다면 말이야.

후미야가 달라진 건『내가 이렇게 하고 싶다』는 자기 시점의 이상이지만,

키쿠치 양의 목표는『세상에서 이렇게 해야 한다』는,

부감(俯瞰 높은 곳에서 내려다봄) 시점의 이상이잖아?"

자기 시점(캐릭터)과 부감 시점(플레이어).

지금까지 고민하던 것들이 조금씩, 머릿속에서 이어져가는 기분이 들었다.

한마디로 이건 근본적인『동기』이야기다.

나는『인생이라는 게임을 공략해서 즐기기 위해서』히나미를 스승으로 모시고 나 자신을 바꿨다.

타마 양은『미미미를 슬프게 하지 않기 위해서』나한테 싸우는 방법을 배우고 자신을 바꿨다.

그렇다면 키쿠치 양은 뭘 위해서?

──『세상의 이상에 다가가기 위해서』다.

즉, 거기에 있는 것은 주관적인 캐릭터 시점의『하고 싶은

것』이 아니다.

객관적인, 플레이어 시점의 『이래야 한다』는 부감적인 사고방식이다.

내가 키쿠치 양의 말에서 계속 느껴왔던 막연한 위화감.

그 정체가, 이거였다.

"……그런 얘기구나!"

내가 살짝 흥분해서 말했더니 미즈사와가 씁쓸하게 웃으면서 입을 열었다.

"하하하. 그렇게까지 흥분한 일은 아니잖아?"

하긴, 미즈사와한테는 그럴지도 모른다. 하지만 나한테는 아주 중요한 깨달음이다.

"아니, 그걸 알아차린 건 정말 대단한 것 같아. 정말 고마워."

미즈사와는 솔직하게 그래, 라고 고개를 끄덕이면서, 어째선지 약간 분하다는 것처럼 웃으며 말했다.

"하지만, 그렇구나. 후미야는 알아차리지 못할만했네."

"뭐?"

나는 그 말과 표정이 뭔가 어긋난 것 같은 기분을 느끼면서 물었다.

"왜냐하면 후미야 너는 말이야. ──당연하다는 것처럼 그쪽 시점이잖아."

"그쪽 시점이라니…… 아."

나는 그 말의 의미를 물으려다가 중간에 알아차렸다.

합숙 때, 히나미와 미즈사와의 대화.

그것은 미즈사와가 『어떤 일이건 진심으로 할 수가 없다』 『그냥 처리하고 있을 뿐』 『부감하는 입장만 된다』는 플레이어 시점의 자신을 벗어나 캐릭터 시점으로 돌아가려고 하는 싸움이었다.

즉 미즈사와한테는 자신이 플레이어 시점으로 있는 것이 어떤 의미에서는 콤플렉스였고—— 그래서 '누군가의 사고 방식이 플레이어 시점인지 캐릭터 시점인지'가 무엇보다 중요한 포인트고, 싫어도 자꾸만 눈이 가버리는 거겠지.

그래서 키쿠치 양의 '시점'을 바로 알아차렸다.

반대로 나는 기본적으로 캐릭터 시점이기에 그런 점을 알아채는 데엔 둔하다. 그래서 키쿠치 양이 품고 있는 시점에 관한 문제를 알아차리지 못했다.

그리고 그건 반대로 말하자면—— 아직 완전히 캐릭터 시점이 되지 못한 미즈사와가, 캐릭터 시점으로 세상을 보는 내 모습을 보여줬다는 뜻이기도 했다.

나는 그 사실을 알고서 무슨 말을 해야 할지 고민했다. 그랬더니 미즈사와가 그런 내 모습을 보고 큭큭큭, 재미있다는 것처럼 웃었다.

"그래, 맞아. ——난 『그쪽』으로 가려고 노력하는 사람이니까."

그런, 어떤 의미에서 보면 약한 면을 드러내는 말을 하면서도, 이번에는 당당하고 자신만만하게 웃어보였다.

미즈사와는 이런 면에서 진정한 의미로 강하다고 생각한다.

그것은 히나미가 가진 강함과 또 다른 것이다.

"……그래. 그렇구나."

내가 최대한 진지하게 고개를 끄덕이며 대답하자,

"하하하. 뭐, 이해했으면 됐고."

이번에는 약한 모습 제로의 순수하게 자신만만한 미소를 지어 보였는데, 이건 이것대로 강하다는 생각이 들었다. 마치 '어때, 대단하지'라는 것처럼.

* * *

"……그렇군요."

그날 연습이 끝나고. 학생식당. 내가 미즈사와와 이야기하면서 알게 된 것들을 얘기했더니, 키쿠치 양이 고개를 끄덕였다.

플레이어 시점과 캐릭터 시점.

그것은 어떤 의미에서는—— 히나미와 똑같다는 뜻이다.

"토모자키 군 표현을 빌자면, 분명 저는 계속『플레이어 시점』이었던 것 같아요."

"그렇구나……."

그렇게 말하면서, 망설였다.

여기서 키쿠치 양에게 플레이어 시점에서 벗어나라고 말해야 할까.

아니면 키쿠치 양의 방식을 존중해줘야 할까.

나는 nanashi로서, 게임은 항상 캐릭터 시점으로 플레이해야 한다고 생각해왔다. 그렇게 해서 결과도 냈고, 무엇보다 게임은 그렇게 해야 재미있으니까.

하지만 그것이 모든 사람들에게 적용해야만 하는 생각일까.

아니면 그냥 내 플레이스타일일 뿐일까. 그걸 알 수가 없었다.

내가 계속 고민하고 있었더니 키쿠치 양이 그 답을 찾아 내려는 것처럼 말했다.

"제가 지금 그 말을 듣고 생각한 건……."

"……응."

차분한 톤으로 말하고 머릿속을 듣는 자세 쪽으로 전환했다.

"저는 토모자키 군이랑 달라서, 아마…… 작가 시점이라고 생각해요."

"작가……. 그건 각본이나, 소설?"

그렇게 묻자, 키쿠치 양은 천천히 고개를 저었다.

"그렇기도 하지만…… 그보다는, 이 세상이라는 이야기, 요."

"이 세상이라는, 이야기?"

키쿠치 양이 고개를 끄덕였다.

"저는 아마 예전부터 그랬고, 저 자신이 어떻게 하고 싶은지 보다 어떻게 해야 이 세상이 아름답게 정리될까. 어떻게 존재해야 할까. 어떤 형태가 이상적일까. 그런 식으로, 마치 작가처럼 생각해왔어요. 그러니까…… 소설처럼."

이것도 키쿠치 양의 사고방식과 사물을 보는 관점이 응축된 것 같은 말.

분명히 지금까지의 키쿠치 양은 바로 그런 시점이었던 것 같았다.

우리 반 일에 관여하지 않을 때도 누구보다 냉정하게 그 상황을 관찰하고, 어떻게 해야 좋을지 생각하고, 그것을 명확하게 말로 표현해왔다. 나 같은 녀석보다 훨씬 객관적으로, 그 상황의 『이상』에 대해 생각했던 키쿠치 양의 시점에 몇 번이나 도움을 받았다.

그것은 키쿠치 양이 작가 시점이었기 때문이겠지.

"그래서 저는, 이러면 된다고, 그렇게 생각해요."

"플레이어 시점인 채로?"

그랬더니 키쿠치 양은 부드럽게 미소를 지으며 고개를 저었다.

"그건 아마―― 토모자키 군의 말이에요."

그리고 책상 위에 있는 앤디 작품의 표지를 만지면서 계속 말했다.

"――게임 세계에서는 『캐릭터』의 반대말이 『플레이어』일지도 몰라요.

하지만 소설 세계에서는 『캐릭터』의 반대가, 『작가』일까요."

그리고 다시 한번 미소를 짓고, 키쿠치 양은 자기 가슴에
손을 얹었다.

"그러니까 저는, 이대로 괜찮아요. 언제까지고『작가』시
점으로."

그 말은 내가 느끼던 의문을 가져가는 것처럼 내 고막에
녹아들었다.

"……그렇구나."

그리고, 이해했다.

키쿠치 양과 내 차이는 애당초『플레이스타일』같은 게 아
니었다.

왜냐하면 그것은『게임』이라는 것을 전제로 한 말이고.

달랐던 건—— 그보다 한 단계 더 위에 있는 전제.

나는 인생이라는 게임을 플레이어로서 플레이 해왔다.

키쿠치 양은 인생이라는 이야기를 작가로서 그려왔다.

그렇다면 아마도, 키쿠치 양이 선택할 길은 키쿠치 양 안
에만 존재한다.

"저한테 중요한 건 역시『세상의 이상』같거든요. ……그
게 히나미 양과 같다는 데는 조금 놀랐지만."

"……응."

내가 뭔가 뜨끔하고 마음에 걸리는 걸 느끼면서 맞장구를
쳤더니 키쿠치 양이 씁쓸하게 웃었다.

"하지만…… 생각해보면 그것도 당연한 일인지도 모르겠
네요."

"당연해?"

그랬더니 키쿠치 양은 자신에게 고개를 끄덕이는 것처럼.

"아마 히나미 양도『존재해야 마땅한 모습』을 향해서 나아가고 있어요. 그래서 항상 그렇게 이상적인 모습으로 있을 수 있을 테고…… 그러니까 저도 히나미 양처럼, 이상적인 모습이 되고 싶다고 생각한 것 같아요."

"히나미처럼 이상적인 모습…… 말이지."

그것은 뭔가 상징적인 한마디.

그리고 키쿠치 양은 또 미소를 짓고, 확신이 담긴 것 같은 투로. 이렇게 말했다.

"예. ──솔직히 히나미 양은, 정말로『이상적』이잖아요?"

* * *

그날 밤. 나는 내 방 책상 앞에 앉아서 생각했다.

미즈사와가 알아차린 것. 그리고 키쿠치 양이 말한 것.

그것들을 몇 번이나 추상적으로 분해하고, 구체적인 형태로 재구축했다. 키쿠치 양이 한 말을 몇 번이나, 몇 번이나 머릿속에서 복창했다.

분명히 키쿠치 양의 말은 이치에 맞았다. 냉정하고, 거기에는 수많은 사고의 흔적도 있었다. 그래서 나는 그걸 존중해야만 한다고 생각했고, 안이한 각오로 짓밟아서는 안 된다고도 생각했다.

하지만 뭔가가 부족한 것 같은 기분도 들었다.

어쩌면 그것도 착각일지도 모른다. 왜냐하면 키쿠치 양의 사고는 충분하고도 남을 정도니까. 그리고 그 이론의 흐름에도 문제는 없어 보인다.

——하지만. 만약 거기에 뭔가 틈이 있다면.

"나랑…… 똑같겠지."

그렇다.

나도 나 자신의 『사귀는 의미』에 대해 생각했을 때.

다른 사람이 보면 귀찮다고 할 정도로 진지하게 생각하며 계속 구실을 쌓아왔다. 아마 그 과정에도 지금까지는 큰 문제가 없다고 본다.

부족한 건 아마 구체적인 경험이겠지.

아마도 나처럼, 키쿠치 양도 구체적인 경험 없이 머릿속에서만 이것저것 생각하고 있다.

나랑 다른 점이라면—— 키쿠치 양은 그 냉정한 관찰안과 『작가』로서의 재능으로 올바른 답 같은 것까지 도출해버렸다는 점.

그렇게 나온 답이 키쿠치 양의 행동 지침이 되고, 어떤 의미에서는 자신을 얽매는 쇠사슬이 된다.

그런 키쿠치 양에게 내가 어떤 말을 해줘야 좋을까. 애당초 더 이상 무슨 말을 해줄 필요가 있을까. 해준다면, 어떤 새로운 가능성을 제시해줘야 좋을까.

본인도 말한 것처럼 키쿠치 양의 동기—— 즉 세상의 이상은 『작가 시점으로 본 세상』의 이상이고, 그것은 『노력해서 자신을 바꾼다』는 구체적인 행동만을 보면 나나 타마 양이랑 공통된 것 같지만, 추상적인 부분은 오히려 히나미와 똑같았다.

물론 플레이어, 작가 시점의 존재방식을 무작정 부정하는 건 아니다. 하지만 아마도 거기에 『정말로 하고 싶은 것』은 존재하지 않고, 그저 『이래야 한다는』 일종의 규범적인 사상만이 있다.

그 행동을 계속 해나갔을 때, 키쿠치 양이 향하는 곳은 나나 타마 양 같은 상황이 아니라, 아마도──

말 그대로 『**이상적인 소녀**』로 수속될 것이다.
즉, 히나미 같은 『**퍼펙트 히로인**』이다.

과연 그게 키쿠치 양이 선택할 길일까.
만약 그게 아니라면 어떤 길을 선택해야 할까.
그 다음은 아무리 생각해봐도 애매한 답만 나올 뿐이고, 키쿠치 양이 뭘 생각하고, 뭘 보고 있고, 뭘 하고 싶다고 생각하는지. 그걸 모르면 선택할 길을 정할 수도 없다. 여기서 키쿠치 양의 머릿속 생각을 멋대로 정하고, 이렇게 해야 한다고 결론을 내리는 건 너무나 불성실한 짓이다.

"응?"

……키쿠치 양의 머릿속?

"아!"

거기서 지극히 간단한 사실을 깨달았다.

있었네.

『키쿠치 양의 머릿속』을 추상적으로 적어놓은 게.

나는 황급히 책가방을 뒤져서 클리어 파일 안에 들어 있는 그것을 꺼냈다.

책상 위에는 십여 장의 종이를 묶어서 만든 하나의 작품.

그렇다.

『내가 모르는 하늘을 나는 법』의 각본이다.

"어쩌면, 지금이라면……."

이건 그냥 이야기가 아니다. 키쿠치 양 자신의 이야기다.

그렇다면 이렇게 키쿠치 양의 생각 일부를 알게 된 지금.

다시 한번 이 이야기를 읽어보면 뭔가를 알 수 있을지도 모른다.

그리고 동시에, 알았다.

단서는 또 하나 있었다.

나는 인터넷으로 어떤 것을 검색했다. 그랬더니.

"……오, 있네."

조사한 것은 키쿠치 양이 말했던 앤디 작품『맹금류의 섬과 포포루』의 전자책. 서점에서는 거의 찾아볼 수 없다고 했지만 의외로 이런 책이 전자책으로 나오기도 하니까.

재빨리 구입해서 라이브러리에 추가했다.

그리고 부엌에서 차와 과자를 준비해 와서 책상 앞에 앉았다. 지금부터 밤새도록 『내가 모르는 하늘을 나는 법』 각본과 『맹금류의 섬과 포포루』를 숙독하기 위해서.

"좋았어~."

왠지 밤새 놀기 전의 초등학생처럼 두근거리는 기분을 맛보면서, 먼저 스마트폰으로 『맹금류의 섬과 포포루』를 열었다.

그것은—— 상냥하고 현실적인 이야기였다.

그냥 간단하게 친구들이 늘어나는 게 아니라 자신의 모든 것을 건 노력과 그것을 위한 많은 생각, 그리고 아주 조금의 기분 좋은 우연들로 가득해서, 역시 나도 이 작가의 이야기가 좋다는 생각을 품게 만드는.

나는 그것을, 뭔가를 해명하려는 것처럼 꼼꼼하게 열심히 읽어나갔고—— 마침내.

"……이거."

나름대로 하나의 답이 될 수 있는 단서를 찾아냈다.

* * *

다음 날.

나는 이동 수업 전 쉬는 시간에 키쿠치 양을 만나러 갔다.

물론 장소는 도서실.

키쿠치 양의 정원이다.

"안녕."

"안녕하세요."

먼저 와 있던 키쿠치 양과 평소처럼 인사를 나누고 옆자리에 앉았다.

그리고 나는 거리를 재는 것처럼 조금씩 말을 시작했다.

"저기 말이야. 실은……."

"……왜 그러세요?"

내가 평소랑 다르다는 걸 알았는지, 키쿠치 양이 책을 읽던 시선을 내 쪽으로 옮기고 고개를 갸웃거렸다.

그래서 나는 먼저 이 말을 꺼냈다.

"포포루, 읽었어."

그랬더니 키쿠치 양은 어, 라고 하고는 눈을 반짝반짝 빛냈다.

"그러셨어요?! 서점에 있었나요?"

목소리가 평소보다 커진 키쿠치 양. 숨길 생각도 없는 듯 눈동자를 반짝이는 그 모습이 왠지 재미있다고 생각했지만—— 오늘 내가 말하려는 건 단순한 책 감상이 아니다.

"그건 아니야. 전자책이 있더라고. 우리말 번역판이."

"헤에……!"

키쿠치 양은 전혀 몰랐던 것 같다. 하긴 뭐, 종이책을 엄청나게 좋아하는 것 같으니까. 오히려 키쿠치 양이 스마트폰이나 태블릿으로 슥슥 넘기면서 책을 읽는 모습은 내가 보고 싶지도 않고.

"어떠셨어요?"

키쿠치 양이 웬일로 적극적으로 화제를 넓혀 나가려는 톤으로 말했다. 역시 좋아하는 것에 대한 이야기를 할 때 키쿠치 양의 표정은 반짝반짝 빛난다. 정말 매력적이다.

"제일 좋았던 건 마지막에, 바다의 아름다움을 『말』로 포포루한테 전해주는 장면이려나."

"역시 그랬군요……!"

키쿠치 양은 넘쳐나는 감정을 억누르는 것 같은 목소리로 말했다.

"응. 마이클 앤디는 말의 힘을 믿고 있는 것 같구나, 싶었어."

"무슨 말인지 알겠어요……!"

키쿠치 양이 열기가 담긴 표정으로 말했다. 아마도 이런 게 원래 키쿠치 양이겠지.

그래. ──무리해서 연극 연습을 진행하는 키쿠치 양이 아니라.

"그리고 말이야. 또 하나 인상적인 부분이 있었거든."

나는 목소리 톤을 살짝 바꿔서, 뭔가를 지적하는 것처럼 말했다.

"……또 하나."

키쿠치 양이 눈이 휘둥그레지고, 고개를 갸웃거리면서 날 쳐다봤다.

"응." 그리고 나는 최대한 정면을 향해 말을 날려 보내는 느낌으로. "──불꽃 사람의 존재."

"아…….."

어째서일까.

키쿠치 양은 그 말만 듣고도 깜짝 놀란 기색을 보였다.

"포포루는 말을 이용해서 모두와 사이좋은 친구가 됐지만 불꽃 사람만은 친구가 되지 못했잖아."

"……예."

그렇다. 『맹금류의 섬과 포포루』에서 또 한 가지 특징적인 요소가 그것이었다.

이상하게 생겼으면서도 말의 힘을 믿고 이용하며 여러 종족들과 친해져가는 포포루.

하지만 모든 종족과 친구가 된 건 아니었다.

"불꽃 사람은 호수에서 나올 수 없으니까, 따로 살 수밖에 없잖아."

"그렇죠. 그래서 모두가 다…… 친구가 될 수는 없어요. 포포루는…… 아주 조금, 어른을 위한 이야기라서."

뭔가를 생각하는 것처럼 천천히 말하는 키쿠치 양에게 고개를 끄덕여 보였다.

나는 『포포루』의 그 부분을 읽었을 때.

키쿠치 양의 『이상』 이야기를 들었을 때 느꼈던 것에 가까운 위화감이 들었다.

"——키쿠치 양."

의식을 이쪽으로 돌리려는 것처럼 이름을 불렀다. 키쿠치 양은 살짝 놀란 것 같은, 그러면서도 진지한 시선으로 날 봤다.

"키쿠치 양은 자신이 작가 시점으로 살고 있다고, 그렇게 말했었지."

"……예."

하지만.

그렇다면 딱 하나.

이치에 안 맞는 부분이 있다.

그것은 아마도 『이상』 뒤에 숨겨진 키쿠치 양의 속내. 그 존재를 증명하기 위한 하나의 단서.

그래서 나는 키쿠치 양이라는 한 사람을 보면서.

──『말』을 던졌다.

"키쿠치 양이 정말로 『작가』 시점이라면.

──『불꽃 사람』의 존재도, 받아들여야 한다고 생각해."

불꽃 사람.

즉, 애당초 구조상 다른 종족과 친구가 될 수 없는, 닫힌 존재.

포포루는 이상하게 생기기는 했어도 다른 종족들과 친구가 되어갔다.

분명히 그 존재는 눈부시고 이상적인 것처럼 보인다.

그래서 그런 모습을 추천하는 것처럼 보이는 것도 무리는 아니겠지.

하지만.

마이클 앤디가 만든 그『세상』에는—— 그래도, **불꽃 사람이 존재하고 있다.**

그렇다면 거기에 키쿠치 양의 모순도 존재한다.

그것은 아마도 인간의 감정이 복잡하기에 생겨나는, 현실적인 모순이다.

"하지만—— 지금의 키쿠치 양은 자신이 포포루가 되지 않기 위해서라고 말하고 있어.

그건, 불꽃 사람의 존재를 부정하는 거지?"

나는 안쪽으로 한 걸음, 두 걸음 파고 들어가는 것처럼, 그렇게 말했다.

키쿠치 양이 깜짝 놀랐다.

"……응."

하지만, 당연한 일이다.

왜냐하면 나는 이 자리에서, 키쿠치 양이 지금까지 자신을 규정해 왔던 것으로 보이는『인생이라는 이야기를 작가 시점으로 보고 있다』는 전제 그 자체를 부정했으니까.

"정말로 작가 시점이었다면『불꽃 사람도, 포포루도 있어도 좋다』고 생각했어야 해. 하지만 그게 아니라…… 자신은 포포루여야만 한다고 생각했다는 건, 세상을 위해서가 아니라—— 자신을 위한, 되어야 할 모습을 생각했다는 증거잖아."

"……그럴 지도, 모르지만요."

마음 속 깊은 곳을 사정없이 선드러대는 내 말에 키쿠치 양이 불안한 목소리를 흘렸다.

아마도 지금 나는, 엄청나게 위험한 짓을 하고 있다. 왜냐하면 지금까지 키쿠치 양이 자신을 정의해왔던 말을 부정하고 다른 말을 제시하려고 하니까.

어쩌면 그건 나 혼자서 책임을 질 수 있는 일이 아닌지도 모른다.

하지만 나는 크리스를 그렇게 쓸쓸한 결말로 이끌어간 키쿠치 양을 보고, 열심히 자신을 세상에 맞추려고 하는 키쿠치 양을 보고——.

어쩌면 너무 많이 관여하게 되는 게 아닌가 싶지만, 그래도 도와주고 싶다고 생각했다.

도와줘야만 하는 게 아니라, 내가 돕고 싶다.

진심으로, 그렇게 생각했다.

"그러니까 키쿠치 양은 플레이어도 작가도 아닌…… 확실한 자기 시점, 캐릭터 시점의 인생을 볼 수 있을 거야."

키쿠치 양이 관찰안과 사고력을 이용해서 도출한 결론으로, 진짜 자신을 숨겨버린 건지도 모르지만.

최근 며칠 동안의 경험을 통해서 태어난 키쿠치 양의 감정은 그야말로 캐릭터로서, 분명 키쿠치 양 안에 뿌리를 내렸을 것이다.

"너무 깊이 생각하다가 그걸 놓쳤을 뿐이고 말이야."

내 생각을 다 말하고는 조용히 대답을 기다렸다.

하지만 키쿠치 양의 대답은, 이런 망설임이 담긴 말이었다.

"하지만…… 전, 모르겠어요."

"……모르겠다고?"

불안정하고, 슬픔까지 담긴 목소리. 키쿠치 양은 고개를 숙이고 힘없이 고개를 저었다.

"캐릭터로서 세상을 보라고 해도…… 제가 뭘 보고 있고, 뭘 향해 가고 싶은지."

그리고 분하다는 것처럼 입술을 깨물었다.

"왜냐하면── 저한테 보이는 세상은, 회색이니까."

그 눈동자는 힘이 없었고, 검게 흔들렸다.

세상에서 혼자 동떨어진 것처럼 고개를 숙이고 당장이라도 부서져버릴 것처럼 어깨를 떨면서.

나는 그런 키쿠치 양을 보고 싶지 않았다.

그래서 그걸 날려버리려는 것처럼 자신 있게.

이렇게, 말했다.

"그거야── 간단하잖아."

키쿠치 양을 안심시켜 주기 위해, 여유 있는 미소까지 지으면서.

"──앤디 작품이야."

그리고 나는 키쿠치 양의 눈앞에 소중히 놓여 있는 책의 표지를 살며시 만졌다.

"키쿠치 양은 앤디의 작품을 정말 좋아해. 이건, 틀림없는 사실이잖아."

키쿠치 양은 눈을 깜박거리면서 날 보고 있다.

"……그게 다, 인가요?"

그리고 살짝 고개를 숙인 채, 이상하다는 눈으로 날 바라봤다.

"그걸로 충분하잖아. 왜냐하면 키쿠치 양한테 처음으로 컬러풀한 풍경을 보여준 건 앤디 작품이고, 아마도 키쿠치 양 마음속 소중한 부분에는 항상 앤디 작품이 있었잖아?"

"그렇긴…… 한데."

키쿠치 양은 아직도 망설이는 것 같다.

"그래서 말이야. 나, 이런 생각이 들거든."

난 주머니에서 스마트폰을 꺼냈다.

"키쿠치 양은 지금 달라져야 한다고 생각해서, 반 친구들에게 맞추려 하고 있어. 하지만, 만약에 키쿠치 양이 불꽃 사람이고 반 친구들이 다른 종족이라면…… 그렇게 할 필요는 없잖아."

키쿠치 양은 내 움직임을 눈으로 쳐다봤고, 그러면서도 아무 말도 하지 않았다.

"그렇다고 불꽃 사람이 혼자서 살아가야 한다는 건 아니야. 왜냐하면 혼자서만 살아가야 하는 건 힘들고, 외로우니까."

"그럼……?"

그렇게 말하며, 키쿠치 양이 무방비한 표정을 날 봤다.

나는 그런 키쿠치 양에게 솔직한 미소를 지어 보였다.

"그것도, 간단해."

그리고 스마트폰을 조작하고 화면을 키쿠치 양에게 보여 줬다.

"불꽃 사람이 사는 호수에서, 찾으면 되는 거야."

내가 내민 스마트폰 화면에 표시된 것은 트위터 유저 검색 화면.

검색 키워드는 『마이클 앤디』.

"이거……."

놀란 것처럼 입을 벌린 키쿠치 양을 보면서 말했다.

"이렇게 하면 같은 걸 좋아하는 친구들을 얼마든지 찾을 수 있어. 물론 처음에는 얼굴도 모르고 어디에 사는지도 몰라. 하지만 관계를 만들고 시간을 들이다보면 언젠가는 만나서 이야기할 정도의 친구도 생길 거야."

그리고 나는 스마트폰 화면을 손톱으로 톡톡 두드렸다.

"——왜냐하면 여기에는 불꽃 사람들만 있으니까."

그 묘하게 멋있는 척 하는 말을 들은 탓인지, 키쿠치 양은 후훗하고 즐겁게 웃었다.

"……토모자키 군은, 역시 대단해요."

"대단하기는. 그냥 치사한 거야."

왜냐하면 수단방법을 가리지 않는 게 nanashi의 강점이니까.

그리고 나는 SNS에 관해서 이런저런 경험이 있다. 히나미가 하라고 했던 인스타그램 과제도 그렇고, 원래 어패 톱 플레이어들의 SNS를 정기적으로 둘러보는 습관도 있었다.

지금까지 내가 커뮤니케이션 장애 때문에 거기에 관여하지 않았을 뿐이지, 내가 아는 한에서, 최상위 그룹으로만 한정해서 말하자면 실제로 만나서 교류하고 싶은 사람들이 더 많을 지경이다. 뭐, 실제로 NO NAME이랑 개인적으로 오프 모임도 했으니까.

하지만 키쿠치 양은 바로 어두운 표정을 지었다.

그리고, 불안해하면서 이렇게 말했다.

"하지만…… 그래도 될까요."

"……뭘?"

내가 묻자, 키쿠치 양은 고개를 살짝 숙이고 자신 없는 목소리로 말했다.

"토모자키 군도 하나비도, 그렇게 멋지게 변하고 다른 사람들과 잘 어울리는데 저만 그대로 있으면……."

그것은 어딘가 자신을 비하하는 것 같은, 콤플렉스를 드러내는 것 같은 표정과 목소리.

하지만 나는 그 말을 듣고, 이런 표현은 이상할지도 모르겠지만── 납득했다.

"응. 그렇겠지."

"……그, 그렇겠지?"

키쿠치 양은 묘하게 가벼운 톤의 내 목소리에 당황했다. 당연하지. 왜냐하면 지금 키쿠치 양이 품고 있는 고민은, 내 입장에서는 정말 아무것도 아니라는 걸 **알고 있는** 일이다. 하지만 키쿠치 양 입장에서는 아마도 자신이 아무것도 못 하는 무능한 인간이라고 여겨지는, 그런 괴롭고 힘든 일이고.

"그럼 말이야, 확실하게 말할게."

그래서 나는 최근 반년 동안에 경험한, 아니, 반년 분량 이상으로 농밀한『구체적 체험』에서 배운 것을 입에 담기로 했다.

"이건 어패를 정말 좋아하고, 그러면서도 인생이라는 것과 마주해보고, 학교에서의 포지션, 교우관계, 주위에서 날 보는 시선까지 전부 바꿔버린 나라서 알 수 있는 일인데."

키쿠치 양에게 그대로 전해주기로 했다.

"학교에서 만드는 교우관계는── 전혀 특별한 게 아냐."

그 말을 들은 키쿠치 양은 "어……" 하고 곤혹스러워하는 목소리를 흘렸다.

분명히 내가 한 말은 얼핏 들으면 냉철하고, 타인을 내쳐 버리는 의견으로 들릴 지도 모른다.

　하지만, 그게 아니다.

　"나는 최근 반년 동안에 이런저런 사람과 어울렸어. 그 결과 친구라고 부를 수 있는 사람도 잔뜩 생겼다고 생각해."

　"그렇……겠죠?"

　키쿠치 양은 뭔가 위험한 것을 건드리는 것 같은 톤으로 맞장구를 쳤다.

　그래서 나는 그 불안을 제거해주려는 것처럼 그 다음을 말했다.

　"그 중에는…… 뭐 내 일방통행일지도 모르지만, 서로가 생각한 것을 말하고, 깊은 곳까지 이해하고, 아마도 이 사람하고는 오랫동안 잘 지낼 것 같다고, 그렇게 생각하는 사람도 있어."

　"……응."

　"하지만, 그건――『학교에서 만들었기 때문에』 생긴 관계가 아니야."

　그렇다.

　나는 히나미의 말을 듣고 학교 안에서의 내 위치를 높이기 위해 전략적으로 카스트 상위에 있는 사람들과 어울렸고, 거기서 내 위치를 확립하기 위해 움직이기도 했다.

　하지만 거기서 생긴 깊은 관계는, 본질적으로는 전략적으로 움직였던 것과 아무런 상관이 없었다.

"그냥 단순하게 『나랑 그 사람이라서 이렇게 됐다』는 것뿐인 관계고, 학교에 있는 다른 『모든 사람』하고는 아무런 상관도 없어. 학교는, 그냥 계기야."

그저 만난 장소가 학교였을 뿐.

학교였기 때문에 친해졌다는 것은 절대로 아니다.

"만날 수만 있다면 그게 꼭 학교일 필요는 없거든."

자신 있게 딱 잘라서 말했다.

왜냐하면 나도 그랬으니까.

내가 최근 반년 동안에 가장 소중하고, 가장 만나길 잘했다고 생각하는 사람과 **처음 만난** 곳은 학교가 아니다.

──어패의 온라인 대전이었다.

그래서 경험을 통해 살아가는 방법을 만드는 것처럼.

그것을 전하고 싶은 사람에게 전하기 위해서.

천천히, 과거의 자신도 전부 긍정하는 것 같은, 상냥한 말을 맺어갔다.

"그래서──『그래야만 하니까』라는 이유로 사람들하고 친해질 필요는,

전혀 없어."

그래.

이 게임이 처음 시작된 날. 나는 학교라는 공간, 그리고 리얼충이라는 삶의 방식을 전면적으로 부정해보였고, 히나미는 그 사고방식을『신 포도』라고 부정했다.

　그리고 지금, 그 녀석이 말한 대로 인생을 공략해보고.

　실제로 그 포도를 맛보고.

　이 포도가 정말로 달콤하다는 걸 알게 됐다──는 건 절대로 아니다.

　그럼 반대로 생각대로 신 포도였던 걸까──라고 수긍한 것도 아니다.

　지금의 나는, 그냥 단순하게.

여기 열린 포도는 단 것도 있고 신 것도 있다는 걸 안다.

　그래서 과도하게 부정하지도 않고 긍정하지도 않는다.

　그것은 그저 이 세상에 자라는 포도나무 중 하나일 뿐이니까.

　이야기를 마치자, 키쿠치 양이 뭔가 무거운 짐을 내려놓은 것 같은 얼굴로 날 보고 있었다.

　"……그렇구나."

　그리고 조용히, 불안과 의심의 소용돌이 속에서 자신을 축복하는 것 같은 말을 흘렸다.

　"저는── 이래도 되는 거군요."

"응."

"저는…… 이 세상에 있어서는 안 되는…… 이상한 존재가, 아니었군요."

"응…… 그럴 리 있겠어."

입술을 바들바들 떠는 키쿠치 양에게, 나는 그 존재를 긍정해주려는 것처럼 강하게 고개를 끄덕여 보였다.

달콤한 포도에 손이 닿지 않는다면 지상에서 달콤한 딸기를 찾으면 된다.

만약 달콤한 것을 좋아하지 않는다면 고소한 견과류를 찾으면 된다.

애당초 배가 고프지 않다면…… 그냥 신나게 놀면 된다.

그것은 자신이 있을 곳. 그리고 존재 방식의 이야기다.

나는 하고 싶었던 말을 다 하고는 후우, 하고 숨을 내쉬었다.

"자. 그럼 지금부터가 본론인데."

"예? 지금부터요?"

키쿠치 양이 깜짝 놀라서 눈이 휘둥그레졌다.

"응. 그러니까 말이야…… 트위터 쓰는 법, 알아?"

"아…… 그렇구나."

나는 지금부터 키쿠치 양에게 호수로 가는 길을 가르쳐줘야 한다.

"그, 그러니까, 몰라요……."

"하하하. 그렇지. 그럼 먼저 여기서 계정을 만들고——"

이렇게 해서 나는 키쿠치 양에게 기본적인 트위터 사용 방법을 가르쳐주었지만, 한편으로는 어떤 것을 생각하고 있었다.

그러고 보니 과거의 나도 그랬었다.

다른 톱 플레이어들의 계정을 보기만 할 뿐 그 틈으로 뛰어들 생각을 못 했었다. 커뮤니케이션 능력에 문제가 있는 나는 들어갈 곳이 아니라고, 그렇게 자신을 규정했었다.

하지만 어쩌면.

아니, 사실 이미 내 마음속에서는 이미 완전히 답이 나와 있다.

키쿠치 양이 이렇게 불꽃 사람의 호수로 뛰어들기로 결심한 것처럼, 나도.

같이 **그 호수**에 들어가는 것도 괜찮을지도 모르겠다고.

* * *

그날 방과 후.

진짜 결말을 쓰기 위해 각본에 전념하겠다고 말한 키쿠치 양을 도우려고 연극 연습에 참가……할 생각이었는데.

키쿠치 양이 말렸다.

"저기…… 오늘은, 괜찮아요."

"뭐, 어, 어째서?"

무리해서 『다른 모두』와 친해질 필요가 없다고 했으면서, 또 무리할 생각인가.

"아, 저기, 그게 아니라……."

"아니라?"

내가 깜짝 놀라서 키쿠치 양을 보고 있었더니 뒤에서 누가 툭, 하고 어깨를 두드렸다.

"어."

뒤를 돌아보니 거기 있는 사람은── 타치바나였다.

"뭔가 도와줄 일이 있다고 들었는데. 진행할 사람이 필요하다면서?"

"그러니까, 뭐? 아, 응."

"그럼 내가 할게. 넌 미미미랑 만담 해야 하잖아?"

"아, 그래. 그렇긴 한데…… 키쿠치 양?"

내가 마엘스트롬보다 거대한 의문의 소용돌이 속에 휘말린 상태에서 물었더니, 키쿠치 양이 뭔가 말하기 힘들어 하면서 설명하기 시작했다.

"그러니까…… 그 뒤에 타치바나 군한테서 여러 번 연락을 받고, 힘든 일이 있으면 말하라고, 해서……."

"응…… 그, 그랬구나."

분명히 힘든 상황이니까, 지금은. 응, 정말 잘했어. 잘했는데.

"뭐, 그러니까 안심하고 가보라고. 만담, 기대할게."

"그, 그래, 나한테 맡겨……?"

나는 완전히 내가 뭘 하고 싶고 뭘 하기 싫은지도 모르는 상태로, "나중에 봐"라는 말을 하면서 나란히 복도를 걸어가는 두 사람의 뒷모습을 지켜봤다. 정확히 말하자면 나란히가 아니라 키쿠치 양이 타치바나보다 몇 걸음 뒤에서 걸어가고 있고, 내 눈대중이 맞는다면 나랑 둘이서 걸어갈 때보다 수십 센티미터는 더 떨어져 있다. 알았냐, 내가 더 가깝다고.

"흐, 흐음. 그, 그렇구나."

그리고 나는 혼자 남겨져서, 뭔가 엄청나게 찝찝한 기분을 맛보면서도 만담 연습을 하러 갔다. 흐, 흥이다. 하, 하나도 신경 안 쓰거든?

* * *

다음 날 아침.

"토모자키 군!"

내가 아침 회의를 마치고 교실을 향해 계단을 올라가는데, 층계참에서 갑자기 키쿠치 양이 말을 걸어왔다.

완전히 들뜬 얼굴이었고, 그 손에는 각본이 들어 있는 걸로 보이는 종이봉투를 들고 있었다. 그나저나 책가방이 없다……는 건, 여기서 내가 올 때까지 기다리고 있었다는 걸까?

"웬일이야? 기분이 좋아 보이는데."

"어!" 그리고 키쿠치 양의 얼굴이 빨개졌다. "그, 그런가요……?"

키쿠치 양은 얼굴이 빨개지면 주위 사람의 얼굴까지 빨갛게 만들어버리는 효과가 있어서, 나도 점점 얼굴이 뜨거워졌다. 게다가 여기는 제2피복실에서 올라가는, 다니는 사람이 적은 계단 층계참. 왠지 낯간지러운 기분이 드는 것도 당연한 일이다.

"으, 응. 엄청 힘이 넘치네……."

"그, 그런가요……."

그리고 또, 너무나 쑥스러운 분위기가 감돌았다.

"그, 그게 아니라!"

키쿠치 양이 살짝 뚱한 얼굴로 말했다.

"그러니까, 각본?"

"아!"

내가 먼저 말했더니 키쿠치 양이 또 놀라서 얼굴을 빨갛게 물들였다. 아, 아니, 지금은 얼굴이 빨개질 타이밍이 아닌 것 같은데.

"손에 봉투 들고 있으니까……."

"아, 그, 그러네요!"

또다시 당황하며 말하는 키쿠치 양. 나는 그런 엉뚱한 타이밍의 홍조 공격에 또다시 얼굴이 달아오르는 걸 느꼈다.

한편 이내 표정을 수습한 키쿠치 양은 중요한 말을 하는 톤으로 입을 열었다.

"……정했어요."

"정했어?"

"응."

고개를 끄덕인 키쿠치 양이 봉투에서 조심스럽게 각본을 꺼내 품에 안았다.

그대로, 연극 『내가 모르는 하늘을 나는 법』의 전개에 대해서 천천히.

키쿠치 양의 목소리로 말하기 시작했다.

"저, 지난번 원고에서는 크리스가 밖에 나가서 세상에 적응하려고 노력하는, 그런 이야기로 했었잖아요."

"그랬었지."

그리고 나는 그게 묘하게 슬퍼서 보류해달라고 했었다.

"그래서 어제, 토모자키 군이 가르쳐준 걸 생각해서. ……크리스도 똑같이, 억지로 바깥 세상에 적응하는 게 좋은 일은 아닐 것 같다고 생각했어요."

"……그렇구나."

모두가 포포루가 되는 게 아니라 불꽃 사람이 사는 호수에 있어도 된다.

그건 아마도 세상을 모르고 자란 크리스에게도 똑같은 일일 것이다.

"그래서, 이렇게 했어요."

그리고 키쿠치 양은 장난기 섞인 동작으로, 자기 머리카락을 살짝 집었다.

"──너무나 좋아하는 꽃 장식을 만드는 장인이 되기 위해서, 아틀리에에 제자로 들어가요."

키쿠치 양이 찾아낸 그 답을 듣고, 나도 모르게 미소를 지었다.

"……응. 좋다, 그거."

"그렇죠!"

그리고 키쿠치 양은 활짝, 밝게 웃었다.

"크리스는 정원에서 혼자 있었고, 바깥세상은 하나도 몰랐지만── 꽃 장식을 만드는 것만은 정말 좋아했을 것 같아서."

그것은 역시 크리스보다는 키쿠치 양을 떠올리게 하는 말이었고.

"그러게. 그렇게 뭔가를 만드는 걸 좋아할 것 같아."

그래서 나도 굳이 크리스와 키쿠치 양 모두에게 해당되는 말로 대답했다.

"응. 그래서, 그 길을 고른 크리스는 틀림없이 행복해질 것 같아요."

"……그렇구나. 그거 정말, 잘 됐다."

나는 넘쳐나는 기쁨을 참으면서 말했다.

크리스도—— 그리고 키쿠치 양도.

자기 자신을 이해하고.

자기가 좋아하는 것이 모이는 곳에, 자신이 행복해지기 위한 장소를 만들었다.

이렇게 멋진 답을 이야기 속 세상에 넣어준 키쿠치 양에게 어째선지 감사하기까지 했다.

그것은 두근거리는 감정이라기보다는 어딘가 존경에 가까운 것 같은.

그러면서도 오로지 이 감정의 고양과 기쁨을 공유하고 싶다고, 진심으로 생각하는 것 같은.

그런 신기하고, 평안한…… 그러면서도 무엇보다 따뜻한 어떤 감정이 싹트고 있었다.

"——키쿠치 양."

저절로, 입이 움직이고 있었다.

"왜요?"

물론 이건 과제 때문이라기보다는 내가 『하고 싶은 것』이었다.

뭔가 이유가 있어서가 아니라, 그저 나도 모르게 흘러나온 감정이었다.

"문화제 때, 연극이 끝나면—— 할 말이 있거든."

나는, 뒤늦게 알아차렸다.

왜냐하면 그건 무의식중에 나온 말. 전하고 싶은 것은 키쿠치 양과 함께 하늘에 떠 있는 컬러풀한 경치를 봤을 때 말하지 못했던, 지금의 내 솔직한 마음.

물론 거기에 이유는 얼마든지 붙일 수 있다.

나에게 소중한 것을 가르쳐준 고마움. 이야기를 대하는 진지함에 대한 존경.

서로가 서로의 본질을 진심으로 이해할 수 있을 것 같은 신체적 감각.

하지만 아마도, 진정한 의미에서는―― 전부 다르다.

나는 최근 일주일 동안 나를 위한 특별한 이유만 찾아다녔지만.

『이유』라는 건 아마도.

제어할 수 없는 감정을 특별한 것으로 만들기 위한, 나중에 지어내는 말에 불과했다.

키쿠치 양은 뭔가를 눈치챈 것처럼, 그리고 쑥스러운 것처럼 얼굴이 빨개졌다.

"아…… 알겠습니다."

그리고 조심스레, 그러면서도 이미 전부 알아차린 것 같은 표정으로 고개를 끄덕이고는, 살짝 고개를 숙인 채로 날 바라봤다.

그때, 생각이 났다.

그러고 보니 히나미의 과제에도 이런 게 있었지.

그렇다면. 이 자리에서 그걸 달성해버릴까.

단── 히나미가 예상했던 것과 전혀 다른 방법으로.

"연극, 꼭 성공시키자."

그렇게 말하면서, 키쿠치 양을 향해 오른손을 내밀었다.

키쿠치 양은 깜짝 놀란 것처럼 내 얼굴과 손을 번갈아가며 봤다.

마침내 부드럽게 미소를 짓고, 하얗고 작은── 그리고 내가 좋아하는 이야기를 만들어내는 그 예쁜 손을, 내 오른손에 얹었다.

"예……. 꼭."

말과 함께, 손과 손이 이어졌다.

거기엔 존경과 호의, 목표가 뒤섞여 휘몰아치는 감각이 함께 했다.

이렇게 해서 나는 무사히, 키쿠치 양과 **5초 이상 의도적으로 손과 손을 닿게**하는 데 성공했다.

* * *

그날 점심시간.

나는 뭔가 들뜬 감정을 품은 채로 어떤 것을 생각하고 있었다.

크리스가 자신이 있을 곳을 만든다는 결론이 된 이야기.

그것을 만들어낸 키쿠치 양의 『불꽃 사람이 사는 호수』는 어떻게 됐을까, 라는.

그래서 나는 어딘가 자식을 지켜보는 보호자 같은 심정으로, 키쿠치 양이 만든 트위터 계정을 보기로 했다.

"어……?"

——그리고, 깜짝 놀랐다.

왜냐하면 어제 만든 키쿠치 양의 계정. 앤디 작품을 좋아하는 사람들을 찾아서 팔로우하고 자신과 비슷한 친구들을 만들기 위해서 만든, 키쿠치 양이 불꽃 사람의 호수까지 도착하기 위한 계정.

그 프로필 부분이, 크게 달라져 있었다.

『마이클 앤디/ 카페/ 고등학교 2학년/ 독서』

나는 이렇게 알기 쉽고 너무 많지 않은 정도로 자신이 좋아하는 것과 자신의 정보를 열거하라고 가르쳐줬다. 팔로워를 늘리기 위해서가 아니라 공통된 취미를 가진 친구들을 찾기 위해서라면, 아마도 이게 효율이 좋을 거라고 생각했기 때문에.

하지만 지금은 그것들이 전부 지워져 있었고—— 거기에 적혀 있는 내용은 겨우 네 글자.

『작가 지망』

스마트폰을 조작하던 손가락이 멈추고, 저절로 미소가 흘러나왔다.

"……그렇구나."

크리스가 그것을 찾아낸 것처럼.

자신이 하고 싶은 것을 일로 삼고 싶다고 정하고, 밖으로 날아오른 것처럼.

키쿠치 양도, 그렇게 하고 싶다고 생각했다.

"……힘내."

그러니까 나는, 무슨 일이 있어도 키쿠치 양을 응원해주자고.

마음속으로 그렇게 다짐했다.

7 MP가 없어도 쓸 수 있는 마법도 있다

그 뒤로 며칠이 지나 문화제 당일.

우리 세키토모 고등학교는 비일상적인 풍경으로 변했다.

교문에 세워진 컬러풀한 조화와 장식 띠로 꾸민『환영합니다! 세키토모 축제!』라는 게이트를 지나, 복도에 있는『오코노미야키』『오락실』『공포! 공포의 교실!』『커플 탄생☆』『메이드카페 Watanabe』등의 간판 앞을 씁쓸하게 웃으면서 지나서, 나는 제일 먼저 항상 가는 교실—— 제2피복실로 갔다.

평소처럼 꽤 이른 시간에 도착했는데도 복도와 교실에는 여기저기 학생들이 보였고, 제때 끝내지 못한 준비를 마무리하느라 다들 분주했다. 그런 소란스런 분위기 때문인지, 사용하지 않는 건물 쪽으로 가는 나를 이상하게 바라보는 사람은 없었다.

문화제 전 마지막 회의.

최근 2주 동안 나는 또다시 여러 가지와 마주하고, 내 나름대로 답을 찾았다.

히나미가 말한 과제는 세 가지 중 두 가지만 클리어했지만, 그래도 이제부터 뭘 할지가 중요하겠지.

제2피복실 앞에 도착했다. 문을 여니 먼저 온 히나미가 기다리고 있었다.

"……안녕."

"안녕. 힘이 넘쳐 보이네."

간단한 인사를 하고, 히나미가 바로 이런 말을 했다.

"자. 마음은 정했어?"

예고도 없이 뼛속까지 도려낼 기세로 들어온 날카로운 공격은, 역시 축제 당일에도 변함없었다.

하지만 거기에 계속 휘둘릴 내가 아니다.

"그래…… 정했어."

짧게 말했더니 히나미가 '헤에' 하고, 감탄한 것처럼 고개를 끄덕였다.

"아직도 못 정했으면 어쩌나 했는데, 일단 안심이네."

"뭐, 그 정도는 해야지."

내가 앞으로 할 일을 생각하면서 조마조마한 심정으로 대답했더니 히나미가 빙긋 미소를 지었다.

"그럼 뒷일은 너한테 맡길게. 결과, 기대하면서."

"……그래."

과제의 진행 상황과 앞으로 해야 할 일을 확인. 할 일을 다한 나와 히나미는 더는 할 말이 없으니 이걸로 회의는 끝——이라고 생각했더니.

웬일로 히나미가 이런 잡담을 던졌다.

"……연극 각본은 봤어?"

"뭐?"

그 묘한 화제 전환에 허를 찔리고 말았다.

이 녀석과 잡담이라는 걸 해본 적 없는 건 아니지만, 이렇게 갑자기 과제와 아무 상관없는 이야기를 던지다니, 정말 신기한 일이다.

"당연히 봤지. 말로만 들은 부분도 있지만, 계속 도와줬으니까."

내가 당당하게 대답했더니 히나미는 아 그래, 라고 말하고는 잠시 침묵했다.

"그러면 됐어. 네 입김이 얼마나 들어간 건지 조금 신경 쓰였을 뿐이니까."

"무슨 소리야?"

"여러모로 취재하고 다녔잖아."

애매한 투로 말하곤 입을 다물었다. 이제 와서 관심 없어 보였던 취재 이야기를 꺼낸 것도 왠지 이 녀석 답지 않고.

"그냥, 난 고민할 때 상담이나 해줬을 뿐이고…… 거의 키쿠치 양 작품이야."

"……그래."

히나미는 짧게 말하고는 휙, 표정을 바꿨다.

"뭐, 그게 다야. 그럼 오늘은 승부하는 날. 각오는 돼 있어?"

고무하려는 것처럼 말하곤 도발적인 눈빛으로 날 쳐다봤다.

조금 신경 쓰이는 점은 있지만, 솔직히 말해서 나도 지금 제정신이 아니니까. 일단은 눈에 보이는 것부터 온 힘을 다해서 처리하자.

"물론이지. 중요한 때에 힘을 발휘해야 승부의 세계에서 살아가는 게이머 아니겠어."

그렇게 말하면서 마음을 다잡았다.

나는 오늘 내가 『하고 싶은 것』을 위해, 내 마음을 전한다.

절대로 실패해서는 안 된다.

* * *

회의를 마친 나는 복도를 걸어가서 『만화 카페 Dae-jang』, 우리 2학년 2반 교실에 도착했다. 만화 카페 이름이 왜 『대장』이냐고 물었더니 이유를 아는 사람이 아무도 없는 걸 보면, 보나마나 이즈미나 타케이, 미미미 같은 애들이 「웃긴다」면서 그냥 정했을 것 같다. 뭐, 문화제니까 넘어가자.

내가 교실에 들어갔더니 뒤쪽에서 힘이 넘치는 목소리가 들려왔다.

"브레————————인!!"

문화제 보정을 받았다고 생각해도 너무 과하다 싶을 정도로 활짝 웃으며 달려온 사람은 미미미. 얼마 전까지의 모습은 온데간데없고, 긴장이 완전히 풀려 평소대로 돌아온 미미미가 거기 있었다.

"안녕. 시끄러."

"너무해?!"

만담 연습 덕분인지, 나와 미미미 사이의 어색한 분위기는 거의 사라졌고, 지금은 거의 알아차리지 못할 정도까지 왔다.

뭐, 그냥 대사를 읽는 것처럼 보이지 않도록 애드리브까지 넣어가며 연습을 하고, 그 뒤에는 가능한 『만담 같은 템포』로 말하기 위해서 열심히 프리 토크를 녹음하고, 그리고 둘이서 그걸 들으면서 세세한 부분을 고쳐나가는 작업을 했기 때문이다. 한마디로 내가 했던 말하기 연습의 2인용 버전이다. 말을 잘하게 되는 것도 당연한 일이지.

2주 정도밖에 연습 못 했지만, 초절 리얼충인 미미미의 피드백 덕분에 만담 같은 템포가 뭔지 조금씩 이해할 수 있었다. 이대로 본 공연에서도 잘하고 싶다.

그나저나.

"오……."

내가 굳이 말하려고 하지 않았는데도 소리가 흘러나오고 말았다. 왜냐하면 지금 미미미가 입고 있는 건.

미미미가 재빨리 눈치챘다.

"아!! 내 옷 보고 반했구나!?"

"아니, 그건 아니고……."

그렇다. 미미미는 평소에 입던 교복이 아니라 우리 반 티셔츠를 입고 있었다.

"어때?! 나 잘 어울려?"

그렇게 말하면서, 미미미는 입고 있는 티셔츠를 쭉쭉 잡아당겼다. 안 그래도 눈에 띄는 신체 라인이 더 두드러지는데, 일부러 이러는 건가. 절 곤란하게 만들지 말아주시죠.

2학년 2반이라는 이유로 게가 양쪽 손으로 V사인을 그리고 있는 그림이 들어간 오렌지색 티셔츠. 그런 티셔츠의 소매를 완전히 걷어붙여서 어깨까지 대담하게 드러낸 모습이 왠지 미미미하고 잘 어울렸고, 교복 치마 위에 티셔츠라는 비일상적인 스타일과 어우러지면서 묘하게 눈길을 끌었다.

덧붙여 등에는 예의 그 하니와가 자리 잡고 있는데, 틀림없이 미미미 짓이겠지.

"응…… 예쁜 것 같네."

"뭐?!"

"그 게가."

"게 얘기였냐!!"

그렇게 좋은 템포의 바보 같은 대화를 즐겼다. 이것 역시 연습 성과겠지. 나와 미미미는 얼마 전하고는 비교도 안 될 정도로 여유를 되찾았다. 왠지 농담을 던지는 근본적인 기술까지 향상된 것 같은 기분이 들었다.

주위를 둘러보니 교실에 있는 학생 80퍼센트 정도가 게 티셔츠를 입고 있었다. 사실 나도 교복 셔츠 속에 그 티셔츠를 입고 있다. 솔직히 이런 걸 사본 건 태어나서 처음이다.

"비켜, 비켜~~!"

갑자기 소리를 지르면서 다가온 사람은 문화제 실행위원장 이즈미. 깜짝 놀라서 고개를 돌려보니 만화책 수십 권을 품에 안고서 돌진해오고 있었다. 뭐야 이 사람, 무슨 개그

만화야. 균형이 완전히 무너져서, 내가 비키건 말건 다 떨어트릴 것 같은데.

"아, 위험……!"

그래서 나는 피하는 대신, 그 만화책 더미를 들고 있는 이즈미를 잡아주는 쪽을 선택했다.

"엇…… 차."

그리고 간신히 붙잡는 데 성공.

나는 양쪽 손으로 이즈미의 어깨와 옆구리를 받쳐서, 간신히 책을 쏟아버리는 사태는 피했는데──.

"고, 고마워."

"으, 응."

어깨와 옆구리. 그 생생한 감촉과 체온이 손에 전해지고, 언젠가 맡아본 적 있는 바닐라 향수의 향기가 코를 간질였다. 어깨와 옆구리. 몇 센티미터 앞에 있는 단정한 얼굴. 어깨와 옆구리. 뭐가 다른 건지 구체적인 건 전혀 모르겠지만, 오늘은 특히 신경 써서 화장을 했는지 평소보다 화사한 분위기다. 어깨와 옆구리. 오늘따라 바깥쪽으로 이리저리 삐쳐 있는 느낌의 머리 모양이 어딘가 모르게 파티 같은 느낌을 자아내고 있다. 그 모든 것이 이즈미의 밝은 분위기와 잘 어울려 수십 퍼센트는 더 매력적으로 보였다고 말하고 싶지만, 어쨌거나 얘는 나카무라의 여자 친구다.

묘하게 안타깝고 뜨뜻한 분위기. 눈과 눈이 마주치고, 비일상적인 상황에 생각이 멈춰버렸다.

그때.

"……헉?!"

뒤쪽에서 날아온 날카로운 시선이 느껴졌기에 나는 오한에 부르르 떨면서 고개를 돌려 뒤를 봤다. 거기엔 날 엄청나게 노려보고 있는 나카무라가 있었다. 그리고 그 분노 때문인지 머리카락이 새빨갛게 물들어 있었다.

어, 잠깐?

"빠, 빨강……?!"

그 머리를 보고 놀랐다. 비유도 아니고 잘못 본 것도 아니다. 세상에, 지금까지 금발이었던 머리카락이 새빨갛게 물들어 있잖아. 잠깐만, 대체 무슨 일이 일어난 거야.

"여~ 토모자키."

그 무서운 얼굴에 빨강머리라니. 평소보다 박력이 수십 퍼센트 증가한 나카무라가 이쪽으로 걸어왔다. 그리고 내 뒷덜미를 꽉 움켜쥐었다.

"문화제, 신나게 즐겨보자고~."

"응, 그래, 아야야야야야!"

"좋았어."

아무리 봐도 이즈미를 건드렸다고 화가 난 것 같은데 거기에 대해서는 한 마디도 안 했다. 이게 리얼충 남자의 자존심이라는 걸까. 이러니까 파워계는.

"오~! 슈지, 그럭저럭 잘 어울리는데."

이즈미는 놀라지도 않고 신나게 말했다.

"그거 고맙네~."

그렇게 말하고 당연하다는 듯이 말을 나누는 두 사람. 아니, 저기, 잠깐만.

"자, 잠깐만, 그나저나 괜찮은 거야? 그거."

조심조심 물었다. 솔직히 오늘은 축제니까 아슬아슬하게 넘어간다고 해도, 한 번 염색하면 탈색하기 힘든 거 아닌가? 계속 저 머리색을 봐줄 리가 없는데. 아니, 평소의 금발도 그냥 뒀으니까 넘어가 주려나. 우리 학교 교칙이 어떤지, 머리를 염색해본 적이 없는 나랑은 아무 상관이 없으니 전혀 모르지만.

"응? 뭐⋯⋯."

"아, 저기 있다!!"

나카무라의 대답을 묻어버리려는 것처럼 시끄러운 목소리가 들려왔다. 그 목소리의 주인인 바보는 당연히 타케이고, 그 뒤에서 미즈사와도 걸어왔다. 왔는데.

"안녕~."

같은 소리만 하고, 둘 다 나카무라의 빨강머리에는 놀란 기색도 없다.

"저, 저기, 이, 이거⋯⋯!"

내가 나카무라의 머리를 가리키며 부들부들 떨면서 말했더니, 미즈사와가 재미있다는 것처럼 웃었다.

"큭큭큭. 역시 후미야는 반응하네."

보아하니 그렇게 여유 있게 웃고 있는 미즈사와도, 평소에는 앞으로 내리던 머리카락을 뒤로 완전히 올린, 뭔가 밤에 일하는 형님 같은 분위기를 자아내고 있었다. 타케이는 그냥 타케이.

"미, 미즈사와 너도 평소랑 꽤 달라졌네……."

"하하하. 미즈사와 타카히로, 바텐더 스타일입니다. 잘 부탁드립니다."

그렇게 은근히 익숙해 보이는 자세로 허리까지 살짝 숙이면서 인사했다. 왠지 정말 그런 일을 하면 잘 나갈 것 같아, 이 사람.

뭐가 뭔진 모르겠지만 문화제란 원래 이런 거라고 생각하면 될까요.

그나저나 이렇게 빨강머리 나카무라랑 앞머리를 올린 미즈사와가 나란히 서 있으니 꽤 멋있어 보이는데. 그 옆에 있는 타케이는 체격 때문에 두 사람을 지키는 경호원 같아 보여 박력있었다. 꽤 잘 어울리는 세 사람이다.

"저기! 이거 나르는 것 좀 도와줘!"

"뭐?"

"제발~."

커플의 대화를 바로 옆에서 듣는 나. 왠지 이즈미는 나카무라의 저 무서운 목소리를 1밀리미터도 안 무서워한다니까. 뭐 여자친구니까 당연한 일인가. 다른 사람들이 모르는 모습도 대량으로 알고 있으니까 하나도 안 무섭다든지, 그런 느낌이려나.

"제발! 부탁해!"

그렇게 말하면서 싱긋 웃어 보였다. 음~ 이즈미는 기본적으로 겉이랑 속이 똑같고, 내가 알고 있는 한에서는 성격도 상당히 좋은 편이라고 생각하지만 이런 때는 뭐랄까, 계산적으로 여자의 무기를 쓰고 있다는 느낌이네. 그렇게 웃는 얼굴로 말하면 어지간한 남자는 그냥 들어주자고 생각할 것 같다.

"정말이지……. 그래, 알았어. 도와줄게."

그리고 나카무라도 예외는 아니었다.

나카무라는 만화책 일부를 받아들고서 날 슬쩍 보고는 자, 라고 말하면서 당연하다는 것처럼 나한테 넘겼다. 내가 왜.

"자, 타카히로랑 타케이도."

"알았어."

그렇게 말하면서 슬쩍 받아드는 미즈사와. 왠지 당연한 것처럼 다른 사람들을 다 끌어들였네요. 뭐 어때, 문화제는 이런 거니까. 일단은 전부 문화제 실행위원이고 말이야.

손이 빈 이즈미를 보니 당연하다는 듯 반 티셔츠를 입고 있었다. 미미미와 달리 티셔츠 옷자락 부분을 머리 고무줄로 묶은 상태. 자세히 보니 그 고무줄에도 센스 있게 게 집게발 같은 빨간 장식이 달려 있다. 묶은 탓에 옷자락이 짧아져서 걸을 때마다 배가 슬쩍슬쩍 보이는 데, 리얼충 말로는 이런 걸 『야하다』 『색기가 있다』가 아니라 『귀엽다』고 표현하는 것 같다. 네이티브들은 단어 하나를 여러 가지 뜻으로 쓰니까.

"유즈…… 뭐야, 아직도 준비 안 끝났어? 이제 두 시간이면 손님 오는데?"

"나도 알아~! 아오이 너도 말만 하지 말고 좀 도와줘~!"

"그래, 알았어~."

거기에 히나미까지 끼어들면서 분위기가 더욱 떠들썩해졌다.

여섯 명이 부산을 떨면서 만화책을 다 정리한 뒤에, 히나미와 이즈미는 또 무슨 작업이 있는지 복도로 뛰쳐나갔다. 뭐, 실행위원장이랑 학생회장이니까. 그 뒷모습을 멍하니 보고 있었더니 교대하는 것처럼 타마 양이 교실로 들어오는 게 보였다.

"안녕~."

나랑 눈을 마주치자 타마 양은 아주 자연스럽게 『이것은 인사다』라는 것 외에 다른 뜻은 전혀 느껴지지 않을 만큼 솔직한 톤으로 그렇게 말했다. 역시 대단하네. 자세히 보니 티셔츠만 입은 게 아니라 머리에는 곰 귀 같은 장식까지 달고 있다. 그런 타마 양이 성큼성큼 걸어와서 내 앞에서 멈췄다.

"……뭘 보는데."

그리고 어째선지 타마 양은 날 보면서 뚱한 목소리로 말했다. 뭔데. 그런 걸 쓰고 있으면 당연히 보게 되잖아. 그렇게 따지면 쓴 사람이 잘못이거든. 미즈사와나 나카무라네도 보고 있고.

그래서 나는 솔직한 감상을 있는 그래도 전하기로 했다.

"응. 잘 어울린다."

"시끄러! 하나도 안 기쁘거든!"

그 모습을 보고 나카무라네도 웃었다. 응, 그렇다면 타마 양이랑 나카무라의 관계는 여전히 양호하다는 뜻이고, 이 알력이 잘 해소된 상태로 안정됐다는 건 정말 좋은 일이라고 생각된다.

"왜 나한테만 화를 내는데……."

아무래도 곰 귀는 미미미가 억지로 씌웠다는 것 같다. 원래는 절대 쓰고 싶지 않았다고 투덜대는 타마 양. 그럼 벗으면 되잖아, 벗으면.

"그런데, 나한테 어울릴 것 같아서 굳이 자기 돈으로 샀다잖아. 그래서 오늘 하루만 써주려고."

"……흐응."

흐뭇할 정도로 바보 같다고 할까. 평생 그러고 살라고 하고 싶다는, 그런 감상만이 느껴질 뿐이다. 하지만 뭐 잘 어울리니까 나쁜 건 아니잖아. 미즈사와도 놀리는 것처럼 "착하네"라고 했더니 타마 양이 "시끄러워"라고 했다. 좋은 느낌이야.

그리고 타마 양이 내 복장을 빤히 쳐다봤다.

"……토모자키, 티셔츠는?"

어딘가 걱정하는 것 같은 톤. 내가 원래 다른 사람들하고 잘 어울리지 못하기도 했고, 서로의 본성이 엄청나게 개인주의라는 사실을 공유하고 있으니까 여러 가지 가능성을 생각해서 한 말이겠지. 사실은 나도 타마 양이 티셔츠 입은 모습을 보고 안심했으니 아마 같은 기분이리라.

"괜찮아. 속에 입고 왔어."

그랬더니 타마 양이 안심한 것처럼 웃었고, 이내 관심 없다는 듯이 시선을 홱 돌렸다.

"흐~음, 다행이네."

"야, 뭐야 그 반응은."

"글쎄, 뭘까."

은근히 서로를 신뢰하는 것 같은 이 말이 왠지 기분 좋게 느껴졌다. 아마 나카무라네 세 명은 잘 모르겠지. 그런 나를 보고 타마 양이 조용히 웃더니 평소처럼 똑바로 날 쳐다봤다.

"──문화제. 즐기게 돼서 다행이네, 너나 나나."

이것도 여러 가지 의미가 담긴 것 같은 말.

하지만 그런 의미 모두를, 같은 부류인 나와 타마 양 둘만이 공유하고 있는 것 같은 기분이 들었다.

항상 같이 싸우는 건 아니지만, 아마 싸우는 방법은 늘 똑같겠지.

그래서 나는 씨익, 하는 느낌이 들도록 강하게, 리얼충처럼 웃으면서,

"그러게."

많은 의미를 담아서 대답했더니 타마 양이 "응" 하면서 고개를 끄덕였고, 그리고는 손을 흔들면서 복도 쪽으로 나갔다.

대화에 전혀 참가하지도 않았던 타케이가 제일 크고 힘차게, 그 뒷모습을 향해서 열심히 손을 흔들었다.

"우와! 타마 쟤, 완전히 내 취향이라니까!"

"뭐?!"

그 생각지도 못한 말에 정말로 놀랐다. 슬쩍 주위를 보니 미즈사와와 나카무라도 놀란 것 같았다.

"너, 저런 애가 좋은 거야?"

미즈사와가 웬일로 당황하면서도 재미있다는 듯이 말했다. 나카무라도 타케이를 놀리는 것처럼,

"하긴, 네 정신연령이랑 타마 양의 겉모습이 비슷한 또래잖아?"

"역시 그렇지?!"

완전히 놀리고 있는데도 오히려 상성이 좋다는 말을 들었다는 것처럼 기뻐하는 타케이를 보며, 우리 셋은 씁쓸하게 웃었다. 위험해, 타마 양, 빨리 도망쳐.

"뭐 그건 그렇다 치고……."

그리고 화제를 바꾸려는 것처럼, 미즈사와가 내 어깨를 툭 쳤다.

"후미야, 전에 말한 대로…… 할까."

"그러니까…… 응."

그렇게 해서 나는 세 사람과 함께 사용 빈도가 적은, 멀리 떨어진 남자 화장실로 갔다.

그렇다. 나는 어젯밤에 미즈사와한테서 LINE으로 『내일은 머리에 아무것도 바르지 말고 와』라는 지시를 받았다. 그렇다면 뭐, 지금부터 무슨 일이 일어날지 대충 상상이 간다.

* * *

"뭐, 뭐야 이거……?"

그 뒤로 십여 분 뒤.

내 머리에는 미용실에 있는 헤어 카탈로그 표지처럼 뾰족뾰족하게 선 머리카락이 달려 있었다. 미용실에서 자른 뒤에 세팅 같은 걸 해주면 아주 세련된 머리가 되기도 하는데, 이건 거기에 비교할 수준이 아니다. 무슨 CG 같은 모양이다.

"뭐냐고 묻는다면…… 인 아웃 믹스 스탠더드 버블 머시룸이라고 해야겠지."

"인아웃믹스스탠더드버블머시룸……."

"잘도 한 번에 외웠네."

히나미한테 엄청나게 시달린 끝에 외국어를 잘 외우게 됐거든. 의미는 모르겠지만 복창 정도는 일도 아니지.

그나저나 이거, 대체 무슨 일이 벌어진 거야. 뭔가 엄청나게 뜨거운 집게 같은 걸로 머리카락을 집어서 빙글빙글 말고, 거기에 왁스를 발라서 일단 머리를 폭발시키고, 그것을 꼭 누르면서 손끝으로 꾹꾹 누르면서 다듬었더니 이게 완성됐다.

"……대단한데, 이거."

미즈사와가 마무리로 뿌려주는 스프레이를 맞으면서 중얼거렸다.

머리카락이 펌이라도 한 것처럼 여러 방향으로 랜덤하게 흩어졌고, 이내 하나하나가 다발처럼 정리되니 엄청나게 멋져 보였다. 그러면서도 평소 머리의 연장선상이라면 연장선상이라 할만한 스타일이라서 어색한 느낌은 거의 없다. 내 외모에 자신이라고는 하나도 없지만, 이걸 보니 『어라? 은근히 괜찮은 거 아냐?』라는 생각이 들어버릴 정도의 레벨이다. 솔직히 이 모습을 보면 아무도 어패밖에 모르는 게임 오타쿠라고 생각하지 않겠지.

"타카히로 너 역시 대단한데!!"

"이건 돈 받아야겠다. 토모자키, 돈 내라~"

타케이가 내 머리를 보면서 흥분했고, 나카무라도 씩 웃으면서 고개를 끄덕였다. 껄렁해 보인다는 소리를 듣지 않을까 걱정이 되기도 했지만, 호평인 걸 보면 괜찮을 것 같네…… 그나저나 이거 아무리 생각해봐도 호평이잖아. 진짜 대단하네~.

완성된 내 머리를 보고, 미즈사와도 만족스레 고개를 끄덕였다.

"뭐~ 유행이 조금 지난 스타일이기는 하지만 아직까지도 기본 스타일이니까, 아마 후미야한테는 요즘 유행하는 스파이럴 펌 같은 스타일보다 이쪽이 더 어울릴 거야."

"자, 잘은 모르겠지만, 그런가보네……."

단어를 외우는 건 잘하지만 장문 독해는 못하니까, 이해 자체를 포기해버렸다. 리스닝 연습도 해둬야겠네.

"좋았어. 슈지도 컬러 왁스가 생각보다 잘 어울리니까, 오늘은 이걸로 완벽해."

"컬러 왁스……?"

직접 봐서 아는 건 아니지만, 이 정도 외국어의 의미는 추측할 수 있다. 컬러 왁스, 즉 색이 있는 헤어 왁스라는 뜻이다. 그렇다면.

"아…… 염색한 게 아니었구나."

"하하하. 당연하지."

나카무라는 기분 좋게 웃고 내 어깨를 슬쩍 밀었다.

"왜 말을 안 했는데……."

내가 어깨를 축 늘어트렸더니 나카무라가 나랑 미즈사와 어깨에 팔을 둘렀다.

"뭐 어때. 좋았어. 그럼…… LINE 연락처 잔뜩 따러 출동이다!"

『좋았어~!』

"자, 자, 잠깐!"

미즈사와 타케이가 동시에 말했고, 나 혼자 만죽을 걸었다.

"하하하, 왜? 후미야."

미즈사와가 웃었다. 즐거워 보여서 다행이네.

"왜는 무슨……. 하아, 뭐 됐다. 그런 얘기였나요. 알겠습니다."

내가 체념하자 나카무라가 하얀 이를 드러내면서 미소를 지었다.

"오. 후밍, 이해가 빠른데."

"이젠 적응했습니다. 너희는 원래 이러고 놀잖아."

"하하하. 뭘 좀 아네."

그리고 호쾌하게 웃었다. 왠지 오늘은 나카무라가 기분이 좋네. 뭐, 나카무라 성격상 그냥 문화제라서 신이 났겠지.

그리고 이번에는 미즈사와가 "그럼, 다시 한번"이라고 말하면서 다 같이 어깨동무를 해서 동그랗게 뭉쳤다.

"밤일 담당인 나랑 와일드계 담당 슈지, 헤어 모델계 담당 후미야, 마지막으로 타케이. 이 멤버라면 할 수 있어! 가자!"

『예~이!』

그렇게, 나까지 네 명이서 구호를 외쳤다. 타케이 설명만 뭔가 부족한 느낌이었는데, 정작 본인은 그걸 알아차리지도 못하고 제일 의욕적으로 소리쳤다. 응, 타케이는 역시 진짜 타케이네. 그나저나 『헤어 모델』은 뭐야?

* * *

체육관에서 형식적인 개회식을 하고, 자유 시간.

외부 사람들이 들어오기 전 몇 시간 동안, 학교 사람들만 다른 반 가게를 즐길 시간이 있다고 해서 우리는 넷이서 적당히 여기저기 구경하고 다녔다.

엄청나게 화려한 나카무라와 슈이치 두 사람이 있다 보니 어느 반에 가도 우리를 주목했다. 나도 나대로 『입만 다물고 있으면 몇 미터 떨어진 데서 보는 첫 인상은 꽤 괜찮을 거야』라는 자신감을 갖고 당당한 표정과 자세를 유지했다. 그렇게 최대한 말하지 않는 완벽한 작전을 피로한 결과, 나카무라와 미즈사와한테 LINE 연락처를 물어본 1학년 여학생이 그대로 분위기를 타고 "선배도……!"라면서 내 LINE 연락처를 물어보는 경이로운 전개가 벌어지기도 했다! 난 딱히 아무것도 안 해서 특필할 것도 없는데, 외모의 힘이 정말 대단하다는 걸 깨달았다.

그렇게 시간이 지나——.

"아~! 미즈사와 씨~! 토모자키 씨~!"

점심시간이 끝나고, 외부 방문객이 조금씩 들어오기 시작한 후 수십 분.

이미 『만화 카페』라는 이름의 축 늘어진 공간이 되어가고 있는 2학년 2반의 교실에, 축 늘어졌다는 말이 가장 적절하게 어울리는 여자가 찾아왔다.

소매에 하얀 프린트가 들어간 펑퍼짐한 파카를 입은 구

미다. 어째선지 아주 잘 꾸민 친구를 두 명이나 데리고 왔다.

"안녕, 구미……랑?" 미즈사와가 잠깐 뜸을 들였다가. "아! 요코랑 히토미!"

그런 말을 자연스럽게 하는 미즈사와를 보며 나와 나카무라는 얼굴을 마주봤다. 참고로 타케이는 예~이 예쁜 애 왔다~ 라는 느낌으로 그쪽에 꼬리를 치고 있다.

그나저나 이상하네. 뭐지 지금 그건.

"저기 나카무라. ……지금 미즈사와가 자연스럽게 쟤네 둘 이름을 불렀지?"

"그러게 토모자키. 맨 앞에 있는 애는 너도 아는 사이지?"

"그래. 쟤는 구미라고 하고, 나랑 미즈사와랑 같은 데서 아르바이트하는데…… 나머지 두 사람은 아니야."

"토모자키…… 검은 교우 관계가 느껴진다."

"그러게 나카무라."

나와 나카무라는 지금까지 찾아볼 수 없었을 정도로 죽이 맞는 대화를 나누고, 그 창끝을 미즈사와네 쪽으로 겨눴다.

"오~ 뭐야 타카히로? 아는 사람이야?"

그랬더니 미즈사와가 짜증날 정도로 의기양양한 표정을 지으면서 "그래~"라고만 말했다. 일부러 자세한 설명을 하지 않고 뜸을 들이다니, 이 자식이…….

"검은 교우관계가 느껴지네요."

나는 조금 전에 나카무라가 했던 말을 그대로, 큰 소리로 따라하면서 미즈사와를 비난했다.

"하하하. 검은 교우관계라는 게…… 뭐야?"

미즈사와가 구미와 친구 두 명 쪽을 보니, 두 사람은 난처하다는 것처럼 얼굴을 마주봤다.

"그러니까……."

"뭐지?"

그리고는 곤란하다는 듯이 웃었다.

그랬더니 미즈사와가 같이 웃으면서 다시 한번 우리 쪽을 봤다.

"뭐, 굳이 말하자면……." 그리고는 한쪽 눈썹을 쭉 치켜올리면서. "손님, 이려나?"

"……뭐?"

나와 나카무라가 동시에 소리를 냈고, 구미네 세 명은 웃음을 터트렸다.

"뭐, 그냥 평범하게 아는 사이니까, 자세한 건 알 필요 없잖아! 너희도 편하게 있다가 가고, 알았지?"

"예~."

구미가 얼빠진 대답을 하고, 세 사람은 테이블에 앉았다.

Dae-jang이라는 이름의 교실은 방음 패널 같은 것을 이용해서 크게 네 곳으로 구분해놨고, 각각 다른 공간으로 꾸며 놨다.

좌식 의자와 작은 테이블을 놔서 방바닥에 앉은 느낌으로 데굴거릴 수 있는 공간이 하나.

약간 높은 바 카운터 같은 것을 놓고, 그 앞에 한 줄로 앉아서 느긋하게 지낼 수 있는 공간이 하나.

그리고 평범하게 책상과 의자를 놓고, 의자에 앉아서 멍하니 있을 수 있는 공간이 둘이다.

즉 어느 쪽을 골라도 데굴데굴에 멍하니 있을 수 있는 공간이란 말. 역시 구미한테는 아주 적합하다고 할 수 있겠지.

그리고 어느샌가 우리 2학년 2반은 카운터를 관리하는 학생이 손님들과 함께 만화를 읽으면서 농땡이 피우는, 그런 콘셉트의 가게가 되어 있었다. 뭐야 이 타락은.

안내받은 구미네 일행 세 명은 책상 네 개를 붙여서 만든 자리에 앉았다. 그랬더니.

"타카히로랑 아는 사이야?"

나카무라가 은근슬쩍 말을 걸면서 자리에 앉았다. 이 사람 이즈미라는 여자 친구가 있는데 말이죠.

"아, 맞아요!"

"자, 잘 부탁할게요!"

구미네 친구 두 명이 자세를 바로잡으면서 인사하자, 나카무라가 씁쓸하게 웃으면서 지적하는 것처럼 입을 열었다.

"뭐야, 너무 긴장했잖아."

그 말을 들은 두 사람은 웃으면서도 조금 허둥댔고, 마침내 시선이 구미 쪽으로 향했다. 그러자 나카무라는 그 흐름을 타고 계속해서 말했다.

"그리고, 그쪽은 긴장을 너무 안 하네."

"뭐?"

그 대화에 나를 포함한 모든 사람이 웃어 순식간에 분위기가 풀어졌다. 나카무라 자식, 역시 그냥 무섭고 잘생기기만 한 게 아니었구나.

"아, 안녕하세요. 츠구미예요~."

게다가 구미가 뭔가 애매한 타이밍에 자기소개를 했고, 난 그것 때문에 웃고 말았다. 대체 무슨 계기가 있어서 인사를 한 건데.

"아니, 지금 이름 말할 때야?"

그래서 내가 미미미한테 배운 만담 템포로 딴죽을 걸었더니, 그게 잘 먹혔는지 사람들이 또 웃었다. 뭐야, 나 지금 좀 대단하지 않아?

"어~ 그나저나 오늘 두 사람 좀 껄렁해 보이지 않나요~."

"그런가? 난 항상 그런데."

"아니, 그걸 부정이라고 한 건가요?"

그런 이야기를 듣고 또 웃어버렸다. 나는 연습하고 한 건데, 이 사람들은 이런 걸 어떻게 자연스럽게 하는 거지.

"슬슬 여자 친구라도 만들고 얌전해지지 그래요? 마음만 먹으면 만들 수 있잖아요."

구미가 느긋하게 말하자 친구 두 사람도 고개를 끄덕거렸다. 여전히 긴장한 것 같지만, 어라? 그나저나 이 두 사람은 자기소개를 했던가?

그래서 내가 물어보기로 했다. 경험치라는 의미도 있고,

아는 사람의 아는 사람한테 인사도 해야 하니까. 상대는 한 살 어리니 편하게 말하자.

"그러고 보니까, 그쪽은 이름이?"

좋았어. 자연스럽게 말했다. 키쿠치 양이랑 같이 마에바시 양을 인터뷰 했을 때, 처음 본 여자에게 편히 말하는 훈련을 한 덕분이겠지.

"아, 히토미예요~."

"요코예요~."

두 사람이 이름을 말했다. 거기서 나는 완전히 주눅이 들었다. 솔직히 말이야, 성은 빼고 이름만 말하는 자기소개라니. 그럼 나도 이름만 말하면 되는 건가.

"잘 부탁해. 난 슈지야."

"후미야입니다. 잘 부탁해."

그렇게, 나카무라를 따라서 이름만 말했다. 뭐, 다들 이름만 말했는데 혼자 토모자키입니다, 라고 성을 말하는 것도 이상하니까.

"안녕하세요~! 타케이입니다!!"

그런 상황에서, 힘차게 손을 들고 인사하는 타케이. 응, 타케이는 타케이하는 게 타케이 같으니까 좋아 타케이.

그런 느낌으로 구미네랑 같이 이야기를 나누고 있는데—.

"브레————인!!" 기운 넘치는 목소리가 내 귀에 들려왔다. 오늘만 벌써 두 번째다. "······어라아아아?!"

미미미는 이 상황을 보고 눈이 완전히 휘둥그레졌고, 그 시선이 구미네 일행을 순서대로 훑어봤다.

"······검은 교제?"

"아니거든."

미즈사와가 대답했고, 또 웃음이 터져 나왔다.

"뭐, 됐고. 그나저나 브레인! 슬슬 마지막 연습 해야지!"

"아, 그랬지."

오늘 저녁부터 만담 공연이다. 우리 만담은 자유롭게 드나들 수 있는 발표 공간을 딱 5분만 빌린 간이 공연이지만, 그래도 역시 긴장이 된다. 가능하다면 아무도 안 와줬으면 좋겠다.

"어, 토모자키 씨도 뭐 하나요?"

"아~ 웅. 일단 만담을 하기로 했거든."

대답했더니 구미가 "어!" 하고 눈이 휘둥그레졌다.

"뭐예요 그거 엄청 재밌겠잖아요! 저 보러 갈게요!"

"윽."

"미즈사와 씨, 이 사람 『윽』이라고 했거든요~"

"어쩔 수 없잖아, 후미야는 솔직하니까."

미즈사와가 내 편을 들어줬고, 나도 거기에 편승해서 몰아붙였다.

"그래, 맞아. 윽, 하고 생각했으면 윽, 하고 말해버리는 게 나라고."

"그게 뭐예요! 그럼 윽, 하고 생각하지를 마세요."

평소 아르바이트 할 때 오가는 내용 없는 대화를 했다.

나는 마음이 비 리얼충인 덕분에 전황을 파악하는 능력 하나는 좋아서, 미즈사와가 내 편, 즉 유리하다고 판단하면 세게 나갈 수 있다. 왠지 내가 생각해도 바보 같은 소리를 했다는 기분이 드네.

그런 모습을 미미미가 신기하다는 듯이 보고 있었다.

"브, 브레인이 선배처럼 굴고 있어……."

뭔가 잘 이해할 수 없는 방식으로 놀라고 있는 미미미의 반응에 미즈사와가 큭큭하고 웃었다.

"후미야가 오빠 노릇도 잘하고 있지?"

구미한테 그렇게 말했더니 구미가 예! 하면서 고개를 끄덕이고는 미미미 쪽을 봤다.

"제가 룸 소파에서 농땡이 피고 있으면, 『일 해』라고 말해요!"

"알면 농땡이 피지 말라고."

"에~."

그런 대화를 미미미가 아하하~ 하고 웃으면서 들어줬다. 하지만 대화 자체에는 잘 끼어들지 않았는데, 뭐 아무리 미미미라도 모르는 사람이 셋이나 있으면 긴장이 되겠지.

"그나저나 역시 토모자키 씨도 보통이 아니네요."

"응? 뭐가?"

내가 묻자, 구미가 미미미를 빤히 쳐다보면서—— 이런 소리를 했다.

"우리 학교에서 그렇게 작업했으면서, 이렇게 예쁜 언니랑 만담도 하고~"

그 말에 미즈사와가 푸읍하고 뿜었다. 게다가 구미네 친구 두 명까지 "뭐~!" 하고 소리를 질렀다.

나는 갑작스런 사태에 당황해 미미미 쪽을 볼 수가 없었다.

"아, 아니, 작업이라니 무슨……."

어떻게든 수습해보려고 변명거리를 생각했지만, 순도 100퍼센트의 사실이라서 아무 생각도 나지 않았다. 여학교 문화제에 간 것까지는 알려져 있지만, 작업 얘기는 좀 숨겨두고 싶었는데 말이야. 이미 늦었지만.

"뭐야, 브레인?! 여학교에서 작업?!"

"자, 잠깐만 미미미……!"

"브레인?! 어, 어, 언제부터 그런 겨, 경박한 남자가 된 건가요!!"

"아, 아냐 그건 미즈사와가……."

"타카히로도 같이?! 그럼 정말이겠네요, 브레인?!"

"미즈사와랑 같이 있었으면 그런 얘기가 되는 거야?!"

어째선지 미즈사와라는 워드가 오히려 내 무덤을 파버린 것 같았고, 미미미의 의심은 더욱 싶어졌다. 그보다는 미미미가 사실에 한 걸음 더 가까이 다가갔다고 하는 게 좋겠지.

"……좋았어! 가자! 연습하러."

"말 돌리고 있어!"

그렇게 해서 나는 미미미한테서 도망치는 것처럼 교실에서 뛰쳐나왔다. 잘 생각해보니까 이제부터 같이 연습해야 하는데, 도망쳐봤자 의미가 없네.

* * *

미미미에게 변명을 하고 마지막 연습까지 끝낸 수십 분 뒤.

"드, 드디어 이 순간이……."

나는 그렇게 중얼거렸다.

학교 건물에서 조금 떨어진 다목적 홀.

체육관 4분의 1 정도 넓이려나. 넓은 것 같으면서도 조금 좁은, 평소에는 같은 학년들이 모이는 행사 등에 사용하는 무대 옆. 나와 미미미는 거기에 있다.

"뭘 긴장하고 그래!"

"아니, 당연히 긴장 되지……."

왜냐하면 이제 사람들 앞에 나가서 만담을 해야 하잖아. 그런 건 약캐가 하는 일의 범주에서 완전히 벗어난다고.

미미미는 자수가 들어간 점퍼에 셔츠와 치마를 입은 문화제 같은 스타일이고, 나는 미미미가 준 약간 요란한 재킷을 입고 있다. 두 사람 모두 상의 주머니에 하니와 스트랩이 빼꼼 튀어나와 있는데, 당연히 전부 미미미 아이디어다.

"괜찮아, 괜찮아! 어차피 기대하는 사람도 없고, 어쨌거나 그렇게 잘 될 리도 없으니까!"

"저기, 그게 괜찮은 거야?"

내가 바로 딴죽을 걸었더니 미미미가 빙긋 웃었다.

"그래, 그거야 그거! 그렇게 하면 된다고! 연습했잖아!"

그리고 내 어깨를 짜악, 하고 때렸다.

"아야!"

나는 객석에 들리지 않게 볼륨을 줄이면서 그런 소리를 냈다.

"이젠 자연스럽게 되잖아! 그러니까 괜찮아. 알았지?"

"……그래."

그렇구나. 연습도 했으니까, 당연히 몸에 뱄겠지. 지금부터 올라갈 무대가 내 수준에 맞는지 아닌지는 둘째 치더라도, 그렇게 노력했는데 아무 의미도 없이 끝나는 일은, 이 인생이라는 게임에서는 일어나지 않을 테니까. ……아마도.

"좋았어, 가자."

"그래!"

나와 미미미는 서로 마주보며 빙긋 웃었다.

그리고 몇 분 뒤, 드디어 그 순간이 왔다.

『다음은 TM 레볼루션의 만담입니다! 열심히 해보세요!』

그나저나 이 콤비 이름은 처음 듣는데.

"뭐야 이거?!"

"아, 토모자키랑 미미미니까 TM! 좋았어, 가자!"

"웃기지도 않네……."

나는 마지막 순간까지 긴장을 떨쳐내지 못한 채, 무대 위로 올라갔다.

* * *

『자~ 안녕하세요~!』

둘이서 무대로 올라갔고, 만담용도 아닌 평범한 스탠드 마이크가 있는 곳까지 걸어갔다.

생각보다 몇 배는 밝은 조명이 우리를 비추고 있다. 너무 눈이 부셔서 객석이 잘 보이지도 않는다.

"자, 여러분! 신나게 가볼까요~!"

미미미가 힘차게 말했다. 관객들 앞이라서 그런지 평소보다 힘차고, 어딘가 떨어져 있는 사람들한테 말하는 것 같은 톤이다.

"그나저나 토모자키 씨, 내 말 좀 들어봐요."

"뭔데요 나나미 씨."

"우리가 이렇게 부부 만담을 하게 됐잖아요."

나는 숨을 들이쉬고, 최대한 진짜로 대화하는 것 같은 자연스런 톤으로.

"성은 다르지만 말이야?" (주 : 일본에서는 일반적으로 결혼하면 부부가 같은 성을 씁니다.)

그 말에 객석이—— 생각했던 것의 4분의 1 정도 음량으로 웃었다. 으, 역시 이 정도인가.

하지만 뭐, 지금 건 간단한 탐색전용 잽 같은 거니까. 본편에서 만회하면 돼.

나는 작은 웃음소리 속에서 생각했다. 다음은 내 대사인데, 아마도 조금 전에 미미미가 했던 목소리 톤이 정답이겠지. 어딘가 떨어져 있는 사람한테 말하는 것 같은, 그런 말투.

평소에는 둘이서만 연습했지만 지금은 관객이 있다. 그래서 가끔씩 관객한테 말하는 것 같은 톤도 섞어가면서 말했다. 그게 『최대한 자연스럽게 연기한다』는 이번 만담의 방향성에도 맞는 것이고, 그쪽이 훨씬 보기 쉬울 테니까. 그런 걸 갑자기, 당연하다는 것처럼 해낸 미미미. 역시 사람들 앞에 서는 게 체질에 맞아서 그런 걸까.

그래서 나는 가능한 상황을 확인하기 위해서 앞쪽을 봤다.

──그때.

조금 전에는 조명 때문에 보이지 않았던 객석.

수십 명이나 되는 학생들의 시선이 전부 우리한테 집중되고 있는 광경이 눈에 들어왔다.

그 순간.

──예상했던 것 중에서, 최악의 사태가 벌어졌다.

아주 단순한 이야기.

"……윽."

머릿속이 새하얘졌다.

비지땀이 흐른다. 시야가 좁아진다.

내가 생각해도 놀랄 정도로 손이 떨리고, 그 사실이 날 더 긴장하게 만들었다.

어떻게든 단서를 잡아보려고 암기하는 데 썼던 단어장의 영상을 떠올리려고 했지만, 아무것도 생각나지 않는다. 흐름 자체는 완벽하고도 남을 정도로 암기했는데.

절대로 잊어버리지 않게 쉬는 시간에도, 집에 가서도 몇 번이나 외워서 말해봤다.

등하교하는 전철 안에서도, 대사를 적어놓은 단어장을 보면서 완벽하게 암기했다.

물론 미미미가 말한 『연기하는 느낌』 같은 게 느껴지지 않도록 글자 하나하나까지 다 외운 게 아니라, 어디까지나 『이런 말을 한다』는 추상적인 의미만 암기했다. 더군다나 떠올릴 때마다 매번 그걸 바탕으로 구체적인 대사를 만들었으니까, 오히려 순발력 있게 말하는 연습도 됐을 것이다.

그래서, 예상 밖이었다.

나는 긴장 때문에 실수하게 된다면 순발력 있게 말이 나오지 않아서 부자연스럽게 돼버리거나, 아니면 완전히 통째로 외워버린 대사를 읽는 것 같은 꼴이 되는. 그런 실패를 할 거라고 생각했었다.

하지만.

지금은 다음에 무슨 말을 해야 하는 것조차 완전히 머릿속에서 사라져버렸다.

"이거……."

나는 어떻게든 웃으면서, 분위기를 유지하기 위해 아무 의미 없는 짧은 말을 내뱉었다. 다음은 내 대사다. 관객들한테는 아직 전해지지 않은 것 같지만, 미미미는 그 위화감을 눈치 챘겠지.

　그때.

　"그런데요 토모자키 씨!"

　갑자기 미미미가 대본에 없는 말을 날렸다.

　"이 TM 레볼루션이라는 콤비 이름, 어떤 뜻인지 알아?"

　이건 대사의 사소한 부분을 바꾸는 수준이 아니라 완전한 애드리브다.

　"어? 아니, 모르는데."

　나는 템포만은 유지하려고, 필사적으로 대답했다.

　"T는 토모자키의 T."

　"응."

　"M은 나 미나미 님의 M."

　"응, 응."

　"그리고……."

　그리고 미나미는 손바닥을 벌리고 자기 얼굴에 대고는 척, 하고 포즈를 잡았다.

　"——레볼루션!"

　거기서 웃음소리는 터져 나오지 않았다.

왜냐하면 완전히 헛스윙 같은 대사였으니까.

하지만 그건 분명히── 내 대사를 못한 나를 도와주기 위한 것이었다.

그래서 어떻게든 이 상황을 만회해야겠다고 생각했다.

공연은 단 한 번. 애당초 내가 대사를 못한 게 잘못이고, 이대로 가면 만담은 더 이상 진행하지 못하고 엉망진창이 돼버린다. 우리가 연습한 것들이 전부, 미미미가 생각해준 소재가 전부 헛수고가 되고, 지금 미미미가 한 헛스윙만 남게 된다.

그런 일은, 일어나선 안 된다.

숨을 들이쉬고 할 말을 생각했다.

나는 무슨 말을 해야 할까.

미미미처럼 거창한 톤으로 알기 쉽게 딴죽을── 같은 생각도 했다.

하지만, 아마도 그건 아니겠지.

미미미가 말했잖아. 최대한 자연스럽게 하라고. 평소에 바보 같은 이야기를 하던 템포로.

그래서 나는 평소에 미미미가 이렇게 나오면 내가 어떻게 반응을 했는지 생각하고.

그리고, 입을 열었다.

"──자, 지금 저희가 이렇게 만담을 하고 있는데 말이죠……."

"뭐야, 무시했어?!"

그 말에 사람들이 웃었다.

그렇다. 내가 선택한 건 일부러 무시하는 것. 사실 평소에 미미미랑 얘기할 때 내가 선택했던 말이라고 해야 하려나.

미미미는 평소 대화가 연습이 된다고 했었는데, 그래.

분명히 지금 엄청나게 도움이 됐다.

거기서 터져 나온 웃음소리가, 그리고 무엇보다 날 도와주려고 한 미미미의 마음이.

내 긴장을 완전히 풀어줬다.

"그나저나 나나미 씨. 이번에 회사에서 휴가를 줬는데, 어디 가고 싶은 데 있어?"

그 대사를 들은 미미미가 고개를 살짝 끄덕였고, 입꼬리를 쭉 끌어 올리면서 의기양양하게 웃었다.

그건 역시 평소랑 똑같은 멋있는 미미미였다.

정말, 고맙다는 말을 해도 해도 모자랄 것 같다고 생각했다.

왜냐하면 날 도와주기 위해서 이렇게 많은 사람 앞에서 정말 썰렁한 개그까지 했으니까.

자기가 창피해지는 걸 무릅쓰면서까지 내 긴장을 풀어줬으니까.

"그러니까~ 동물원에 가고 싶거든!"

"동물원이라~. 아, 그런데 말이야……."

사람들의 시선과 강한 조명 불빛 아래에서.

거기서부터는 실수하지도 않고, 우리는 무사히 만담을 끝낼 수 있었다.

* * *

"우와~! 어떻게 잘 넘어갔네!"

"하하하. 그러게."

만담이 끝나고 다목적 홀 밖에서.

우리는 찬바람을 맞으며 반성 모임을 갖고 있었다.

"그나저나 미안해! 머릿속이 새하얘져서…… 정말 고마워."

내 대사를 못했던 것 때문에 사과했더니, 미미미는 평소대로 아하~ 하고 웃었다.

"괜찮아! 그 대신 나중에 라면 쏴!"

"하하…… 그래, 알았어. 정말 고마워."

"뭐, 끝이 좋으면 다 좋은 거니까!"

실수를 웃어 넘겨준 미미미 덕분에 구원받은 기분이었다.

"……그래, 뭐! 초보자치고는 잘한……거지?"

"아마도! 아마 잘한 걸 거야!"

"하하하. 그래, 아마도."

뭐, 그래도 무대에 있는 본인들이 괴롭지 않을 만큼 웃음소리가 나온 시점에서 성공했다고 생각해도 될 것 같다. 대성공이었는지 아닌지는 둘째 치고, 아슬아슬하게 구경거리로 성립됐으니까.

솔직히 말해서 구미나 나카무라네 그룹 애들, 미미미의 친구 등. 가까운 사람들이 잔뜩 모여서 따뜻한 시선으로 지켜봐줬던 덕분이기도 하다. 나랑 미미미의 사정을 아는 사람들은 『대놓고 부부라고 하네……』라면서 웃기도 했지만, 그건 말하면 안 되는 일이고.

"그럼, 나는 슬슬…….”

스마트폰으로 시간을 봤더니 벌써 16시. 앞으로 한 시간 뒤에 연극이 시작된다. 각본에 대해서는 키쿠치 양한테 완전히 맡겨뒀지만, 조명이나 음성 등의 최종적인 확인에는 나도 있어야 한다. 나는 연극을, 그리고 그 뒤에 있을 일을 생각했다.

미미미의 불안을 머금은 시선이 갑자기 내 쪽으로 향했다. 묘하게 뜨거운 눈동자가 나랑 스마트폰 사이를 정신없이 오갔다.

"슬슬…… 연극?”

왠지 애원하는 것 같은 그 목소리는 바람에 흔들리는 성냥불처럼 힘이 없었다.

"응.”

"키쿠치 양이랑…… 연극?”

어째선지 강조까지 해가면서 다시 한번 말한 미미미의 표정과 지금부터 일어날 뭔가를 알고 있는 것 같은 그 동공을 보고 가슴이 뜨끔하고 아파왔다. 이건 내 생각이 과한 걸까,

아니면——.

어쨌거나.

"……그래. 갔다 올게."

내가 미미미한테 해줄 수 있는 건, 아무것도 없었다.

"그래."

미미미는 작은 소리로 중얼거렸다.

저물어가는 해가 미미미의 옆모습을 오렌지색으로 물들였다. 메마른 바람이 불고, 낙엽이 날아다닌다.

마침내 미미미는 훗, 하고 웃었다. 그리고는 차갑고, 흐릿한 하늘을 올려다보며—— 이렇게 외쳤다.

"아~! 끝나버렸네!"

그 표정은 뭔가를 무서워하는 약한 소녀 같았다.

"브레인."

"……왜?"

"재미있었지, 만담."

"응…… 그래."

고개를 끄덕였다. 어째선지 미미미의 시선은, 어딘가 먼 곳으로 향해 있었다.

"……응. 나, 재미있었어."

"그랬, 구나."

미미미는 또 같은 말을 되풀이했고, 그리고 아주 잠깐 입술을 깨물더니── 누구한테 하는 건지, 또 한 번 고개를 살짝 끄덕였다.

"응. 그럼, 갔다 와."

"……그래."

의미심장한 말. 그 표현.

미미미가 뭘 느끼고 뭘 예상했는지는 모르겠지만.

아마도 내가 할 수 있는 일은 내가 결정한 것을 성실하게 끝까지 하는 것. 그것뿐이라고 생각한다.

* * *

그리고 한 시간 뒤.

최종 체크에 참가한 나는 많은 학생과 함께 체육관에 있었다.

체육관에서는 정해진 시간마다 경음악부의 연주 공연, 각 반이나 동아리에 의한 자유 발표 등을 하는데── 지금부터 시작되는 건, 키쿠치 양이 각본을 쓴 연극이다.

주인공이 학생회장과 그 응원 연설을 맡았던 히나미와 미즈사와 콤비라는 것 때문에 엄청나게 화제를 끌었는데, 그걸 보고 실사 영화 같은데서 유명한 배우나 아이돌을 캐스팅하는 이유를 알 것 같은 기분이 들었다. 열심히 만들었으니까 손님이 많이 와줬으면 싶지 않겠어.

체육관에는 접이식 의자가 잔뜩 놓여 있었고, 대충 봐도

300~400명은 들어올 수 있을 것 같았다. 지금은 그 절반 정도 차 있으니까 집객은 나쁘지 않다고 봐야겠지.

모인 학생들은 친구들과 잡담을 나누면서 연극이 시작하기를 기다리고 있는데, 연극 자체를 보러 왔다기보다는 유명한 사람이 나오니까 구경하러 왔다는 분위기다. 각본의 완성도나 메시지를 기대하는 사람은 거의 없겠지.

뭐, 그건 처음부터 알고 있던 일이고.

그래도 와준 사람들이 뭔가를 느끼고 돌아가 준다면, 그걸로 좋다.

『──지금부터 2학년 2반의 오리지널 연극「내가 모르는 하늘을 나는 법」을 시작하겠습니다.』

문화제 실행 위원장인 이즈미의 내레이션이 체육관에 울려 퍼졌다. 이윽고 체육관의 조명이 전부 꺼지고 어두운 공간이 펼쳐졌다. 동시에 술렁이던 분위기도 조용해졌다. 새까만 무대에서 덜컥거리는 소리만이 울린다.

제일 먼저 정숙을 깬 것은 히나미의 목소리였다.

『──리브라, 아직이야?』

어딘가 지친 것 같은, 화도 섞인 목소리. 동시에 무대 조명이 조금씩 밝아졌다.

『아르시아. 아직 얼마 걷지도 않았잖아.』

스피커에서 두 사람의 목소리가 울렸다. 무대 위 화이트
보드에 성 내부를 그린 모조지가 붙어있을 뿐, 다른 것들은
아직 아무것도 없다.

『목적도 없이 걸어가면 그냥 피곤할 뿐이잖아.』

『탐험하자고 따라온 건 아르시아 너잖아…….』

그렇게 말하면서, 히나미가 분장한 아르시아와 미즈사와
가 분장한 리브라가 무대로 들어왔다. 두 사람은 판타지풍
코스프레 느낌의 의상을 입고 있다. 인터넷 쇼핑몰에서 싸
게 산 물건처럼 보일 수도 있었을 텐데, 입고 있는 사람이
미남미녀라서 그런지 그런 느낌은 전혀 들지 않았다.

인기 있는 두 사람이 등장하자 객석에서는 "히나미 선배
다!" "미즈사와 군이야!" 같은 목소리가 들려왔고, 우~! 하
고 야유하는 사람도 있었다. 뭐, 뭔가 생각했던 반응이랑 다
른데. 그런 연극이 아닌데 말이지…… 뭐, 문화제니까 그렇
겠지.

『그렇긴 한데. 설마 끝도 없이 탐험만 할 줄은 몰랐단 말
이야.』

『저기 말이야, 이럴 땐 걷는 것 자체를 즐겨야 하는 법이
야…… 어, 저기 문이 있네.』

『하아. 뭐, 방에서 미아 할멈 옛날이야기나 듣는 것보다는
재미있지만…….』

『그치? 그리고 들켰을 때 아르시아랑 같이 있으면 많이 혼나진 않을 테니까.』

『내 왕녀 권한을 그런 데 이용하지 말아줄래?』

시시한 이야기를 하면서도 상황과 캐릭터의 관계성을 설명한다. 소설에서는 지문으로 설명되는 부분을 각본 속에서 어떻게 처리할까 싶었는데, 제일 첫 각본 때부터 이런 형태가 잡혀 있었다니. 정말 대단하다. 이런 꼼꼼한 부분은 키쿠치 양의 성격 덕분이겠지.

『하아. 리브라 넌 항상 그런다니까.』

하지만 역시 히나미도 그만큼 대단했다. 움직임이나 목소리 톤, 표정, 아니면 단순히 존재감 때문일까. 몇 마디 했을 뿐인데 그 모습에서는 아르시아의 『강함』이 어렴풋이 느껴졌다. 이런 부분은 연기력이라기보다는 히나미가 원래 가지고 있는 힘이라고 해야 할까.

『자, 가자!』

리브라는 리브라대로 연기에서 그『올곧은 느낌』『서툰 느낌』이 잘 강조하고 있다. 뭐 배우가 미즈사와다보니, 그 가볍고 재주 좋은 느낌을 완전히 뺐냐고 묻는다면, 미묘하다고 해야겠지. 아침에는 올렸던 머리카락을 내려서 리브라 같은 느낌을 낸데다 연기에도 빈틈이 없지만 애당초 생긴 게 너무 스마트하니까.

아르시아는 투덜거리면서, 리브라는 두근두근하는 기색을 잔뜩 풍기면서 왕성 안을 탐험했고── 첫 번째 고비인 정원 장면으로 들어갔다.

　무대가 어두워졌다.
　정원 문을 발견한 리브라와 아르시아는 열면 안 된다고
했던 그 문을 열어도 될지 잠시 망설였고,
　『열어보고 싶어. ……왜냐하면, 궁금하니까.』
　그런 리브라의 결정적인 한 마디 때문에 그 안을 보기로
했다.
　문이 열리는 효과음이 울리며 무대가 다시 밝아지자 거기
에는 새하얀 원피스를 입은, 타마 양이 분장한 크리스가 앉
아 있었다. 세상과 동떨어진 분위기를 지닌 의상은 체격이
작은 타마 양한테 정말 잘 어울렸고, 그 표정이나 움직임이
가련해 보이는 탓인지 평소 올곧고 강한 타마 양의 분위기
를 멋지게 중화해주고 있었다.
　모조지 배경도 무대가 어두워졌을 때 다른 그림으로 바뀌
는데, 거기에는 종이 한가득 용이 그려져 있었다. 여러 겹
으로 붙여놓은 종이를 달력처럼 넘기며 장면을 전환해서,
연기와 소품만 가지고는 설명할 수 없는 부분을 표현했다.
예산이 적게 들면서 효과적. 이것도 키쿠치 양의 아이디어
다. 정말 대단하다니까.
　『──문을 열었더니 거기에는 5, 6미터 정도 크기의 비룡
과, 그 옆에 조용히 앉은 소녀가 있었습니다.』
　이즈미가 내레이션으로 보충 설명을 하고, 세 사람이 대

치한다.

　주요 등장인물이 전부 모이는, 이 연극을 상징하는 장면 중 하나.

　──그때.

　히나미가 분장한 아르시아가 움직였다.

　별것 아닌 동작이었다.

　자신의 왼손 손바닥을 가만히 보다가 입술을 깨물고. 뭔가를 결의한 것처럼 그 손을 슬쩍 쥐고는 살짝 위쪽을 날카롭게 노려봤다.

　그 동작 하나하나는 멀리서 봐도 알 수 있도록 거창하게 디포르메 되어 있었고, 동작과 동작 사이에 미묘하게 정지된 틈을 줘서 관객들이 움직임을 이해하기 쉽게 해줬다.

　이윽고 손가락을 갈고리 같은 모양으로 만들더니 금방이라도 덮칠듯한 공격적인 자세를 잡으며 시선 방향을 향해서 몇 걸음 걸어가는 히나미. 어둠을 품은 새카만 눈동자에서는 명확한 살의 같은 것이 보였다.

　그때 그 손을 붙잡은 것은 미즈사와가 분장한 리브라였다.

　『아르시아. 뭘 하려는 거야?』

　겉모습만 보면 미즈사와가 히나미의 손을 잡은 모양이 됐기 때문에, 일부 관객들한테서 도저히 참을 수 없다는 느낌의 성원이 터져 나왔다. 흠. 역시 미남미녀가 주인공을 맡기만 해도 엔터테인먼트가 성립되는구나. 뭔가 복잡하지만 이건 이것대로 괜찮겠지.

『놔.』

히나미의 냉철한 목소리가 체육관을 가득 채웠다. 히나미의 이런 목소리를 들어본 사람은, 아무도 없겠지. 그 갭 때문에 체육관이 조용해졌다.

『내가 움직이지 않으면 네가 죽어.』

히나미는 체육관 전체를 사로잡으려는 것처럼.

『그러니까―― 날 그냥 놔줘.』

너무나 조용한 공기에, 박력 넘치는 말을 찔러 넣었다.

"오……."

나는 객석을 보면서 살짝 소리를 흘렸다.

연습 첫날, 히나미가 대충 연기해보였던 장면이다. 그때 이미 어느 정도 완성돼 있었는데, 박력이 더 커졌으니 놀랄 수밖에 없었다. 역시 히나미한테 아르시아를 맡기길 잘 했네.

아직 큰 움직임이 있는 장면이 아닌데, 그 존재감과 공기를 조종하는 힘만으로 체육관 안을 완전히 사로잡았다. 학생회 선거 연설 때도 봤듯이, 히나미한테 청중을 장악하는 힘이 있다는 건 알고 있었지만―― 그때는 어디까지나『히나미 아오이』로서만 말했었으니까. 원래는 이렇게 이미지를 신경 쓰지 않고『뭐든지 해도 되는』상태에서 사람의 마음을 찌르는 쪽이 이 녀석이 잘 하는 일이겠지.

하지만 미즈사와가 분장한 리브라도 굽히지 않았다.

『싫어.』

『그러지 말고 놔. 내가 여기서 저 용의 날개를 꺾어야 해.』

『역시 그런 짓을 하려고 했구나. 절대로 안 돼. 여기서 아르시아가 그런 짓을 하면, 네가 죽게 되잖아!』

『괜찮아. 난 안 죽어. 왜냐하면 지금부터 일어나는 일은 어디까지나 사고니까. 그리고 왕족인 나는 어지간한 일 가지고는 처형당하지 않아.』

『그래도, 싫어.』

『어째서.』

『그야, 만약에 죽지는 않더라도. 그래도, **아르시아**는 죽어버리게 되잖아!』

대본으로는 몇 번이나 읽었던 대화지만 이렇게 무대 위에서, 게다가 히나미와 미즈사와라는 배역으로 보니까 캐릭터의 박력과 생생함이 더해져 훨씬 재미있었다.

그런 첫 번째 정원 장면을 거쳐서 리브라와 아르시아는『남매』가 됐고, 세 사람의 관계성이 시작됐다——.

연극이 시작되고 몇 분. 처음에는 뭔가 웃기는 거라도 보면 좋겠네, 정도였던 체육관 안의 사람들이 조금씩 연극 그 자체에 집중하고 있다는 게 느껴졌다. 계기는 히나미의 힘이었지만, 화려하지는 않으면서도 세밀한 곳까지 잘 짜여진 각본의 재미도 조금씩 전해지고 있겠지.

그렇게 해서 '교육 담당'과 '시중 담당'이 된 아르시아와 리브라는 비룡이 날 수 있게 되도록 크리스와 협력해서 시행

착오를 거듭하게 된다.

『자, 먹어! 응, 잘 했어!』
『조, 좋았어! 이러면 날······.』
『······지 않네? 리브라?』
『어, 어라? 크리스, 그런 눈으로 보지 마.』
『리브라, 얘기가 다르잖아.』
『아야, 꼬집지 마 아르시아.』

비룡의 골짜기에서 자라는 특별한 풀을 먹여주고.

『좋았어! 깔끔해졌네!』
『조, 좋아 이번에야말로 날······』
『······지 않네? 리브라?』
『어, 어라~? 이상하네······.』
『······에휴.』
『아르시아, 그 한숨이 제일 무섭거든?』

비늘 하나하나를, 특별한 마력이 담긴 망토로 깨끗이 닦
아주고.

『그리하면 땅을 떠나 바람과 함께 날아 오르리──. ······
리브라?』

『안 나네 크리스! 아~ 왠지 그럴 것 같더라!』

『에휴…….』

『그러니까 미안하다고 아르시아!』

하늘을 나는 방법이 적혀 있는 고서를 읽어주기도 했다.

그래도 비룡은 전혀 날아오를 생각을 안했다. 처음에는 침입자를 무서워하던 크리스도 조금씩 두 사람에게 마음을 열기 시작했다.

그리고 조금씩, 세 사람은 서로의 내면을 이해하려고──했지만.

『저기 아르시아! 마공예 대회에서 우승했다면서?! 축하해!』

『아하하. 고마워, 크리스.』

『게다가 사상 최연소라면서?! 정말 대단해!』

『아르시아는 뭐든지 잘한다니까.』

『뭐, 열심히 했으니까.』

아르시아는 아무렇지도 않게 대답했다.

『나, 축하해줄게!』

『정말?』

『응! 저기 아르시아! 아르시아는 뭘 좋아해?』

『생각해 보니까 나도 모르네.』

『내가, 좋아하는 것?』

『응!』

『그걸 들어서…… 어쩌려고?』

『뭐~ 그걸 왜 물어봐~? 분위기를 보면 알잖아~ 말해줘~.』

『아하하. 그럴지도 모르겠네.』

밝은 대화와는 반대로 아르시아의 표정은 조금씩 어두워
져 갔다.

『응. 그래서, 뭐야? 좋아하는 것.』

『좋아하는 것, 말이지──』

분위기가 확 달라져서.

아르시아는 자조하는 것처럼 웃더니 자신을 부정하는 것
처럼, 이렇게 말했다.

『음~ 내가 좋아하는 건, 하나도 없는 것 같아.』

갑자기 튀어나온 묘하게 슬픈 말이 관객과 내 귀를 날카
롭게 찔렀다.

크리스는 깜짝 놀라서 어떻게든 해보려는 것처럼 열심히
말했다.

『뭐? 그, 그치만, 그렇게 많이 알고, 손재주도 좋아서 뭐든

지 만들고, 마법도 정말 잘 하잖아! 전부 좋아하는 거 아냐?』

『아니. 왕가의 피를 이어받은 이상 난 여왕이 돼야만 하니까…… 나름대로 매일 열심히 노력하고 있을 뿐이야. 딱히 좋아하는 건 아니고.』

뭔가 찜찜한 말투. 아르시아는 크리스의 눈부신 표정을 똑바로 보지 못한다.

『그래도 전부 잘하는 거 자체가 대단하잖아! 거기에 비하면 나 같은 건, 아무것도 없는데…….』

『음~.』

『나도 말이야, 아르시아처럼 되고 싶거든?』

크리스의 말에 아르시아는 아주 잠깐 침묵했다.

그렇게 해서 발생한 것은 갑작스런 정숙. 다음에야 말로 관객들을 확 찔러버리겠다는 것만 같은, 공격적인 정숙이었다.

『──나, 처럼?』

아르시아의 말 한 마디 한 마디에서는 너무나 공허하고 차가운 울림이 느껴졌다.

그 목소리에는 이해하는 것을 완전히 거부하는 것 같은,

커다란 고집으로 가득 차 있었다.

『크리스는 아마, 날 오해하고 있는 거야.』
『오해?』
『난 크리스가 생각하는 것처럼 훌륭한 사람이 아니야.』
『무슨 말이야?』

크리스가 묻자, 히나미가 무대 위에서 천천히 숨을 들이쉬었다.
그리고 모든 것을 빨아들이는 칠흑 같은 눈동자로, 체육관 전체를 지배했다.

"난 전부 가지고 있어. 하지만——"

그리고 그 암흑과도 같은 정숙을 전부 받아들이고, 공기를 날카롭게 갈라버렸다.

"그렇기 때문에—— 아무것도 없어."

공허하게 울린 말. 그것은 아르시아의 근본을 드러내는 것 같은, 얼어붙는 게 아닌가 싶을 정도로 쓸쓸한 마음의 고백이었다.
마치 말에 삼켜지는 것처럼, 나는 그 연기에 사고를 빼앗기고 있었다.

　그러거나 말거나 연극은 계속된다. 마침내 아르시아는 잠시 고개를 숙인 뒤, 마치 가면이라도 쓰는 것처럼 표정과 목소리를 바꾸어 말했다.

『그래서 나는, 크리스가 좋아하는 걸 선물해줬으면 좋겠어.』

『그, 그래⋯⋯? ⋯⋯응, 알았어!』

『좋아. 그럼 부탁할게. 정말 기대된다! 크리스가 주는 선물!』

　조금 전까지 감돌던 분위기를 지워버리려는 것처럼, 아르시아가 밝은 목소리로 공간을 새로 물들였다.

『잠깐만 아르시아. 크리스는 선물이라는 말 안 했는데?』

『아~ 정말이네! 왜 말해버리는 거야 아르시아!』

『아, 그러네. 미안, 미안해.』

『미안이면 다야~! 정말이지~!』

『아하하. 그치만, 약속이다.』

『⋯⋯응! 약속!』

　그렇게 해서 크리스와 리브라는 억지로 만든 부드러운 분위기에 말려들었고, 그 자리는 정상화 되어갔다.

마치 아르시아가 자신의 속내를 감추려는 것처럼.

마침내 이야기는 하나의 클라이맥스로 향한다.
열세 살이 됐는데도 날지 않는 비룡.
리브라가 그 원인을 밝혀냈다.
리브라는 물가에서 잠들어 있는 비룡을 보면서—— 그 대사를 말했다.

『비룡은—— 사람의 마음을 읽을 수 있어.』

리브라가 밝혀낸 진실.
비룡의 날개를 묶고 있던 원인.

『크리스는—— 하늘을 날고 싶지 않다고, 생각하지?』

그 대사에 체육관 안이 술렁거린다. 그것은 단순히 각본의 힘으로 학생들의 마음을 움직였다는 증거였다. 키쿠치 양의 이야기는 확실하게 관객들에게 전해지고 있었다.
크리스의 마음에 있는 약한 부분.
닫혀 있던 세계에서 날아오르고 싶다는 마음을 웃도는, 아직 본 적 없는 세상으로 나가는 것에 대한 공포다.
그리고 리브라는 크리스에게 이런 제안을 한다.

『같이, 날자.』

그 한 마디에, 크리스는 허를 찔렸다.

『뭐…….』
『아마 크리스는 혼자서 나는 게 무서울 뿐일 거야. ……그러니까.』
『그러니까?』
『나도 같이 갈게. 둘이서, 같이 세상을 보자!』

그 리브라다운 솔직한 말에 크리스의 마음이 움직였다.
그리고 둘이서 비룡에 올라타 손을 잡고 부탁했다.
날아줘! 라고.

그리고 무대가 어두워지고.
십여 초 뒤, 다시 밝아진 무대는—— 이건 깜짝 놀랐다.

지금까지 까만색으로만 그려져 있던 배경의 모조지에 색색의 물감으로 그린 시내 풍경이 그려져 있었다.
관객 몇 명이 "오……" 하는 소리가 들려왔다. 내가 만담하러 간 틈에 정하고 준비한 걸까. 나는 이 연출에 대해 전혀 몰랐다.
틀림없이 키쿠치 양의 제안이겠지.

왜냐하면── 크리스의 감정을 표현하는 데 있어 더할
나위 없이 딱 맞는 연출이니까.

아름다운 경치를 보면서 크리스와 리브라가 이야기를
한다.

『대단하다! 저건 뭐야?! 도마뱀?!』
『하하하. 도마뱀이 여기서 보일 리가 있겠어? 저건 거룡
이야.』
『거짓말?! 말도 안 돼! 왜냐하면 거룡은 이만───큼 크
잖아?』
『아, 위험해! 꼭 잡아야지!』
『아하하!』

장대한 경치를 보는 두 사람. 그 시선은 어느새 자연스럽
게 앞쪽으로 향해 있었다.
두 사람은 가만히 아득히 먼 곳을 바라봤다.
그 표정은 조금씩 온화하고 부드러운 것으로 변해갔다.

『저기…… 저거.』
『응. 그래.』
『저게…… 바다, 맞지.』
『응.』

두 사람의 눈에 들어온 것은 빛을 받아서 반짝이는 수면. 크리스가 단 한 번도 본 적 없는 경치.

『정말…… 예쁘다.』
『그러게…… 깜짝 놀랐어.』
『뭐야? 리브라는 바다 본 적 있잖아?』
『응. 그렇긴 한데…….』
『한데?』

리브라가 상냥하게 웃었다.

『이렇게 예뻤던가, 싶어서.』
『……그렇구나.』

그렇게, 두 사람은 두 사람만이 아는 풍경을 공유하고 다시 정원으로 돌아왔다.

무대가 어두워진다. 어둠 속에서 잡담을 나누는 사람은 아무도 없다. 체육관 전체가 이 이야기의 다음 부분을 기다리고 있다는 게 느껴졌다. 관객들이 연극 자체를 받아들였다는 증거겠지.
　──그리고 나만은 이 장면에서, 또 하나의 의미로 감동했다.

처음 읽었을 때는 몰라서 이해를 못 했지만…… 두 사람이 바다를 보는 이 장면은.

키쿠치 양이 아주 좋아하는 『포포루』의 오마주였구나.

그 뒤에, 리브라는 딱 하룻동안 크리스를 밖으로 데리고 나갔다.

하지만 거기서 기다리고 있던 것은 하늘에서 봤던 아름다운 풍경이 아니라── 가난한 사람도 있고 크리스가 모르는 룰도 있는 세상이었다.

시장에 갔다가 가게 주인한테 혼나고, 모르는 사람하고는 말도 못 하고, 결국 돌아오는 중에 넘어지고 말았다.

그것은 단적으로 제시된 『현실』이었다.

『저기 리브라. 나…… 응석을 부리고 있었나봐.』

『응석, 이라니?』

『살아가기 위해서 뭔가를 열심히 하지도 않고…… 넓지만 좁은 이 정원에, 계속 틀어박혀서.』

『……그건 아닌 것 같은데.』

『아냐. 나, 이제 알았어.』

크리스는 더듬더듬.

『갇혀 있는 것보다…… 나가려고 생각하면 나갈 수 있는

데, 내 의지로 나가지 않는 쪽이 훨씬 힘들고, 쓸쓸하고, 자유롭지 못하다는 걸 말이야.』

마음속의 열등감을 토해내고 정리하는 것처럼, 말로 표현해 나갔다.

『바깥세상은 멀리서 보면 파이어 웍스 마법처럼 예쁘지만…… 그 안에 들어가려면, 열심히, 노력해야 하는구나.』
『……크리스.』
『저기 리브라. 나 말이야. ── 열심히, 해보고 싶어.』

그리고 그날부터 크리스는 노력하기 시작했다.
힘든 것들을 조금씩 배워나가면서 크리스는 명확하게 달라져갔다.
하지만 리브라만은 거기에서 위화감을 느꼈다.
그것 말고도 살아갈 길이 있다고 생각했다.

나는 이 다음 장면에 대해서 말로는 들었지만── 각본자체는 몰랐다.

어느 날. 크리스와 리브라가 말다툼을 한다.

『난…… 반대야.』

『어째서……?』

『아마 크리스한테는 다른 길도 있을 거야.』

『다른 게 뭔데?! 나한테 계속 이 정원에서 살라는 거야?!』

지금까지 본 적이 없을 정도로 감정을 드러낸 크리스가 자신의 속내를 마구 터트렸다.

되고 싶은 자신. 되지 못하는 한심함. 가고 싶은 곳. 보고 싶은 풍경.

그것 하나하나가 마치 사고의 피와 살을 깎아나가는 것처럼, 이야기를 통해서 표현됐다.

『저기, 리브라.』

그리고 크리스는 관객 쪽을 똑바로 보면서—— 이렇게 말했다.

『하늘에서 본 세상은 정말 다양한 색으로 빛나고 있었어.

하지만…… 내가 거기에 들어갔더니, 그 풍경은 회색이었어.』

그것도 어디선가 들은 적이 있는 대사였고.

『그래서 나도, 반짝이는 세상을 보고 싶다고, 그렇게 생각했어.』

크리스를 통해서 다시 한번 말한 그 말에 숨이 턱 막혔다.

『저기! 나도 다른 사람들이랑 같은 세상을 보고 싶다고 생각하는 게 그렇게 잘못된 거야?!』
　격정이, 바람이, 갈등이, 말이 되어간다.

『지금은 여기에 갇혀 있을 뿐이고, 밖에는 무한한 가능성이 있다고 생각했어.
　하지만, 난 여기서만 살 수 있는 무능한 여자애였어.』

　그 속내를 드러낸 말은 날 집어삼켰고, 모든 것을 휩쓸어버리려는 것처럼 흘러갔다.

『어째서 난, 다른 사람들처럼 잘하질 못하는 거야?
　어째서 난, 당연한 것들을 하나도 모르는 거야?』

　나는 그 대사 하나하나에 취해서 움직이지 못할 정도로 감정이 흔들렸다.
　지저귀는 것처럼 말한 그 이야기는 세상에서 소외됐다는 감정이 결정화 되어 터져나온 영혼의 외침이었다.

『난…… 다른 사람들이랑 다른 생물이야?』

그리고 그것은—— 이상과 현실 사이에서 길을 잃은, 한 소녀의 통곡이었다.

『제발, 가르쳐줘. 리브라…….』

　아무도 없는 정원에서 그저 책만 읽고 있던 크리스가 품게 된 고민.
　자신이 다른 사람과 다른 종족이라고 생각하게 된 소녀의 괴로움.
　크리스가 품고 있던 갈등은 이렇게까지 깊고 잔혹한 것이었다.

　그렇게 관객의 마음을 줄곧 사로잡은 연극『내가 모르는 하늘을 나는 법』은 클라이맥스로 향한다.

　그 뒤로 시간이 지나, 어느 날.
　리브라는 물건이 잔뜩 들어 있는 자루를 들고서 크리스가 사는 정원으로 갔다. 우울해하던 크리스는 그것을 보고 신기하다는 듯이 고개를 갸웃거렸다.

『……리브라, 그거 뭐야?』
『아, 이거? 지난번에 말이야. 크리스가 잔뜩 줬잖아?』
『……꽃 장식 말이야?』

『응.』

며칠 전.
리브라는 크리스한테 지금까지 만든 꽃 장식들을 줄 수
있느냐고 부탁했다.

『꽃 장식 만드는 데 참고하고 싶다고, 했었지?』
『맞아. 그런데 미안해, 그거 거짓말이었어.』
『거짓말……? 무슨 얘기야……?』
『사실은 말이야.』

그리고 리브라는 자루 안에서 편지를 한 통 꺼냈다.

『그건?』
『편지야.』
『편지?』

리브라가 그 편지를 크리스에게 건넸다.
크리스는 천천히 내용을 읽고, 놀랐다.
왜냐하면 거기에 적혀 있던 내용은.

『정말 예쁜 꽃 왕관 고마워요. 제 보물로 해도, 되죠……?』

서툰 어린아이 글씨로 적은, 마음이 담긴 문장이었다.

그리고 리브라는『그게 다가 아니야』라고 하면서, 이번에는 자루에서 과일과 채소를 잔뜩 꺼냈다.

『이, 이건⋯⋯?』

『받았어.』

『받았, 다고?』

『응. 꽃 장식이랑 바꿨어, 그 채소가게 주인이랑.』

『뭐⋯⋯.』

채소가게. 물건 사는 요령을 몰랐던 크리스는 밖에 나갔을 때 그 채소가게 주인에게 잔뜩 혼났었다.

리브라가 설명했다.

채소가게 주인이 딸한테 줄 선물 때문에 고민하고 있었다고. 그래서 이 꽃 장식을 보여줬더니 정말 좋아했고, 그것을 상품과 바꿔줬다고. 그리고—— 딸도 너무나 마음에 들어했고, 그 답례로 과일과 채소를 잔뜩 줬다는 이야기를.

『그때 그 여자아이가 만들었다고 했더니 말이야. 정말 미안하다고, 대신 사과해달라고 했어.』

『리브라⋯⋯ 그거, 정말이야?』

『물론이지! 자, 봐봐! 또 있거든? 이건 여관 아주머니가 줬거든? 이건 방어구점 아들이. 아, 친구로 지내던 여자아

이한테 프러포즈 한다고 신이 났던 열일곱 살 남자 애도 있
었는데…… 성공했으려나?』

『리브라…….』

크리스는 멍하니 그 자리에서 꼼짝도 못했다.

왜냐하면 시야가 선명하고 넓게 트이는 느낌을 받았으니
까.

『어때. 이제 알았지? 크리스가 정말 좋아서 만드는 그
꽃 장식을── 원하는 사람들이 있다는 걸.』

『응…….』

『크리스는 바깥에서 있을 곳이 없는. 다른 생물이 아니라
는 걸.』

『응…… 응…… 응!』

『그러니까 말이야.』

그리고 리브라는 두 팔을 벌리고 크리스를 불렀다.

『날자! ──이번에는, 자기 날개로!』

그 한 마디에── 지금까지 까만색으로만 그려져 있었던
정원 배경까지 종이를 넘겨서 색이 입혀진 것으로 바뀌었다.

특이한 모양의 나무들, 잔뜩 우거진 초록색 잎들. 빛을 반

사하는 물.

익숙했던 풍경이 이렇게나 아름다웠다.

크리스는 당장이라도 울 것 같은 표정으로, 그러면서도 웃으며 고개를 끄덕였다.

그것은 딱딱하게 응어리져 있던 소녀의 마음이 점점 녹고 있다는 것을 보여주는 것 같은, 눈부신 미소였다.

그리고 무대가 어두워졌다가 다시 밝아지고. 이야기는 에 필로그로 들어간다.

자신이 좋아하는 것을 하면서 밖에서 살기로 결심한 크리스에게, 아르시아가 왕성의 연줄을 이용해서 꽃장식 장인들이 모이는 아틀리에를 소개해줬다. 거기에 제자로 들어가서 배울 수 있도록 만들어 준 것이다.

그리고 헤어지는 날. 정원에 모인 세 사람.

리브라는 크리스에게 이런 말을 했다.

『힘들면 말이야, 언제든지 돌아와도 돼.』

이 정원은, 왕성은.

언제나 크리스가 있어도 되는 곳이라고.

크리스는 눈물을 훔치면서 대답했다.

『응. 알았어. ……고마워, 리브라.』

『난 그런 어설픈 말 안 할 거야. 반드시 이 세상에서 제일 가는 꽃장식 장인이 돼야 해…… 그래서.』

『……그래서?』

그리고 아르시아는 도저히 참을 수 없다는 것처럼.

『그때는 정원이 아니라 이 왕성으로……! 돌아와 줘, 크리스……!』

『응……! 알았어, 아르시아……!』

두 사람은 껴안고 서로의 쓸쓸함을 나눴다.

그리고 크리스는 왕성 사람들에게 작별을 고하고 아틀리에에 입문한다.

어디에도 적응하지 못할 거라고 생각했던 소녀.

자기 혼자만 주위와 다른 종족이라고 생각했던 소녀.

하지만 크리스는 자신이 살아갈 곳을 찾았다.

『——난, 이랬어야 했어!』

강하게 해방을 축하하는 말.

이 세상에서. 자신의 존재 방식을 찾아냈다.

크리스는 무대 중앙에서 스포트라이트를 받으며. 세상을

똑바로 보면서.

이 『내가 모르는 하늘을 나는 법』이라는, 크리스를 위한 이야기가 끝났다──.

『난 드디어, 하늘을 나는 법을 찾았어!』

──끝난 줄 알았는데.

크리스의 마지막 대사와 함께 무대가 어두워졌다.
키쿠치 양한테서 들은 마지막 장면이 끝나서, 나는 관객석에서 손뼉 칠 준비를 했다.

하지만── 이야기는 거기서 끝이 아니었다.

무대가 다시 밝아지고.

거기에는 아직도 연기하고 있는 히나미가 분장한 아르시아와 미즈사와가 분장한 리브라가 있었다. 순간 무슨 일이 일어난 건지 이해하지 못해서 그저 무대만 바라볼 수밖에 없었다.
『리브라. 봐! 이거!』
날카로운 기운이 사라진 부드러운 목소리. 거기엔 어딘가 응석 부리는 느낌도 있었고.

『응……? 아! 크리스가 보낸 편지구나!』

대사에서 정체불명의 차가운 기운이 느껴졌다.

나는 앞으로 키쿠치 양이 무슨 말을 전할지 아무것도 모른다.

『그때부터 엄청나게 활약해서, 지금은 그 아틀리에의 주인이 됐다나봐.』

『헤에. 정말 대단한데! 정말 큰 경사야!』

또, 위화감.

작중에서 시간이 지난 것 같은 대사와 연출.

그 시간의 흐름 속에 키쿠치 양은 대체 뭘 담으려고 했던 걸까.

그리고 어째서 그때. 키쿠치 양이 결말을 말해줬을 때. 이 부분을 나한테 말하지 않은 이유는 뭘까.

전혀 알 수 없었다.

『그럼, 읽을게.』

『응, 부탁해.』

나는 이 체육관 안에 있는 그 누구보다 대사에 귀를 기울였다.

위화감과 예감은 나한테 듣지 말라는 위험 신호를 보냈다.

『친애하는 리브라, 아르시아.』

현기증이 일어난 것 같은 시야가 무대 조명을 불규칙하게 흔들어댄다.

원인을 알 수 없는 초조함. 그 기분을 떨쳐낼 수가 없다.

마침내, 막혀 있던 사고의 봇물이 터진 것처럼── 그 목소리가 또렷하게 내 귀에 전해졌다.

『──두 사람, 결혼 축하해!』

아르시아가 읽은 크리스의 말은.
단두대 칼날처럼 간단히, 내 마음속의 기대와 희망을 잘라버렸다.

『직접 말하지 못해서 미안해. 결혼식이 많은 시즌이라서 시간을 낼 수가 없거든. 제자들도 많아서 내가 없으면 큰일이 나.』

편지에 적은 크리스의 말이 마치 뭔가에 대답하는 말처럼 여겨지고.

『그런데 생각해보면 두 사람과 지낸 시간이 지금의 날 만들어준 것 같아. 아무것도 모르고, 아무것도 알고 싶어 하지 않았던, 그런 미숙한 나한테 몰랐던 것들을 전부 가르쳐준 건 두 사람과 지낸 소중한 시간이었어.』

귀를 막고 싶어지는 것 같은 소리가, 고막을 통해서 심장을 차갑게 만든다.

『그래서 두 사람에게 최소한의 보답을 하려고 해! 지금은 시내에서 제일 인기 있는 내가, 세상에서 제일가는 꽃 장식을 선물해줄게. 아르시아, 기억 해? 내가 좋아하는 걸 선물해주겠다고 약속했었지?』

잘려나간 단면에서 수습할 수 없는 무언가가 흘러 나가는 것이 느껴졌다.

『리브라. 아르시아. 꼭 행복해져야 돼! 크리스가.』

왜냐하면 그것은, **리브라와 크리스가 맺어지지 않는다는 결말**이었으니까.

* * *

연극이 끝났다.

예상을 훨씬 웃도는 퀄리티였기 때문일까. 강렬한 박수 소리가 터져 나와 귀를 괴롭혔다. 마지막 인사를 하러 나온 출연진들이 간단하게 인사하고, 무대는 다음 공연으로 넘어갔다. 아마 취주악부가 연주한다는 것 같다.

그걸 보려고 계속 남아 있는 사람도 많았지만, 난 그럴 기분이 아니었다.

왜냐하면 이 이야기는.

『내가 모르는 하늘을 나는 법』은 키쿠치 양의 이야기다.

리브라한테는 내 언동이 명확하게 반영돼 있었고, 크리스는 그 사는 모습부터 사고방식까지 모든 것들이 키쿠치 양이 나아가는 길을 보여주고 있었다.

그리고 며칠 전에 내가 키쿠치 양한테 했던 말.

『연극이 끝나고── 할 말이 있어.』

그 뒤에 키쿠치 양이 했던 반응을 보면 틀림없이 그 의미를 알아차렸을 테고, 무엇보다 그 타이밍에서 그런 말을 했다면, 다른 의미가 있을 리 없으니까.

하지만 키쿠치 양은 그걸 알면서도── 마지막에 그런 전개를 추가했다.

이건 굳이 말할 필요도 없다.

의미는 명확하다.

나는 비틀거리는 걸음걸이로 체육관 밖으로 나와 연결 통로를 따라 걸어갔다.

12월 하순의 바람은 차가웠고, 식은 건지 맥박이 쳐서 뜨거워 진 건지 모를 내 얼굴을 살며시 식혀줬다.

"……그렇구나."

혼자서 중얼거렸다.

반년 전, 히나미와 만난 날부터 조금씩 날 바꿨다.

겉모습은 물론이고 내면에도 나 자신을 쌓아왔다.

처음에는 무서워서. 그 뒤에는 아마도, 도망치고 싶어서.

누구 한 사람을 고르지 못했던 내가 처음으로 명확하게 선택한 한 사람.

난 지금, 그 사람한테—— 차였다.

살짝만 내쉬어도 하얗게 물드는 숨은 아마 내 동요를 있는 그대로 보여주는 것이겠지.

하지만 내 마음 속에 있는 감정은 신기하게도 납득하는 기분이었다.

"왜냐하면 이건……『인생』이니까."

그렇다.

나는 누구보다 깊게, 알고 있다.

왜냐하면 그건 우리나라에서 제일가는 게이머인 내가 한 번은 포기할 뻔했던, 내가 알고 있는 한에서는 엄청나게 어려운 난이도의 게임이니까.

태어나서 지금까지 십 년을 넘는 기간 동안 나는 계속 패배해왔다.

분명히 최근 반년 동안에 많이 달라진 것 같다. 그야말로 다른 사람처럼 말이야.

하지만 겨우 그것만 가지고 모든 일이 잘 될 만큼 이 게임은 우스운 게 아니었다.

그래. 즉, 『인생』 따위——

"——망겜, 은 아니지."

그렇게 단정해버릴 수가 없었다.

왜냐하면 나는 그것도 알고 있다.

이 게임은 어렵고 잘 풀리지 않는 때도 많다.

부조리하고, 하면 할수록 괴롭고, 잘 안 되는 때가 훨씬 많다.

그래도 누군가를 진심으로 알고 싶다고 생각하거나, 전혀 다르다고 생각했던 누군가와 마음이 통하기도 하거나, 손이 닿지 않는 존재라고 생각했던 존재가 날 필요로 해주기도 했다. 그런 자신을 아주 조금 좋다고 생각하게 되기도 했고.

그런 수많은 드라마와 이야기로 가득 찬, 명작 게임이다.

"……갈까."

혼자서 중얼거리고 한 걸음 내디뎠다.

떠들썩하고 행복한 문화제의 공기. 아마도 거기에는 내가 모를 뿐이지 수많은 연애 이야기들도 움직이고 있을 것이다. 리얼충 폭발해버려, 라는 말도 있는데 나도 그렇게 시작했다가 실패해버린 상황이다 보니, 그런 말을 할 기력도 없다.

지금은 그저 폭주하는 머리를 식혀주는 차갑고 메마른 공기가 아주 조금 고마울 뿐이다.

"조금만 쉬자. ……그리고 나서, 다시."

그리고 나서 다시 이 게임을 계속하자.

그렇게 생각할 만큼 이 게임이 좋아졌으니까.

한 걸음 내디딘 상태로 고개를 들어 앞을 봤다.

그리고—— 깜짝 놀랐다.

왜냐하면 앞을 보고 있는 내 시선 너머에.

거기에 내가 잘 아는 여자아이가 있었기 때문에.

"토모자키……."

길고 매끄러운 포니테일이 북풍을 받아서 흔들린다.

가만히 슬픔을 억누르는 표정으로 날 보고 있는 여자아이가, 쥐어짜는 것처럼 내 이름을 부르고 있었다.

"……미미미."

어째서일까. 그 표정은 내가 생각하는 걸 전부 들여다보는 것 같고.

그 슬픔을 진심으로 받아들이고, 이해해주는 것 같고.

나는 그것만으로도, 뭔가가 흘러나올 것 같은 기분이 들었다.

"그 연극, 말이야."

미미미는 힘을 담아서, 옆으로 피하려고 하는 시선을 억지로 내 쪽으로 돌리면서, 나한테 말했다.

"그런 뜻, 이지?"

──그렇구나.

"나 말이야. 우리 반 애들을 모델로 삼은 연극 같다고 생각해서, ……리브라는 완전히 토모자키고, 아르시아는 아마 아오이고, 그렇다면 크리스는 키쿠치 양이겠구나 싶었거든. 대단하구나, 재미있었구나, 그런 얘기를 하려고."

미미미는, 알아차리고 말았다.

생각해보면 당연한 일이다. 본인처럼 확실하게 보이지는 않겠지만, 그 캐릭터. 스토리. 아는 사람이 보면 혹시, 하고 눈치챌 수는 있다.

그렇다면 미미미처럼 다른 사람 마음의 움직임을 잘 읽는 리얼충이라면 그리고 나라는 인간을 좋아해준 여자아이라면.

리브라가 나랑 너무나 닮았다는 정도는 간단히 알아차리겠지. 게다가 날 연극 쪽으로 보내기 전부터 뭔가를 눈치챈 것 같았다.

나한테 호의를 전해준, 날 이해해준 미미미는 틀림없이 그 누구보다 날 봐줬다.

그렇다면 내가 키쿠치 양에게 마음이 있다는 걸── 어쩌면 고백하려고 했다는 것까지 눈치챘을지도 모른다.

미미미는 나보다 큰 눈물방울을 그 눈에 담고 있다.

"하지만…… 마지막에 그렇게 연극이 끝나더니 둘 다 도망치는 것처럼 어디로 가버리고. 너무 이상하잖아. 정말 열심히 같이 각본을 만들고, 그렇게 연극을 성공시켰는데. 그런데 둘이 같이 있지 않는 건, 너무 이상해."

"……그런가."

그리고 알아차렸다.

나와 키쿠치 양의 분명한 급 접근. 함께 지낸 시간. 그리고—— 그 연극의 마지막 전개.

"응, 그래."

그리고, 고개를 끄덕였다.

"——나, 차였어."

나는 최대한 한심해 보이지 않게, 빙긋 웃어 보이면서 말했다.

그리고 동시에, 마음속에서 맹세했다.

이렇게 날 이해해주고, 걱정해주고, 여기까지 달려와주고.

그런 미미미의 상냥함에, 호의에 기대서는 안 된다고.

여기서 감정에 몸을 맡기고 미미미를 고르는 짓만은 해서는 안 된다고.

하지만—— 그때.

미미미가 몇 걸음 다가와서. 어떤 선을 넘어서.

내 손을, 미미미의 차가운 두 손이 꽉 잡았다.

사고가 정지됐다. 대체 무슨 일이 일어나는 건지 알 수 없게 돼버렸다.

시야에 유일하게 보이는 건 반경 1미터 안에서 내 손을 꼭 잡고 있는 미미미의 모습이다.

정말 센 힘으로 내 손을 잡은 미미미. 그 눈동자는 나를 똑바로 보고 있다.

너무 가까운 거리. 격앙된 감정.

아무도 말리지 않는 그 공간이 모든 결의를 쓸어버릴 것만 같았다.

마침내.

미미미는 울음을 터트릴 것 같은, 당장이라도 눈물이 쏟아질 것만 같은 표정으로.

이렇게 외쳤다.

"──도서실!!"

그 눈동자는 무엇보다 진지했다. 그러면서도 뭔가를 포기한 것 같은 각오와 눈물이 넘쳐나고 있었다.

날 똑바로 바라보는 시선 안쪽에서는 약함과 망설임도 보였다.

"키쿠치 양은 지금 도서실!! 연극만 보고 답을 정하는 건 절대로 안 돼!!"

그래도 미미미는 꾹 참으려는 것처럼 입술을 깨물고.
두 손으로 내 손을 잡고, 내 몸까지 끌고 갔다.

"브레인은 지는 거 싫어하잖아!! 최강 게이머잖아!!
그러면 절대로 안 된다는 걸 알 때까지 끝까지 버텨야지?!"

그 말은 차가운 공기 따위보다 훨씬 강하게 내 머리를 후려쳤다.
미미미의 눈에서 떨어진 커다란 눈물방울이 볼을 타고 땅바닥에 떨어졌다.
미미미가 치켜든 오른손이 힘차게 화가 날 정도로 세게—— 내 어깨를 때렸다.

"그렇다면 가슴 활짝 펴고 가란 말이야!! 남자답게!!"

휘몰아치는 바람은 차가운데, 미미미의 손이 닿은 어깨만은 타오르는 것처럼 뜨겁다.
나는 그 아픔과 차가운 공기와, 그리고 그 말 덕분에.
다시 한번 더—— 동기를 얻었다.

"……고마워. 갔다 올게."

나보다 더 날 생각해주는 사람.

그 눈을 가만히 보면서 말했더니 미미미는 빙긋, 밝게 웃었다.

"그래! 대신, 나중에 만두도 사줘야 한다!"

그 말에 등을 떠밀려서, 나는 도서실을 향해 뛰어갔다.

* * *

"……토모자키, 군?"

석양이 비치는 도서실.

내가 정원에 들어갔더니 거기에는 키쿠치 양이 있었다.

"……응."

평소에 하던 인사도 없는, 엇갈린 것 같은 분위기. 키쿠치 양 말고는 아무도 없는 그 공간에는 문화제 준비에 썼던 것 같은 큰 짐들이 어지럽게 놓여 있었다.

두 사람을 비추는 것은 닫힌 커튼 사이로 들어오는 어렴풋한 주황색 빛뿐. 그러면서도 여전히 책 냄새가 가득 차 있었다.

"……저기 말이야."

나는 짧게 말을 꺼내고 키쿠치 양 맞은편에 앉았다.

머릿속이 텅 비어서 정말 아무 생각도 할 수가 없었다. 하지만, 그래도 전하고 싶은 말은 산더미처럼 많았다.

"예……."

아마 키쿠치 양도 알고 있겠지.

그 전개의 의미가 나한테 전해졌다는 것을.

그래도 한 번 더── 얘기하러 여기에 왔다는 걸.

"마지막 장면, 말이야."

그래서 나는 사양하지 않고 바로 제일 중요한 부분까지 파고들었다.

"그런, 결말로 했구나."

키쿠치 양은 괴로워하는 것처럼 입술을 깨물었다.

"……죄송해요."

사죄하는 말이 그 무엇보다 날카롭게 내 가슴을 후벼 팠다.

"아냐…… 사과할 일은, 아니고."

하지만 키쿠치 양은 으응, 하고 고개를 저었다.

그리고 또 입술을 깨물면서 눈물 고인 눈으로 날 바라봤다.

"그게 제가 선택한…… 결말이에요."

목에서 쥐어짜는 것처럼 흘러나오는 괴롭고, 절실한 목소리.

"어째서……."

그렇게 물으려다가, 멈췄다.

왜냐하면, 아니니까.

왜 받아들이지 않았는지, 가 아니다.

그건 아마도── 내가 미미미의 마음을 받아들이지 않았던 것과 똑같다.

받아들일 만큼의 이유가, 감정이. 키쿠치 양 쪽에는 없었던 것이다.

그게 전부다.

"어째, 서……."

나는 분한 마음에 입술을 깨물었다.

그래도 역시. 한심해도, 의미가 없어도.

포기할 수는 없었다.

"어째서……냐고 물을 일이 아닌지도 모르겠지만……!"

그건 틀림없이 꼴 사납고 창피한 말.

무엇보다 약한 모습.

"그래도, 가르쳐줬으면 싶어……!"

하지만 창피함도, 체면도 무시하고 전했다.

왜냐하면 키쿠치 양은 내가 이 인생에서 처음으로, 내 의지로 선택한 사람이니까.

"이유…… 말인가요."

그랬더니 키쿠치 양은 고개를 숙이고.

어째선지── 천천히, 자조하는 것처럼 웃었다.

"곰곰이…… 생각했어요."

그것은 뭔가를 저울질하는 것 같은 공허한 목소리였다.

자신이 갈 길을 망설이던, 얼마 전까지의 키쿠치 양 같은 표정이었다.

"분명히, 크리스는 리브라가 **좋은 지도** 몰라요."

그 말을 듣고 깜짝 놀랐다.
『크리스는 리브라가 좋다』.
왜냐하면 그걸 지금까지 비유했던 대로 받아들인다면──.

"하지만 아르시아는, **리브라가 아니면 안 돼요.**"

결의를 다진 것 같은 강한 표정.
아마 그것이 키쿠치 양이 깊이 생각하고 내린 답이리라.
하지만 나는 그 말을 받아들일 수가 없었다.
"잠깐만. 어째서, 그렇게 되는데?"
키쿠치 양이 지금 한 말은.

"아르시아는 재주는 좋지만 안에 아무것도 없는, 텅 빈 여자아이에요.
그리고 리브라는, 서툴지만 호기심── 하고 싶은 것이 있는 남자아이고요."

아니야.
왜냐하면 그건 얼마 전까지──.

"그건 정반대의 존재고── 그래서 두 사람이 맺어지는 모습이, 『이상적』이예요."

강한 말투. 단정하는 말꼬리.

망설임을 버린 것 같은 또렷한 말이었다.

그 내용은── 얼마 전까지의, 키쿠치 양의 사고방식이었다.

세상의 이상. 그래야 하는 모습. 그래서 그렇게 해야『만』한다.

아니야. 내가 분명히 말했는데.

이상보다 자신이 좋아하는 것에 솔직하게 살아갔으면 싶다고.

키쿠치 양도 내 말에 납득했다. 억지로 다른 사람들한테 맞추는 걸 그만뒀고, 학교에서가 아니라 『작가 지망』으로 SNS를 사용하면서 자신이 있을 곳을 찾으려고 했다.

나는 키쿠치 양이 『이상』에서 해방됐다고 생각했었다.

그런데 지금 한 말은──

"어째서……. 자기가 좋아하는 일에 솔직해지기로 한 게 아니었어?"

예전처럼 이상에 얽매인 키쿠치 양이었다.

그렇게 물었더니 키쿠치 양은 천천히 고개를 저었다.

"한 번은, 그렇게 생각했어요. 그게 좋다고 생각했어요. 하지만 역시…… 아니었어요."

키쿠치 양은 책상 위에 올려놓은 각본을 만졌다. 그 후반쪽 페이지에 슬쩍, 구겼던 흔적이 남아 있다.

"토모자키 군 말을 듣고 납득했었어요. 인생까지 작가 시점으로 살면 안 된다고. 억지로 세상의 이상에 맞추려고 하지 말고 내 감정에 솔직해져보자고 노력했어요."

키쿠치 양이 조용하면서도, 마치 감정을 드러내면서 말했던 크리스처럼 살아있는 느낌의 말을 토해냈다.

"그랬더니 정말로—— 제 세상에 활기가 넘치는 것처럼 보였어요. 왠지 정말로, 그야말로 크리스가 비룡 위에서 봤던 경치처럼 별것 아닌 세상이 눈부셔 보였어요. 역시 토모자키 군은 대단하다고, 생각했어요."

"그러면……"

"하지만."

키쿠치 양이 내 말을 잘랐다.

"……역시 저는, 그래선 안 돼요."

키쿠치 양의 가늘고 긴 손가락은 이야기를 써나갈 때와 전혀 다른 불안정한 느낌으로, 조금씩 흔들리고 있다.

"감정에 따라서 살아간다는 건, 이 세상이라는 이야기에 대해, 다른 등장인물의 감정에 대해…… 너무나도 제멋대로니까. 독선이니까. 그래서 그런 자신이 불성실하다고 여겨지게 돼요."

"불성실……."

그건 아마 내가 항상 신경 쓰고 있는 추상적인 감각. 이유는 모른다, 하지만 그래선 안 될 것 같다── 그런 애매하지만 자신의 근본에 뿌리내리고 있는 바꿀 수 없는 시점.

키쿠치 양의 목소리는 조금씩, 망설임과 격정이 뒤섞인 것으로 바뀌어갔다.

"하지만, 그것과 반대로…… 다른 사람들의 감정을 존중하면서『세상의 이상』을 향해서, 제 감정을 정리하고 행동해봤더니 역시 그건 제가 생각해도 너무나 멋진 일이었어요. 아름답다는 생각까지 들고…… 나는 성실하구나, 라고 생각하게 돼요."

키쿠치 양은 자기 가슴에 손을 대고, 리본을 꼭 쥐었다.

"왜냐하면 그건 제 감정뿐만이 아니라 세상에 대해서도, 다른 사람들의 감정에 대해서도, 올곧고, 아름다운 것이고."

키쿠치 양의 말이 조금씩 정리되고, 온화한 것으로 바뀌어갔다.

"그래서 저는 작가 시점에서 자신을 자제하고, 성실하다고 생각되는 자신으로서 살아가자고 생각했어요. 그래서…… 그런 결말로 했어요."

그렇게 키쿠치 양은 자기 자신의 결말 같은 것을, 확실하게 나한테 전해줬다.

"그게…… 제가 살아가는 방식이니까."

그리고 말을 맺었다.

그렇게까지 말하면 나도 더 이상 할 말이 없다.

왜냐하면 키쿠치 양은 나랑 달라서 감정보다 이상을 위해 살아가는 쪽이 어울리니까.

캐릭터로서 살아가는 것보다 작가로서 살아가는 쪽이 성실할 수 있으니까.

"——하지만!"

지금까지 들어본 적이 없을 만큼의 격정이 담긴, 목이 찢어질 것만 같은 키쿠치 양의 목소리가 도서실 안에 있는 책들을 흔들었다.

"……잊을 수가 없어요."

키쿠치 양의 눈에서 눈물이 떨어진다. 내가 좋아하는 하얀 손은, 내가 좋아하는 각본 위에서 살며시 쥐어져 있다.

"빛나는 풍경이…… 반짝이는 세상이. ……또 하나의 결말을, 잊을 수가 없어요."

키쿠치 양의 볼을 타고 떨어진 눈물이 각본 제일 첫 장 위에 떨어져 그 제목 글자를 흐릿하게 만들었다.

"사실은, 그러면 안 된다는 걸 알면서…….
성실함도, 반짝이는 세상도, 전부 갖고 싶어졌어요……!"

키쿠치 양의 눈에서 흘러나오는 눈물은 멈추질 않았다.

"그런 건, 그냥 고집일 뿐인데!"

터져나온 감정이 폭포처럼 내 온몸을 두드렸다.

키쿠치 양은 절실하게. 몸이 찢어져라. 진심으로 고민하고 있었다.

자신이 성실하게 있기 위해서는 자신을 버려야만 한다. 이상에 따라 살아가야만 한다.

하지만 이상을 버리고 자기 마음대로 살아보고.

그때 봤던 반짝이는 세상을 잊을 수 없어서.

그저 성실하기만 할 수도, 고집만 피울 수도 없게 돼버려서.

모든 것이 복잡하게 엮이고 손쓸 도리도 없을 만큼 부풀어 오른 어려운 문제.

마음속 깊은 곳에 있는 뿌리 두 개가 뒤얽히고, 발버둥 치면 칠수록 몸이 찢어지고, 서 있지도 못할 만큼 자기 자신을 잃어버리게 되고.

그런 마음을 도려내는 것 같은, 근본적인 가치관의 모순이 키쿠치 양을 옭매고 있다.

──하지만.

동시에.

너무나 맑은 샘물이 살며시 메마른 땅에 스미는 것처럼.
키쿠치 양이 품고 있는 모순들을 전부, 놀라울 정도로 자연스레 이해하게 됐다.
그리고 바로, 그 이유도 알았다.

왜냐하면── 똑같으니까.

"키쿠치 양."
그래서 나는 그때의 일을.
여름방학 때의 그 일을. 그 카페에서.
나는 나에게 무엇보다 중요한 것을 배웠던 그날을 떠올리면서.
천천히, 모든 것을 말했다.
"저기 말이야. 그거 기억해?"
키쿠치 양은 젖은 눈으로 내 쪽을 봤다.
"나 말이야. ……반년쯤 전까지는 세상 따위 무시했고, 이상 따위엔 관심도 없었어. 내가 하고 싶은 것만 우선하면서 자유롭게 살았어."
키쿠치 양은 여전히 눈물을 흘리면서, 그러면서도 가만히 내 말을 기다려줬다.

"하지만── 어떤 **마법사**를 만났어. 그러면 안 된다고 해서 어떻게 하면 『이상』에 다가갈 수 있는지를 배웠어."

"……그런 얘기, 했었죠."

그것은 전에도 한 번 키쿠치 양에게 이야기했던, 지금까지 있었던 일.

눈물을 닦고, 가끔씩 코를 훌쩍이면서도, 키쿠치 양이 맞장구를 쳐줬다.

"그 뒤로 나는 진심으로 이상을 위해서 싸워봤어. 점점 결과가 나오고, 보람도 느끼고. ……하지만 중간에 또, 틀렸다고 생각했어."

그래서 나는 그날,

자신을 꾸미는 걸 그만두고, 머리카락도 전혀 다듬지 않은 상태로 키쿠치 양을 만나러 갔다.

바로 그것이 『스킬』이나 『이상』에 얽매이지 않는 솔직한 존재방식이라고 생각했다.

"『스킬』을 쓰면서 살아가는 건 왠지 나한테 불성실하다는 생각이 들어서. 반대로 내 감정에 솔직하게 살아가는 게 성실하다고 생각돼서."

그리고 나는 천천히── 그 답을. 그 의미를. 그 이유를.

키쿠치 양에게 말했다.

"이거── 뭔가 닮지 않았어?"

키쿠치 양은 눈이 휘둥그레지면서 깜짝 놀랐다.
나는 고개를 끄덕이고, 다시 한번 입을 열었다.

"키쿠치 양이랑, 정반대야."

──그렇다.

"나는 감정만 있는 데서 시작해서, 이상을 목표로 삼는다
는 걸 알았고.
키쿠치 양은 이상의 세계에서 시작해서, 감정에 솔직해지
는 걸 알았어."

그것은 웃음이 나올 정도로 똑같은 논리. 반대 순서.

"하지만 나는 『이상』이 불성실하다고 생각했고, 키쿠치
양은 『감정』이 불성실하다고 생각했어."

그렇다면.
나만이 전해줄 수 있는 것이 여기에 있다.

"키쿠치 양. ──그래서 내가, 어떻게 했는지 알아?"

나는 눈앞에 있는 정말 소중한 사람에게.

그 사람은 요정도 천사도 엘프도 아니다.

그딴 것들은 내가 내 감정에 뚜껑을 덮어버리기 위한 구실에 불과했으리라.

그저 자신의 삶의 방식 하나에 이렇게까지 솔직하게 고민할 수 있는—— 정말 솔직한 사람에게.

나는 내 삶의 방식을. 그 마음의 『한가운데에 있는 부분』을.

생각한 그대로 전해주고 싶다.

"——둘 다였어."

그것은 별로 대단할 것도 없는 단순한 이야기.

"내가 하고 싶은 것과 스킬. 이상과 감정.

그 두 가지를 전부 손에 쥘 수 있게 노력하면 되는 것뿐이었어."

어쩌면 현실의 일이라서 모순된 것처럼 여겨지는 것인지도 모른다.

하지만, 그래도 자신에게 그 두 가지가 필요하다면.

노력이라는 전제가 필요하지만 그 둘을 양립할 수 있다.

그리고.

그걸 나한테 가르쳐준 사람은——.

"그러니까, 키쿠치 양도 똑같아."

키쿠치 양은 조금씩, 뭔가에 매달리려는 것 같은, 뭔가를 찾는 것 같은 표정으로 바뀌어갔다.
"저도, 똑같다고요……?"
나는 힘을 담아 키쿠치 양의 까만 눈동자를 보면서 고개를 끄덕였다.

"난 내가 하고 싶은 것을 전제로, 그걸 실현하기 위해서는 어떻게 스킬을 써야 좋을지 생각하기로 했어. 그래서——"

배운 것을 그대로 돌려주려는 것처럼.
"키쿠치 양은—— 자신의 이상을 망치지 않는 걸 전제로, 하고 싶은 일을 실현하려면 어떻게 해야 할지. 그걸 생각하기만 하면 돼."

날 긍정해줄 수 있는 키쿠치 양의 모든 것을 긍정하기 위해, 자신 있게 말했다.

"한쪽만이 아니야. ——양쪽을 전부 손에 넣기 위해서, 진심으로 노력해도 되는 거야."

그리고 마지막으로 미소를 지었다.

"——아주 간단하잖아?"

하지만 키쿠치 양은 말과 감정 사이에서 방황하는 것처럼 눈동자가 흔들렸다.

힘없이 흔들리는 눈동자에는 아직도 눈물이 고여 있다.

"하지만…… 그걸, 어떻게 해야 하는지를 모르겠어요."

키쿠치 양은 아직도 자신을 부정하는 것처럼 말했다.

"리브라는 아르시아와 맺어져야**만** 해요. 그게 세상의 이상이니까요. 그런데 제 감정 하나만 가지고 바꿔버리는 건…… 그런 건, 그냥 제 고집이잖아요. ……독선이잖아요."

"그렇구나……."

한마디로 세상의 이상. 이야기의 무모순성. 자기 이외의 감정.

키쿠치 양이 본 세상의 이상은 리브라가…… 아니, 더 이상 그런 말로 두루뭉술하게 표현하지 말자.

키쿠치 양이 본 세상의 이상에서는—— **내가 키쿠치 양과 맺어져서는 안 된다.**

그리고—— 나는 더 이상, 다른 사람이 나한테 보이는 호의를 못 본척 하지 않기로 했다.

그러니까 지금 한 이야기에서 알게 된 또 한 가지 사실도 절대로 못 본 척 하지 않겠다.

키쿠치 양은 날 좋아해주고 있다.

그렇다면——.

내가 맺어져야 할 존재는 키쿠치 양이 아니라는, 그런 세상의 이상.
하지만 키쿠치 양은 날 좋아해주고 있는, 그런 개인의 감정.
그 절대로 양립할 수 없는 모순된 두 가지를 양립시켜야만 한다.

——**겨우, 그것뿐이다.**

"응. 알았어."

분명히 키쿠치 양이 말한 대로 그것을 실현하는 것은 크리스와 리브라, 그리고 아르시아가 존재하는 『내가 모르는 하늘을 나는 법』이라는 『이야기』 속에서는 조금 힘들 지도 모른다.

하지만—— 이 현실 세계에서는 간단한 일이다.

"키쿠치 양……. 거기엔 딱 하나, 확실한 방법이 있어."

그래서 나는 키쿠치 양을 안심시키기 위해.

그리고 키쿠치 양이 납득하고, 내가 원하는 것을 손에 넣기 위해서.

"……어떤 거죠?"

자신만만한 목소리라는 『스킬』을 써서.

그 답을, 말했다.

"——키쿠치 양이 좋아. 나랑 사귀어줘."

키쿠치 양의 눈이 등잔만 해졌다.

나는, 빙긋, 확실하게 웃어 보였다.

그래. 간단한 얘기다.

키쿠치 양이 생각하는, 이래야만 한다는 모습.

즉 『리브라와 아르시아가 맺어져야만 한다』는 존재해 마땅한 『세상의 이상』을 **키쿠치 양의 감정만** 가지고 바꿔버려서는 안 된다면.

크리스가 아니라. 키쿠치 양이 아니라.

토모자키 후미야가, 키쿠치 양을 선택하면 된다.

그리고 나는 또 한 번 확실하게 하려는 것처럼.

두 사람의 『이야기』에 『특별한 이유』를 추가하려는 것처럼.

"그리고 말이야. 키쿠치 양이 말했었지."

"예……?"

내 손을 눈물에 젖어 엉망이 돼버린 각본 위에 얹었다.

"리브라와 아르시아는 서로가 서로를 채워줄 수 있으니까 맺어져야 한다고 말이야."

그리고 이번에는 악수가 아니라.

마음과 마음을 이어주기 위해서 다시 한번.

하얗고 가느다란, 내가 너무나 좋아하는 이야기를 써주는 위대한 작가의 손을 살며시 쥐었다.

"그건—— 리브라랑 크리스도, 마찬가지가 아닐까?"

하고 싶은 것과 스킬 사이에서 고민하고.

또는 감정과 이상 사이에서 방황하고.

이건—— 표현하는 말은 달라도 의미는 똑같은 것이었다.

"왜냐하면 이건, 결과는 똑같지만 순서가 반대고. ……순서가 반대지만, 결과는 똑같은 거야."

너무나 신비한 관계.

"서로가 서로에게, 정반대 순서로 고민했고."

그야말로 너무나 잘 짜여진 이야기 같은.

"하지만 서로가 그걸 해결하고, 어느새 상대의 말에서 자신이 나아갈 방향의 기준을 얻었어."

시작은 정반대의 장소였다.
하지만 그 반대 장소에 있는 소중한 것을 서로에게 주고——
양쪽을 균형 있게 사용하는 방법을 서로가 알았다.

그건 아무리 생각해도.

"이 관계는 말이야. ——이 인생이라는 이야기의 『작가 시점』에서 봐도,
정말 **이상적인** 관계 같지 않아?"

그 말은 틀림없이 정원의 공기를 타고서.
또는 손과 손의 체온을 타고서.
키쿠치 양의 마음 속 문까지 전해진 것 같았다.

마침내. 키쿠치 양은 다시 한번—— 아마도 이번에는 다른 의미로, 커다란 눈물 방울을 떨어트리면서.
활짝 웃으며 천천히 고개를 끄덕이고, 이런 말을 했다.

"역시 리브라는── 자물쇠를 잘 여네요."

그렇다. 왜냐하면 포포루도 말했잖아.

──말은 마법이다.

8 마법의 문 너머에는 틀림없이, 필요했던 물건이 굴러 다니고 있다

　문화제 이틀 째. 오전이 지나면 종업식을 하는 2학기 마지막 날 아침.

　"축하해. ……드디어 해냈네."

　히나미가 부드럽게 미소 지으며 이쪽을 본다.

　그 시선은 축복으로 가득 차 있었다. 평소의 엄하고 날카로운 분위기는 전혀 느껴지지 않았다.

　"응. ……고마워."

　그래서 나는 조금 쑥스러워하며 눈을 슬쩍 돌리고 대답했다.

　평소와 똑같은 교실. 제2피복실.

　나는 모든 일이 시작된 이 자리에서 인생의 스승인 히나미에게 **키쿠치 양과 사귀게 됐다**고 보고했다.

　히나미는 놀리는 것 같은 미소를 지으며, 장난스런 톤으로 이렇게 말했다.

　"같이 각본을 만드는 포지션을 살려서 호감도를 높인다. 꽤 괜찮은 작전이었어."

　"야. 그런 거 아니거든."

　그렇게 말하면서 나도 피식 웃었다. 마침내 『중간 정도 목표』를 달성한 나에게 주는 거친 축복. 너무 계산적이라는 자기 캐릭터를 살리면서 던진 짓궂은 농담인데, 지금의 나는 여유있게 받아들일 수 있었다.

"고마워. 히나미도."

"나도?"

솔직한 감정을 말했더니, 히나미는 이해할 수 없다는 것처럼 고개를 갸웃거렸다.

"네 덕분이잖아, 내가 이렇게 된 건."

"……흐응. 뭐, 그런 걸 가지고."

대충 넘기는 것처럼 말하고는, 그대로 살짝 턱을 괴고서 계속 말했다. 잠깐 눈을 돌린 것처럼 보였는데, 내 기분 탓이겠지.

"나는 내가 옳다는 걸 증명하고 싶었을 뿐이니까."

"그래, 그랬었지."

끝까지 무뚝뚝하게 말하는 히나미를 보고 나도 메마른 웃음을 흘리고 말았다. 솔직하지 못하다고 해야 할까, 아니면 이것도 진심일까. 어느 쪽이건 나는 그런 히나미의 차가운 부분도 싫지 않게 됐다고 생각했다.

이건 이것대로 멋있다는 생각도 들기 시작했다.

"그래. 아무튼 이제 알았지? 캐릭터 변경, 대성공이야."

"캐릭터 변경, 말이지."

생각해보면 모든 일은 그 말에서 시작됐다.

내가 NO NAME과 만나고.

속내를 털어놓고, 그걸 대놓고 부정당하고.

그리고 인생에는 뒤집을 수 없는 캐릭터 차이가 있다고.

그래서 아무리 해도 안 된다고.

　──나는 『약캐』라고.

　그런 말을 한 것을 계기로── 히나미는 나를 자기 집으로 데려가서 노력으로 『캐릭터 변경』을 한다는 길을 제안했다.

　그리고 지금 실제로, 모든 이가 인정할 수밖에 없는 명확한 형태로 그것이 실현됐다.

　정말로 캐릭터 변경 대성공이라고 해야겠지.

　"넌 정말 지는 걸 싫어하는구나."

　"어라. 그거, 네가 할 말이야?"

　"하하하. 그런가."

　그리고 우리 둘은 서로가 이겼다는 기분으로 웃었다.

　지기 싫어하는 게이머 두 사람. 내가 히나미를 스승으로 모시는 형태이기는 하지만, 그래도 가끔씩은 이 녀석이 예상도 못한 기습 공격으로 놀라게 해왔다고 생각한다.

　그건 내가 nanashi고 이 녀석이 NO NAME이기 때문에 가능한 일이겠지.

　"응. 정말 고마워."

　"그 말, 벌써 두 번째거든?"

　히나미가 흐흥, 하고 웃으면서 놀리는 것처럼 말했다.

　"시, 시끄러. 중요한 얘기라 두 번 말한 거야."

　"어머나. 중요한 일일수록 말이 너무 가볍게 느껴지지 않도록 딱 한 번에 마음을 담아서 해야 하거든?"

"그, 그렇게 말하면……."

정말 그럴지도 모르겠다, 라고 생각하는 마음은 이런 상황에서도 건재했다.

"하지만, 그래."

히나미는 장난거리를 떠올린 소녀처럼 짓궂은 표정으로.

"그럼 거기에 맞춰서, 나도 한 번 더 말해줘야겠지."

그리고 내 눈을, 현기증이 날 정도로 매력적인 시선으로 똑바로 쳐다봤다.

"——토모자키 군. 축하해."

노골적으로 목소리 톤 조작이라는 『스킬』을 써서, 따뜻하고 부드러운 목소리로 한 그 말.

자식을 지켜보는 어머니 같은 상냥한 표정 앞에, 나는 그저 쑥스러울 따름이었다.

"……응."

그래서 솔직하게 고개를 끄덕였다.

만들어진 가면과 목소리 안쪽에 진심이 담겨 있다고 믿으면서.

"자, 그럼 다음 과제 말인데."

"아, 진짜. 내가 이럴 줄 알았어."

너무나 변함없는 그 스타일에 나는 질리는 기분 절반, 안심하는 기분 절반이었다.

"그야 당연하지. 너 같은 골수 비 리얼충은 모르겠지만, 실제 인생은 연애 소설이나 청춘 러브코미디랑 달라서 『사귄다』는 건 어디까지나 시작 지점. 오히려 지금부터 졸업할 때까지 1년 이상 관계가 유지되기만 해도 『학생인데 정말 오래 갔네』라는 소리를 듣는 세상이거든?"

"으……. 뭐, 그, 그러네."

냉혹한 현실 앞에 나도 모르게 주눅이 들었다. 뭐, 이건 『인생』이라는 이야기니까.

"그리고 내가 설정한 『큰 목표』 잊어버렸어?"

"……아니."

당연히 기억하고 있다.

"너랑 똑같은 수준의 리얼충이 되는 것이었지."

히나미가 고개를 끄덕였다.

"그러니까, 네가 생각해야 할 일은 연애만이 아니야. 인터넷 같은 데서는 여자 친구가 있다=리얼충 같은 간단한 공식으로 생각하는 경우가 많은 것 같은데, 현실에 충실하다는 건 그게 전부가 아니잖아?"

"뭐, 그렇긴 하지."

사실 이 녀석도 말이야, 나한테 숨기고 있는 게 아니라면 지금은 사귀는 남자 친구가 없다. 하지만 히나미를 리얼충이 아니라고 하는 사람은 한 사람도 없겠지. 솔직히 만들려고 마음만 먹으면 한 시간도 안 돼서 만들 수 있을 테고.

하지만 한 가지 생각이 났다.

바로—— 충실하다는 것의 형태에 대해서.

"저기, 히나미."

여름방학 때, 대립했던 뒤에.

나는 이 녀석에게 말했었다.

온갖 게임, 즉 인생에 있어서도『정말로 하고 싶은 것』이 중요하다고.

그걸 향해 돌진하는 것이 정말로 즐거운 삶이라고.

그래서 언젠가 그——『정말로 하고 싶은 것』의 존재를 증명하겠다고.

물론 나는 아직, 이 녀석에게 보여줄 만큼의 존재 증명 이론을 만들어내지는 못했다.

그건 하루 이틀 사이에 어떻게 할 수 있는 쉬운 일이 아니겠지. 어쩌면『논리』라는 이 녀석의 필드 안에서는 증명할 수 없는, 텅텅 빈 문제일지도 모른다.

그래도 단서는 인생이라는 게임의 던전 곳곳에 떨어져 있다.

석판이나 크리스탈, 보석들을 모아서 다른 세계로 가는 문을 여는 것처럼. 생각지도 못한 곳에 생각지도 못한 것이, 모든 것을 해명할 수 있는 키 아이템이 되기도 하는 것이다.

그래서 먼저 그것을 위한 첫걸음을.

나는 이 마법사와 함께, 내디디고 싶다고 생각했다.

"널—— 데려가고 싶은 곳이 있어."

　　　　　* * *

　"우와, 후미야. 언젠가는 저지를 거라고 생각했지만, 설마 이렇게 빨리 해낼 줄은 몰랐네."

　아침의 교실.

　미즈사와와 나카무라, 타케이가 나를 둘러싸고 팔꿈치나 주먹으로 온몸을 여기저기 찔러대고 있다.

　"뭐, 아무리 봐도 이상하기는 했었지."

　나카무라가 가지런한 하얀 이를 드러내면서 말했다. 참고로 머리카락은 다시 금색으로 돌아왔다.

　"그치?! 공동 작업도 엄청 많이 했잖아?! 이래서는 완전히 처음하는 공동 작업이 아니게 되잖아?!"

　타케이는 어째선지 혼자 흥분했는데, 엄청나게 원통해 보이는 얼굴이다. 말도 평소보다 많고, 내용도 지리멸렬하다.

　"뭐, 그러니까, 그렇게 됐습니다."

　키쿠치 양과 사귀기로 한 어젯밤, 나는 일단 이 녀석한테는 보고해야겠다 싶어 미즈사와한테 LINE으로 연락했고……다음날 어떻게 될까 싶었는데, 이렇게 됐다. 예상은 했지만 남자들의 반응은 참 거칠단 말이죠.

　내가 원망하는 얼굴로 쳐다봤더니, 미즈사와는 재미있다는 것처럼 소리 내서 웃었다.

　"뭐, 나쁜 짓을 하는 것도 아니니까 굳이 숨길 필요 없잖아. 어차피 들킬 테고."

"그, 그야 뭐……."

"그럼 일찌감치 확 밝혀버리는 게 좋지 않겠어?"

"그, 그런가……?"

그리고 이렇게 간단히 납득하게 만들어버리는 수법은 역시 히나미와 닮았다.

그렇게 시끄럽게 떠드는 소리를 나카무라와 사이가 좋은 다른 남자 그룹 멤버들이 들었고, 나는 순식간에 유명인이 돼버렸다.

"뭐?! 토모자키한테 여자 친구?!"

"진짜냐?! 문화제에서?!"

마츠모토 다이치, 하시구치 쿄야 등. 생각해보면 내가 특훈을 막 시작했을 때 히나미하고 같이 하교할 때까지는 있는지도 몰랐던 리얼충 남자 멤버들까지도 날 쿡쿡 찔러대고 있다.

"키, 키쿠치 양이랑……? 그, 그랬구나……."

그런 와중에, 타치바나 혼자만 어딘가 당황한 표정을 지으며 작은 소리로 말했던 게 유난히 인상적이었다.

* * *

그날. 종업식이 끝나고 키타요노역에서 내려 집으로 가는 길.

"아…… 그랬구나."

"……응."

모든 것을 깨달은 것 같은 목소리에, 나는 짧게 대답하면서 고개를 끄덕였다.

"역시 잘 됐구나! 과연 최강 게이머! 끈질긴 남자!"

"그러……게."

당장 눈이 내려도 이상하지 않을 것 같은 겨울 하늘 아래, 단 둘이.

나는 미미미와 둘이서 항상 걷던 길을 걸었다.

"내 생각을 전하고, 그걸, 이해해줘서……."

"응. ……확실하게, 토모자키가 선택했으니까."

쓸쓸하게 말한 미미미가 길가에 있는 돌을 에잇, 하고 걷어찼다. 나는 전에도 그런 미미미의 뒷모습을 본 것 같다는 기분이 들었다.

"그러, 게. 내가, 그러고 싶다고 생각했어."

같이 히나미와 싸웠던 미미미.

언제 이야기를 나눠도 자연스럽고, 즐거운 시간을 보내왔던 미미미.

자기 마음을 솔직하게 말해줬던 미미미.

그리고── 포기했던 내 등을 떠밀어준 미미미.

그런, 나한테 정말로 소중한 친구는 밝고 놀리는 것 같은, 그러면서도 그대로 사라져버릴 것 같은 미소를 지으며 날 쳐다봤다.

"그나저나 브레인도 정말 못된 남자라니까! 이 바람둥이!"

"으……. 그, 그건……."

좋아한다고 말했는데 대답도 안 하고, 결과적으로 다른 여자랑 사귀었다. 바, 바람둥이라고 해도 부정할 수는 없으려나.

"으, 음~. 오히려 너무 성실하게 굴려고 했던 결과라고 할까……."

내가 어떻게 말해야 좋을지 고민하면서 말하는 중에, 미미미가 분위기를 바꾸려는 것처럼 또렷한 목소리로 말했다.

"뭐, 그건 됐고! 솔직히 나도 알아! 토모자키 성격상 나보다 훨씬 잘 생각해서 골랐을 테니까."

"……미미미."

"나도…… 아마, 여러모로 열심히 생각해 줬을 거잖아! 나도 다 아니까!"

"……미안."

내가 힘없이 사과했더니 미미미가 아주 밝은 목소리로 말했다.

"잠깐~! 딱히 잘못한 건 아니니까!"

"그, 그런가. 미안해."

나도 모르게 또 한 번 사과했더니, 미미미가 뚱한 얼굴로 내 어깨를 짜악, 하고 때렸다.

"그러니까 그렇게 사과하는 게 열 받는단 말이야!"

"아야!! 으, 응. ……그렇구나."

그렇게만 말하고, 미미미는 속 시원하다는 것처럼 웃고는 가슴속에서 감춰뒀던 마음을 살며시 흘리는 것처럼, 하얀 입김을 토했다.

"그런데 말이야. ……뭐 솔직히 말해서, 아직 좋아한다는 마음은 남아 있거든."

"……응."

"나도, 분위기 타서 별생각 없이 좋아한 건 아니니까. ……의외로, 이런 데선 진지해지는 성격이니까."

나는 묵묵히 고개를 끄덕여 그 말을 받아들였다. 요란하게 사는 것처럼 보이는 미미미지만 사실은 똑똑하고 고민도 많고, 성실하고 솔직한 마음을 가졌다.

나는 그런 것까지, 잘 안다.

그래서 더 이상 사과하지도 무작정 상냥하게 달래지도 않기로 했다.

그저 그 말을 있는 그대로 받아들여야만 한다고 생각했다.

"그러니까 말이야, 앞으로도 신경 쓰지 말자고. 서로 간에. 알았지!"

"……알았어."

씩씩하게 말하는 미미미의 얼굴은 모든 것을 가슴에 품은 채 웃어 넘겨버릴 것만 같은 힘찬 기운으로 가득했다.

이 사람에게 좋아한다는 말을 들은 것이 무엇보다 자랑스럽다는 생각이 들었다.

"──하지만, 말이야."

그리고 미미미는 내 몇 걸음 앞으로 와서 빙글, 몸을 돌렸다.

날 똑바로 바라보는 그 시선은 어째서인지, 과거를 보고 있는 것 같으면서도 너무나 긍정적이었다.

즐거운 것 같기도 하고 슬픈 것 같기도 한, 틀림없이 미처 정리하지 못한 감정이 그대로 넘쳐나는 것 같은 눈으로 날 보면서—— 이렇게 말했다.

"내가 언제까지나 좋아할 거라고 생각하지 말라고! 바보 브레인!"

그러고 나서 뛰어가 버리는 미미미의 뒷모습을 나는 그저 가만히, 아무 말도 못 하고 지켜보기만 했다.

* * *

연말. 겨울방학이 시작되고 며칠이 지났다.

나는 키쿠치 양과 같이 온 적이 있는 카페에, 또다시 둘이서 찾아왔다.

컬러풀한 술병과 서양 장식들이 줄지어 있지만 어딘가 복고풍 분위기까지 감도는 신기한 카페에 키쿠치 양과 둘이서. 그러고 보니 여기도 히나미가 가르쳐줬지. 난 그 녀석한테 너무 많은 것을 받기만 했다.

"응. ……맛있네요."

키쿠치 양은 이번에도 오므라이스를 주문했고, 나는 누구한테서 미각이 옮은 건지, 나도 모르게 치즈 인 햄버그를 주문했다.

"그러게. 이것도 맛있어. 이거 봐, 치즈가 주욱 늘어나."

그런 말을 하면서 어라? 이거 한 입씩 바꿔 먹는다든지 그런 분위기인가…… 라고 생각했지만 그런 일은 일어나지 않았다. 그저 평소처럼 부드러운 시간이 이어졌다. 이게 나와 키쿠치 양의 안정적인 스타일이구나.

나와 키쿠치 양은 많은 이야기를 나눴다.

끝난 뒤에는 말하지 못했던 연극 이야기.

또는 둘이서 말하게 되면서 어떤 생각을 했었는지.

그리고 우리가 만나기 전에 자신이 어떻게 살아왔는지.

생각해 보면 나는 아직 키쿠치 양에 대해서 아무것도 모르고, 나도 키쿠치 양에게 나에 대해 아무것도 전해주지 않았다.

그래서 아무리 많은 말을 해도 이야깃거리가 떨어지지 않았다.

식사를 마치고 화장실에 다녀왔더니.

키쿠치 양 쪽 테이블 위에, A4 용지 다발이 놓여 있었다.

그 첫 장에는 『내가 모르는 하늘을 나는 법』이라고.

"……각본?"

물었더니, 키쿠치 양은 고개를 저었다.

"소설 버전, 다음 부분이에요."

"아……."

그렇구나.

학생들 앞에서 공연했던 연극.

그 이야기는 원래 완성되지 않은 소설이었다.

소설이 중간에 각본이 되고, 그대로 가필해서 연극으로 완결. 하지만 소설이라는 형태에서는 아직 끝을 맺지 않았다.

그게 지금.

"원작 소설. 완성돼서…… 읽어주시면 고맙겠어요."

그렇게 말한 키쿠치 양은 쑥스러워하면서 그 원고를 나한테 내밀었다.

어째서일까. 그 표정은 지금까지 본 표정 중에서 가장 쑥스러워하는 것 같았다.

벌써 몇 번이나 읽었던 이야기가 소설이 된 것뿐인데, 이렇게까지 얼굴이 빨개지는 걸까.

"……왜 그래?"

내가 묻자, 키쿠치 양은 "아" 하고 당황한 기색을 보였다. 하지만 이런 일도 벌써 여러 번 겪은 덕분인지 포기한 것처럼 그 이유를 설명하기 시작했다.

"그게, 사실은…… 이건 정식 버전이 아니라, 저를 위해서 쓴 이야기예요."

"키쿠치 양을 위해서?"

응, 하고. 키쿠치 양이 고개를 끄덕였다.

"토모자키 군이 가르쳐줬으니까. 자신의 감정에 솔직해져도 된다, 고."

"……응."

"그래서 정식 버전은 아니지만…… 제가 하고 싶은 대로, 세상의 이상이 아니라── **저만의 이상**을 담은 이야기로 써봤어요."

그런 말을 하는 키쿠치 양의 눈빛은 인간 소녀로서의 맑은 검은색이었다. 그렇기 때문일까. 그 눈동자에는── 틀림없이 색색의 세상이 보이고 있을 것만 같았다.

"알았어. 그럼, 오늘 안에 읽고 나중에 소감 말해줄게."

이렇게 서로를 존중하고 이해하는 푸근한 관계.

그 상냥함과 마음이 편해지는 느낌은, 사귀게 된 뒤로도 전혀 달라지지 않았다.

그렇게── 생각했는데.

"……그건 싫어요."

"뭐."

사과 사탕처럼 새빨갛게 물든 볼. 숨겨왔던 감정의 폭발을, 아주 조금만 흘리는 것 같은 짓궂은 말.

"지금 여기서, 듣고 싶어요."

내 마음의 부드러운 부분을 너무나 간단히 꿰뚫었다.

"기, 기다릴 테니까."

그것은 사귀게 되었기 때문인지, 아니면 『하고 싶은 것』에 솔직해지겠다는 심경의 변화 때문인지는 모르겠지만.

"여기서 얌전히 기다릴 테니까…… 직접 감상, 듣고 싶어요……."

──키쿠치 양은 아주 조금, 고집을 부리게 됐다.

"아, 알았어. 그렇게까지 말한다면……."
그랬더니 키쿠치 양은 기쁜 것처럼 작은 소리로 말했다.
"……으, 응." 그리고 나한테 꾸벅, 하고 고개를 숙이고는.
"기뻐…… 요."
그건 왠지 사귀고 있다는 것을 몸 속 깊은 곳에서 실감하는 것 같은 대화였다.
나는 그런 키쿠치 양이 너무나 귀엽다고 생각했다.
그렇게 작은 벽을 조금씩 넘고, 실수로 단번에 너무 많이 넘어버리기도 하고.
잘 되는 것도 안 되는 것도 전부 포함해서, 앞으로도 이런 관계가 계속 이어지겠지.
"후후. ……왠지, 재미있네요."
키쿠치 후카라는 사람의── 첫 남자친구로서.

* * *

우리 집. 내 방.
나는 스마트폰에 들어와 있던 『어땠어?』라는 히나미가 보낸 LINE 메시지를 보고 쓸쓸하게 웃으면서도, 일단 침대에 다이빙했다. 어땠냐고 물어봐도, 그건 이미 내 뇌의 한계 용량을 너무 많이 초과해버려서 한 마디로 표현할 수가

없었다.

"……아, 그렇지."

하지만 그때 어떤 일 하나가 생각났다.

데이트 내용을 자세히 보고하기 전에, 그 녀석한테 보고하고 싶은 일이 있었다.

왜냐하면 그건 아마도, 또 그 녀석의 『예상 밖』을 찌르는 일이 될 테니까.

그래서 나는 힘이 빠져나가는 몸을 채찍질해서 그 말만은 열심히 입력하기로 했다.

『**이벤트 맵 남은 목표**도, 클리어 했어.

단, 네가 상상했던 것과는 다른 방식으로.』

그 메시지가 무사히 송신된 걸 확인하고, 온 몸에서 힘을 뺐다.

오늘 있었던 일, 나눴던 대화, 처음 본 표정.

나한테는 그 모든 것이 너무나 소중하고 행복했다.

하지만 그건 내가 갖고 싶다고 생각했고—— 내가 스스로, 선택한 것이다.

그래서 나는 진심으로 이 기분을 언제까지고 간직해두고

싶다고 생각했다.

　그렇다면── 그래. 그 키쿠치양이 쓴 소설의 마지막 부분. 그 장면을 다시 한번 읽어보자.

　왜냐하면 그건 나와 키쿠치 양이 같이 만든 이야기의 결말이자 키쿠치 양이 자기 마음을 담은, 나에게는 최고의 결작이니까.

* * *

　크리스와 리브라는 노점들이 줄지어 있는 시장을 둘이서 걸어갔다.

　아직 익숙하지 않은 정원 밖. 하지만 크리스는 리브라가 옆에 있으면 어디까지든 걸어갈 수 있을 것 같았다.

　"아."

　"어이쿠."

　작은 돌에 발이 걸려서 넘어지려는 크리스를 리브라가 받쳐줬다.

　크리스의 머리에 있던 꽃 장식도 떨어질 뻔했지만 리브라가 잘 잡아줬다.

　"자, 조심해야지."

　리브라는 그 꽃 장식을 다시 크리스의 머리에 올려줬다. 지금까지 만든 것들 중에서도 제일 힘을 쏟아서 만들었다고 하는 그 꽃 장식은 이 세상처럼 아름다웠다.

"응, 잘 어울린다."

"그러게. 리브라도 잘 어울려."

크리스는 놀리는 것처럼, 리브라의 머리를 보면서 말했다.

리브라의 머리에도 크리스와 똑같이 바람에 꽃잎을 흔드는 꽃 장식이 있다. 그 모습에 두 사람은 서로의 얼굴을 보고 미소를 지었다.

"응. 남자다 보니 좀 창피하지만 말이야."

"뭐 어때! 이렇게 똑같이 하는 거, 꼭 해보고 싶었던 말이야!"

두 사람은 지금까지 있었던 일을 생각하면서 천천히 시내 풍경을 둘러봤다.

"전부 꿈만 같지만 전부 현실이구나!"

"당연하지. 보는 것도, 느끼는 것도. 전부 진짜, 현실이야."

"……그렇지!"

크리스는 소중한 보물을 하나하나 확인하는 것처럼.

"저기, 그거 기억나? 둘이서 같이 하늘에서 봤던 풍경! 사람이 엄~청 작았잖아. 엄청나게 큰 거울도 내 손바닥보다 작았고! 해님이 가까워서 조금 뜨거웠지만, 햇빛을 반사해서 반짝반짝 빛나는 바다는 정말 예뻤었어. 나, 그렇게 멋진 세상을 본 건 태어나서 처음이었어!"

신이 난 크리스는 얇은 원피스 옷자락을 활짝 펼치면서 빙글빙글 돌았다.

"하하하. 그러게, 하늘이 그렇게 기분 좋을 줄은 정말 몰랐어."

그 천진난만한 모습을 지켜보는 것처럼 리브라가 웃었다.

크리스는 한바탕 춤추는 것처럼 빙글빙글 돌더니 딱, 하고 발을 멈췄다.

"—— 그치만, 말이야?"

크리스는 사람들이 오가는 길가를 둘러봤다.

큰 소리로 손님을 부르는 생선가게. 손을 잡고 걸어가는 서로 종족이 다른 커플. 나비를 좇아서 뛰어가는 인간 아이들. 그 소리 하나하나가 마치 양철 장난감에서 나는 소리처럼 떠들썩하다. 찬찬히 둘러보니, 잡다하다고 할 수도 있는 그런 세상이 그 무엇과도 바꿀 수 없는 소중한, 너무나 아름다운 것처럼 보였다.

소리도, 냄새도, 경치도, 촉감도. —— 모든 것이 컬러풀하다. 그것은 정원에 갇혀 지낸 크리스가 몰랐던 색들이었다.

"리브라가 가르쳐 준, 제일 소중한 건 말이야."

그 모든 것을, 크리스는 애정이 듬뿍 담긴 표정으로 보고 있다. 마침내 마음을 주체할 수 없다는 것처럼.

둘이 함께 가까이 가서 봤던 뜨거운 태양이 떠오를 정도로 눈부시게.

활짝, 세상을 비추려는 것처럼 미소 지었다.

"무리해서 하늘을 날지 않아도,
이 세상에는 정말 멋진 풍경들이 펼쳐져 있다는 거야."

그리고, 마치 그 웃는 얼굴을 꾹꾹 찍어주려는 것처럼. 숙복하는 것처럼 ——

"그래서 고마워. 정말 좋아해, 리브라."

하늘에는 햇빛을 받아 무지개 색으로 빛나는 새하얀 비룡이 유유히 날고 있었다.

작가 후기

오랜만에 뵙습니다. 야쿠 유우키입니다.

이 시리즈도 벌써 제7권. 중간에 나왔던 단편집까지 치면 벌써 8권이나 나왔습니다.

작가로 데뷔한 이래 매일매일 새로운 일들이 계속되고 있는데, 그것은 저 자신이 새로운 곳에 뛰어들었기 때문이기도 합니다만, 어쨌거나 질릴 틈이 없는 날들을 보내고 있습니다. 지난 권을 발매한 뒤에 일어난 일만 해도, 어째선지 요미우리 중고생 신문에 제 사진이 커다랗게 실렸고, 그렇게 됐으니 이 정도는 해도 되겠다는 생각에 트위터에 제 얼굴 사진을 올려버리는, 그런 일이 있었습니다.

하지만 그렇게 제 얼굴을 드러내버렸으니, 앞으로 제 언행에는 리스크가 따르게 됩니다. 다른 분들이 저를 어떻게 보게 될지를 생각할 수밖에 없게 됐으니, 지금까지는 가벼운 생각으로 던졌던 발언들도 하기 힘들게 되겠죠. 이미지가 떨어지게 될 것 같은 말은 당연히 못 하게 될 텐데, 그것은 한 사람의 프로로서 지켜야만 하는 행위라고도 할 수 있습니다.

그러니까, 어쩌면 저는 여기서──『이번 권 표지에 있는 구미의 대퇴사두근』에 대해서 말하지 않는 게 좋을 지도 모르겠습니다.

예를 들자면 원래 허벅지 이야기를 할 때는 굵기라는 X

축, 길이라는 Y축을 주로 다루는 경우가 많았지만, 이번 권 표지의 구미에게는 왼쪽 무릎 약간 위쪽부터『허벅지 앞쪽』이 부풀어 있는『깊이 방향의 입체감』, 즉 허벅지의『Z축』이 존재하고, 그것이 새로운 육감을 자아내고 있다는 것에 대해 언급하는 것은, 너무나 위험 부담이 큰 행위가 아닌가 싶습니다.

또한 X축과 Y축은 물론이고 Z축까지 강조되면서 구미가 멍하니 있어도 자연스레 허벅지 앞쪽의『대퇴사두근』에 적당히 근육이 붙은『포텐셜형 리얼충』이라는 것을 알게 되는데, 그렇다고 해서 그 근육에서 그 성격이 된『강자의 여유』를 느끼게 됐다는 이야기를 해버리면 제 이미지에 영향을 미치기 때문에, 입을 다물 수밖에 없습니다.

그래서 이번에는『달 것 같으면서도 달지 않는 피어스에서 느껴지는 나이에 걸맞은 겁』에 대한 이야기를 할까 했습니다만, 어째선지 지면이 부족해졌기 때문이 이쯤에서 생략하도록 하겠습니다.

일러스트를 그려주신 플라이 님. 이번에 스크린샷을 트윗하려고 확인 DM을 보냈을 때『얼마든지 올리세요』라는 답장, 너무 멋졌습니다. 항상 감사합니다. 팬입니다.

담당 편집자 이와아사 님. 지난번에 한밤중에 전화로 회의를 했고, 그날 낮에 쇼가쿠칸으로, 그리고 아침까지 같이 작업했더니 회사에서 **쫓겨났던** 적이 있었는데, 혹시 회사에서 살고 계신 건가요?

그리고 독자 여러분. 최근에 『발매가 늦어지는데 인터넷에서 자기 이름 검색하느라 바쁜가』『트윗을 안 올리는데, 스매시 브라더스 하고 있나』『스매시 브라더스 열심히 하세요!』같은 트윗이 많이 보이는데, 제가 글도 쓰고 있다는 사실을 잊지 말아주세요. 항상 응원해주셔서 감사합니다.

　그럼, 다음 권에서도 다시 뵙게 되면 정말 기쁘겠습니다.

야쿠 유우키

역자 후기

 안녕하십니까, 이번 7권부터 새로 「약캐 토모자키 군」의 번역을 맡게 된 김정규라고 합니다.
 앞으로 잘 부탁드리겠습니다.

 사실 소미 미디어에서는 역자 후기를 안 써도 별말씀이 없으셔서 본문 작업보다 더 힘든(······) 후기를 안 썼습니다만, 이번만은 독자 여러분께 인사도 드릴 겸 쓰는 게 예의겠지······? 싶어서 이렇게 힘들게 자판을 두드리고 있습니다.

 사실 지금까지 이런저런 사연으로 다른 역자분이 담당하시던 작품들을 이래저래 이어받아서 작업한 적이 있었는데, 주시는 일은 감히 사양하지 않는다는 신조와 함께 감사히 받아들이지만, 일을 시작하면 제일 먼저 하는 생각은 '내가 정신이 나갔지'입니다.
 당연한 일이지만, 사람이 지금까지 살아오면서 겪어온 가정환경, 주변 환경, 지역, 학교, 친구들 등등이 달라지면 사용하는 어휘, 표현 등이 달라지기 마련입니다. 그런 상황에서 저와 전혀 다른 상황에서 살아온 분이 표현하시던 글을 최대한 비슷하게나마 표현하는 것만 해도 상당히 어려운 일인데, 그래도 기간을 읽어보면서 어떻게든 분석하고 최대한 어색하지 않게 하려고 노력은 하고 있습니다. 노력만은(······).

어쨌거나 나름대로 분석 작업을 끝내고 파일을 만들고 자판에 손을 얹으면, 한 문장 입력할 때마다 '이래도 되나?' '어색하지 않으려나?' '어떻게 받아들일까?'라는 심적 부담이 밀려오면서, 평소에는 책 한 권을 작업하고도 남을 시간을 그렇게 고민만 하는 ~~(허송세월하는)~~ 시간을 보낸 뒤에, '이대로 가면 우리 식구 다 굶어 죽는다!'라는 타이밍이 되면 그때부터 무념무상으로 달리기 시작하는 짓을 벌써 몇 번째, 몇 년째 하고 있습니다.

헛소리도 섞인 이야기는 이쯤 하고.

앞날개에 있는 작가 야쿠 유우키 선생님의 코멘트에 있는 '조나단'의 '믹스 그릴'이란, 일본의 패밀리 레스토랑 체인 '조나단'의 메뉴인데, 햄버그스테이크, 커다란 써우시쥐, 베이컨, 닭 허벅지살 한 덩이, 웨지 포테이토 등으로 구성 된 메뉴입니다. 이걸 4시간마다 한 번이면, 가게 분들이 놀랄 만도 하지 않나 싶습니다. 그리고 집필 당시에는 어땠는지 모르겠지만, 2019년 8월 초 현재 공식 홈페이지에는 '런치 메뉴'로 편성돼 있습니다.

어쨌거나, 독자 여러분이 최소한 '전보다 재미없어졌다'고 여기시지는 않게 하려고 나름대로 노력했습니다만, 어떻게 봐주실지 정말 걱정입니다.

아무튼, 잘리지 않고(……) 계속하게 된다면, 다음 권에서 다시 뵙겠습니다.

몇 년 만에 역자 후기를 쓰다 보니
이렇게 쓰는 게 맞는 건가 싶은 무릎에 화살 맞은 아저씨.

김정규

JAKU CHARA TOMOZAKI-KUN Lv.7
by Yuki YAKU
ⓒ2016 Yuki YAKU Illustrated by FLY
All rights reserved.
Original Japanese edition published by SHOGAKUKAN.
Korean translation rights in Korea arranged with SHOGAKUKAN
through Shinwon Agency Co.

약캐 토모자키군 Lv.7

2019년 11월 1일 1판 1쇄 발행
2019년 12월 31일 1판 2쇄 발행

저   자 야쿠 유우키
일 러 스 트 플라이
옮 긴 이 김정규
발 행 인 유재옥
본 부 장 조병권
담당편집자 이성호
편 집 1 팀 정영길 김민지 조찬희 이성호
편 집 2 팀 김다솜 이본느
편 집 3 팀 박상섭 김효연 임미나
미   술 강혜린 박은정
라이츠담당 박선희 김슬비
디 지 털 전준호 박지혜
발 행 처 ㈜소미미디어
제 작 처 코리아피앤피
등   록 제2012-000365호
주   소 서울시 마포구 토정로 222, 403호(신수동, 한국출판콘텐츠센터)
판   매 ㈜소미미디어
마 케 팅 한민지 한주원
물   류 허석용 최태욱 김희민
전   화 편집부 (070)4164-3962, 3963 기획실 (02)567-3388
　　　　　　 판매 및 마케팅 (070)4165-6688, Fax (02)322-7665

ISBN 979-11-6389-923-5 04830
　　　　 979-11-5710-883-1 (세트)